谨以此书献给广东中烟成立十五周年

/ 中国双喜　喜传天下 /

《广东中烟企业文化丛书》编辑委员会

广东中烟企业文化丛书

逐梦

广东中烟改革与发展纪实
2003—2018新闻报道集萃

广东中烟工业有限责任公司 编

南方日报出版社
NANFANG DAILY PRESS
中国·广州

图书在版编目（CIP）数据

逐梦 ：广东中烟改革与发展纪实·2003—2018 新闻报道集萃 / 广东中烟工业有限责任公司编. — 广州 ：南方日报出版社，2019.2
（广东中烟企业文化丛书）
ISBN 978-7-5491-1968-4

Ⅰ. ①逐… Ⅱ. ①广… Ⅲ. ①新闻报道—作品集—中国—当代 Ⅳ. ①I253

中国版本图书馆 CIP 数据核字(2019)第 001912 号

ZHUMENG
逐梦：广东中烟改革与发展纪实·2003—2018 新闻报道集萃

编　　者：广东中烟工业有限责任公司
出版发行：南方日报出版社
地　　址：广州市广州大道中 289 号
出 版 人：周山丹
特约编辑：孙茂勇　安　婧
责任编辑：吴俊贤
装帧设计：肖晓文
责任技编：王　兰
责任校对：王　燕
经　　销：全国新华书店
印　　刷：广东信源彩色印务有限公司
开　　本：787 mm × 1092 mm　1/16
印　　张：25.25
字　　数：380 千字
版　　次：2019 年 2 月第 1 版
印　　次：2019 年 2 月第 1 次印刷
定　　价：68.00 元

投稿热线：（020）87360640　　读者热线：（020）87363865

前言

梦想激荡　澎湃向前

发展的巨浪滚滚向前，我们滴水随涌。与新的时代同负使命，我们共尽绵薄。

始终有一种力量，引领我们上下求索，与时代同行。让我们在岁月的波澜中，看到不变的蓝海，让我们在左右突围中，汇聚追逐的力量。拥有了它，每个双喜人自信满满，前行的脚步铿锵有力。它，就是双喜做大做强民族卷烟工业的品牌梦，与伟大的中国梦息息相通、深深交融。

岁月绵长，双喜梦已传承百年。

它肇始于国家山河破碎下“中国人要吸中国烟”的骨气里，根植于简氏兄弟艰辛创业、搏击洋烟的征途上，成长于新中国改革发展、强国富民的巨变中。在一代又一代双喜人的顽强拼搏下，它愈发闪耀熠熠光彩，成为我们坚定前行的无穷动力。

15年，砥砺奋进。

从2003年的39万箱到超过400万箱，双喜携手上海红双喜缔造了中国最大卷烟品牌；从“三厂合并”到两广卷烟工业跨省联合重组，成就了烟草行业改革发展史上的“广东模式”；从偏安一隅到走向大江南北，“双喜现象”助力品牌成为中式卷烟喜文化的重要代表；从“做中国最具竞争力的烟草企业”到奋力开启高质量发展新征程，双喜人创造了一个又一个令人瞩目的传奇。

15年，众志成城。

从“杀出一条血路”到“闯出一条新路”，双喜完美演绎品牌做大与做强的“变革之路”；从“腾笼换鸟”到“凤凰涅槃”，双喜成功实施工商跨省联合研发，探索出品牌转型升级的全新路径；从积极实施“走出去”战略，到走向国际化竞争大舞台，双喜人不忘初心坚持梦想，走出了民族卷烟工业行稳致远的豪迈之气。

发展无止境，创新不停歇。多少次探索突破，多少次革新裂变，形势任务在变，铁肩担当不改。15年来，逢山开路，遇水架桥；五千多个日日夜夜，勠力改革，敢闯敢试。尤其是广东烟草工商双方精诚团结、携手并进，用“大家庭、大品牌”为“建设广东烟草强省”竖起一座新的里程碑，激发出广东烟草做大做强双喜的胸襟和情怀。

新时代是奋斗者的时代。

改革者的赤子之心，笃定执着。双喜人在习近平新时代中国特色社会主义思想指引下，焕发出奋斗的神采，重整行装再出发，坚定不移走上高质量发展之路，无惧惊涛骇浪，谱写新的华章。

宏大或细微都值得铭记。在此，我们以时间为主线，撷取广东中烟15年来改革与发展的重要新闻作品，记录企业砥砺前行中的一个个精彩瞬间，浓缩成企业改革发展的简史。这些作品，无论是巨流澎湃的乐章，还是拾阶向上的掠影，都向世人展示着广东中烟不倦飞翔的鸿鹄之志。

入之愈深，其进愈难。改革创新任重道远，闯关夺隘战鼓催进。中国梦，已然绽放缤纷色彩；高质量发展，已然吹响前进号角。不管多险峻的高山，总会给勇敢的人留一条攀登的路。双喜人勇往直前，以改革开放的姿态走向未来，向着更加壮阔的航程，再创品牌新的辉煌！

梦想激荡，澎湃向前。

逐梦路上，阳光正好。

目录

第一章　四海探粤　沐领导关怀 / 001

关键要迈出“第三步”进行跨省合作 / 002

共同推进广东烟草行业做大做强 / 005

大力推动广东烟草改革发展 / 006

广东省委省政府领导对广东中烟作出批示 / 008

充分肯定广东中烟利税总额持续提升 / 009

抓好生产经营管理　扎实推进技改建设 / 010

以改革创新为动力　拓展市场　擦亮品牌 / 012

坚持稳中求进工作总基调　谱写高质量发展新篇章 / 013

突出重点环节和关键部位　强化“五位一体”监督 / 016

保持一个好势头　力争三个新作为 / 018

落实两个责任　推动从严治党 / 021

以高质量党建工作推动企业高质量发展 / 025

深化“两学一做”　促进企业持续健康发展 / 026

一家人一条心一股劲培育双喜 / 028

努力保持经济运行良好态势和产销领头羊地位 / 032

第二章　勇毅笃行　领变革发展 / 035

粤烟大重组打造烟草航母 / 036

广东中烟致力做中国最具竞争力的烟草企业 / 041

广东中烟由散弱走向强大 / 045

广东广西中烟实现合作生产 / 050

“喜”结良缘　共享“好日子” / 056

十年改革广东中烟强势崛起 / 060

双喜跨入300万箱大品牌阵营 / 064

双喜•红双喜跃居行业第一大品牌 / 066

粤沪鄂联合开创工业品牌合作新模式 / 068

开启工商全面协同营销新时代 / 072

开拓高质量发展新征程 / 076

为高质量发展提供政治保证 / 082

附录：高质量发展系列评论 / 084

第三章　多元创新　助品牌升级 / 093

技术领跑　匠心为魂 / 094

核心制造工艺实现转型升级 / 095

高效研发支撑双喜发展 / 099

合力推动双喜技术升级 / 103

创新助推品牌发展 / 106

用科技创新带动品牌结构提升 / 110

研发升级　演绎新品 / 114

双喜（珍藏）：无添加短支烟腾空出世 / 115

双喜（邮喜）：行业首款中支烟优雅亮相 / 117

双喜（经典工坊）：瞄准广东200元价位市场 / 118

双喜（花悦）：硬实力成就中式细支烟新突破 / 120

双喜（春天）：携手深圳烟草　讲好春天故事 / 125

双喜（百年红）：粤沪鄂共续同根同源“兄弟情” / 127

双喜（莲香）：粤冀跨区合作探索共赢之路 / 131

双喜（红邮喜）：全国首款中支烟全新升级 / 134

双喜（硬紫红玫王）：打造区域一类卷烟拳头产品 / 136

双喜（五叶神金尊）：传承本草香　特色更鲜明 / 140

双喜（国喜）：打造高端产品全新风格 / 143

双喜（龙）：粤桂携手推进新品研发培育 / 146

MU+：新型烟草产品引爆老挝市场 / 147

第四章　因势而谋　赢内外市场 / 151

开拓市场　深耕本土 / 152

品牌整合为粤烟竞争力助跑 / 153

双喜从广东走向全国 / 160

点燃营销团队奋勇争先激情 / 165

迎难而上开拓双喜发展新局面 / 167

向零售户传递信心决心暖心 / 171

擦亮国喜礼仪用烟典范招牌 / 176

工商协同　全员营销 / 178

助力双喜打赢结构提升攻坚战 / 179

携手协同营销创全省最佳业绩 / 182

全力以赴助双喜香满禅城 / 189

描绘共同发展战略蓝图 / 196

从营销协同走向文化合作 / 201

出真招求实效保质量提结构 / 203

推动双喜主导规格发展 / 205
工商合力打造双喜主题陈列终端 / 207
全面推动双喜开启新征程 / 208

放眼四方　拓展海外 / 210
擎起中国烟草海外拓展一面旗帜 / 211
华丽转身探索全球化新路径 / 214
打下柬埔寨烟草市场半壁江山 / 218
柬埔寨威尼顿新工厂竣工投产 / 223
打造“走出去”合作样板 / 225
立足本土化　花开海外香 / 231
“走出去”抢占免税市场 / 237

第五章　强化管理　筑发展根基 / 241

精益管理：构建精益价值流闭环管理模式 / 242
安全管理：念好“安全经”　织牢“防护网” / 245
人才培育：春风化雨育精兵 / 251
设备管理：四厂联动探索扩大项修新效用 / 255
降本增效：走出烟叶成本管控新路 / 259

物流管理：引入新技术变身“高大上” / 265
信息化：迈进第一方阵的先行之力 / 269
广州卷烟厂打造跟踪世界先进水平核心基地 / 275
广州卷烟厂创新生产管理全力保障新品生产 / 279
韶关卷烟厂苦练“好字诀”打造优秀卷烟厂 / 283
韶关卷烟厂深度挖潜搭建特色降本增效模式 / 287
梅州卷烟厂剑指梅州首个百亿企业 / 291
梅州卷烟厂获颁 “全国工人先锋号” / 293
湛江卷烟厂蝉联行业综合能耗对标冠军 / 297
湛江卷烟厂苦练内功助力精益生产上水平 / 301

第六章　凝心化人　传企业文化 / 307

风清气正　党建之魂 / 308

坚持不移推进全面从严治党　在行业高质量发展中走在前列 / 309
改作风改到群众心坎上 / 312
探索“两融入一延伸”党建模式 / 317
“融”到深处　“延”至心间 / 324
积极探索基层党建新模式 / 328
打造特别能战斗的党员队伍 / 333

红色引擎驱动“梅州智造” / 337

为百年双喜注入青春活力 / 342

弘扬公益　回报社会 / 346

广东中烟连续九年捐赠1000万元 / 347

“喜风”吹到沈北村 / 349

帮扶南雄邓坊村　点燃希望之光 / 353

暖心帮扶富山村 / 360

给孩子们带来艺术、爱与梦想 / 366

宣传搭台　品牌唱戏 / 372

广东中烟报举行十周年颁奖典礼 / 373

广东中烟精心打造双喜电视台首届主持人大赛 / 374

广东烟草工商企业联手举办双喜电视台第二届主持人大赛 / 376

开创企业宣传工作新局面 / 378

附录　企业发展纪略 / 383

第一章

四海探粤

沐领导关怀

张德江盛赞广东卷烟工业改革取得重大成就

关键要迈出“第三步”进行跨省合作

2006年8月11日，中共中央政治局委员、省委书记张德江对广东卷烟工业的改革作出重要批示，称赞广东中烟工业公司近几年的改革取得了重大成就，前两步的改革既积极又稳健。针对广东卷烟工业当前及下一步的改革与发展，张德江指出：“现在关键是要迈出第三步，即跨省合作。除与广西合作外，视野可以更宽一些，步子更大一些，还可以考虑与中西部其他省区市合作。将来还可以考虑到国外去设厂，实现跨国合作。”

近年来，全省卷烟工业改革得到了省委、省政府的高度重视，省委书记张德江先后多次作出重要批示，大力支持和亲自推动广东卷烟工业的改革与发展。此次是张德江书记2006年来对广东中烟工业公司工作的第二次批示，不仅高度评价了广东中烟近年来所取得的成绩，还对广东卷烟工业下一步改革与发展战略给予充分肯定，彰显省委、省政府对建设广东卷烟工业大省的高度重视。

提出建设广东烟草工业大省目标

早在2003年8月，张德江书记对广东中烟工业公司制定的全省卷烟工业改革与发展规划作出重要批示，准确地分析了当时广东卷烟工业较为分散、整体竞争力较弱的现状，率先提出建设广东烟草工业大省的目标，要求省委、省政府积极支持和实施卷烟工业企业组织结构调整工作。张德江指出："广东是烟草消费大省，销大于产，而生产又很分散，形不成有效的规模和有竞争力的品牌。如果不进行改革，不加快整合，现有的烟厂将面临险境。广东有条件成为烟草工业大省，出路在于调整结构，关键是处理好有关地区的利益关系。"其中，"险境"二字准确地勾勒出当时广东卷烟工业的困境所在，其"出路在于调整结构"的判断不仅为广东卷烟工业的改革指明了方向，也为下一步的发展明确了目标。

为做大做强广东卷烟工业，公司党组根据国家烟草专卖局的部署，科学地制定了广东卷烟工业改革"三步走"的发展战略。2004年1月，广州卷烟二厂、广州卷烟一厂联合兼并南海卷烟厂。当年4月，如期关闭湛江卷烟厂廉江分厂。"三步走"发展战略首战告捷，当年改革当年见效。

2004年8月，张德江书记专门作出批示，对广东卷烟工业改革的成效予以充分肯定，称赞广东卷烟工业改革迈出了重要的第一步，并且取得了明显的成效，要求认真进行总结。同时明确指出，下一步，要坚定不移地深化改革，在完成省内企业和品牌优化重组后，还可以考虑与省外企业合作，把广东烟草工业做大做强。

广东卷烟工业走出"险境"

2005年1月，广东中烟按计划顺利完成了"第二步"，实现了全省卷烟工业联合重组，形成一个法人多点生产的管理模式，总体竞争力跻身全国烟草行业前列，整合优势也得到了充分的体现。

一是总体经济效益增长显著。从2003年至2005年，全省卷烟工业税利增长近60%。同时，各卷烟厂的税利也分别实现较大幅度增长，其中，2005年梅州卷烟厂实现税收24.3亿元，比2003年改革前增幅超过两倍。

二是综合实力和经济效益综合指数不断提升。重组前，广东卷烟工业总体竞争力在全国较弱。其中，广东规模最大的广州卷烟二厂产量在全国排名第16位。重组后，作为单一法人，广东卷烟总厂的卷烟产量、税利总额均居全国第4位，为把广东建设成为烟草工业大省迈出了坚实的一步。

三是品牌集中度和产品结构不断提高。通过优化生产计划资源和实施牌号转移生产，使品牌集中度不断提高，2006年五大主导品牌集中度将达到99%以上。双喜产量由2003年的41万箱迅速增长到2005年的68万箱，增幅近66%，预计2006年将达到90万箱；五叶神品牌从2003年的6.2万箱增长到2005年的16.2万箱，仅两年多的时间产量增长10万箱，增幅达161%，2006年五叶神可超过18万箱。

据统计，2006年上半年，全省卷烟工业实现销售收入84亿元，实现税利58亿元，同比分别增加16%和21%，预计2006年全省卷烟产量可达到186万箱，可实现税利116亿元。总体竞争力的快速提升，不仅使广东卷烟工业走出了“险境”，也为广东的经济建设作出了突出的贡献。改革成效再次得到了张德江书记的高度评价，2006年8月11日他专门作出批示“祝贺广东中烟公司近几年改革所取得的重大成就”，并赞誉前两步改革既积极又稳健，要求加大跨省联合步伐。

积极推进跨区域合作

走出广东，推动广东和广西两省区卷烟工业联合重组是我省卷烟工业发展战略的“第三步”计划，也是行业深化改革的大势所趋。随着“9+2”泛珠三角区域合作步伐的加快，两广卷烟工业的联合重组正日趋成熟。为了早日实现省委、省政府提出的建设广东烟草工业大省的目标，公司党组积极贯彻落实张德江书记的批示精神，积极筹划与广西合作，推动跨省联合重组，进一步做大做强广东卷烟工业。

目前，双方正在向加大两地卷烟工业交流和整合的方向努力，以品牌联合生产为切入点，积极探索建立符合两广卷烟工业企业发展实际的管理体制和运行机制。双方希望通过品牌资源的共享，进一步优化企业的产品结构，更好地促进生产资源的合理流动，提高资源的配置效率，从而迅速提升两广卷烟工业的竞争实力。

（《广东中烟》　2006年8月31日　孙茂勇）

汪洋会见国家烟草专卖局局长姜成康

共同推进广东烟草行业做大做强

2010年5月31日，省委书记汪洋在广州会见了国家烟草专卖局局长姜成康。汪洋代表省委、省政府对姜成康来广东调研指导工作表示欢迎，对国家烟草专卖局长期以来给予广东经济社会发展的关心、支持表示感谢。

汪洋说，烟草行业是广东经济的重要组成部分，近年来利税总额居全省各行业之首。广东省委、省政府将全力支持全国烟草行业“卷烟上水平”的基本方针和战略任务以及发展目标，进一步加大双方的合作力度，共同推进广东烟草行业做大做强，特别是积极为双喜品牌发展成为全国性知名品牌创造有利条件和环境。希望国家烟草专卖局继续支持广东特别是粤北山区烟草行业的发展，在政策上给予倾斜和扶持，大力推进广东区域协调发展。

姜成康说，感谢广东多年来对国家烟草专卖局的大力支持。当前，国家烟草专卖局正大力实施“卷烟上水平”战略，加快烟草行业发展方式的转变，促进烟草产业结构调整，提高行业运行质量。广东烟草行业发展基础好、潜力大，在全国烟草行业中具有重要地位。国家烟草专卖局将统筹考虑广东烟草行业的改革发展，努力把双喜品牌打造成为全国最大的卷烟品牌之一，大力支持粤北山区烟草行业发展，为地方经济建设作出贡献。

（《南方日报》 2010年5月31日 岳宗）

胡春华会见国家烟草专卖局局长凌成兴

大力推动广东烟草改革发展

2013年9月13日，国家烟草专卖局局长凌成兴到广东调研，中共中央政治局委员、广东省委书记胡春华，省委副书记、省长朱小丹会见凌成兴，表示大力推动广东烟草改革发展。

胡春华首先感谢国家烟草专卖局一直以来对广东卷烟生产销售和烟叶种植给予的大力支持，希望国家局继续关心和支持广东烟草改革发展。他强调，凌局长提出的广东烟草打造行业最大卷烟品牌、最大销售市场、最大卷烟出口企业“三个最”的要求，是对广东的信任和支持，省委、省政府将大力推动广东烟草实现“三个最”发展目标。胡春华特别提到，广东烟草总体发展不错，尤其是在北部山区和一些欠发达地区，烟草产业发挥了重要的支撑作用，像梅州和韶关，两个卷烟厂就是当地的财政支柱，这两个地方的农民，有许多主要靠种植烟草增加收入。他希望国家烟草专卖局对地处山区的梅州卷烟厂和韶关卷烟厂给予更大支持，同时继续大力支持广东欠发达地区的烟叶产业发展，促进广东区域经济协调发展。

凌成兴感谢广东省委、省政府长期关心和支持广东烟草的改革发展，他用“一个非常震撼，三个名列前茅”高度评价了广东烟草的发展成绩。他指出，广州卷烟厂的技术改造非常震撼，在行业异地改造新建卷烟厂中首屈一指，无论是工厂规划，还是生产装备、企业管理、技术中心都堪称一流。同时，广东烟草重点品牌建设名列前茅，双喜品牌去年的产销规模和销售收入都位居行业前列；卷烟销售名列前茅，广东（含深圳）是全国最大的卷烟市场；利税总量名列前茅，广东烟草工商利税一直处于行业领先地位。他提出要在省委、省政府的关心支持下，将广东打造成全国最大的卷烟市场，将双喜打造成全国最大的重点品牌，将广东中烟打造成全国最大的卷烟出口企业。

省委常委、秘书长林木声，广东省烟草专卖局（公司）局长户春河，广东中烟总经理李根基参加了会见。

广东中烟成立十年来，累计上缴税金1143亿元，一直保持广东省纳税前三的地位，为国家和地方经济发展做出了积极的贡献。广东中烟属下的梅州卷烟厂和韶关卷烟厂作为当地的支柱企业，梅州厂上缴税利超过当地财政收入的40%，韶关厂则超过30%。广东北部山区还是广东最重要的烟叶产区，尤其是梅州和韶关地区，烟叶产量超过广东总量的90%，烟叶种植成为扶持当地经济发展的重要方式。

（《广东中烟》 2013年9月15日 宗合）

李希马兴瑞陈良贤充分肯定2018年工作成绩

广东省委省政府领导对广东中烟作出批示

2019年1月，广东省委书记李希，省委副书记、省长马兴瑞，副省长陈良贤分别对广东中烟作出批示，充分肯定2018年工作成绩，希望进一步抓好生产经营，为广东经济社会发展作出积极贡献。

李希在批示中指出：2018年，广东中烟公司超额完成年度目标任务，成绩优异。新的一年，希望进一步抓好企业生产经营，切实履行社会责任，更好助力精准脱贫，为广东经济社会发展作出积极贡献。

马兴瑞在批示中指出：2018年，广东中烟积极应对经济下行压力，着力做好稳销量、提结构、强管理、增税利各项工作，超额完成年度目标任务，值得肯定。希望在2019年认真学习贯彻习近平总书记视察广东重要讲话精神，以“六个新作为”推动企业实现高质量发展，为服务广东经济社会发展做出更大贡献！

陈良贤在批示中指出：感谢中烟给广东所做贡献！去年的“六个新成效”值得肯定！希再接再厉，扎实抓好今年的“六个新作为”，推动高质量发展再上新台阶，做新贡献！

（双喜电视台　2019年1月28日）

马兴瑞对广东中烟工作作出批示

充分肯定广东中烟利税总额持续提升

2018年2月11日，广东省省长马兴瑞对广东中烟作出批示，充分肯定公司2017年在提升利税总额和卷烟结构等方面取得的成效，要求坚持以习近平新时代中国特色社会主义思想统领全面工作，着力做好稳销量、调结构、强管理、增利税各项工作，为服务广东经济发展做出更大贡献。批示指出，2017年，广东中烟认真贯彻新发展理念，积极有效应对经济下行压力，努力开拓市场，创新产品研发，实现利税总额和卷烟结构持续提升，值得充分肯定。希望在2018年坚持以习近平新时代中国特色社会主义思想统领全面工作，按照高质量发展要求，进一步加快产品升级和质量优化，着力做好稳销量、调结构、强管理、增利税各项工作，为服务广东经济发展做出更大贡献！

（《广东中烟》 2018年2月28日 宗合）

朱小丹到梅州卷烟厂调研要求

抓好生产经营管理 扎实推进技改建设

2015年7月14日，广东省省长朱小丹在检查粤东西北地区振兴发展工作期间，到梅州卷烟厂调研，要求工厂贯彻落实好当前省委、省政府的重要决策部署，抓好生产经营管理，扎实推进技术改造项目建设，保证项目优质、安全、高效完成，为振兴梅州经济社会发展作出新的努力和贡献。

朱小丹一行深入梅州卷烟厂联合工房技改施工现场，了解整体规划、装备情况、生产能力和施工进度等方面情况，称赞梅州厂技改项目推进迅速、有条不紊。在卷接包车间，朱小丹察看生产现场，详细了解设备运行状态，并不时向旁边的广东中烟副总经理林孟昌询问双喜品牌的生产和发展情况。

朱小丹听取了梅州卷烟厂厂长饶智华关于发展历程和生产管理等情况的汇报，充分肯定梅州厂对地方经济社会发展作出的积极贡献，称赞工厂技术改造项目推进迅速，生产现场干净整洁，体现了扎实的基础管理水平。朱小丹指出，联合工房技改项目是梅州市重点建设项目，梅州卷烟厂要抓好生产经营管理，扎实推进技改项目建设，保证项目优质、安全、高效完成，继续加快发展步伐，促进生产技术水平升级，推动双喜产品结构提升，为梅州和粤东北地区经济腾飞提供有力支持。同时，要求梅州市委、市政府为梅州卷烟厂的发展提供良好的条件，推动工厂加快发展。

广东省政府相关部门负责人，韶关、河源、清远等地市委书记，梅州市委书记黄强、市长谭君铁等当地党政领导和相关部门负责人参加调研。

一直以来，广东省委、省政府都十分关心和支持广东中烟和双喜品牌的发展。中共中央政治局委员、广东省委书记胡春华多次指出，广东烟草总体发展不错，尤其是在北部山区和一些欠发达地区，烟草产业发挥了重要的支撑作用。希望广东烟草持续稳定发展，为广东经济协调发展作出积极贡献。朱小丹省长2011年底出席双喜300万箱下线仪式，近几年，多次为广东中烟发展作出重要批示，肯定双喜发展成绩，称赞广东中烟为广东经济社会发展作出重要贡献，要求双喜加快转型发展。

梅州卷烟厂一直是梅州经济的主要支柱，每年上缴税收总额超过梅州财政收入的40%，为当地经济社会发展作出了重要贡献。

（《广东中烟》 2015年7月31日 黄若韵）

朱小丹林木声肯定广东中烟成绩

以改革创新为动力 拓展市场　擦亮品牌

2016年1月，广东省委、省政府领导分别作出批示，充分肯定广东中烟去年以来的工作成绩。

2016年1月25日，广东省省长朱小丹在广东中烟2015年工作情况和2016年工作目标的报告上批示：过去一年，广东中烟狠抓高效营销、技术创新、精益管理、生产保障和队伍建设，有力化解下行压力，取得了“三增长、两平稳”的良好成绩，为全省稳增长、调结构作出新贡献。希望在“十三五”开局之年再接再厉，以改革创新为动力，拓展市场，擦亮品牌，再创佳绩。

2016年1月22日，广东省委常委、秘书长林木声批示指出：去年7月，我利用出访的机会参观了广东中烟投资柬埔寨的威尼顿公司，留下了极其深刻的印象。看了此材料，体会到广东中烟在卷烟生产、市场拓展和履行社会责任等方面付出的努力和取得的显著成效。

据了解，去年7月15日，林木声到广东中烟境外企业威尼顿公司调研，他指出：威尼顿公司经过多年的努力，成功破解了基地化生产、销售网络建设、综合经济效益这些难题，实现了企业的快速发展，是广东省政府实施“走出去”战略的成功典范，对于其他广东企业“走出去”具有非常重要的借鉴意义。

（《广东中烟》　2016年1月31日　宗合）

张建民在广东调研时强调

坚持稳中求进工作总基调 谱写高质量发展新篇章

2019年2月20日至22日，国家烟草专卖局局长张建民在广东、深圳烟草调研。

其间，广东省委副书记、省长马兴瑞会见张建民，副省长陈良贤参加会见；张建民会见广东省委副书记、深圳市委书记王伟中，深圳市委副书记、市长陈如桂。张建民分别与广东省、深圳市领导就当地烟草改革发展交换了意见。

国家烟草专卖局局长张建民（右二）在广东中烟广州卷烟厂调研

调研期间，张建民考察了广东省烟草专卖局（公司）20支烟草全零售现代网络建设情况，调研了广东中烟工业有限责任公司技术中心和广州卷烟厂、深圳烟草工业有限责任公司，了解了广州市烟草专卖局、深圳市烟草专卖局打假打私工作情况，走访了广州市、深圳市部分卷烟零售客户，并听取了广东、深圳烟草工商企业的工作汇报。

张建民对广东、深圳烟草改革发展取得的成绩给予充分肯定。他指出，广东、深圳烟草党建工作抓得紧、抓得实，为企业改革发展提供有力保障；烟草市场规模大、工商税利占比高，为地方经济发展作出重要贡献；落实国家局党组决策部署举措实、成效好，“大品牌、大市场、大企业”发展战略扎实推进；打假打私成效显著，有力维护国家利益、消费者利益；企业管理规范高效，努力推动依法治企、管理兴企。

就广东、深圳烟草下一步工作，张建民要求，要认真抓好全国烟草工作会议精神的贯彻，认真抓好行业高质量发展实施意见的落实，坚持稳中求进工作总基调，谱写高质量发展新篇章。一要坚定不移推进全面从严治党。坚持以习近平新时代中国特色社会主义思想为指导，把党的政治建设摆在首位，树牢“四个意识”，坚定“四个自信”，做到“两个维护”。深刻汲取赵洪顺涉嫌严重违纪违法及余云东、王志富、李天飞等腐败案件的教训，深入贯彻落实全面从严治党的要求，强化纪律意识和底线思维，自觉筑牢拒腐防变的防线；充分认识党风廉政建设和反腐败斗争的严峻形势，认真落实主体责任和监督责任，持续推动正风反腐工作向纵深开展。坚持把抓好班子、带好队伍作为一项重要政治任务，把从严管理干部贯穿到干部队伍建设全过程，着力造就忠诚干净担当的高素质干部队伍。二要全力推动高质量发展。确保高质量完成今年目标任务，认真抓好行业高质量发展实施意见的贯彻落实，积极发挥主观能动性，着力解决自身存在的困难和问题，大胆探索创新、系统谋划推动自身高质量发展的路径和措施，一手抓高质量发展，一手抓高素质干部队伍建设，同步推进高层次改革创新，按照高质量发展“六个转向”思路和要求，努力走出一条新路子，为行业提供可复制、可借鉴的经验。三要始终保持打假打私高压态势。强化对制假贩私源头的打击和治理，立足破网络、抓主犯，以侦办大要案为抓手，运用现代化信息技术，遏制增量、消减存量；借助扫黑除恶专项斗争有利时机，坚持打建并举、综合施策，铲除制假贩假滋生土壤，实现打假打私形势根本好转。四要密切关注新型烟草制品发展动向。对电子烟等新型烟草制品的发展趋势要深入研究，在创新体系建设、产品标准制定和市场监督管理等方面再下功夫，努力做到在战略上判断准确、工作谋划上科学主动，确保烟草行业的可持续发展。

张建民强调，要认真学习贯彻习近平总书记在省部级主要领导干部坚持底线思维着力防范化解重大风险专题研讨班开班式上的重要讲话精神，结合行业实际，增强风险意识，提高防控能力，确保经济运行平稳有序。

国家局发展计划司、专卖监督管理司、烟草经济研究所负责人参加调研。

（《东方烟草报》 2019年2月26日 李倩）

中共广东省纪委《粤纪办通报》专题刊发
广东中烟党组落实全面从严治党举措

突出重点环节和关键部位 强化“五位一体”监督

2016年12月30日，中共广东省纪委办公厅发布《粤纪办通报》，专题刊发广东中烟党组层层压实全面从严治党主体责任的做法和经验，对广东中烟突出重点环节和关键部位，强化“五位一体”监督的措施给予了充分肯定。

《粤纪办通报》指出，广东中烟党组近年来认真落实全面从严治党主体责任，把促进反腐倡廉建设与推动企业平稳快速健康发展摆在同等重要位置，采取了自上而下和内外相结合的“五位一体”长效监督措施，取得了企业快速发展与反腐倡廉的双赢效果：一是突出“两融入一延伸”，强化党组织常态化监督；二是突出交流轮岗硬约束，强化对领导干部和关键岗位人员监督；三是突出招标采购规范化，强化对重大项目和资金民主监督；四是突出内部控制管理，强化财务审计监督；五是突出抓早抓小严肃问责，强化纪检监察履职监督。

去年10月，广东省委常委、纪委书记黄先耀到广东中烟调研时，高度肯定广东中烟党建工作“三个同步”和“两融入一延伸”具有启发性，“五位一体”监督体系完善，要求进一步加强党的领导和党的建设，确保全面从严治党要求落到实处。

据了解，《粤纪办通报》已上报中央纪委办公厅，并同时发往广东省属国有企业党委（党组）、中央驻粤各国有企业党委（党组）、各地级以上市纪委和省纪委各派驻、派出机构。

（《广东中烟》 2017年1月15日 李程）

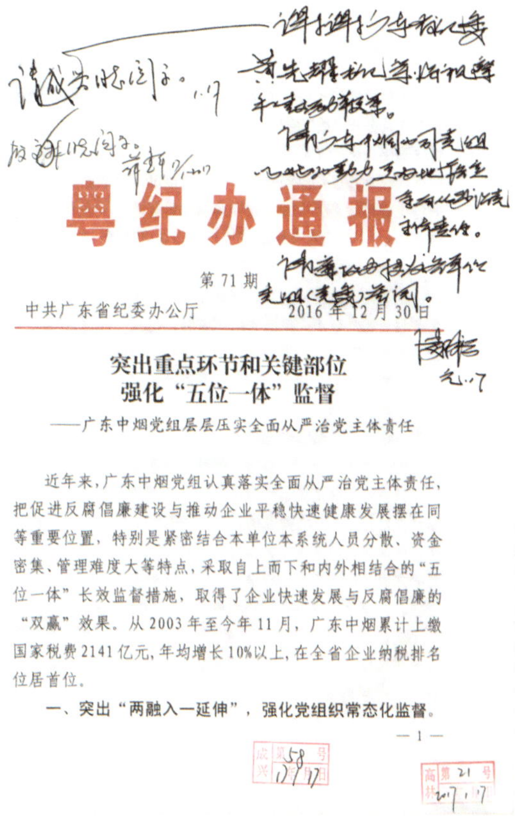

粤纪办通报

第 71 期

中共广东省纪委办公厅 2016 年 12 月 30 日

突出重点环节和关键部位
强化“五位一体”监督

——广东中烟党组层层压实全面从严治党主体责任

近年来，广东中烟党组认真落实全面从严治党主体责任，把促进反腐倡廉建设与推动企业平稳快速健康发展摆在同等重要位置，特别是紧密结合本单位本系统人员分散、资金密集、管理难度大等特点，采取自上而下和内外相结合的“五位一体”长效监督措施，取得了企业快速发展与反腐倡廉的“双赢”效果。从 2003 年至今年 11 月，广东中烟累计上缴国家税费 2141 亿元，年均增长 10%以上，在全省企业纳税排名位居首位。

一、突出“两融入一延伸”，强化党组织常态化监督。

— 1 —

2016年12月30日，中共广东省纪委办公厅发布《粤纪办通报》，专题刊发广东中烟党组层层压实全面从严治党主体责任的做法和经验。
时任国家烟草专卖局局长凌成兴对《粤纪办通报》所作的批示。批示内容：谢谢广东省纪委黄先耀书记亲临视察和鼓励鞭策。请广东中烟公司党组以此为动力，更好地落实全面从严治党主体责任。请廉政办转发各单位党组（党委）参阅。

凌成兴到广东调研要求

保持一个好势头 力争三个新作为

2016年12月10日，在广东烟草冲刺年度发展目标的关键时刻，国家烟草专卖局局长凌成兴到广东烟草调研，深入车间一线，走访零售终端，了解市场状态，听取工商汇报。在宏观经济下行的大环境下，广东烟草工商实现了凌成兴去年调研广东烟草时所提出的“产销保持领头羊，税利争取进一位”目标，出色的成绩让凌成兴感到十分满意。他指出，广东烟草工商振奋精神，努力工作，实现了“三个全国第一，一个位置前移”。他要求广东烟草要保持这个好势头，力争三个新作为。

调研期间，广东省省长朱小丹会见了凌成兴局长一行，副省长袁宝成参加了会见，双方就进一步推动广东烟草的发展达成共识。

保持了逆势增长好势头

“广东烟草取得了出色的成绩，可以概括为‘三个全国第一，一个位置前移’。”听了工商两家汇报后，凌成兴感到十分高兴。截至12月10日，经过工商双方的齐心协力，广东烟草实现商业销量全国第一，商业销售353.5万箱，增加了10.9万箱，同比增长3.2%；商业销售额1043亿元居全国第一，双喜红双喜品牌继续保持全国第一。工商税利总额2015年位列全国第八，实现了前移一位的目标。

凌成兴指出，今年以来，受宏观经济下行、提税顺价、控烟过激等多重因素影响，广东烟草仍然保持了“三个全国第一，一个位置前移”的好势头，广大干部职工确实很努力。凌成兴用三个“很大”肯定了工商所付出的艰苦努力：卷烟打假打私贡献很大，工业合作生产贡献很大，“走出去”发展贡献很大。特别是柬埔寨威尼顿集团有限公司的工业生产、市场营销，吴哥品牌成为柬埔寨的国烟，是全行业“走出去”发展的典范。

2016年，广东中烟把提振信心和稳销量提结构摆在重要位置，努力提高企业经济运行质量，在新品研发和培育、市场状态调整、降本增效、国际市场开拓、巡视整改和党建工作等方面实现了新成效。广东中烟党组书记、总经理唐健介绍，2016年，广东中烟实现一类烟新品销量1.16万箱，二类烟新品销量1.75万箱，在一定程度上缓解了产品价格倒挂、市场竞争力下降的趋势。在广东烟草工商共同努力下，双喜在广东市场累计销售164.8万箱，同比增长3.5万箱，增幅2.2%，全省市场份额保持在54.2%。截至11月底，广东中烟降本增效工作累计完成1.25亿元，提前完成了年度1.2亿元的降本目标。威尼顿集团有限公司预计实现销量59.2万件，增长1.1%，预计实现税利2200.6万美元，增长21.1%。党建工作“两融入一延伸”以及“五位一体”监督体系，受到了广东省纪委书记黄先耀的高度赞誉。

力争实现三个新作为

什么是好势头？凌成兴提出了明确要求，就是“三不一进位”。“三不”是指，工作不松劲，税利不回落，职工不降薪。“一进位”就是工商税利总额争取今年再进一位。

凌成兴指出，广东烟草要力争实现三个新作为。一是力争稳中求进新作为。中央政治局会议指出，坚持稳中求进工作总基调是治国理政的重要原则，2017年要“稳产销、提结构、压库存、增税利”。二是力争创新发展新作为。要打造“三个新优势”，调动“两个积极性”。烟草行业在“十三五”要建成创新型行业这样的目标，就是要持之以恒抓产品研发，持之以恒抓老品的升级和改造，持之以恒抓技术创新，持之以恒抓技改项目，持之以恒抓精益管理。要调动高新技术人员以及广大员工的积极性。三是力争打假打私的新作为。广东烟草打击假、私烟，包括回流烟的任务特别繁重，打击电子烟的任务也特别繁重。不能让假烟犯罪分子坐大，不能让走私烟犯罪分子坐大，不能让卖大户乱市场的倒烟分子坐大，广东烟草要再接再厉，紧绷打假打私这根弦，为全国烟草市场的持续健康发展作出新的贡献。

国家局办公室、中国烟叶公司、中国卷烟销售公司负责人参加调研。

（《广东中烟》 2016年12月15日 张永峰）

黄先耀到广东中烟调研企业党建工作要求

落实两个责任　推动从严治党

2016年10月18日，距离全国国有企业党的建设工作会议闭幕仅一周的时间，广东省委常委、纪委书记黄先耀来到广东中烟调研，传达贯彻习近平总书记的重要讲话，详细了解广东中烟党建工作和生产经营情况，高度肯定广东中烟党建工作“三个同步”和“两融入一延伸”具有启发性，“五位一体”监督体系完善，赞扬广州卷烟厂党的组织健全、党员活动规范、廉政文化丰富，要求进一步坚持党的领导、加强党的建设、落实全面从严治党，为地方经济社会发展做出新的更大贡献。

时任广东省委常委、纪委书记黄先耀（中）在唐健（右）的陪同下深入广州卷烟厂调研

广东省纪委副书记、监察厅厅长王衍诗，广东省纪委常委张晓牧，广东省纪委八室主任熊作福参加调研。

三同步两融入一延伸　构筑反腐牢固防线

迎着和风细雨，黄先耀一行轻车简从到达广州卷烟厂，在广东中烟党组书记、总经理唐健，纪检组长王国飞的陪同下，先后参观了制丝车间和卷接包车间。进入厂区，黄先耀被浓厚的“党建”元素和“喜文化”吸引。生产车间的走廊里，展示着从党中央到基层的党建文化内容，包括车间支部不久前“手抄党章”活动的优秀作品。在一块块颇具特色的党建看板面前，黄先耀不时驻足，详细了解党建开展情况，频频对看板的内容点头称赞：“传承了国企的优良传统，企业的学习氛围浓厚，党建活动开展得实实在在！”

参观结束后，唐健主持召开座谈会，欢迎黄先耀书记率领广东省纪委一行到企业指导党建工作，并代表公司党组围绕生产经营、党风廉政建设、企业党建工作以及促进地方经济发展，作了题为《强化党的建设　筑牢反腐防线　促进企业持续健康发展》的工作汇报。唐健介绍，广东中烟自2003年成立以来，在国家烟草专卖局以及省委、省政府的指导下，锐意改革，积极创新，累计上缴税费1950亿元，年均增长率13.42%，为地方经济的发展做出了积极贡献。党的十八大召开以来，广东中烟党组坚持把党建工作融入生产经营的各个环节，做到坚持党风廉政建设与生产经营、日常工作同落实，与年度总结同考核，努力打造“一个支部一个特色”，让优秀党员融入广大干部职工，树立“一个党员一面旗帜”，同时，还把基层党组织延伸到境外企业，践行“企业发展到哪，党组织就覆盖到哪”，全力促进经济发展，承担企业社会责任，为财政税收增长作出了积极的努力。黄先耀认真听取汇报，不时对广东中烟扎实的党建工作和卓越的贡献点头赞许。

公司党组成员、纪检组长王国飞围绕“如何抓住关键环节，强化执纪监督，扎实推进企业反腐倡廉建设”作了汇报。广东中烟创新的烟草行业特色“五位一体”监督方法，受到调研组的高度肯定。为保障广东中烟持续健康平稳运行，一是突出对领导干部的监督，二是创新信息化管理监督，三是加强民主监督，四是完善纪检监察的再监督，五是结合财务审计监督。“五位一体”监督体系互为支撑，互为补充，互为协调。广州卷烟厂党委书记、厂长李斌以及部分与会代表分别发表党建或纪检工作感想，黄先耀认真垂询基层党建的细节，逐一解答纪检工作的困惑。

在“不想腐不能腐不敢腐”上见成效

在仔细听取了相关汇报和发言后，黄先耀对广东中烟的党建工作做出了高度肯定。“在广州卷烟厂的党建看板上，我看到这里党组织健全，党员活动规范，廉政文化丰富多彩，这些看板明显不是为迎接检查而制作，很有看头，做得确实比我想象中要好。”黄先耀表示。广东中烟党风廉政建设“三个同步”和“两融入一延伸”也给黄先耀留下了深刻的印象：“你们在党的建设方面的一些经验，做得很好，值得学习和推广。”为防止国有资产流失、保证国有资产安全、实现国有资产保值增值，广东中烟大胆尝试转变监管方式，所构建的具有烟草行业特色的“五位一体”监督体系保障了企业持续健康平稳运行。这也给黄先耀留下了深刻的印象：“这个体系比较完善，作用也发挥得比较好。”

黄先耀强调，要认真贯彻落实习近平总书记在全国国有企业党建会议上的讲话精神，全面加强企业党建工作。一是要坚持党的领导，处理好党委会跟董事会、监事会、经理层、职代会之间的关系，做到各司其职、无缝衔接、协调运转，发挥党委领导核心作用，把握好企业发展方向；二是要加强党的建设，做到组织全覆盖、人员全覆盖、活动全覆盖，坚决杜绝“弱化、淡化、虚化和边缘化”的问题；三是要全面落实从严治党要求，最主要是落实党委主体责任和纪委监督责任。

针对如何落实党委主体责任和纪委监督责任，黄先耀进一步指出，落实党委主体责任，是要在“不能腐”和“不想腐”上见成效，关键要抓好五项工作：一是强化日常教育，尤其是理想信念宗旨教育；二是健全、完善、落实管党治党相关制度；三是加强日常管理，对问题防微杜渐；四是选好人、用好人，营造企业良好的政治生态；五是支持纪检监察部门履行监督执纪问责的职责。落实监督责任，要在“不敢腐”上见成效，就是要发挥纪委监督执纪问责的作用，从而形成震慑，让人不敢去做违纪违法的事。强化落实“两个责任”，在国有企业推动全面从严治党，最终是要让干部安全健康成长，保障生产经营持续健康发展。

广东省纪委副书记、监察厅厅长王衍诗充分肯定广东中烟的党建工作，认为广东中烟高度重视党建工作，办法多、基础好。王衍诗要求纪检监察部门今后要进一步加强监督执纪问责，只有多做一些咬耳扯袖、红脸出汗的事情才是对干部真正的关心，才能保障企业持续健康发展。

广东中烟领导班子，以及相关部门负责人参加座谈。

（《广东中烟》　2016年10月31日　张永峰）

林少春对广东中烟作出批示

以高质量党建工作推动企业高质量发展

2019年2月，广东省委常委、常务副省长林少春对广东中烟作出批示，充分肯定2018年各项工作成绩，希望聚焦主业、创新发展，为广东经济建设作出新的更大贡献。

林少春在批示指出：2018年广东中烟深入学习贯彻党的十九大精神，认真学习贯彻习近平总书记视察广东重要讲话精神，企业持续健康发展，实现上缴税利创历史最高水平，为地方经济发展做出了积极贡献。希望新的一年，继续深入学习贯彻习近平新时代中国特色社会主义思想，牢固树立新发展理念，聚焦主业、创新发展，以高质量的党建工作推动企业高质量发展，为广东经济建设作出新的更大贡献。

（双喜电视台　2019年2月18日）

杨培森高度肯定广东中烟党组专题民主生活会

深化“两学一做”促进企业持续健康发展

2016年12月28日，广东中烟召开党组2016年专题民主生活会，国家烟草专卖局副局长杨培森，广东中烟党组书记、总经理唐健以及党组成员张穗强、区广安、袁汉辉、王国飞，副巡视员李显万参加会议。

唐健代表广东中烟党组进行汇报发言。唐健表示，广东中烟专门召开了党组会部署此次民主生活会的各项准备工作。会前，以发放意见征求表、座谈了解的形式，全面征集公司各部门、中心、工厂，对党组在贯彻执行党的政治纪律、政治规矩，落实党风廉政建设主体责任等六个方面的意见和建议，共归纳整理了52条，为开好专题民主生活会打下了良好的群众基础。会前公司党组成员之间深入开展了谈话谈心，与自己的分管部门负责人之间、所挂点党支部的党员代表都开展了谈话谈心，谈透了问题，沟通了思想。每位党组成员坚持高标准、严要求，把功夫下在专题民主生活会前，认真对照《关于新形势下党内政治生活的若干准则》《中国共产党党内监督条例》，从理想信念、政治纪律和政治规矩、作风建设、担当作为、过组织生活、落实全面从严治党责任六个方面，认真分析自身存在的问题，剖析问题实质，认真撰写个人发言提纲。

杨培森高度肯定了广东中烟党组专题民主生活会，他指出，广东中烟党组民主生活会开得很好，主要表现在三个方面：一是“两学一做”学习教育开展得很好，工作能够结合广东中烟的实际，抓得很深入，也很有特色，对广东中烟的“两学一做”和党建工作都有很大的推动；二是会前做了充分准备，精心制订方案，广泛征求群众意见，深入开展谈心活动，认真撰写班子对照检查材料，拟定个人发言提纲，材料的质量比较高；三是主题突出，对照《准则》《条例》的规定和要求，从理想信念等方面查找存在的突出问题，聚焦政治合格等方面的要求，进行党性分析，开展批评和自我批评，质量比较高。

杨培森强调，广东中烟党组要认真学习贯彻党的十八届六中全会精神，抓好“三个认真学习”，做到“一个衷心拥护”。“三个认真学习”，一是认真学习领会习近平总书记受中央政治局委托所做的工作报告；二是认真学习《准则》《条例》和习近平总书记对《准则》《条例》的说明；三是认真学习习近平总书记在全会第二次全体大会上的讲话精神，各级党组织和广大党员干部要衷心拥护习近平同志在党中央的核心地位，在思想上政治上行动上与以习近平同志为核心的党中央保持高度一致。要切实解决党员队伍和基层党建工作中存在的突出问题，充分发挥党支部的主体作用，促进“两学一做”常态化、长效化，认真落实“三会一课”、民主生活会、领导干部双重组织生活会，民主评议党员，谈心谈话制度，要坚持开展批评与自我批评。要加强组织领导，落实党建工作主体责任和监督责任，各级领导干部要率先垂范，以身作则，充分发挥领导干部的示范作用，带头做表率，做模范遵守党章党规的表率，做严守党的政治纪律和政治规矩的表率，做不忘初心、继续前进的表率。每个分管领导都要对分管领域廉政建设和反腐败负主要监督责任，层层传导压力，抓好主体责任和监督责任的落实。要联系实际，通过“两学一做”促进广东中烟各项工作持续健康发展。行业两烟生产经营面临前所未有的困难，要坚定信心，以坚忍不拔的意志、百折不挠的勇气、排除万难的决心，破解发展难题，战胜各种困难和挑战，努力完成国家局下达的各项目标任务。

（《广东中烟》 2016年12月31日 张永峰）

徐瑾到广东烟草调研要求

一家人一条心一股劲培育双喜

2014年7月21日至22日，国家烟草专卖局副局长徐瑾到广东调研，走市场、进工厂、听汇报、访零售户、看新型卷烟，了解广东烟草的营销工作和市场情况。

徐瑾用“风景这边独好”高度评价广东烟草上半年成绩，要求

徐瑾（前排右二）副局长到广州卷烟厂调研

广东烟草认真总结卷烟营销、工商协同、物流管理的好方法和好经验，为行业发展作出更大贡献。

广东烟草风景这边独好

两天来，在广东中烟董事长、总经理李根基，广东省局（公司）局长、总经理户春河的陪同下，徐瑨走访市场，深入零售商户，了解市场价格、商户库存、经营毛利率；参观广州市烟草专卖局（公司）物流中心、广东中烟广州卷烟厂和技术中心，了解广东中烟新型卷烟研发情况，听取广东烟草工商企业的工作汇报，走得深入，访得仔细，看得认真，听得细致，广东烟草良好的运行状态立体地展现在他面前。

广东中烟党组副书记、副总经理唐健，广东省烟草公司副总经理陈焕平分别汇报了工商企业工作情况。上半年，双喜发展呈现规模略有增长、结构提升、价格坚挺、库存合理等几大特点，销售157.2万箱，同比增长0.6万箱，商业销售额达349亿元，同比增长4.8%，广东中烟实现税利同比增长8%；广东省烟草公司销售卷烟177万箱，同比增长3.73%，实现税利增长11.8%。在行业销量同比持平的大环境下，广东大市场和双喜的增长显得尤为可贵。

“广东烟草逆势大幅上扬，可谓风景这边独好。”徐瑨用“四个良好”肯定广东烟草发展，“上半年经济运行情况良好，卷烟市场状态良好，双喜发展态势良好，队伍精神面貌良好。”

中国卷烟销售公司总经理曹华青对广东烟草不吝赞赏：“我对广东市场和双喜的发展感到振奋和鼓舞，广东增量最大，对行业增长贡献度最高，为行业销量持平作出了特殊贡献。”中烟商务物流有限责任公司总经理董传国也表示，广东烟草的发展让人信心倍增。

总结工商协同经验培育好双喜

今年以来，一场前所未有的卷烟营销“大会战”打响，广东烟草发起了最高规格、最大规模、最密切合作的工商协同，目的只有一个：培育双喜（邮喜）。

功夫不负有心人，工商协同创造了邮喜令人瞩目的成绩。

广东烟草工商亲密无间的协同，以及共同缔造的“邮喜传奇”给徐瓒留下了深刻的印象，他要求广东烟草认真总结工商协同好的做法，为培育双喜作出新的贡献，一家人、一条心、一股劲，把培育双喜作为广东烟草工商的共同责任，把着力终端、重心下移作为营销方式转变的重点，把突出特色作为新的增长点。要认真总结营销工作好的方法，为行业销量增长作出更大贡献；要保证适销对路的货源，保证良好的市场状态，保障良好的市场环境，坚决扼止真烟非法流动；要认真总结物流管理好的方法，为行业推进物流精益管理进行探索，探索工商一体物流，探索物联网技术应用，探索非法人独立实体化运作。

我是广东中烟老员工

“我是广东中烟老员工，会向国家局党组反映你们请求的问题，并全力支持解决。”当广东中烟请求国家局解决新增生产计划需求等问题时，徐瓒真诚地说。2007年11月到2010年6月，徐瓒担任广东中烟工业有限责任公司第一任董事长。

心存“老员工”情怀，多年来，不管在哪里，不管在哪个岗位，徐瓒始终关心和支持着广东中烟和双喜发展。

2007年至2010年，徐瓒领导的董事会，支持了双喜跨越式发展。2010年6月，徐瓒就任江西省烟草专卖局（公司）局长、总经理，双喜在当地市场的销量从2009年4.4万箱增长到2013年的11.2万箱，年均增幅达到27.1%，单箱销售收入从1.55万元提高到1.86万元。2012年7月，徐瓒履新任北京烟草专卖局（公司）局长、总经理，同年底，推行市场化取向改革，按订单组织货源，按需求衔接计划，按价格调整策略，双喜也由此启动快速发展模式，双喜在北京市场销量2012年同比增长37%，2013年同比增长48.2%，今年上半年销量同比增长57.7%，增幅在行业大品牌中居于首位；超高端卷烟也取得明显突破，双喜（珍藏）上半年销量突破271箱，占双喜（珍藏）全国总销量的26%。

（《广东中烟》 2014年7月31日 熊颖艳）

段铁力到广东烟草调研要求

努力保持经济运行良好态势和产销领头羊地位

2017年11月21日，国家烟草专卖局副局长段铁力到广东市场调研，走访了广州、东莞、深圳部分卷烟零售客户，详细了解市场最新情况。

调研期间，段铁力一行在广东省烟草专卖局（公司）党组书记、局长、总经理刘依平和广东中烟党组书记、总经理唐健的陪同下，来到广州市越秀区的多家卷烟零售店面，深入调研品牌培育和销售网络建设工作。在广州金叶店内，段铁力仔细了解卷烟销量、价格、毛利率和双喜品牌销售情况，当得知双喜新品销售情况良好，部分新品甚至供不应求时，段铁力连连点头，对广东烟草工商企业今年以来的成绩给予肯定，指出双喜是中国卷烟第一大品牌，广东省是国内第一大卷烟市场，广东烟草人要再接再厉，坚持以党的十九大精神为引领，努力保持经济运行良好态势和产销领头羊地位，继续保持卷烟打假打私高压态势，狠抓规范经营和降本增效不放松，抓班子带队伍，不断提升品牌培育效能、产品研发能力和产品竞争力，推动各项工作稳步前进，为行业持续健康发展作出新的更大贡献。

段铁力一行还到位于珠江城的广州荷花品牌发展中心，详细了解工作模式和运营成效。该中心自去年5月成立以来，通过“视触听嗅味”五觉视频的展示和宣传，向零售客户和消费者进行了活化传导，逐步丰富了市场对于“荷花”品牌的认知深度和广度，并以市场为原点开展品牌研究，收集品牌第一手市场资料及信息，为品牌发展研究和工商协同工作开展提供翔实可靠的基础支撑。

段铁力一行还到东莞市烟草专卖局（公司）调研物流在建项目，并考察了深圳烟草新物流中心建设项目和深圳烟草工业有限责任公司，对相关工作提出具体要求。

国家烟草专卖局经济运行司司长徐维华、中国烟草实业发展中心总经理赵琦以及广东烟草工商企业班子成员参加调研。

（《广东中烟》 2017年11月30日 李程 黄嘉荣）

第二章

勇毅笃行

领变革发展

四家烟厂合而为一　广东卷烟总厂成立

粤烟大重组打造烟草航母

经过近半年的酝酿，广东卷烟工业历史上最大规模的一次合并重组新鲜“出炉”：广州卷烟二厂、韶关卷烟厂、梅州卷烟厂、湛江卷烟厂强强联合，正式合并为一个法人企业即广东卷烟总厂，并于2005年1月12日上午在广州举行隆重的挂牌仪式。

据悉，从2005年1月1日起，四家烟厂已顺利完成财务并账和市场整合等各项工作，重组后的广东卷烟总厂与广东中烟工业公司按照“一套机构、两块牌子”模式运作，原有的4家卷烟厂不再具有法人资格，成为广东卷烟总厂的生产点。至此，广东卷烟工业第二步发展战略顺利完成。

这是继广州卷烟二厂、广州卷烟一厂2004年1月成功联合兼并南海卷烟厂后，广东卷烟工业又一次大规模的改革。将全省的卷烟企业合并为一个法人企业，这不仅是广东卷烟工业发展史上最大的一次跨越，也是中国烟草工业史上规模最大的一次改革。

权威人士预测，重组后的广东卷烟总厂税利总额将接近100亿元，企业规模居全国烟草行业前列。

广东卷烟工业的“三级跳”

从全省属下的7家烟厂到第一次重组后的4家企业，再到现在的一个卷烟总厂，仅经过短短一年多的时间，广东卷烟工业便顺利而又稳健地走完了省内大重组的路程。按照原定计划，下一步将着手

2005年1月，广东卷烟总厂成立

实施跨省联合重组。

这一切，早在2003年5月广东中烟工业公司成立之初就已开始酝酿。而“三步走”的发展战略被业界普遍认为是广东卷烟工业战略调整的“三级跳”，这不仅是简单的规模整合，而且是资源优势的整合。正如国家烟草专卖局局长姜成康评价：“广东卷烟工业在行业的联合重组中走在了全国的前面，在联合重组中保持了稳定，促进了发展，取得了明显的成效。”姜成康认为，做大不是目的，做强才是最终目标，联合重组是广东卷烟工业做强的前提。

广东中烟工业公司总经理、广东卷烟总厂法人代表李根基表示，合并重组有利于实现做精做大优势品牌，进一步提升广东卷烟工业的整体实力的目标。他认为，联合重组打破了原来的格局和机制，有利于企业做大做强，初步改变了“散”的现状，企业优势得到很大发展。通过有效整合，可以快速提高广东卷烟工业的总体竞争力，使广东卷烟工业的潜力和优势得到充分发挥。

事实印证了这一切。广东烟草工业的兼并重组引来同行的瞩目：尽管卷烟工业产量同比基本持平，销量同比微增，但由于产品结构优化，畅销品牌份额加大，经济效益大幅提升。2004年，全省卷烟工业实现利税总额88亿元，增长40%，此增长速度位于行业前列。

将双喜做成最大区域性品牌

据了解，广东卷烟总厂将大力发展双喜、椰树、羊城、红玫、五叶神五大品牌系列。前不久，这5个品牌被列入全国卷烟产品百强牌号目录，意味着广东烟草的主打品牌已进入全国重点扶持和发展的品牌之列，广东卷烟品牌的竞争力将明显增强。

其中，双喜作为粤烟的领军品牌，产销量一路飙升，可谓是广东卷烟品牌做大做强的一个典范。统计显示，双喜一直呈价升量增的趋势：2004年，双喜品牌产量突破50万箱，比2003年增长22%。值得一提的是，五叶神在激烈的竞争中成功探索出一条独具特色的中式卷烟之路，短短几年时间销量连续翻番，至2004年销量突破13万箱，被国家烟草专卖局确定培育为中式卷烟品牌之一。目前，广东卷烟品牌集中度不断提高，五大品牌产销量已从2003年占全省产销量的65%提高到2004年的76%，被业界誉为粤烟的5个“王牌”。

有关人士透露，双喜作为五大品牌系列的旗舰产品将被做成全国最大的区域性品牌，下一步目标是达到年产100万箱以上规模，在华南形成区域强势后向全国市场拓展；将五叶神培育成为能与洋烟抗衡的中式卷烟代表品牌之一，产量将会进一步增加，力争成为全国性高档卷烟品牌。

粤烟工业造大船出海

散，多年来一直制约着广东卷烟工业的发展。一年多前，省内共有7家卷烟厂，其中除广州卷烟一厂和广州卷烟二厂属于国家扶持的全国36家重点卷烟工业企业外，其余5家都属于国家局规定要进行调整、重组的对象，突出的特点是工业品牌较多，规模不大，难以形成竞争优势。

2003年9月，中共中央政治局委员、省委书记张德江曾对广东卷烟工业发展作出重要批示："广东是烟草消费大省，销大于产，而生产又很分散，形不成有效的规模和有竞争力的品牌。如果不进行改革，不加快整合，现有的烟厂将面临险境。广东有条件成为烟草工业大省，出路在于调整结构。""险境"二字准确勾画出广东烟草面临的严峻形势。

2004年1月，新的广州卷烟二厂成立后，广东卷烟工业格局虽有明显改变，但集中度仍较低，还不具备较强竞争实力。有关统计显示，目前省内4家烟厂全年税利合计88亿元，然而这在全国并没有明显的竞争优势，与国内大企业相比仍有差距。显然，如果不构建一个大企业，单靠小企业单枪匹马闯市场，在激烈的行业竞争乃至今后的国际竞争中，广东卷烟工业险境重重。

当广东掀起重组大潮之际，全国烟草改革也在紧锣密鼓地进行。2003年，通过联合重组，全国卷烟工业企业从123家调整到84家，到2004年底已缩减到56家。按国家局计划，将再用3年时间调整到30—50家。显然，逼人的形势和日益加剧的市场竞争没给广东烟草工业留下任何喘息的机会。

为此，从2004年下半年以来，广东中烟工业公司在确保生产经营稳定的基础上，将工作重点转到全省大重组上：2004年8月，属下的4家烟厂职代会全票通过合并重组方案；9月，广东中烟工业公司和4家烟厂举行合并重组签约仪式；10月，省政府常务会议讨论并通过重组方案；当月，国家局正式批准重组方案。2005年1月1日，4家烟厂成功并账标志着广东卷烟工业改革第二步战略胜利实现。

"这种重组不是简单地把企业堆积在一起，而是全面整合广东中烟工业公司和4家烟厂的资源，实行一体化运作。"李根基坦言，通过重组，企业资源得到优化配置，品牌强势和资源优势给广东烟草工业带来一个快步发展的机遇。目前，这种以优势品牌为纽带，以强势企业为龙头，通过调整企业组织机构实现企业规模和品牌扩张的预期目的已经达到，广东卷烟工业跨入发展的快车道。

据统计，2004年在卷烟产量与2003年持平的基础上，全省卷烟工业经济效益大幅提高，累计实现税利总额88亿元，同比增长40%，增幅居全国之首。广东卷烟工业整体水平已跻身全国烟草先进行列，对于身为卷烟消费大省但品牌和规模竞争力并不突出的广东来说，这无疑是一个重大突破。广东卷烟总厂的成立，将使广东卷烟工业向更高层次、更高水平迈进。

广东卷烟工业跨省扩张在即

走出广东，走跨省联合重组之路是广东卷烟工业改革战略的第三步棋。广东卷烟工业“外拓”有诸多优势。首先，广东市场销大于产，地产烟供不应求，市场仍有一定的需求缺口，这是其他强势企业不具有的优势。其次，广东消费能力巨大，也给广东卷烟工业继续扩展创造了条件。另外，广东的卷烟品牌具有较强的竞争力和生命力。长期以来，在经受了外烟、走私烟、假烟和非渠道烟的各种冲击之后成长起来的广东现有品牌烟，尤其是双喜、五叶神等品牌已经形成了自己独特的风格。

有关资料显示，2004年广东市场卷烟销售量达200多万箱，而地产烟的产量为176万箱，除部分省外销售外，省内市场仍有较大的潜力。不过，这从另一方面也说明广东市场竞争已经达到白热化程度，可谓有机遇更有挑战。目前全球烟草集中度不断提高，跨国烟草并购速度也在加快，随着综合实力不断增强，广东卷烟工业向外拓展是必然的。

记者从广东中烟工业公司证实，从2004年初开始，广东、广西两省区中烟公司已经进行了多次磋商，并对两地卷烟品牌和市场进行实地考察，两省区重组工作正在酝酿之中。业内人士称，双方已相互倾慕多时，两省区“联姻”只是时间问题。

（《南方日报》 2005年1月12日 孙茂勇）

两广卷烟工业实施跨省联合重组

广东中烟致力 做中国最具竞争力的烟草企业

备受关注的广东中烟跨省联合重组终于浮出水面。笔者获得证实，国家烟草专卖局已于9月批复广东中烟工业有限责任公司和广西中烟工业公司跨省联合重组的协议。

重组改制后的广西中烟股东将由中国烟草总公司和广东中烟组成。

两广中烟实施跨省联合重组，正式拉开全国烟草行业省级工业公司联合重组的序幕。外界曾经把广东中烟五年三大步的改革奇迹评价为中国卷烟工业改革的“广东模式”。历经五年酝酿，两广合作如愿以偿，实现了“第三步”质的飞跃，又一次成为行业改革的排头兵。

跨省重组做大品牌

经过五年蓄势，2008年5月16日，广东中烟工业有限责任公司和广西中烟工业公司跨省联合重组协议在广州签订，标志着酝酿了五年的“第三步”发展战略终于迈出实质性步伐。

广东中烟有关部门接受采访时介绍，此次两广中烟跨省重组，是在国家烟草专卖局的指导下，双方坚持“以公司为主导，以市场为基础，以品牌为支撑，以资产为纽带”的原则，经过充分沟通协商，在资源优化配置、品牌整合等影响企业长远发展的重大问题方面，达成广泛共识。

根据协议，两广中烟将致力于做大双喜等重点骨干品牌，加强协同营销并共同推动对方品牌在本地市场的销售，同时在经济运行、资金信息、企业文化建设、品牌建设等方面加强沟通，促进两广卷烟工业共同发展与和谐烟草建设。

据了解，两个省级中烟公司共同签订联合重组协议在行业中还是首次。事实上，两广中烟联合重组酝酿了多年，经过多次磋商，并于最近就两广卷烟工业采取双向持股方式进行联合重组事宜达成了共识，迈出了实质性的一步。

广东中烟总经理李根基透露，接下来，企业要积极创造条件，大胆地“走出去”，要通过跨省联合，进一步做大做强两广卷烟工业，进一步做大双喜品牌。“除了与广西合作之外，我们还要努力实现更大范围的联合重组，进一步做强企业，做大品牌。”

13字发展新目标

“广东中烟的将来究竟如何定位？企业的未来究竟要达到一个什么样的目标？我们认为，大家必须把眼光放得长远一些。”李根基前不久在公司会议中提出了一个更高远的发展目标，广东中烟的目标就是要“做中国最具竞争力的烟草企业”。

这是继广东中烟“三步走”战略以后提出的又一个战略目标。国家烟草专卖局局长姜成康在视察广东中烟时曾表示，作为2003年全行业工商分离的试点之一，广东卷烟工业在近年行业改革中走在了前面。

“做中国最具竞争力的烟草企业”——短短13个字的目标到底包括了怎样的内涵？对此，李根基认为主要包含两层意思：一是广东中烟要敢于争先，要敢于争第一；二是广东中烟要在企业综合实力方面做全行业最强的企业。他认为，企业之间的竞争，不是单纯地依靠规模的大小、产量的多少，而是要靠品牌、技术、人才、管理等多个方面的竞争力。“包括具有全国规模最大、市场竞争力最强的品牌，具有行业领先的技术和最优秀的研发队伍，具有行业最

通过跨省联合，进一步做大做强两广卷烟工业，做大双喜品牌

优秀的国际化管理人才等。”也就是说，广东中烟将来不一定是规模最大的，但可以做到是最强的。

提升核心竞争力

回顾企业五年来的发展历程，广东中烟所制定的企业发展目标是随着行业改革步伐的深入而不断提升的。确立“做中国最具竞争力的烟草企业”的新目标，是基于广东中烟未来打造百年基业的信念。

整合初期，广东中烟确立的目标主要是顺利实现省内整合。随着各项整合工作的完成，目标也根据实际情况不断调整。2005年，广东中烟提出，把企业培育成为在行业具有较强竞争力的重点骨干企业。这个目标主要是为了发挥整合优势。2006年，广东中烟提出要努力进入全国行业的“两个十多个”之列，即企业规模和品牌规模均进入全国十多个之列。

2007年，广东中烟继续提出以进入“两个十多个”，努力实现“两个转变”，实现企业由大变强。

2008年来，广东中烟继提出要努力成为行业的关键少数之一之后，近期进一步明确提出新目标：做中国最具竞争力的烟草企业。

专家提出，近年来启动的全国烟草行业改革给企业提供了难得的发展机遇。尽管广东卷烟工业改革和探索的步伐一直没有停顿过，但随着全国烟草行业改革的不断深入，卷烟工业已经呈现出大对大、强对强、快对快的竞争格局，市场竞争更加激烈，未来面临的任务与挑战也会更加艰巨。

（《南方日报》 2008年11月4日 谢思佳）

五年改革实现“三步走”
广东中烟由散弱走向强大

2008年5月16日，广东中烟和广西中烟签订联合重组协议，正式拉开烟草行业省级工业公司联合重组的序幕，广东中烟又一次成为行业改革的排头兵。

“经过几年的快速发展，广东中烟已经走上跨越式发展的快车道！”业内一位权威人士指出。

而今，历经五年的改革，顺利实现“三步走”战略，以“年年改革、年年挂牌”著称的广东卷烟工业已完全走出散、弱状态，正昂首向“中国最具竞争力的烟草企业”目标挺进！

起步：先行先试走出险境

五年前，在中国烟草的版图上，广东卷烟工业是不起眼的一点。五年后，在行业竞争的格局中，广东中烟已经成为重要的一员。

广东卷烟工业的脱胎换骨要从2003年5月28日说起，这一天，广东作为烟草行业改革的试点，实行工商分开改革，广东中烟工业公司应运而生。面对国家局给予的先行先试权，得改革风气之先的广东中烟人敏锐地感受到，广东卷烟工业发展的大好时机已经来临！

但是现状不容乐观：规模小，布局散，牌号多；产品地域性强；整体经济效益水平不高。时任广东省委书记张德江指出，如果不进行改革，不加快整合，现有的烟厂将面临险境。

改革充满风险，稍有不慎，全盘皆输。当烟草行业不少企业还在坐而论道的时候，广东中烟却已起而行之。

“要发展就要充分合理地利用资源，降低成本，提高产品的竞争力，就要做大做强品牌。”公司总经理李根基说。基于这样的认识，刚成立的广东中烟就把组织结构调整作为重中之重。

2003年6月2日，公司成立后第六天，就成立了企业组织结构调整领导小组；随后，公司领导带领部门负责人马不停蹄地深入广州卷烟一厂、广州卷烟二厂，充分了解各厂的情况，听取大家对改革的看法；调研结束后，又到各厂开展广东卷烟工业组织结构调整调查工作；9月，正式制定了广东卷烟工业“三步走”战略；紧接着，着手准备迈出“三步走”战略的第一步。

改革归根结底就是利益的调整，迈出第一步，关键就是要处理好方方面面的利益关系。在省委、省政府的支持下，广东中烟首先妥善地解决了与当地政府的利益问题。

广一厂和广二厂都属于行业重点企业，它们要走在一起，没有先例可循，没有经验可借鉴。“重点企业之间联合重组最难解决的是领导班子的思想问题。当时广二厂和广一厂的领导大局意识都很强，他们的思想工作很容易就做通了。”当时组织改革的一位负责人说。

改革要取得最后的成功，最重要的是获得员工的理解和支持。公司决策者明确要求：改革要最大限度地保障员工的利益。因此，在改革方案中专门规定，保证职工的工作安排和待遇得到平等对待，不因改革将员工推向社会，确定“尊重历史、共享增长”的分配方式。与此同时，公司党组、各厂党委也做了大量的思想政治工作，争取员工的理解和支持。

“当时也有矛盾，多亏李根基总经理具有丰富的基层工作经验，了解基层，不少矛盾他都预见到了，在萌芽状态就得到了妥善有效的解决。”公司一位部门领导说。

11月18日，广州卷烟二厂、广州卷烟一厂联合兼并南海卷烟厂协议签约仪式在广州举行，完成了广东卷烟工业史上规模最大的一次组织结构调整，同时在烟草行业开重点企业联合重组的先河。

随后，广东中烟立即着手第二步整合，2004年初，明确在全省范围内进行企业、生产资源、品牌、市场、管理、文化六大整合。全省卷烟工业的联合重组虽然范围更广、规模更大，但由于吸取了三厂重组的成功经验，也得以快速顺利推进。9月10日，四厂举行了合并重组签约仪式，成立广东卷烟总厂，在烟草行业第一个完成了全省卷烟工业企业的联合重组。

至此，成立不到一年半的广东中烟顺利完成了“三步走”战略的前两步，实现了全省卷烟工业的联合重组，比行业大范围的组织结构调整足足提早了一年半。

由于资源得到了优化配置，企业内部逐渐形成了一股合力，先行先试的广东卷烟工业不仅保持了稳定，更赢得了发展的良机，与改革前的2003年相比，2005年，广东卷烟工业在销量仅增长8%的情况下，销售收入增加43.7%，实现税利增长59.6%，而双喜的销量也从2003年的41万箱增加到68万箱，增长66%。

此时，广东卷烟工业已逐步走出险境。

蓄势：夯实基础实现由大向强转变

前两步顺利完成，是否一鼓作气迈出第三步？

广东中烟人并没有急于求成，而是着力理顺业务流程，夯实管理基础，提升核心竞争力，集中精力充分合理地利用资源，降低成本，提高产品竞争力，做大做强品牌。

2004年底，统一了全省的市场、技术、烟叶等资源，真正实现全省一盘棋运作，为资源的进一步优化配置打下了良好的基础；2005年继续深化六个整合，围绕双喜达到100万箱以上，成为“全国性强势品牌”的目标，着力提升双喜的竞争力；2006年，围绕“打造竞争优势和可持续发展能力，进入行业十几个重点骨干企业行列”的目标，在市场开拓、技术创新、管理创新等方面进行了一系列的努力；2007年，公司继续深化改革，加快管理创新和技术创新，全力做大做强双喜，实现公司由大变强的目标。

经过三年的发展，到2007年，广东中烟已基本实现由大向强的转变：品牌规模超过200万大箱，实现销售收入200亿元，税利总额达138亿元；双喜产销量超过125万箱，销售额居行业第5位，以庞大的规模和良好的效益，成为行业重点骨干品牌，双喜品牌的竞争力、企业的经济效益水平都跃居行业前列。

广东中烟改革的步伐也一直没有停歇。2006年下半年，开始理顺广东中烟工业公司和广东卷烟总厂两套机构的关系，并于2007年1月1日实现公司与总厂的合并，进一步提高了公司的运作效率；2007年7月，入股深圳烟草工业有限责任公司，探索跨区域合作的路子；2007年11月，在省级工业公司中率先按照现代企业制度要求，成立公司董事会，完成公司制改造，公司制改造又为下一步与广西中烟的联合重组作了铺垫。

与此同时，品牌这根“红线”，已经牵起了两广中烟多年的感情和利益。

2003年底，广西就开始生产广东的品牌，但一直到2005年，产量仍徘徊在几千箱。2006年是一个重要的分水岭。这一年，双喜迈出了跨省联营加工的第一步，定向整合的数量有了较大突破。

“当时，我捏了一把汗，双喜可是重点骨干品牌呀！万一质量出问题，后果不堪设想！”对公司党组决定在广西加工双喜，公司一位部门负责人至今仍记忆犹新，“不过，公司党组很稳妥，开发了特制醇香双喜，专门在广西生产，专供省外市场，既降低了市场风险，又丰富了双喜的品类。现在回想起来，不由得佩服公司党组的大胆决策，在广西加工不但做大了双喜，而且广西也积累了生产双喜的丰富经验，为两广联合重组后进一步融合作好了准备。”

2007年，广西加工的双喜已近12万箱，接近广西中烟总产量的10%。截至2008年4月，广西生产的双喜已达6.6万箱。双喜产量的大幅增加，也带动了广西中烟单箱税利水平的明显提高。

如果说，五年前两广联合重组只是一种战略构想的话，那么，时至今日，重组则真正代表了双方的强烈意愿和共同发展的迫切需要。

腾飞：做中国最具竞争力的烟草企业

历经五年的潜心蓄势，广东中烟人从来没有像今天这样信心十足、豪情万丈。

“三步走”战略目标的全面实现，标志着广东中烟将进入一个全新的发展阶段，2008年3月，公司党组又为广东中烟定下了更高更远的目标：做中国最具竞争力的烟草企业！

与广西联合后，再加上深圳厂，计划资源今非昔比，双喜发展的空间已经打开了；双喜的总体竞争力与日俱增，已经成为国家局重点培育的骨干品牌之一；企业的内部管理也一直走在行业前列。这些都是广东中烟自信的源泉。

然而，如何打造最强的竞争力？联合重组以后的两广怎样向又大又强转变？如何继续保持广大干部职工改革和发展的积极性？这些又是广东中烟亟须破解的难题。

过去的五年，广东中烟凭着一股敢为人先的干劲，硬是在白热化的竞争中闯出一条生路；未来的五年，甚至更长时间，广东中烟依靠什么成为中国最具竞争力的烟草企业？同样是干劲和智慧！同样需要进一步解放思想！同样要在创新中解决发展的问题！

（《广东中烟》 2008年5月28日 熊颖艳）

谋划更深层次更高水平合作

广东广西中烟实现合作生产

新角色　新定位

地域上相互连接、文化习俗上互通融合，让广东中烟和广西中烟开展合作有着先天的优势。而事实上，两广中烟的合作也的确由来已久。在品牌生产加工方面，早在2003年，广西中烟就开始加工广东中烟的品牌，从最初非主导品牌的“广州”，到广东中烟重点骨干品牌双喜，从最初的仅几千箱，到2008年超过20万箱，两广中烟的合作愈发紧密，这也直接促成了2008年年底“相爱”多年的这两家省级工业公司终成“眷属”，以资产为纽带，实现了跨省联合重组，将双方的关系进一步稳定下来。

每一次改革都伴随着一次角色的重新定位，每一次改革也不可避免地要触及利益的重新调整。以“双向持股”的模式实现跨省联合重组，为两广中烟，甚至粤桂两地经济的发展创造了双赢的机会。而当行业将“卷烟上水平”确定为新一轮改革的战略任务，并明确提出“532”“461”品牌发展目标时，两家工业企业又面临着新的形势，需要做出新的抉择。

实现跨省联合重组以来，广西中烟迎来了企业发展的“黄金时期”，在2009年提前一年完成了广西烟草“百亿税利”工程的任务。真龙品牌也呈现良好的发展势头，区域特色逐渐凸显，但是与行业知名品牌相比，仍有一定差距。置身行业“卷烟上水平”的改革大潮中，广西中烟人需要重新找准自己的位置。

而同样是在这几年里，广东中烟的主导品牌双喜在市场的有力推动下，取得了跨越式发展。品牌销量从2004年的不到50万箱，迅速发展到2009年的170万箱，从2006年到2009年，销量年均增长21%。今年上半年，广东中烟制定了双喜“551”品牌发展战略，即到2015年，双喜品牌产量规模要达到500万箱，工业实现税利达到500亿元，商业销售收入达到1000亿元的目标。

要实现这一宏伟目标，广东中烟同样面临着一次新的战略抉择。对此，广东中烟总经理李根基思路很明确：“在生产计划资源、本地市场资源和品牌持续发展的增长空间都十分有限的情况下，做大做强双喜，广东中烟必须走向省外！”

而广西中烟也很清楚自身的短板和长处：“虽然我们的自有品牌发展与知名品牌相比还有差距，但并不表示我们在行业推进‘卷烟上水平’的进程中就无所作为。在长期的品牌合作加工过程中，广西中烟积累了丰富的经验，这是我们服务于‘532’‘461’知名品牌战略的有利条件。”公司总经理张雨夏说。

一个亟待“走出去”，一个渴望“引进来”，两广中烟就这样再次擦出了“火花”，开始了在更深层次、更高水平上的合作。

以国家局《关于加强卷烟品牌合作生产工作的指导意见》为指引，两广中烟经过深入沟通、密切协调，广西中烟站在行业发展的大局上，牺牲自己还处于上升势头的品牌，确定了到2015年，在广西中烟柳州卷烟厂定点加工100万箱双喜的目标规划。

制定规划容易，但合作过程中利益的调整和角色的转变却并非易事。如何找准企业定位、品牌定位、市场定位，特别是作为输入方的广西中烟如何克服品牌情结、地域情结，在取舍之间权衡利益关系，对于广西中烟来说，这不仅仅是一种胸怀，更是一种生存法则。为此，广西中烟在全公司系统内开展了多层次、多场合、多形式、全方位的深入学习和宣传教育，组织“解放思想大讨论”活动，引导广大干部职工自觉做到局部利益服从整体利益，企业利益服从行业利益。从讲大局、讲政治的高度，积极成为“卷烟上水平”的参与者和推动者。

在“大讨论”活动中，柳州卷烟厂一位职工这样记述：“双喜品牌未来赢得更广阔的发展空间、更多的盈利和更大的辉煌，不仅仅是广东中烟人的骄傲，这里也有我们广西中烟人的努力，我们同样应该感到自豪。”

如今，在广西中烟，这句话已经成为全体员工共同的信念。

精细化　金品质

随着品牌合作生产的深入推进，产品品质能否与原产地保持一致，产品的风格能否持续保持稳定，是品牌输出方最为关心的问题，因为这直接关系到输出品牌的形象和价值。

广东中烟技术中心是品牌输出产品生产工艺标准的制定部门。在这个团队一手“操办”下，从前期写实到试生产，再到批量生产过程中原料配方的供应、香精香料的调配、在线质量监控，直到产品走下生产线的质量检测，广东中烟为实现双喜品牌多点生产的均质化制定了一系列技术保障措施。

在卷烟品牌许可生产之前，广东中烟就成立项目组，根据国家局制定颁布的《卷烟品牌许可生产质量保障通则》的要求，从企业抽调相关领域的技术、管理骨干组成写实评估小组，围绕影响产品质量的因素“人、机、物、法、环”五个方面，根据总体计划及许可生产品牌的设备、工艺和技术要求，确定明晰的写实评估计划，为后期试产和批量生产打好基础。

具体到生产环节，从配方开始。在跨省区的双喜品牌多点加工过程中，广东中烟结合原料供应状态和双喜产品特点，总结出一套“多产区、多年份、小品种、小比例、微调过度”的均质化配方调配技术，在保持产品配方统一的基础上，采取对烟叶原料集中配送让售的方式进行制丝本地化，从源头上保证产品品质、风格的一致性和稳定性。

另一方面，通过建设配香中心，广东中烟实现了加香加料标准的高度统一，公司按照生产计划统一采购香精香料，配香中心对香精香料实行集中配制、统一配送，从而避免出现不同生产点由于配制香精香料的质量差异而造成产品质量波动的问题。

在此基础上，广东中烟还结合品牌特点和不同生产点的生产环境、设备状况、技术装备、检测仪器、生产能力、气候条件、企业文化、质量管理体系等情况，制定相应的《产品质量加工手册》，开展品牌多点生产品质监控工作。

同时，广东中烟组织了一支专业的品牌质量监控队伍派驻到各品牌生产点，指导加工点按照统一的工艺标准组织生产并进行质量监控。驻厂队员在车间一线跟踪品牌生产的全过程，收集每批次产品过程质量数据，并做好每月产品质量分析。

不过在广东中烟技术中心技术推广室主任陈洪看来，这些驻厂队员并不是“督导员”或“质检员”，“他们更多时候是广东中烟的‘亲善大使’，在双方的合作过程中起着沟通和协调的作用，帮助解决品牌生产过程中存在的问题”。而对于具体品牌的质量检测，广东中烟还是尊重合作方的管理文化，将其纳入合作方自身的质量管理体系中。

而且，在这个过程中，作为输入方的广西中烟并不是处于被动接受的地位。“一方面对于合作方提出的工艺技术标准我们认真组织学习，并在生产中加以贯彻落实，同时，结合企业自身实际情况，我们也会积极与合作方进行沟通协调，制订更加符合企业实际的生产方案。”广西中烟生产部部长陈峰说。

大品牌　柳州造

制定一套健全的技术保障措施，对于实现品牌多点生产的均质化还只是成功的一半。而要真正全面实现合作双方的无缝对接，使合作生产的品牌品质、风格与原产地保持一致，定点加工工厂的建设是一个需要合作双方付出更多汗水的关键环节。

根据两广中烟达成的合作协议，到2015年，广西中烟柳州卷烟厂将完全作为广东中烟双喜品牌的定点加工工厂，年规划生产能力达到100万箱。对于目前年生产规模还不到90万箱的柳州卷烟厂而言，这是一次难得的发展机遇，而它所带来的压力也可想而知。

“双喜品牌要进入‘532’‘461’知名品牌序列，就一定要做好，不能在我们手上出现了纰漏！”柳州卷烟厂厂长郭志宏说。

压力带来的是对于提升企业内生动力的迫切渴望，围绕着做好双喜品牌，柳州卷烟厂提出了“打造行业定点加工的明星生产点”的口号。“我们的目标就是要把‘柳州制造’打造成广西中烟‘拿得出手的名片’！”

结合双喜品牌的生产需要，柳州卷烟厂进行了一系列有针对性的技术改造，在关键工艺设备配置、工艺线路的布局上与广东中烟实现了全面对接。目前，专门用于双喜品牌生产的干冰膨胀烟丝生产线项目已经启动，预计2011年可投入使用。投入使用后就可以实现双喜品牌原料配方的落地供应，将大大降低生产运营成本。

针对定点加工的新要求，柳州卷烟厂积极适应以品牌加工为主体的生产调度和生产计划分配的变革，立足生产组织运行，设计按客户订单组织生产的组织调度模式，通过建立生产快速反应机制，优化物流和信息流，深化生产组织形式的改革和创新，建立原辅材料、香精香料的预警和防差错机制，提高适应现代生产模式要求的柔性加工生产能力。

提升产品制造力、均质化，最长远、最根本的措施还在于提高队伍的素质。在广西中烟的统一规划下，柳州卷烟厂分层次地建设管理专家、技术专家、能工巧匠三支人才队伍建设，提高全员的适应力、执行力和创造力。通过开展“以考代训”、在8小时工作之外再组织职工进行1个小时学习交流的“8+1”培训等模式，使操作人员既熟悉产品的相关工艺标准，又熟练地掌握设备操作技能，还能熟练掌握行之有效的质量检验和控制方法，成为服务于品牌合作生产的技术多面手。

“我们已经准备好了！”面对记者的提问，郭志宏对于合作生产的前景充满信心，“作为一个有着定向整合卷烟加工经验的卷烟制造工厂，柳州卷烟厂将围绕公司‘十二五’发展战略，服务中国烟草品牌发展大局，在制造环节落实好品牌发展规划，打造行业先进的‘明星加工工厂’，为造就大品牌提供优质、低耗的产品。”

（《中国烟草》 2010年10月1日 邢忠敏 李可）

广东中烟双喜品牌和深圳烟草工业好日子品牌整合

“喜”结良缘　共享“好日子”

2010年11月13日，广州，燃烧的圣火、飘扬的条幅让整个城市洋溢着浓厚的亚运气氛，一场“婚礼”也在同样喜庆热烈的气氛中进行着。随着广东中烟工业有限责任公司总经理李根基和深圳烟草工业有限责任公司总经理梁强的手紧紧握在一起，广东中烟双喜品牌和深圳烟草工业好日子品牌喜结良缘，走到了一起。

从2011年1月1日开始，新上市的好日子品牌卷烟将全部换上新装，在保留好日子品牌主要视觉元素的基础上，还将印上双喜、SHUANGXI等品牌标志，正式成为双喜品牌家族的新成员。

共同基因成就美好姻缘

“同出一源、一脉相承”“共同的品牌基因”，在“婚礼”上，无论是国家局副局长张保振，还是李根基和梁强，都用了这样的词来形容双方合作的基础。的确，无论是品牌的包装形象，还是内在的价值理念，双喜和好日子都有着许多相似之处。双喜倡导“中国喜、传天下”“共创喜悦新生活”，好日子品牌的理念则是“优越之上品生活”，二者都体现了中国人对美好生活的向往、追求、分享和感悟。正如李根基所说：“双喜和好日子两个‘喜’文化品牌的整合，将把中国传统对喜愿的追求诠释得更加全面、更加具体。”

不仅仅是品牌之间，两家企业之间也有着深厚的历史渊源。深圳烟草工业有限责任公司前身是成立于1983年的广州卷烟二厂深圳分厂。2007年7月实施股份制改制后，经国家局批准，广东中烟工业有限责任公司入股深圳烟草工业有限责任公司，持有30%的股权，双方合作进入崭新的阶段，深圳烟草工业也正是从这一年开始加工双喜品牌卷烟，双方的合作渐入佳境。

共同的文化基因、良好的合作基础，为两个品牌的整合铺平了道路。所以，2010年4月国家局领导明确提出“要研究把好日子整合到双喜中”的要求后，立即得到了广东中烟和深圳烟草工业的积极响应，双方迅速组成了双喜•好日子品牌整合领导小组，具体开展相关的整合工作。

品牌整合领导小组只用了不到半年的时间就达成了品牌整合方案，确定了整合的原则和方向：品牌整合采用“母子品牌”的形式开展，好日子品牌并入双喜品牌。双喜•好日子各规格产品仍然保持原来的配方、工艺、吸味，质量和价格不变，仅对条、小盒外包装作适当调整；主体图案和色彩也将保持不变；深圳烟草工业有限责任公司作为独立的法人企业，负责双喜•好日子系列产品的生产、供应、销售和服务。

“双喜与好日子喜结良缘，实现了广东烟草资源在更大范围、更高层次的优化配置，有效地扩大了双喜品牌的规模，更有利于双方共赢发展，向实现‘广东烟草强省’的目标迈出了重要一步。两个品牌的成功整合，也为中国烟草跨区域品牌整合探索出一条成功之路。”在品牌整合签约仪式上，国家局副局长张保振这样阐述两个品牌合作的重大意义。

强强联合演绎“1+1>2”

“双喜要做强做大，就必须进一步整合优势资源。”在李根基看来，双喜和好日子的整合，就是优质资源的科学调配，必然推动品牌做大做强。

近几年来，双喜呈现出强劲的发展势头，品牌销量规模从2003年的39万箱增长到2009年的167万箱，增幅达328%，预计2010年将达到200万箱。目前，双喜已经全面覆盖全国省级市场，地市级市场覆盖率超过90%，实现了由区域性品牌向全国性品牌的跨越。

而好日子自2001年创牌以来，也一直保持着较快的发展速度，年均增长速度超过20%，品牌盈利能力和单箱税利均高于行业平均水平，2009年产销规模接近30万箱，成为深圳和广东市场上具有较强竞争实力的卷烟品牌之一。

“好日子品牌并入双喜品牌以后，因为品牌文化的相容性、产品的较高盈利能力，以及在重点市场上牢固的市场基础和较大的市场份额，势必会产生‘1+1＞2’的品牌整合效应。”梁强分析说。

而品牌整合带来的效应还远不止这些。

双喜品牌和好日子品牌整合以后，两个品牌的美誉度和忠诚度将会相互激发，共同提升，形成资源共享、优势互补的市场效应，有助于建立更为完善的售前、售后服务体系。在双喜品牌发展战略的带动下，科技创新的投入将进一步加大，双喜•好日子产品的技术含量和内在质量将会不断提高，产品质量体系也将更加完善。

李根基还表示，下一步双方还将在生产、营销、研发、物流等领域展开深度协作，实现共同发展。“这是一个双赢的选择，也必将结出双赢的硕果。”李根基说。

收获好日子　双喜谋跨越

其实，好日子并入双喜，已是广东中烟实施品牌整合的第三步棋。2010年10月，广东中烟旗下的红玫王和五叶神品牌已经先后整合进入双喜阵营，整合后的双喜•红玫王、双喜•五叶神于2010年10月成功上市，实现了市场的平稳过渡。

早在2003年，广东中烟就积极开展与外省合作生产双喜卷烟，双喜先后输出到广西中烟、江西中烟、陕西中烟、山东中烟等外省工业企业，预计2010年双喜在省外加工规模将超过60万箱。尤其需要指出的是，自2007年起，深圳烟草工业开始加工双喜，这也为好日子整合到双喜奠定了基础。同时，随着跨省合作生产步伐加快，双喜在发展中计划资源不足的问题得到了较好的解决。

2010年4月，广东中烟提出双喜品牌“551”发展战略：到2015年，把双喜培育成产销规模500万箱以上、工业税利500亿元以上、商业销售收入1000亿元以上的全国性知名品牌，并逐步发展成为国际性品牌。

如今，好日子加入双喜阵营，我们有理由相信，有了好日子这支生力军助阵，双喜将如虎添翼，实现“551”品牌发展战略指日可期。

“寄语洛城风日道，明年春色倍还人。”正如李根基在签约仪式上所说的，“双喜•好日子在时代的召唤下走上了新的征途，也必将实现脱胎换骨的新发展。”剑指“551”品牌发展目标，双喜品牌执着前行，向未来的“好日子”一路前行。

（《中国烟草》 2010年12月1日 邢忠敏）

全国烟草改革争先创“广东模式”

十年改革广东中烟强势崛起

2003年至2013年，在历史的标尺上，广东中烟发生了怎样的演进？

这是巨变的十年。双喜从“无名小辈”变身“行业最大”，广东中烟从默默无闻晋级行业前列，一个对内具有凝聚力、对外具有影响力的企业已经崛起于行业版图。

行业改革孕育发展范本

这是彰显中国烟草改革发展伟大成就的十年。

矛盾倒逼改革，改革推动发展。正是依靠这一良性循环，烟草行业创造了一个又一个奇迹，成就了中国烟草“黄金十年”。

历史往往会记录经典回声：“烟草行业改革的首要问题就是要建立统一、开放、竞争、有序的烟草市场体系……通过理顺产权关系，实行工商管理分开，建立对所有卷烟工业企业都能体现平等竞争的全国统一、分级管理的卷烟销售网络。这是烟草行业改革的突破口，也是优化资源配置的基础和前提。”2003年，国家烟草专卖局局长姜成康在行业工作会议上发出改革“总动员”。

从此，一场以工商分开为突破口、以企业联合重组为重要途径、以优化资源配置为主要目标的重大改革彻底改变了烟草企业散乱差的局面，同时创造了“大市场、大企业、大品牌”成长的良好“生态环境”，中国烟草迎来生机勃勃的“发展春天”。

机遇选择了广东中烟。国家局将广东作为中国烟草战略布局中重要的一端，赋予广东中烟改革先行、发展先试的光荣历史使命：第一批工商分开成立，首先实现重点企业联合重组，率先完成全省联合重组，第一家实现省级工业公司跨省合作，打响构建现代企业制度成立省级工业公司董事会"头炮"，探索无资产关系的跨省品牌整合……十年来，广东中烟每一次当"先锋"都标志着行业改革的重要进程，每一次吃"螃蟹"都意味着行业资源向双喜发展聚集，每一次挑"大梁"都凝聚着国家局的深切厚爱和殷切期望。

广东中烟人唯恐懈怠，不敢辜负，用自己的探索和奋斗回报国家局的信任和重托，谱写中国烟草改革发展的"典型范本"，在行业历史上留下"广东模式"的铿锵足音。

广东模式铸就企业腾飞

这是凝结广东中烟人矢志不移探索与奋斗的十年。

广东中烟跨越式的发展，就是一次次优化资源配置的奋斗，一次次刷新发展模式的探索。

战略，始终是发展的"总指挥"。从"三步走"组织结构调整战略到"做中国最具竞争力烟草企业"发展战略，再到双喜"551"品牌发展战略，这一系列具有历史意义的战略规划，成为企业发展各个时期中心工作、决策部署的顶层框架，引导广东中烟号巨轮沿着正确的航向，驶过一段段壮丽的航程。

技术，始终是发展的"核动力"。发轫于复合配方，集大成于三代技术平台的广东中烟技术创新体系，从广东口味到中国口味，再到世界口味，"孕育"了一系列风格独特、个性明显、深受消费者喜爱的"明星"产品，经典醇香、特制醇香、经典1906、双喜（珍藏）……星光熠熠，让双喜之树茁壮成长、枝繁叶茂，为品牌快速发展提供了源源不断的内生动力。

营销，始终是发展的"先锋队"。2004年底，广东中烟开始"白手起家”开拓省外市场，近十年来，通过对内持续改革，对外不断创新，开疆拓土，历经艰辛，双喜在神州大地大江南北落地生根，成为中国最大卷烟品牌。

管理，始终是发展的“护卫舰”。从简易财务系统到ERP系统再到信息化战略架构，从粗放管理形态到体系贯标再到精益管理体系，通过信息化和基础管理的深度融合构建了企业现代管理系统，不仅满足了大企业、大品牌、大市场发展的迫切需要，而且提升了管理效率，促进了规范经营，保证了企业健康发展。

共赢，始终是发展的“凝聚力”。改革既考验勇气，也考验智慧，以人为本、共享发展是广东中烟的大智慧。对内，始终坚持以人为本，“广大干部职工共享改革发展成果”“不让任何一位员工掉队”，朴素的坚守换来改革的凝心聚力；对外，始终强调共同发展，“不计较”“肯让利”，一贯的舍得换来同行的鼎力支持。

这些，就是为业界津津乐道的“广东模式”。

“广东模式”不仅对行业改革发展带来积极影响，而且赢得了企业和品牌的腾飞：双喜（不含好日子）由2003年的39万箱增长到2012年的290万箱，双喜•红双喜发展到417万箱，广东中烟年度实现税利从2003年的66亿元增长到2012年的224亿元，增长了239.4%。企业总资产从2003年的86亿元增长到2012年的302亿元，增长了251.5%；国有资本从60.1亿元增长到262.4亿元，增长了336.9%。

经济是巨变中最令人瞩目的部分，但远远不是全部。

双喜精神开拓壮丽事业

这是铸就广东中烟人精神和意志的十年。

战略机遇期并非仅仅属于广东，而广东中烟之所以成就“经典”，靠的是敢为人先的勇气，靠的是创新实干的魄力和共同发展的胸襟。这些都是“双喜精神”丰富内涵的一个个“注脚”。

改革有风险，不改革有更大风险。这是广东中烟人成功的一个逻辑。机不可失，时不再来，迟改不如早改，这是广东中烟人成功的重要智慧。正是这种强烈的危机感和紧迫感，让广东中烟鼓足勇气，敢字当头，引领一系列改革。

在改革实践中，广东中烟人深刻地认识到：须臾懈怠，可能坐失良机；半点停顿，或将前功尽弃。因此，广东中烟始终坚定不移、斗志昂扬地迎接一个又一个挑战，凭着扎实的工作、创新的精神、坚强的意志，改变了企业散弱小的局面，破解了计划资源匮乏的难题，打开了市场开拓的困局，解决了技术创新基础薄弱的问题，打通了原料保障不足的瓶颈……

在奋斗的过程中，敢为人先、团结务实、创新开拓的精神，不畏困难、不怕艰辛、不计得失的品格产生了“蒲公英效应”，精神的“种子”传播到企业各个角落，落地生根，“双喜精神”孕育而生，生生不息。

任何伟大事业的成功都离不开伟大精神的灌注。十年改革沉淀的最大精神财富“双喜精神”，将成为广东中烟继续逐浪前进的强大精神动力。

峥嵘头角沧波里，不得风云志不休。广东中烟人将秉承“双喜精神”勇往直前，在行业“卷烟上水平”战略中走在前列。

（《广东中烟》 2013年5月31日 熊颖艳）

双喜·红双喜规模实现426万箱创历史新高

双喜跨入300万箱大品牌阵营

“298万，299万，300万”，2014年的最后几天，双喜（不含好日子）的规模增长牵动了许多人的心。12月31日，双喜将指针固定在了303.5万箱。

为了这一刻，双喜足足奋斗了11年。2003年，双喜规模只有39万箱，11年后的2014年，百年双喜终于跨入了行业300万箱大品牌“俱乐部”。

“去年，双喜能够实现这个规模殊为不易！”营销中心负责人说。去年初以来，中国社会经济下行压力不断加大，行业逐渐显现增长速度回落、工商库存增加、结构空间变窄、需求拐点逼近这“四大难题”。上半年，行业品牌发展一个最显著的特征就是低三类卷烟大幅下滑，以三类烟为主的双喜首当其冲。广东中烟人沉着应战，调整策略，奋力拼搏，化危为机，奏响结构提升的主旋律，加快低三类向高三类和一、二类烟转化的步伐，终于打赢了这场双喜规模保卫战，不仅保住了规模，还增加了4.9万箱，同比增长1.6%。由于双喜的增长，双喜·红双喜的规模也创造了426万箱的新纪录，遥遥领先于行业其他品牌。

伴随着303.5万箱而来的是三个突破：双喜二类烟首次突破40万箱，达到41.1万箱，其中，双喜（硬经典1906）销售37.7万箱，同比增加9.1万箱，成为双喜做精规格的范本；高三类双喜（经典）系列规模首次突破100万箱，同比增加5.5万箱，跃升为双喜最大规格；新上市的一类烟销量突破2000箱，创造了双喜一类烟上市第一年的最佳成绩，其中，4月底上市的双喜（邮喜）销售1912箱，8月初上市的双喜（鸿喜）销售284箱。正是因为这些规格的“争气”，才有效弥补了低三类卷烟下滑的损失。

重点市场持续发力，奠定了双喜跨越300万箱雄关的基础。广东市场销售双喜175.6万箱，同比增加6万箱，增长3.6%，获得增量超过广东市场增量的一半；江西销售双喜13.3万箱，同比增加2.1万箱，拿下了江西市场近一半增量，以增长18.6%收官，增幅居双喜省级大市场之首；深圳市场销售近10万箱，同比增加4000箱；湖南、广西、河南等大市场也基本稳住了销量，保障了双喜规模的稳定。

双喜品牌价值也在不断提高。一类烟销售12.6万箱，同比增长13%；二类烟41.1万箱，同比增长27%。一、二类烟累销占双喜比重的17.7%，同比提高了3.1个百分比。双喜商业销售额678亿元，同比增长5.61%，单箱商业销售额2.23万元，同比增加838元。

双喜规模的标志性突破进一步提升了品牌地位，进一步增强了行业各商业单位对品牌的信心。

（《广东中烟》 2015年1月15日 熊颖艳）

广东双喜与上海红双喜签署合作发展协议

双喜·红双喜
跃居行业第一大品牌

2011年12月23日，广东中烟与上海烟草集团在广州正式签署品牌合作发展框架协议，广东双喜与上海红双喜两大“喜文化”品牌成功牵手，实现了品牌文化内核的统一。2012年1月起正式合作发展，双喜品牌也由此一跃成为规模超过400万箱，中国最大、世界第二的卷烟品牌。

广东双喜与上海红双喜的合作得到了国家烟草专卖局和广东省委、省政府的大力支持。国家烟草专卖局局长姜成康指出，合作实现了重点品牌强强联合，对于中国烟草品牌发展具有标志性意义。

2011年12月23日，广东中烟与上海烟草签订双喜、红双喜合作发展协议

广东双喜与上海红双喜的整合，在中国烟草行业内首次实现了无资产关系，以品牌为纽带的合作新形式。姜成康在当天的讲话中指出：“两个品牌的合作，是行业以品牌为纽带，在更高水平更高层次上进行的一次全新合作，充分体现了国家局品牌发展战略意图，体现了求真务实、真诚合作的良好精神风貌。”

广东双喜与上海红双喜同根同源，皆由创牌于1906年的中国民族卷烟品牌双喜传承而来，并在中国烟草行业改革大潮中分别取得了显著的成长。到2011年底，广东双喜产销规模已超300万箱，上海红双喜品牌规模也达到近百万箱。同出一脉的文化内涵成为双方合作的核心纽带，决定了双方合作有着坚实的文化基础和认同感，开创了中国烟草以文化融合为核心驱动的品牌合作新形式。

今后，这一核心纽带还将通过双方的“五个统一”得到进一步的强化，即统一发展目标、统一发展规划、统一统计口径、统一文化内涵、统一运作平台。在五个统一的基础上，不断推进品牌融合，最终形成一个共同品牌，共同致力于把双喜打造成中国最大、世界知名品牌，并逐步向全球第一大卷烟品牌进军。

合作后，双方将共同使用广东中烟注册的“囍”字商标。为了保持产品与市场的稳定，双方在包装主题设计方面尽量保持原有产品的延续性，同时在双方所有产品的烟包上统一印刷“囍”字品牌标志。从2012年1月1日起，双方统一以“中国喜，传天下”的品牌形象进行传播以及营销推广活动。

业内人士指出，广东双喜与上海红双喜的合作，必将极大地促进中国烟草“走向联合、共同发展”的产业资源整合。

（《广东中烟》 2011年12月31日 邱雷）

共同签署双喜（百年红）合作协议

粤沪鄂联合开创工业品牌合作新模式

2016年9月9日，因南洋烟草而一脉相承的广东中烟、上海烟草集团、湖北中烟，为纪念双喜品牌诞生110周年，三家企业“掌门人”齐聚广州，共同签署双喜新品百年红合作协议，共同开创双喜发展新时代。

百年品牌百年情

合作源自于三家企业延续100多年的不解之缘。时间回到1905年，大量洋货涌入，民族工业遭受重创，在“振兴国货”“共挽利权”的精神感召下，爱国华侨简照南、简玉阶兄弟创办了“广东南洋烟草公司”。1906年，双喜牌卷烟应运而生，一颗中华民族烟草希望之星冉冉升起。

“让中国人抽自己的烟”，双喜自诞生之日起就肩负着不一样的使命。百余年来，双喜见证了中华民族波澜壮阔的历史，冒着“敌人的炮火”一直奋勇前进。1916年，为了增强企业竞争实力，简氏兄弟先后在上海、汉口、广州设立分厂。面对外国烟草公司的诉讼侵权、意图收购、打价格战，面对厂址被战火无情摧毁，双喜人用顽强不屈的精神完成了跨越百年的壮举，抒写了中国烟草史上的一页传奇。

深厚的历史渊源，让广东中烟、上海烟草集团、湖北中烟成为同根同源的“兄弟”。历经战争年代的洗礼，饱尝公私合营的艰辛，承受“文化大革命”的影响，在改革开放的浪潮里彰显新气象……一个成为缔造行业第一大品牌的改革先锋，一个成为拥有享誉全球“中华”品牌的行业标杆企业，一个成为在短短数年内实现异军突起、后来居上的黑马企业，三者“血脉相连”，拥有共同的“喜文化”基因。

三方联手打造双喜梦之队

2011年12月，广东双喜和上海红双喜合作发展签约仪式在广州举行，广东中烟与上海烟草集团实现强强联合，双喜•红双喜品牌规模一举超过400万箱，成为中国烟草的最大卷烟品牌，为中国烟草跨区域品牌合作探索出一条成功之路。

在新的发展阶段，合作怎样更上一层楼？能不能让“喜文化”的内涵进一步丰富，让双喜家族进一步壮大，创新一个更大的平台实现更大发展？

2016年，对双喜品牌而言是极具纪念意义的一年，双喜创牌110周年，红双喜创牌100周年。“能否以纪念品牌创牌为契机，上海、广东、湖北三方充分发挥各自优势，联合开发、生产、培育一款全新规格的卷烟产品？”上海烟草集团有限责任公司总经理施超倡议。此倡议得到了广东中烟和湖北中烟的一致认同。2月，广东中烟总经理唐健、上海烟草集团有限责任公司总经理施超、湖北中烟总经理郜强一齐到佛山简氏故居寻根问祖后，确定了合作事宜。

“在双喜品牌创牌110周年的日子里，发挥各自优势，挖掘品牌文化内涵，共同开发全新规格的双喜产品，为共同的发展注入活力。三家企业优势共享开发双喜新产品，此举对推动双喜品牌发展具有划时代的意义！”唐健对合作充满了期待。三方一拍即合，双喜制造梦之队正式组建！新品配方研发工作由广东中烟牵头，包装装潢工作由湖北中烟牵头，营销策划方案由上烟集团牵头，其他两方协同。

三方迅速行动，分工合作，各展所长，分别成立包装、内质和营销策划工作小组，汇集各自企业优质的人力物力进行双喜新品开发。新品百年红融合了广东、上海、湖北三家卷烟企业之长，实现了三家“喜文化”的大一统。合作开发双喜新产品，不仅丰富了百年双喜品牌的文化内涵，增强了三家企业的发展后劲，对于整个行业的发展来说，也是一次大胆的探索和创新。“承载百年匠心、集聚三家所长的双喜（百年红），一定能成为一面中式卷烟的新旗帜，一定能成为备受消费者青睐的新经典，一定能为中国烟草事业的发展增添新力量！”部强表示。

行业首包“工业联合制造”面世

一直以来，18家卷烟工业企业实行独立研发、生产、销售，消费者只能品尝某一卷烟工业公司制造的产品。这一情况在9月9日悄悄发生改变，随着双喜（百年红）的诞生，消费者终于可以品尝到融合多家工业企业研发及制造能力的智慧结晶。双喜（百年红），会以一个什么样的面貌出现在消费者眼前？

“广东、上海和湖北三家卷烟企业在配方、原料、工艺方面各有优势，我们并集了三方优秀技术人员组成专业团队，采用联合研发的方式，整合三方优质资源，为产品成功研发奠定了扎实的基础。”广东中烟技术中心主任许光介绍。

汇集了广东、上海、湖北三家工业企业优质资源的双喜（百年红）着实不平凡。在烟叶原料上，以优势互补为原则，从三家公司的烟叶原料中精心挑选了津巴布韦、美国，以及国内各大优质产区的烟叶。采用多等级小比例的叶组配比，使产品香气层次丰富、韵味悠长；在工艺技术方面，汲取了三家公司多年来积淀的工艺技术经验和精髓；在包装设计上，以代表“喜文化”的红色作为主色调，颇有民国风的外观设计蕴藏着浓浓的“喜庆感、历史感、兄弟情”。“这是一次前所未有的研发”，湖北中烟技术中心副主任熊斌表示，无论是产品内质还是外观设计，双喜（百年红）经历了三家企业研发人员的反复推敲，最终的产品也得到了三家企业评吸专家的一致认可，融合了国内三家大型企业的智慧和力量。

上海烟草集团市场营销中心总经理赵斌介绍，将在国内选择110个地市级公司同步上市新品双喜（百年红），同时密切关注价格、库存等指标，做到三方及时互通信息、及时调整策略。

（《广东中烟》 2016年9月15日 张永峰）

“大家庭、大品牌”双喜销售研讨会共商发展大计

开启工商全面协同营销新时代

2017年6月5日，广东烟草工商企业欢聚一堂，在广州卷烟厂召开“大家庭、大品牌”销售研讨会，共同研究在新形势下如何推动双喜大发展。

这是一个新的时代。

双喜发展的又一个春天来临。

共议双喜发展良方

“召开这次会议，就是要拿出真招实招解决问题，要出实效。”会上，履新不到一个月的广东省烟草专卖局（公司）党组书记、局长、总经理刘依平，强调双喜就是广东烟草自己的“孩子”，加快培育双喜是广东烟草工商共同的责任。刘依平指出，要坚定实施国家局提出的“大品牌、大市场、大企业”发展战略，首先就是要共同构建好广东烟草和谐“大家庭”，共同培育好双喜“大品牌”，把广东烟草好的文化、好的精神、好的作风好好传承下去。要充分认识到培育双喜“大品牌”是实现广东烟草长远发展的重要抓手和必由之路，聚众人之智，用洪荒之力，努力把双喜“大品牌”培育成为广东烟草的名片，为烟草行业完成“两个超万亿”目标再立新功。

“要高度重视双喜品牌结构的持续提升，这是今后几年广东市场结构提升的基础。”深谙品牌培育之道的刘依平，为双喜发展开

广东烟草工商企业欢聚一堂，揭开全面协同营销的新篇章

出两条良方，一个针对双喜高端烟，一个针对工商全面协同营销。同时，他希望广东中烟的同志要进一步加强对市场的了解和认识。

刘依平曾经长期在广东烟草工作，熟悉广东烟草的情况，对双喜品牌有着特别深厚的感情，对双喜培育倾注了大量心血和智慧。6月5日，在大会召开之前，他还专程到广东中烟技术中心，为双喜高端烟研发提出了很好的建议。

“刘局长这次回来工作，必然能够推动广东烟草工商加快发展，进一步加深广东烟草工商之间的友谊和感情；对于双喜品牌来说，这更是一个千载难逢的发展机遇。”广东中烟党组书记、总经理唐健明确，广东中烟要做好四个方面的工作：一是要加强沟通，进一步密切工商双方的联系，建立畅顺的沟通机制，及时了解工商双方的诉求，更好地相互配合，相互支持；二是要优化品牌，明确品牌的发展方向和发展目标，明确品牌的发展思路和营销策略；三是要创新营销，创新品牌宣传方式，创新产品推广方式，创新服务方式；四是要整合资源，深化工商协同，对工商双方的人力资源、资金资源、市场资源、技术资源进行整合，要充分利用并合理调配各种资源，对市场进行强化管理、合理调控、引导消费，为双喜品牌营造良好市场环境。

广东省局（公司）副总经理张力主持会议并作总结讲话，对贯彻落实会议精神提出要求；广东中烟副总经理温东奇对双喜品牌下一步的营销规划提出具体要求；营销中心总经理方小明介绍了双喜品牌发展规划，技术中心主任余其昌展示了双喜新产品；广东省局（公司）卷烟销售管理处主要负责人杨东升介绍了双喜品牌培育情况和下一步工作打算；广州市局（公司）、揭阳市局（公司）、清远市局（公司）的领导代表广东烟草商业就如何培育双喜品牌作了发言。

会后，中山市烟草专卖局（公司）局长、总经理刁百尧感慨："对这次会议有两个强烈的感觉，一个是大，一个是亲。"

广东烟草工商企业从此揭开全面协同营销的新篇章。

抓住机遇撸起袖子加油干

会议召开后，广东烟草工商企业各单位迅速行动起来，贯彻落实会议精神。

6月7日上午，广东烟草工商双方销售部门主要负责人方小明和杨东升会面，一起商量工商双方怎样协同更有实效，一起商量双喜超高端卷烟的市场培育。

此前，广东中烟市场营销中心已经召集广东市场3个代表处的主任、20个地市市场经理，商讨如何落实会议要求，明确要在新形势下转变观念、创新思维，好好协同广东省局，抓住极好的发展机遇，撸起袖子好好干。

6月7日下午开始，方小明马不停蹄地走访了清远、云浮、江门等几个地级市场，征询当地烟草公司对双喜培育、品牌发展的意见，商讨双方如何开展全面协同营销。

6月9日，温东奇召集市场营销中心负责人和相关人员，了解会议贯彻情况，他对营销中心提出四个要求：一是明确目标，不忘初心；二是转变观念，全面协同；三是系统协调，狠抓落实；四是迅速行动，做出调整。

6月13日，广东烟草工商双方营销部门认真商讨，初步确定了《双喜品牌省内市场全面协同营销工作方案》的基本框架。据悉，工商全面协同营销工作方案将于近期制定完成，确保6月底前发到各地市烟草公司实施执行。

目前，各地市烟草公司正在紧锣密鼓地宣贯会议精神，加快工作部署，谋划双喜品牌培育实招。其中，中山烟草专卖局（公司）已经快人一步，拿出了完整的工作方案，成为双喜品牌培育、全面工商协同的"中山样本"。

（《广东中烟》 2017年6月15日 熊颖艳）

“双”轮驱动　“喜”悦升级
开拓高质量发展新征程

“喜传天下，人人欢喜”，双喜，中式卷烟规模型大品牌的典范代表。

以1906年创牌为起点，双喜几番沉浮而不倒，数度兴衰传薪火，见证了百年民族卷烟工业发展。不忘“实业救国”初心，秉持“喜传天下”夙愿，双喜历久弥香、历久弥新，始终傲立中式卷烟品牌之林。

品牌发展，从来不是一帆风顺地高歌猛进。挫折、徘徊，是任何品牌做大做强过程中必然经历的“阵痛”。

近年来，卷烟市场供求关系逆转，品牌间竞争白热化，双喜结构偏低的劣势逐渐暴露。曾长期处于引领地位的双喜，在发展中“压力山大”，遭遇了不小难题。

面对新挑战，广东中烟树立危机意识和创新意识，紧盯产品结构“短板”，优化以双喜为母品牌、国喜和五叶神为子品牌的“一体两翼”品牌架构，凭借精准研发和精准营销的“双轮驱动”，推动双喜从规模效益型向结构效益型转变。

撸起袖子加油干，咬定目标不动摇，经过广东中烟人坚持不懈的努力，双喜渐渐显露高质量发展的新亮色。今年1—5月，双喜的销量、结构、销售收入等多项数据均同比增长，尤为重要的是，双喜一类烟销量同比增长13%。

从主要依靠规模扩张和销量拉动的“外延式”增长，到依靠结构优化、质量提升的“内涵式”增长，双喜正迈出坚定的转型步伐。

“一体两翼”：纲举目张　协调并进

2003年，行业工商分开大幕拉开，双喜也迈入了发展“快车道”。在产销规模方面，从40万箱到100万箱，双喜用了五年时间；从100万箱到200万箱，双喜却只花了三年。

2011年12月23日，就在第300万箱双喜在广州下线的当天，广东中烟与上海烟草集团签署合作协议，共育双喜•红双喜品牌。强强联手，催生了中国烟草第一个超过400万箱的大品牌。

在规模增长“这条腿”愈加强壮的同时，双喜品牌发展的“另一条腿”——结构提升，却一直稍显羸弱。

2017年，行业平均单箱销售收入是3.03万元，双喜品牌单箱销售收入为2.39万元。即使在“主场”广东，双喜单箱销售收入为2.61万元，仍较当地平均水平低近5000元。

冰冻三尺，非一日之寒。双喜今天面临的结构提升困局，是品牌十多年高速发展后矛盾爆发的结果。以一类烟为例，2006年，广东市场销售一类烟14.7万箱，其中双喜一类烟占比26.5%；2017年，广东市场销售一类烟76.2万箱，而双喜一类烟却占比跌落到14.8%。正是错失高端市场培育良机，导致双喜高结构产品“失位”，拖累结构提升。

其实，对这一问题，广东中烟一直有清醒认识。就在2011年双喜300万箱下线的同时，广东中烟就推出了数款一类烟产品，力图树立品牌新形象。遗憾的是，因为种种问题，这些产品最终没有产生强烈的市场反响。

同时，双喜三类烟近年来风光不再，甚至出现了以“万箱”为单位的销量下滑。而在全国范围内，三类烟销量下滑已是不可逆转的趋势，势必带来双喜整体产销规模的下降。

“卷烟市场总量已趋于饱和，中国烟草要发展，就必须依靠结构调整。广东中烟要实现高质量发展，必须坚定不移地提升产品结构。如果双喜一、二类烟没有实现重大突破，没有一个有体量的、可持续发展的支柱规格异军突起，品牌就不可能有光明的发展前景。”广东中烟总经理唐健总结说。

取势，方能明道。从行业发展和品牌结构来看，双喜发展“痛点”在于一、二类产品缺乏比较竞争优势，核心点在于打造定位清晰、特色鲜明的标杆新品。为此，广东中烟从2016年起，梳理产品层次，明确了“一体两翼”品牌战略。

双喜作为母品牌，是产品结构的主体。下一步，双喜将在稳定固有消费群体的同时，聚焦新消费热点，推出符合消费需求、有力支撑可持续发展的主力规格，引领消费升级。

五叶神是独具口味、文化特色的子品牌。双喜（硬红五叶神）和双喜（软红五叶神）等一类规格，占到双喜一类烟销量的50%。如今，广东中烟正塑造五叶神相对独立的品牌形象，作为开拓华南一类烟市场的“先锋”。

国喜，是年轻的高端子品牌。2016年上市后，国喜逐步承担起彰显高端价值的作用。从双喜（大国喜）到双喜（金国喜）、双喜（国喜细支），国喜系列正扩充价值覆盖区域，既在目前形成消费引领，又为未来的高端市场角力提前布局。

战略既定，方向明晰。去年，广东中烟累计投放9个新规格，与既有规格形成良好互补，通过高端产品系列化和从下往上延伸产品线“两条腿走路”，实现了母子品牌各有所重、协调发展。

得益于此，双喜绽放出越来越强的活力，品牌形象和市场认可度大大增强，一、二类烟新老产品市场表现稳步提升。

精准研发：细分群体　定向发力

去年，一款由广东中烟与河北烟草工商企业三方合作推出的新品双喜（莲香），市场表现极为亮眼。但在研发之初，如何让河北消费者爱上双喜味道，却让技术人员们颇费心思。

“通过调研，结合此前研究，我们认为受气候等因素影响，北方消费者更注重轻松感，在烟气浓度、劲头上与南方消费者有较大差异。”技术中心市场研究所负责人介绍，双喜（莲香）在香型选择、香精香料使用上都更贴近当地消费需求。一经投放，这款产品就得到了河北消费者的大力“点赞”，也为双喜（莲香细支）等产品上市打下了坚实基础。

双喜（莲香）的成功，正是广东中烟“贴近市场、引领消费、集成技术、创新品类”研发思路所结出的硕果。

在卷烟营销中，我们常常谈及“让听到炮声的人决策”。而在产品研发中，让技术人员贴近市场，聆听消费者诉求，同样至关重要。为此，广东中烟专门在技术中心设立市场研究所，推动技术人员在产品研发最前端介入，为消费者精准“画像”，将消费需求转化为技术语言。

“从市场中来，到市场中去”，为了准确把握消费习性、审美特点、功能诉求和产品卖点，广东中烟实行了项目制研发机制，打造各部门功能互补的开放式协同创新格局。来自营销、配方、香精香料、辅材等部门的相关人员集结在一起，为一款产品出谋划策，真正为目标消费群体“量身打造”个性化产品。

“我们在研发国喜系列产品时，考虑到高端消费人群偏好，更突出轻松感体验，与传统双喜高香气的风格产生了一定区隔。”技术中心产品研究所相关负责人举例说，如今广东中烟的新品研发更趋精准，力求在消费细分市场打造“拳头产品”，特别是在“中细短爆”等新品类卷烟上出新、出彩。

做好新品研发的同时，广东中烟还着力改造原有规格。实际上，双喜不少产品都已上市10年以上，形象老化、新鲜感不足的问题突出。

因此，广东中烟从供给侧发力，聚焦重点规格，持续提升产品核心竞争力，进一步彰显风格特色。五叶神系列产品和双喜（世纪经典）、双喜（经典工坊）等规格，具有一定规模且市场基础良好，是广东中烟升级改造的重点。

从实际效果看，五叶神系列经过去年的改造，走出了特色化、差异化道路，2017年，双喜（硬红五叶神）销量增长11.9%，双喜（软红五叶神）增长16.8%。而另一款改造产品双喜（新版传奇）上市仅三个月，反响热烈，与老产品的总销量达到8039箱，增长15.9%。

承故纳新，创新与改造并举，如今的双喜蹄疾步稳，不断弥合着产品与消费者之间的“脱节”，品牌可持续发展的内生动力逐步增强。

精准营销：分类施策　因地制宜

覆盖价类广，产品规格多样，曾是双喜立足市场的重要优势之一。然而，随着竞争形势的变化，规格与价类是否越多越好、越全越好呢？在广东中烟看来，精准营销，是在激烈竞争中夺取市场制高点的关键。

精准营销，意味着充分考虑商业企业、零售客户和消费者各方需求，做到信息精确、投放精准、管理精细、服务精诚。

“我们要聚焦重点规格，提高品牌集中度，把握好零售价15—30元/包的主流消费区间。”营销中心总经理宋伟告诉记者，双喜正深化市场分类发展战略：普一类烟抓住上升潜力，实现量的突破；二类烟加强全国布局，全面扩大重点规格规模；高三类烟把握机会，加快基座上移。

因地制宜、因品制宜，省内、省外市场分类施策，正是精准营销的题中之义。

广东，双喜品牌的“主场”和根据地。去年6月5日，广东烟草工商联合召开“大家庭、大品牌”销售研讨会，形成了共同培育双喜的良好局面。通过资源投入、考核激励、信息支持、专卖监管“四个维度保障”，依靠品牌发展、目标管理、市场营销“三个方面协同”，双喜品牌在省内高端市场占有率进一步提升。

今年，广东中烟将进一步配合全省“网建2.0”建设，联手商业企业，把直营店、形象店、加盟店等建设为培育双喜的重要阵地。以集中资源、精准施策为原则，广东中烟将高一类烟双喜（国喜细支）、双喜（硬珍藏），普一类烟双喜（硬红五叶神）、双喜（世纪经典），二类烟双喜（硬经典1906），高三类烟双喜（硬经典）、双喜（硬金五叶神）等规格作为市场培育的重中之重。与此同时，双喜（硬紫红玫王）、双喜（金尊五叶神）两款新品也在广东正式亮相，个性化卖点深受区域消费者好评。

在省外市场，广东中烟一改“全面开花”的做法，深耕湖南、广西、浙江、江西、海南等重点市场，坚持“每包必争，寸土不让”，力保双喜规模稳定。在具体策略上，广东中烟更强调因地制宜，在重点市场以二类烟为核心，努力培育1至2个一类烟明星产品。而针对非重点市场，双喜将加快低三类烟向高三类烟转变，并在条件成熟的地区谋求二类烟的突破。

精准营销，还体现在新营销手段的定向发力上。

从来自一线的“三三六”产品培育工作法，到产品二维码、店铺二维码、微信企业号、营销大数据等的广泛应用，现代营销新模式正在广东中烟落地生根。营销沟通轻松化、消费驱动精准化、营销管理现代化，真正让双喜集聚起了更强大的品牌势能。

营销有道，精准与之。从科学细分市场、细分客户、细分产品类别，到信息的准确把握、品牌策略的针对制定，双喜有了精益营销的保驾护航，应对市场波动更加从容，挖掘市场潜力更加有方向，真正实现了品牌与市场的“无缝对接”。

“双”轮驱动，“喜”悦升级。以“一体两翼”的品牌战略为帆，以精准研发和精准营销为舟楫，如今，双喜这艘百年品牌巨轮，正扬帆破浪，驶向新的航程。但我们要清醒地认识到，对于双喜品牌而言，转型的步伐才刚刚迈出，真正的挑战也才刚刚开始。

“广东走在全国改革开放的前沿，靠的是敢为人先、杀出一条血路的勇气；广东中烟人取得改革发展的辉煌，靠的是勇于探索、不甘落后的精神。上下同欲者胜，只要我们卧薪尝胆、亡羊补牢、奋起直追，相信通过3—5年的努力，就一定能够追上行业先进企业的步伐，双喜的百年复兴之梦就一定能实现！”面向未来，唐健满怀信心地表示。

（《中国烟草》 2018年7月1日 沙鑫）

广东中烟赴西柏坡学习革命精神

为高质量发展提供政治保证

2018年9月26日，广东中烟召开2018年第三季度党组中心组学习会议，并举办“不忘初心　牢记使命”西柏坡精神培训班，组织副处级以上干部到革命圣地西柏坡集中学习，要求积极弘扬西柏坡革命精神，提振勇于担当、积极作为的精气神，落实意识形态工作主体责任，为企业高质量发展提供坚强的思想保证，切实做到“三个全力以赴”，坚定不移完成国家局下达的各项目标任务。

西柏坡是在中国革命史上留下壮丽诗篇的红色圣地，与会人员来到位于河北省平山县的西柏坡纪念馆，向五大书记塑像敬献花篮，认真参观各个展厅，并到西柏坡中共中央旧址参观学习，重温党中央在西柏坡的革命斗争历史和光辉历程，深入学习领会两个“敢于”、两个“善于”、两个“坚持”和两个“务必”的西柏坡精神。通过军事化体验教学，大家还进一步培养了集体主义精神，磨砺了意志品质。

在人民子弟兵的起源地——西洪子店村参观学习时，当年抗日队伍平山团的儿童团员，已经90岁高龄的韩秋生老人讲述了革命年代的火红岁月，该村村民、乡土诗人王汉旺动情地朗诵了自己创作的长诗《欢迎英雄们回家》。大家认真聆听，深入思考，精神上接受了一场涤荡灵魂的深入洗礼。

与会人员还来到习近平总书记当年工作和生活过的正定县，在正定工作的三年多时间里，习近平总书记倾注了极大心血和深厚感情，为县城发展奠定了坚实基础，做出了历史性贡献。大家登上正定南城门眺望县城全景，纷纷表示总书记在正定工作的思想、实践、风范和人格魅力，是弥足珍贵的思想财富和精神财富，是取之不尽、用之不竭的思想宝库和动力源泉，今后将认真学习善政为民、深入调研、求真务实、锐意进取的精神风范，立足本职岗位做出更大贡献。

广东中烟党组书记、总经理唐健指出，西柏坡是中国共产党永葆政治本色的精神摇篮，党的革命精神虽然是在革命时期形成的，但并没有过时，而是历久弥新，其蕴含的精神价值是巨大的、影响是深远的，具有崭新的时代意义。当前是烟草行业谋划和推动高质量发展的关键时期，广东中烟紧跟行业改革发展步伐，开启了高质量发展新征程。每位同志必须保持和发扬永不懈怠的精神状态和一往无前的奋斗姿态，增强“四个意识”，坚定“四个自信”，做到“四个服从”，用敢于斗争、敢于胜利的西柏坡革命精神，奋力开创广东中烟高质量发展新征程。一是要积极弘扬西柏坡革命精神，提振勇于担当、积极作为的精气神；二是要落实意识形态工作主体责任，为企业高质量发展提供坚强的思想保证；三是要切实做到“三个全力以赴”，坚定不移地完成国家局下达的各项目标任务。

唐健强调，在接下来的工作中，全体干部职工要紧紧围绕深入学习贯彻落实党的十九大精神这一条主线，以“三个全力以赴”开启广东中烟高质量发展的新征程。一是要全力以赴抓好技术创新，持续提升品牌竞争力；二是要全力以赴恢复市场状态，持续提升品牌影响力；三是要全力以赴抓好内部管理，持续提升执行力。通过真正把西柏坡精神融入实际工作中，在推进广东中烟高质量发展中交出更优异的答卷。

广东中烟班子成员就落实中央八项规定精神进行了庄严承诺，副总经理区广安主持会议，纪检组长王国飞传达了关于强化重要节点落实八项规定的有关文件精神，市场营销中心结合学习主题汇报了下一步工作思路。会议还邀请专家就弘扬西柏坡精神开展了专题授课。

（《广东中烟》 2018年9月30日 李程）

附录：高质量发展系列评论

一论奋力开启广东中烟高质量发展新征程

把思想和行动统一到高质量发展目标上来

在中国烟草行业发展的关键时期，国家局新一届党组要求聚焦聚力推进高质量发展，这是新时代中国经济发展的要求，是烟草行业自身发展的需要，更是广东中烟实现自我突破的必由之路。针对企业现状和未来发展方向，广东中烟党组旗帜鲜明地提出，要奋力开启高质量发展的新征程，这是新的发展时期的一次再动员。目标所指，更是人心所向。

面对发展的困境，广东中烟能否成功突围？在国家局“总量控制，稍紧平衡”的调控方针下，目前单纯依靠做大品牌实现效益增长的条件已经不复存在，依靠传统的发展方式也难以为继，更走不远。广东中烟要实现企业持续健康发展，就必须转变依靠规模扩张的发展方式，走高质量发展之路，推动企业转型升级。发展是第一要务，高质量发展是实现企业由大变强的必由之路。只有坚持高质量发展才能实现双喜从“规模扩张”向“结构优化”转变，才能实现企业从“高速度发展”向“高质量发展”转变。

坚持高质量发展，必须提高政治站位。高质量发展是一场关系发展全局的深刻变革，首先是一场思想观念的深刻变革。面对发展的新阶段、新形势、新变化，如果思维方式还停留在过去的老套路上，不仅难有出路，还会坐失良机。意识是行动的先导。必须坚定政治方向，增强大局意识，坚持战略导向，强化战略思维，充分认识高质量发展的必要性和迫切性，把企业改革发展放在行业发展和建设广东烟草强省的大局中综合考虑和谋划，切实把思想统一到高质量发展的理念上来，坚决摒弃保守僵化的思想，切实纠正固守旧模式和老套路的倾向，把行动聚焦到国家局和公司党组的各项部署上来。

聚焦高质量发展，必须突出问题导向。公司党组明确指出，要抓重点、补短板、强弱项，推动企业发展质量变革、效率变革、动力变革，具有很强的针对性和指导意义。只有找到短板和弱项，才能集中发力，有效突破。抓重点就是着力解决制约企业发展的主要矛盾，破解影响企业可持续发展的现实难题，围绕“稳规模、提结构、强管理、增税利”的目标，牵住产品结构转型升级这个“牛鼻子”，持续提升营销和技术创新能力，让创造的活力充分迸发，为高质量发展开掘源头活水，从而增强“稳”的定力，提高“进”的质量。

推进高质量发展，必须增强危机意识。时间不等人，市场不等人。高质量发展既是时代的要求，更是一次难得的机遇，既急不得，也等不得，更不能消极对待，敷衍应付。高质量发展也不是一蹴而就的，而是一个长期发展的过程，同样会遇到各种各样的困难和挑战，必须统一思想，坚定信心，持之以恒，久久为功。既要坚持用好和发扬成功经验，也要以变应变，不断改进和创新。只有立足当前，谋划长远，真抓实干，一抓到底，勇于实践探索，才能为改革发展厚植根基、注入动力、开创新局。

中国烟草已经掀开高质量发展新篇章，广东中烟也已全面开启高质量发展新征程。号角已经吹响，我们必须凝心聚力，重整行装再出发，义无反顾，坚定前行。

（《广东中烟》 2018年8月31日 本报评论员）

二论奋力开启广东中烟高质量发展新征程

补短板强弱项是推动高质量发展的着力点

“知己不足而后进，望山远岐而前行。”发展总会遇到瓶颈，找到症结并补齐短板增强弱项，既是为了清除发展障碍，更是为了找准发展方向，夯实发展根基，让发展更有目标、更有效益、更有质量。

当前，广东中烟党组紧跟国家烟草专卖局战略部署，奋力开启高质量发展新征程，标志着广东卷烟工业改革与发展掀开新的篇章。双喜品牌依靠规模扩张实现了跨越式发展，但在做大规模的同时，也面临着结构提升的巨大压力。当发展中遇到的新矛盾与积累的老问题交织叠加时，应该如何看待、如何解决，这考验着我们的智慧和勇气。

习近平总书记指出，“改革是由问题倒逼产生，又在不断解决问题中得以深化”。问题是时代的声音，也是改革的起源。问题既是短板，也是方向，更是潜力。改革事业的推进需要有正视不足、奋而思进的决心和勇气，否则只会让事业停滞不前，甚至呈现倒退趋势。谁能清醒地正视问题、发现问题，并运用科学思维和正确举措解决发展中积累的问题和矛盾，谁就能掌握主动、赢得先机。

推动企业高质量发展，必须坚持问题导向。人类社会认识世界、改造世界的过程，就是一个发现问题、解决问题的过程。高质量发展不是一蹴而就的，而是一个发展的过程，更是一项久久为功的艰苦事业。如果遇到问题绕着走，遇到矛盾躲着走，遇到困难低头走，不作为或者慢作为，改革发展就很难进行下去。直面问题和矛盾，找准短板和弱项，破解难题和瓶颈，是有的放矢、对症下药、科学有序推进改革发展的基本遵循，也是企业实现高质量发展的关键所在。只有从问题入手，理清思路、找准方向、谋篇布局，切实抓好打基础、创优势、利长远的大事要事，善于在工作中化解层层阻力，在解决制约高质量发展的深层次问题上取得重大突破，才能挖掘发展潜力，增强发展后劲，释放发展活力。

推动企业高质量发展，必须找准切入点和突破口。广东中烟党组在问题面前，不遮掩不回避，准确指出制约企业和品牌发展的瓶颈就是双喜品牌结构偏低、提升步伐缓慢，甚至用“前有标兵，后无追兵”的紧迫形势来自我警醒，所表现出来的是强烈的危机意识。“结构提升”是双喜品牌在形势环境日益复杂、市场竞争日益激烈中的安身立命之本，更是广东中烟驶入高质量发展轨道的突破口和着力点。只有牢牢抓住烟草行业坚持推进“大品牌、大市场、大企业”发展战略的重要机遇，牢牢抓住“结构提升”这个牛鼻子，胸怀全局、着眼长远，才能切实推动广东中烟提质增效和品牌转型升级。

推动高质量发展，必须汇聚集体智慧。查找短板和弱项是一次自我审视，更是一次自我总结和改进。短板和弱项既意味着“差距”和“不足”，也常常积蓄着“提升的潜力”。面对差距和不足，必须坚定信心、保持定力。只有抓住了解决问题的重点，下大力气把短板加长，把弱项加固，才能破解发展中所遇到的难题。在企业发展的关键时期，广大干部职工只要扑下身子抓落实，把精神提起来，把责任扛起来，把工作抓起来，凝聚集体的智慧，汇聚全员的力量，就一定能够奋起直追，走出困境。

“人生天地间，长路有险夷。”在推动企业高质量发展的进程中，同样也会遇到各种各样的困难和挑战，切不可有速战速决的念头，更不能因为遇到困难和挑战而消极懈怠，以至错失发展良机。只要补好短板、改进弱项，就能不断增强企业发展的驱动力，在高质量发展的新征程上行稳致远。

（《广东中烟》 2018年9月15日 本报评论员）

三论奋力开启广东中烟高质量发展新征程

让创新成为引领高质量发展的第一动力

创新是经济社会发展的“第一动力”，也是行业主动适应、把握、引领经济发展新常态的战略要求。求新者胜，思变者通。谁能下好创新这步先手棋，谁就把握了先机、赢得了主动。

当前，行业更加注重发展的质量和效益，积极倡导先发优势的创新引领型发展。国家局新一届党组把创新摆在了行业发展全局的核心位置，要求积极贯彻创新发展理念，加快建设创新型企业，让创新贯穿行业一切工作。创新正在成为烟草事业发展最为强劲的增长引擎和重要力量。广东中烟要实现高质量发展，同样必须依靠创新培育发展新动能、打造品牌发展新优势，通过技术创新、产品创新、营销创新、管理创新等各方面的创新集聚，持续激发出更加强大的发展能量。

广东中烟改革发展历程就是一部与时俱进，不断创新进取的发展史，被业内称赞为烟草改革创新的“广东模式”，让双喜从区域品牌跻身“全国性的大品牌”，“三步走”战略让广东中烟从偏居一隅到跨进全国前列。我们走过的每一步，都在印证改革无止境、创新不停歇。这几年来，广东中烟虽然实施了很多行之有效的创新策略，也取得了一定成效，但是与行业发展步伐还是存在一定的差距，在行业改革先行一步的优势正逐渐减弱，没能在新一轮的品牌结构发展大潮中抓住机遇乘势而上，导致产品结构提升的步伐滞后于行业的发展，这也是广东中烟人必须面对的现实、必须攻克的难关。创新发展是摆在广东中烟面前的一条必由之路，没有其他捷径可走，没有坦途和成功老路可寻。唯有创新发展，才能奋起直追，让后发优势转变为追赶先进的动力。为此，公司党组提出要坚定不移地推进技术创新和营销创新，积极构建市场导向、协同高效的品牌培育创新体系，让创新引领高质量发展，切实提高企业发展的质量和发展的效益。

让创新引领高质量发展，必须要在思想上“变中求新”。走高质量发展之路，要求我们必须具备符合改革创新要求的精神状态，进一步提振锐意改革、敢为人先的精气神，唯鼓起自我革新的勇气、激发自主创新的智慧，克服惰性思想和惯性思维，摈弃因循守旧、故步自封的工作方法，通过解放思想、破旧立新，来释放企业发展的内生动力与活力。

让创新引领高质量发展，必须要在工作中“变中求新”。新发展理念中排在首位的就是“创新发展”，如果说传统的发展是做加法，那么创新发展就是做乘法。创新发展，注重的是解决发展动力问题。我们要敢创新、重创新、会创新，在科技技术中创新，在拓展市场中创新，在优化管理中创新，在深化改革中创新，加快形成以创新为引领和支撑的战略体系，让技术、市场、资金、设备等创新要素充分活跃起来。面对宏观环境深刻变化带来的瓶颈制约和各种矛盾问题，要紧紧抓住推动改革向纵深发展的历史机遇，以更大的胆识、更大的气魄、更大的力度，深入推进改革创新，多出新招、实招、硬招，才能闯出新路子、开拓新境界。

让创新引领高质量发展，必须要在人才培养中“变中求新”。人才是实现创新发展的第一宝贵资源，创新驱动实质上是人才驱动。我们要在创新实践中发现人才，在创新活动中培育人才，在创新事业中凝聚人才，积极打造梯度合理的人才高地，有效激发创新精神、聚合创新智慧。

走高质量发展之路，向创新要动力，向改革要活力，不仅是广东中烟当前和今后一个时期的发展思路，更是破解发展瓶颈走出困境的有效途径。只有勇于求变、积极转变、务实谋变，才能找到解决问题的方法，开辟改革发展的新路，广东中烟高质量发展也将更有信心和底气。

（《广东中烟》 2018年9月30日 本报评论员）

四论奋力开启广东中烟高质量发展新征程

以高质量党建引领企业高质量发展

坚持党的领导、加强党的建设，是中国烟草36年改革发展历程最为宝贵的成功经验和制胜法宝，也是广东中烟保持健康发展的政治保障和行动先导。当前，广东中烟正处于企业转型升级的关键时期，在迈向高质量发展的过程中，风险挑战严峻复杂，工作任务艰巨繁重，没有强有力的党建作保证是难以实现的。

高质量发展不可能一蹴而就，越是攻坚克难、爬坡越坎，党建工作越是要发挥更加重要的作用。党的十九大报告中明确指出，“要不断提高党的建设质量。标准决定质量，有什么样的标准就有什么样的质量，只有高标准才有高质量”，深刻阐述了坚持高标准党建工作的重要性。为此，公司党组提出要以党的建设高质量，在更高层次和更高水平上指导、引领和推动企业高质量发展，深刻揭示高质量党建工作和企业高质量发展之间的客观规律和辩证关系，抓住广东中烟高质量发展的核心和关键。

以高质量党建引领高质量发展，必须坚定政治立场，提高政治站位。习近平总书记指出，党内存在的很多问题，原因都是党的政治建设没有抓紧、没有抓实、没有抓好。加强党的政治建设不是一般性号召，更不是空洞抽象的口号，要始终坚持党性，与党同心同德，在贯彻落实党中央方针政策和行业决策部署上不打折扣，做政治上的“明白人”。坚决维护习近平总书记的核心地位，坚决维护党中央权威和集中统一领导，自觉做习近平新时代中国特色社会主义思想的坚定信仰者、忠诚实践者，保证企业高质量发展始终沿着正确的方向推进。

以高质量党建引领高质量发展，必须提升党建工作的引领能力。高质量开展党建工作，要求我们必须树立高质量的思想理念，只有思想上坚定过硬，行动上才能勇往直前。我们要继续抓好思想建党这个根本，把“一心一意谋发展”与“聚精会神抓党建”紧密结合，注重思想引领，增强思想自觉，充分发挥党员队伍的示范引领作用，积极调动工作的积极性、主动性和创造性，不断激发干事创业的持久活力。

以高质量党建引领高质量发展，必须增强党建工作的组织能力。一个支部就是一个战斗堡垒，各级党组织建设得力，党的各项建设就有了定盘星和压舱石，才能团结和带领广大干部职工完成新的挑战、实现新的跨越。我们要树立起高质量抓好党建工作的行动自觉，突出基层党建工作的前瞻性、系统性和延续性，以提升党组织的组织力和党员队伍活力为重点，在化解基层矛盾、解决基层问题上狠下功夫，将组织建设、队伍建设和纪律建设落到实处，实现高质量党建工作常态化、规范化和科学化。

以高质量党建引领高质量发展，必须大力提升党员队伍的战斗能力。党建工作是最大的政绩，抓实了就是生产力，抓细了就是凝聚力，抓强了就是战斗力。以高质量党建推动高质量发展，关键落实在人，没有一支政治过硬、本领高强的党员队伍，就没有强大的战斗力，再好的政策都只是纸上谈兵。我们要紧紧围绕高质量发展战略大局，锤炼党性修养，加强作风建设，激励担当作为，创造更加有利于人才辈出的机制和环境，让想干事、能干事、干成事的党员干部有机会有舞台，让忠诚履责、尽心尽责、勇于担责的党员干部展现新作为、创造新业绩。

总之，我们要把“党领导一切”的政治要求落到实处，既要立足高质量发展全局抓党建，又要围绕高质量党建促发展，两者融合，一体推进，以高质量党建引领高质量发展，善做善成、久久为功。

（《广东中烟》 2018年10月15日 本报评论员）

第三章

多元创新

助品牌升级

技术领跑 匠心为魂

双喜品牌生产专线稳定运行

核心制造工艺实现转型升级

2011年底，随着300万箱双喜下线，广州卷烟厂也正式进入稳定的生产运行轨道。种种情况表明，双喜品牌生产专线经过试运行生产，双喜核心制造工艺实现了转型升级。

通过引进HDT气流烟丝生产线，薄板式烘丝机、M8-H1000卷接包机组等国际先进水平的设备以及在工艺关键设备上的个性化定制，双喜品牌专线更符合双喜大品牌的运作，促进双喜品牌建设取得了新突破。

工艺技术人员认为，双喜专线的稳定运行是精细化生产得以实现、产品品质保持稳定的必备条件，也是工厂长期追求的目标之一。

核心技术加工体系日趋成熟

功能模块化加工是双喜工艺技术长期演进的一个重要成果，也是双喜核心技术加工体系中的重要一环。

随着技术的不断进步，技术人员结合产品配方模块化变革，针对叶丝、膨丝、梗丝、再造烟叶、气流叶丝的功能化分组，采用针对性的加工方式，大大提高了分组效率。对不同的分组元素采取差异化加工技术，更能突出各组元素的特质，从而使模块化加工的最终效果得以显现。

而广州卷烟厂的正式生产运行，使模块化加工体系的应用更为纯熟。“广州卷烟厂的众多新设备，尤其是为双喜专门定制的设备，提高了各分组元素的加工精度，模块化加工体系与双喜生产专线正越来越紧密地融合在一起。”

与此同时，相关研究成果的应用效果也日益显现。自2008年以来，广东中烟依托制丝试验线，形成一批核心加工技术，支持开发了一系列第三代产品。这一研发应用的轨迹在广州卷烟厂得到进一步的发挥，再造烟叶分组加工、HDT气流干燥技术应用、薄板式烘丝、叶丝风选混丝等新成果动态地引入双喜生产专线，使制丝专线在建设中得到持续提升。在技术演进和成熟过程中，广东中烟在关键技术上形成核心专利达15项，其中发明13项。双喜核心技术加工体系，正在广州卷烟厂经历新一轮的发展。

关键设备“个性化”

“松散回潮筒可以满足低温回潮，烘丝机的控制模式更先进了，新的叶丝风选设备大大降低了造碎率……”技术人员一一列举生产专线上专为双喜定制的关键设备。他们认为，这些关键设备真正做到了为双喜量身打造，充分满足双喜生产的“个性化”需求。

以薄板滚筒式烘丝机为例，该定制设备增加烘丝筒筒壁温度控制和热风温度控制两种控制模式并可切换，从而使操控有了更大的自由度。而新型叶丝风选预混设备则以混配均匀性好而备受称赞，它不仅造碎率低，还可以剔除叶丝中的湿团、结块及杂物，为最终产品品质提供了更可靠的保障。膨胀烟丝静态回潮加湿装置是一种新型的升华后膨胀烟丝静态回潮加湿装置，它同样可以减少造碎，而且能提高膨丝的综合利用水平。此外还有采用“多点喷射”控制技术的定制穿流式热风加料机，能够提高叶丝膨胀效果和稳定性的新型叶丝增温增湿设备，众多新型设备和专门定制设备，正在为双喜核心技术加工体系的关键部位提供强力支持。

双喜可以“复制”

广东中烟人深知，双喜的成功将不仅仅建立在广州卷烟厂的生产能力上，把广州卷烟厂建成一个生产、研发和物流核心，以其为中心向其他生产厂和联营加工企业进行辐射，才是保证双喜整体品质的可靠途径。在这种思路的指导下，双喜形成了可复制、可输出的加工技术标准。而在这套标准中，广州卷烟厂成功发挥了制丝专线在双喜工艺中的标杆功能，参照专线技术复制形成了完整的生产加工技术标准，使双喜品牌生产专有技术可快速、有效地输出到省内外生产点，实现了专有技术的共享，取得了很好的效果。

“广州卷烟厂在双喜加工技术体系中扮演了一个先行者和探路者的角色。”新鲜的创意、产品设计的新思路，都将最先在这里得到验证，通过工艺试验平台和生产平台的反复检验，形成了成熟的技术指标后，再向各省内外生产点进行输出，一方面使工艺研发的应用范围最大化，另一方面又能保证双喜品质的一致性。

在这一过程中，广东中烟打造了一支过硬的专业队伍。对加工品质与关键工序关系的准确把握及丰富的实践经验，使他们很好地解决了多点生产的均质化问题，在近年合作生产中发挥了重要作用。

数字化生产新时代

为了保证生产的适应性、满足性和稳定高效，双喜品牌专线在建设之初就明确了要着力实现“三化”目标，即提高生产制造中的系统化设计水平、智能化控制水平和精细化加工水平。一个高效的生产指挥系统正在广州卷烟厂稳定运行。它把底层设备的控制“大权”揽于一身，同时又为MES系统预留了接口，可以实时传输各种生产和统计数据，成为“上情下达”的顺畅通道。

广州卷烟厂还结合MES系统，采用PROFINET现场总线技术，构建了以SPC为核心的过程控制评价系统，全面提高生产的过程控制水平。实时数据库和先进的数据采集、分析工具的引入，过程能力指数CPK的导入，有效提高了工厂的生产管理水平。实现分组加工模式下的生产自动排程，保证了生产调度的准确性、灵活性和实时性，实现了生产调度智能化。这些系统的导入，使广州卷烟厂的生产管理迈入了数字化时代。

在技术人员的设想中，“沉浸式”数字模拟系统等更新型的管控系统也将在未来纳入广州卷烟厂的数字化架构，双喜品牌生产专线将因此跨上更高水平。

眼下，广州卷烟厂的组织架构、管理机制等正在进行一轮有机调整，以便更适应双喜品牌生产的需求。筹划已久的双喜高端产品生产专线——逸品生产线不久也将投入建设，为双喜高端产品生产奠定更坚实的基础。我们有理由相信，广州卷烟厂作为双喜品牌核心研发平台、生产基地和物流中心的作用将得到更有效的发挥，双喜品牌也将在广州卷烟厂的助推下取得更为世人瞩目的成就。

（《广东中烟》 2012年2月29日 邱雷）

研发加速跑 享受新喜悦

高效研发支撑双喜发展

2015年1月，广东中烟工业有限责任公司定位中高端市场的卷烟新品双喜（经典工坊）上市后，很快得到市场的广泛认可，销量节节攀升。

很多人不知道的是，这款令人耳目一新、备受市场追捧的新品，从项目立项到完成研发再到正式上市，仅仅用了不到半年时间。事实上，双喜（经典工坊）只是近年来广东中烟一、二类卷烟新品高效研发的一个典范。

从去年推出双喜（邮喜）、双喜（鸿喜）、双喜（彩悦）、双喜（花悦）等新品，到今年上市双喜（经典工坊）、双喜（喜百年）、双喜（百年经典）、双喜（和喜），再到即将推出双喜（国喜）系列新品……

去年以来，广东中烟开启双喜新品研发“快进”模式，在不到两年的时间里上市了近10个一、二类卷烟新品，并已完成一批中高端新品技术储备，即将择机面市。如此高效的新品“产出”，广东中烟是如何做到的？

聚优质资源 启“快进”模式

11月底，一场由广东中烟总经理唐健主持的新品评审会在公司如期召开。会议室里，唐健、广东中烟副总经理袁汉辉以及技术研发中心、市场营销中心等相关部门的负责人、工作人员围坐在一起，对几个正在研发的新品包装、吸味等进行综合评审，提出了不少具体的改进意见。

广东中烟技术研发中心主任许光告诉记者，像这样的新品评审会，公司几乎每周都要召开一次，及时决策新品研发过程中的每一个关键选择，并明确下一步该怎么走。

在他看来，公司领导参加新品研发评审，广泛吸纳改进建议并作出具体决策后，技术研发中心就可以按照决策迅速开展下一步工作，从而高效推进新品研发。

这源于广东中烟立足行业发展大势和企业发展实际作出的一项战略部署：2014年，广东中烟新一届党组提出“提升双喜产品结构是实现企业和品牌持续健康发展的唯一道路，要全力以赴做强一、二类卷烟，创造双喜结构提升新辉煌”。

结构提升需要新生力量，市场开拓呼唤中高端新品。实现双喜品牌结构提升，无疑需要推陈出新，实现产品升级换代。这倒逼广东中烟必须加快新品研发的节奏，开启研发“快进”模式。

“要敢为人先，加大核心技术研发力度，提高成果转化效率，提高新品研发速度，加大新品研发储备力度，整合资源提高研发效率。”唐健多次要求加快产品创新步伐。

号角已经吹响，研发只待落实。广东中烟多位受访人士表示，要实现新品的高效研发，关键要把握定位、决策、设计、试制等几个重要环节。只有明晰了产品定位，研发才能少走弯路甚至不走弯路，减少人力物力的浪费。

广东中烟技术研发中心科技发展所所长杨剑锋介绍说，过去研发一款新品，技术研发中心可能需要设计多个产品方案，供公司领导研究决定后，再由技术研发中心改进完善。

如今，在公司领导参加的新品评审会结束后，技术研发中心只须按照会议决定的思路，精心改进1至2个配方或者包装即可，减少了大量不必要的工作，极大提高了效率。

而为进一步提高研发效率，广东中烟技术研发中心通过组织机构优化调整等改革措施，以集中资源配置、提高产品研发效率为目的，积极促进优质资源向产品研发领域倾斜，更快更准地研发新品。

今年4月，广东中烟将技术研发中心由18个专业所室调整为4

处13所，一线产品研发人员由26名增加到39名，实现了资源向产品研发聚集，形成了“人员向研发一线集中、资源向研发一线倾斜”的良好机制。

在此基础上，广东中烟技术研发中心在新品研发中更加注重项目制、团队化运作，以内在品质、外在包装为核心，分别设立3个项目组负责不同产品，以内部良性竞争促研发效率提升。

与此同时，广东中烟坚持打开大门做研发，通过广泛吸收外部资源并加以整合利用，在产品包装、卷烟调香等领域与外部企业展开合作，进一步提高研发效率。

以产品包装为例，广东中烟与多家外部设计公司合作，同时设计多款双喜新品包装。这样一来，产品设计的速度明显加快，可供选择的方案也丰富了，一改过去配方研制好后需要等待产品包装反复修改的局面。

值得一提的是，作为新产品试制的基地，广州卷烟厂同样全力以赴，每次接到试制生产任务后，都会在第一时间组织生产，确保试制样以最快的速度提交到每一次的评审会，有力保障了新品高效研发。

从市场中来　到市场中去

当市场仍在津津乐道双喜（经典工坊）的时候，广东中烟又适时推出了一款极具“喜庆”文化卖点的新品——双喜（喜百年）。喜庆隆重、简约大方的外观设计，香气独特、层次丰富的吸食口味，其精致的包装、独特的内质迅速受到消费者热捧。

对这款新品，广东中烟技术研发中心副调研员、双喜总配方师邵干辉充满信心：“这款烟用料精良，设计符合全国口味，外包装适合婚宴等喜庆场合，我们就是要让消费者感受到这是一包好烟。”

“以消费者满意为目标，以市场为导向，从市场中来，到市场中去”，这是唐健对新品研发提出的要求。而双喜（喜百年）的问世，正是广东中烟以市场需求引领高效研发的成果之一。

今年年初，江苏、浙江市场提出能否针对当地喜庆市场，推出一款适应本地消费需求的中高端新品。接到这一需求后，广东中烟技术研发中心马上联合市场营销中心进行了可行性调研，并着手从包装、口味、价格等方面开展新品研发。

围绕市场需求，双喜（喜百年）研发项目组就目标消费者的卷烟吸味要求、包装材质和设计要求等进行了大量市场调研。此后，从产品命名到内在品质优化，再到包装设计确定、产品测试完善……不到半年时间里，双喜（喜百年）新品就正式上市。

广东中烟技术研发中心市场研究所所长黄春晖告诉记者，实际上，与双喜（喜百年）一样，公司近年来推出的双喜（经典工坊）、双喜（百年经典）等新品均是“从市场中来，到市场中去”的高效研发模式的结晶。

“为了实现双喜结构提升的梦想，研发人员的工作热情极其高涨，主动加班成为‘新常态’，团队成员都全力投入研发中。”广东中烟技术研发中心配方研究所所长文俊说。而技术研发中心与市场营销中心设置了专门的对接部门，从产品定位到研发过程，市场营销中心人员均全程参与。

新品高效研发机制亦有力助推了双喜品牌发展。目前，已上市的双喜（邮喜）、双喜（经典工坊）、双喜（喜百年）等市场态势良好，为品牌结构提升注入了新活力。其中，截至10月底，双喜（经典工坊）商业销量已过万箱，创下历年来双喜一类新品上市的记录。

去年以来，广东中烟创新研发体系和机制，提高新品研发效率，研发出双喜（邮喜）、双喜（经典工坊）等一系列具有市场影响力的新产品，展现了生机和活力，改变了原有的品牌形象，推动了双喜结构提升。

有理由相信，在高效研发机制的强大支撑下，双喜品牌家族一、二类卷烟阵营将进一步壮大，助力双喜品牌升级换代，创造双喜品牌结构提升的新辉煌！

（《中国烟草》 2015年12月25日 郑旭南）

广东烟草工商企业召开双喜品牌新品评吸座谈会

合力推动双喜技术升级

2017年8月8日，广东烟草召开双喜品牌新品评吸座谈会，工商双方齐聚一堂，对近期市场情况进行分析，现场评吸了部分双喜新品并提出了建设性的意见建议，共同推动双喜品牌在省内市场的转型升级。

让产品更贴近市场

在评吸会上，每人面前都摆着五包带有字母和数字编号的评吸用烟，它们分别是典藏逸品、珍藏、软五叶神、硬五叶神和经典1906的升级改造版。

主持会议的广东省烟草专卖局（公司）副总经理周亮要求“坚持问题导向，拿出真招实招”。在双方销售和技术部门做了情况介绍后，来自广州、佛山、惠州、梅州、揭阳、东莞、汕头和肇庆等8个地市烟草专卖局（公司）以及梅州复烤厂的主要负责人分别在会上发言，畅谈评吸双喜新品的感受，并对相关工作提出意见建议。

据知情人士介绍，现场评吸只是市场调研的一部分，会后还将在目标市场开展测评，充分搜集来自商业单位、零售客户和消费者的意见建议，通过认真分析用于完善产品，目的只有一个：让双喜卷烟产品更加贴近市场。

“提升双喜品牌结构势在必行，但关键是要让产品适销对路，”广东中烟副总经理温东奇说，“必须深入系统客观分析采集回来的信息，同时要对标竞争产品，要重视市场接受程度，不能闭门造车。”

评吸是产品配方的重要步骤

这一观点得到了在场人员的广泛认同。肇庆市局（公司）局长、总经理罗春华认为，消费者十分看重性价比，同时新品培育要更重视投放节奏。广东烟草专卖局（公司）质监站站长王忠民从技术角度给出了参考，同时认为应该“注重细分市场、分析年轻烟民、多听消费者说”。

大家畅所欲言，提出了很多建设性意见，比如“无添加产品要特别注重提升香气”“新品培育需要周期，要错位定点、错峰投放”“加快新品研发同时要做好原有规格维护”等等。

工商齐心育双喜

在6月初的“大家庭、大品牌”双喜销售研讨会上，广东烟草工商双方达成共识，开展全面协同营销，进一步提升双喜在广东的市场优势。

广东省烟草专卖局（公司）党组书记、局长、总经理刘依平多次强调，百年双喜是广东烟草共同的宝贵财富，加快培育双喜是工商双方的共同责任。在8月8日的座谈会上，刘依平再次要求增强做好双喜的思想自觉和行动自觉：“要保持定力、精准发力、形成合力，进一步加强采购管理、品牌培育、预期管理、市场调控、产品改进和市场营销等六方面工作。”刘依平强调，品牌培育要聚焦重点规格，全面协同要精准施策，产品改进是持续的过程，“今后要建立双喜支撑性市场，推广要做好线上线下的联动”。

广东中烟党组书记、总经理唐健指出，“大家庭、大品牌”双喜销售研讨会为广东烟草描绘出新蓝图，具有划时代意义。唐健表示，双喜根据地在广东，广东市场开放、竞争激烈，但新品培育需要一定时间空间，离不开商业同仁的大力支持。他希望下阶段工商双方齐心协力、互相配合，加强沟通协作，持续深化“大家庭、大品牌”理念；坚持新品拉动，给足新品培育时间空间；工商高度配合，加强新品终端宣传推广。“新产品研发出来，市场配套要跟上，同时要更加关注供求关系、关注市场价格。”唐健强调。

“三个有利条件让我们有足够的信心培育好双喜，”温东奇说，“双喜有良好的市场基础，结构有足够的提升空间和势头，加上工商双方前所未有地齐心协力。”

（双喜电视台　2017年8月15日　舒晓康）

匠心打造双喜（国喜）　精心雕琢消费者体验

创新助推品牌发展

有的品牌，历经百年积淀，却能历久弥新。

聚焦到行业发展的坐标系之下，双喜正是这样一个品牌。在发展中，广东中烟工业有限责任公司始终坚信，保持双喜品牌的高品质才是最好的营销手段。

品质该如何保障？

在广东中烟看来，技术是支撑品质的一个核心要素。比如双喜（国喜）的打造，正是于千磨万砺、千锤百炼之中，广东中烟完成了对品质概念的又一次诠释。

通过市场调研，产品与消费诉求之间的关系得以理顺；通过技术升级，设备作业率、烟丝纯净度得以提升；通过技术实践，产品的外在品质更加细致、愈发精益……

聚焦市场：变“自说自话”为“诉求共鸣”

在广东中烟技术中心看来，真实的调研应该是市场与技术的一个重要连接点。

“从研发成功到面向消费者，其间有半年多时间，我们所做的主要工作就是反复调研与改进。”广东中烟技术中心市场研究所所长黄春晖表示，双喜（国喜）是广东中烟的一个全新产品，调研、反馈和改进贯穿整个研发过程。

在产品研发过程中，如果忽略产品的消费诉求而坚持技术本位，很容易变成自说自话。因此，研发人员与营销中心专职人员对接，在产品策划与设计之初便集思广益，形成联动机制，激发创新思维。

他们坚持以市场为导向做调研。比如，通过调研，技术中心发现不同群体在口味上存在“偏差”，因此双喜（国喜）在烟叶选择上没有以某区域为主，而是通过多样化、多种类的烟叶调配，以类似“中医配药”的方式，找到适合大众口味的“平衡点”。

他们的调研更加注重科学性、合理性。在整个调研中，广东中烟选取的“点”比以往更加“考究”：不仅在数量上大大增加，群体的分类更加精细，而且综合考虑到整个点的“布局”。

“解决问题不等同于解释问题。”在黄春晖看来，市场调研可以帮助他们触摸到市场脉搏，从而进行有效的产品改进。

烟包端口的不干胶标签开口是调研后的一次重大改进。

广东中烟主要负责人在一次试验中发现双喜（国喜）内包装撕开较困难。研发人员经过试验发现，由于残胶和静电作用，在取烟支时，使用者不易撕开不干胶标签，甚至可能会发生标签的覆铝膜和原纸分层现象。

为此，技术人员直接在标签生产厂进行技术攻关，采用了全新工艺，对标签开口处进行了贴膜处理，并在标签中间涂硅油进行除胶，覆铝膜对应标签中间处直接镂空，彻底解决了隐患。

“技术上的一切改进，都是为了满足消费诉求。”技术中心工艺研究所所长卢浥良说，“能否听懂市场反馈，直接影响到技术实践的方式、方法，进而影响产品成效。”

扎根精益：专线实现“小锅小炒菜更香”

广州卷烟厂联合厂房有一个特殊区域，整个区域位于厂房斜对面，不同于普通车间，该区域一般人很难进入。

这个区域就是专为双喜（国喜）等高端卷烟生产烟丝的“试验线”。

“设备都是全进口，制丝人员全部是骨干力量。除了十几名技术操作人员，其他人员进入一律需要申请。”技术中心工艺研究所工作人员江威说。

一旁的卢滬良给记者打了一个形象的比喻：这就好比是炒菜，大锅量虽然多，但味道均匀性差些；小锅量少，味道均匀细致。只有用小锅炒菜，才能尽可能保持其烟叶香韵，做出消费者喜爱的味道。

如果说，“小锅细炒”实现了产品加工的精细化，那么制丝线上的诸多技术细节，则让烟丝加工从精细走向精益。

“众所周知，在制丝中，核心部分就是如何合理运用‘香味工艺’技术，最大限度发挥烟草本香。”江威告诉记者，他们分别运用“保”“固”“增”三种技术。

比如，松散回潮采用低温回潮，力求减少香气损失，这是保香；烘丝中采用柔性烘丝技术，这是固香；烘丝后烟丝立刻采用气流冷却，通过热冷交替激发出烟丝本身的香味成分，这是增香。

除了技术上的“香味工艺”，“小炒”的优势更多地体现在对烟丝纯度的聚焦上。

“传统的风送去杂效果，已经不能满足我们对于高端卷烟烟丝纯净度的需求。于是我们设计了二级烟丝提纯技术，烘丝后先用风送除杂工序剔除杂物、梗签，然后再用柔性风选工序将烟丝再次提纯一遍，并通过可在线测量烟丝含梗率的设备进行实时监测。”江威告诉记者，“层层关卡”后，烟丝纯净度可以达到99.9%以上。

反复打磨：千锤百炼满足“用户体验”

“用户体验”，是广东中烟在双喜（国喜）研发改进过程中的一个核心要素。

在技术中心包装研究所，高级工程师谢定海向记者展示了几个连贯动作：撕开拉线—打开烟盒—取出内包装—撕开标签—取出烟支。

这些用时十几秒的动作，包含了技术中心上千次的反复试验和调整。

“每一个动作，我们都力求达到消费者最满意的状态。”包装研究所所长方细玲表示，双喜（国喜）的包装也是经历了“千锤百炼”。

这样的细节能够达到何种程度？

以“独立覆铝膜包装”为例。“独立内包装是为了给消费者更好的体验，这是我们在高端卷烟中的首次尝试。”在方细玲看来，第一次意味着更多的压力和更多的探索。

包装在试验过程中被反反复复地修改。从四周的圆角到直角，从一层膜到两层膜，从不同包装挺度对使用者的体验影响，仅独立内包装与外包装之间的摩擦系数，包装研究人员就尝试了100多次，修订过三次意见。

“这虽是一个小地方，但对消费者而言却是一个大问题。内包装太紧不好抽取，太松又容易滑落，必须精准控制在一个范围内。”黄春晖说。

正是基于这种严谨乃至严苛的态度，技术中心围绕消费者体验，解决了一个又一个难题，将一个个“不可能”变为现实。

“采用覆铝膜包装，对我们而言是一次挑战。”谢定海说，这种方式可有效对烟支进行防潮保润，同时又有很好的挺度，整体可作为独立包装，但尚没有相关生产设备。

“一般的做法是手工取出烟支，再手工塞入事先粘好的覆铝膜包装内，这就可能产生接触污染和烟支变形。”

“用户的诉求值得我们开展每一次尝试。”方细玲的话道出了技术中心全体人员的心声。为此，技术中心突破惯性思维，经过几十次的打样试制和优化改进，巧妙使用了将软包硬化的小盒卷烟产品整体作为覆铝膜内胆的全新包装方式。

千磨万砺，铸就匠心。在反复打磨中，消费者体验被精心呵护与雕琢。这份沉甸甸的“匠心”，在双喜（国喜）的精益里，在双喜的传承里，更深藏于广东中烟的未来发展中。

（《东方烟草报》 2017年11月28日 杜星霖）

广东中烟技术中心精准研发争创佳绩

用科技创新带动品牌结构提升

2017年，面对行业“四大难题”凸显、“三大压力”叠加的严峻形势，如何让百年品牌双喜历久弥新？如何在激烈竞争中让双喜产品脱颖而出？广东中烟技术中心在公司党组的正确领导和各部门的紧密配合下，坚定信心、主动作为，党员干部身先士卒，自觉把对党的忠诚转化为干事创业的使命感和执行力，带领全体员工迎难而上、扎实工作，推动研发工作迈上新台阶。

细微之处见真功

2017年技术中心全年共研发15个规格新品，其中9个获得国家局批复。这么高强度的研发背后有哪些故事呢？

“每次配方调整，仅仅2%的比例变动，就可能会引起产品风格的改变，因此在设计配方时，对使用的烟叶在产地、年份、部位、等级方面均须细细推敲，反复评价。”配方研究员王佳珺说。

“制丝过程不是简单的机械加工，中间涉及参数众多，每次试制研发人员都全程跟进。以烘丝温度为例，温度过低不能达到烟丝水分要求，温度过高又会破坏烟草中的致香成分。”资深工艺研究员介绍道。

“试验中一个小变化，都可能引发蝴蝶效应，在烟草的香味成分、烟气成分等谱图分析过程中，专业知识结合谨慎耐心，才足以不错过即使含量很少，但贡献较大的组分。”分析检测员陈翠玲认真描述。

细微之处见真功，技术中心的研发人员，用千磨万砺的匠心，用持续的专注与努力，演绎着产品研发工作的日常。

“A与B样板有何不同？乍一看都是红色，专业人员却要看出不同之处，有的是偏冷色的红，有的是偏暖色的红。”包装研究员陈帅说，“这需要扎实的专业功底加持续的学习交流，了解流行趋势与消费者喜好，还有反复的看板与经验沉淀。”

产品研发人员们认为搞创新团队建设非常重要——个人的精力是有限的，不可能方方面面都研究得很深入。多交流多沟通，研发中的许多“奇思妙想”都是在自我沉思基础上，与身边同事交谈突然迸发出来的。

“科研不仅仅是一场智力与耐力的比拼，还需要有良好的心理素质，要扛得住反复的试验失败，最终还不一定见到光明——但至少也积累了经验。”基础研究员们经常幽默地自嘲。

一支烟细分起来有上百道工序，涉及多个专业技术领域。技术中心的研发团队凝心聚力，攻坚克难，各环节工作以七天为周期，精确到日，用汗水和智慧诠释了对好产品的不懈追求。

“四有”助力新品研发

新产品是广东中烟赢得市场竞争新优势，实现品牌发展新跨越的重要手段。技术中心围绕“贴近市场、引领消费、集成技术、创新品类”的创新思路，着力推进精准研发，加强技术集成与应用，通过“有新意、有高端、有主流和有内涵”，不断丰富产品架构。

“有新意”就是从产品规格、香型、包装、口感等各环节努力寻求创新突破。为此，技术中心开发了珍藏细支烟、中支沉香、红邮喜等创新型特殊规格卷烟；在新型烟草制品领域申请多项专利，设计了两款可更换烟弹式电子烟；在国喜细支烟上形成“馥合香”，促进特色香型产品研发；在爆珠等方面的大量研究，市场反应也良好。

“有高端”是要让高端产品逐步系列化，配合大国喜和国喜细支，推出红国喜、金国喜，国喜系列的产品布局更加完善；无添加珍藏系列研发了硬珍藏、珍藏细支，更加突出了品牌风格与无添加个性特征；五叶神系列推出五叶神金尊，进一步强化产品特征香韵，形成了各规格间良好互补，系列高端产品有效提升了品牌形象。

“有主流”要求认真贯彻公司以双喜为母品牌、国喜和五叶神为子品牌的“一体两翼”主副产品架构，实现母子品牌各有所重。同时，在母子品牌的主销规格产品上进行研发资源适度倾斜，努力将市场需求与技术创新有效揉和，突出主流，以组合拳的形式促进品牌各规格间的协调发展。

“有内涵”是指研发团队深入市场一线，围绕区域市场特色，提炼产品创新元素，在内质上挖掘与开拓有价值的口味空间，在包装上力图契合消费者喜好，讲好产品背后的故事。通过精心研发，针对河北市场的莲香成为省外高三类产品标杆。

老产品焕发新活力

经过多年发展培育，世纪经典、硬红五叶神、硬经典1906等成为双喜品牌一、二类烟的主导规格。然而随着消费水平的持续提升，消费者对产品质量的要求也在逐步提高。技术中心以“讲情怀，提品质，激发老产品新活力”为主线，通过系列举措提升产品品质。

产品研发人员多次深入产品主销区调研，站在消费者立场去感知产品的消费体验；深入开展配方研究，实现工艺技术突破，为个性化产品量身定制工艺技术；积极推进自主调香，强化产品特征香韵；反复试验新的盒型和包装结构，全面提升产品视觉效果；应用新包装印刷防伪技术，维护品牌信誉和声誉。2017年对五叶神、蓝红玫王等5款老产品进行的改造提升，受到了消费者好评。

成果转化率持续提升

技术中心以加强项目管理为基础，将成果应用评价贯穿于项目全过程管理，建立技术中心专业评价管理工作机制，采用里程碑方法加强项目进度管控，实施阶段性成果介入评估，优化项目验收管理，组建专业团队评价成果并提出应用推广建议，提升成果转化效率。近三年来，企业取得项目成果69项，科研成果整体应用率超过70%。成果在“创造产品技术亮点”和“提升卷烟品质”的作用日益明显。例如创新性设计了可印刷在纸张纤维层的防伪信息与图案，通过多次工业验证，形成了双喜独特的新型防伪技术，已经应用于双喜多个规格产品中，大大提升了产品的防伪性能，更好地维护了消费者的合法权益；针对国喜细支的产品设计要求，通过多次成果转化工艺验证与优化，最终形成“有记忆、可感知”的“馥合香”产品风格特征。

此外，技术中心还通过开展专项攻关，提升关键技术能力。2017年初步搭建了应用基础研究框架，形成了原料应用关键技术体系，自主调配了90余种特征和功能香板块。通过技术举措提质增效，节约成本1600多万元。由于严格把关产品质量稳定性，2017年产品市场抽检合格率100%，同时不断优化业务流程，为各卷烟厂生产与质量管控提供有力的技术支持。

精准研发争创佳绩

2月8日，公司总经理唐健、副总经理温东奇和市场营销中心的领导班子来到技术中心，对研发优化情况进行了调查研究，对2018年工作进行具体指示。

据相关负责人介绍，技术中心将牢牢把握公司要求，结合“工商零消”四方面实际，在精准研发上狠下功夫。2018年将瞄准先进技术指标，从产品适应市场能力、自主调香及产业化建设、工艺原料技术、包装材料研究、前瞻性技术与应用转化等方面，持续提升核心技术和科技创新水平，以消费者体验为中心开展质量持续改进，强化质量稳定与管控优化，并探索有效的轮岗培养模式，全面加强人才队伍建设，树立党员先锋模范。技术中心将以更加积极主动的姿态，更加饱满的工作热情投入工作中，再接再厉，再出佳绩，再创辉煌！

（《广东中烟》 2018年2月28日 饶先艳）

研发升级　演绎新品

双喜（珍藏）：无添加短支烟腾空出世

2011年9月初，经过近2年精心研制而成的双喜超高端“珍藏”卷烟走出实验室，与消费者见面，这是广东中烟高端突破的又一重大成果。双喜（珍藏）通过独有的现代工艺技术最大限度地激发烟草原香，没有添加任何香精，独树一帜的口味风格赢得一致好评，被行业专家誉为顶级卷烟。

“就像好鱼要拿来清蒸，不需要添加什么香料，吃的是鱼本身的鲜美滋味。”广东中烟技术中心产品研究所负责人赵瑞峰把制烟比作烹饪，“双喜（珍藏）从全球范围内精选上好的烟叶原料，以精雕细琢的手法制造，把烟草本身的原香呈现出来。”

独创纯天然制烟工艺

“双喜（珍藏）是目前国内首个完全不添加任何香精的卷烟产品。”赵瑞峰说。在“中式卷烟”的范畴里，依靠香精香料的组合搭配来实现各种吸味已成为惯例，双喜（珍藏）的出现无疑是一个例外。赵瑞峰认为，双喜（珍藏）的研发成功与广东中烟追求“绿色”“健康”卷烟的理念分不开。

双喜（珍藏）所用烟叶是从全球范围内精选而来。津巴布韦、美国和中国云南等地的上等烟叶，为双喜（珍藏）的品质和内涵奠定了原料基础。烟叶原料经过多次人工筛选，还要在专用的醇化发酵室里以双喜古法发酵至少3年以上。据了解，醇化发酵室里的温湿度都受到严格的控制，确保烟叶的挥发性成分得到充分的中和。“采用古法发酵，卷烟燃烧时的温度较低，大大降低了普通卷烟吸食后上火、起痰的现象。”赵瑞峰说。

上等的烟叶受到了特殊的对待。为了避免优质烟叶原香的损失，双喜（珍藏）烟叶原料在加工过程中始终采用低强度、弱处理的工艺技术。以烘丝环节为例，双喜（珍藏）的烘丝温度始终保持在100摄氏度以下，而其他产品普遍在120摄氏度以上。

从奥地利进口的100%纯麻浆卷烟纸的使用，为提高双喜（珍藏）的烟气纯净度、降低有害成分作出了贡献。而广东中烟具有自主知识产权的新型“三元多孔颗粒复合滤棒”，则通过有效吸附、截留烟气中的有害成分，赋予了双喜（珍藏）更深刻的健康内涵。

古法制烟思路在现代工艺条件下仍然得到重现，赵瑞峰认为，这不是简单地还原历史，而是依托广东中烟先进独特的工艺技术，让现代科技与传统经典达到了完美的结合。

以古朴引领时尚

在卷烟这个快速消费品市场里，人们对速度的追求始终乐此不疲。及时供货、大规模生产，使“快”成为烟草的时尚。双喜（珍藏）却给出了一个新的生存范式：慢工出精品。

“广东中烟早就想开发一种不添加香精香料的原香产品。”赵瑞峰娓娓道来，“但我们并不急，经过深思熟虑之后，在2010年初才真正进入研发阶段。”而研发的过程又耗费了近2年时间。在这2年里，研发人员们拿出一个又一个方案，不断改进试制，倾听行业专家、消费者的评价，直至双喜（珍藏）达到最优的吸味和品质。

烟叶原料自然醇化3年甚至更久，才拿来加工，这在行业不啻为一种“奢侈”的做法。

双喜（珍藏）的包装也体现出一种回归传统同时又追求低碳环保的审美理念。包装材料使用特种环保仿古纸，古朴与高贵不可思议地合而为一。小包和条盒上的双喜图案和字体则是105年前双喜原貌的再现。

（《广东中烟》 2011年9月15日 邱雷）

双喜（邮喜）：行业首款中支烟优雅亮相

2014年3月25日，在双喜（邮喜）产品上市研讨会上，广东烟草工商两家百余名代表共同掀起邮喜的红盖头，这标志着一直养在深闺的邮喜迈出上市前重要的一步。记者从会上获悉，邮喜规格定型为焦油量10毫克，硬盒包装16支/包，定价300元/条。

"就像海藻作为天然调味食材，可以替代盐带出食物的鲜味，"广东中烟技术中心副主任袁庆钊介绍，"邮喜也可以不添加香精而用特殊烟叶调出自然香韵。"据悉，邮喜采用多地区、多部位、多等级、小比例的配方模式，配合第二代"无添加"制烟平台，充分表现出烟草自然原香的味道；运用原料分组个性化加工方式，配以工艺生香最新技术，让烟气更加细腻顺滑、绵长柔软，烟香及整体协调性显著提高，口感更加津甜、干净，入喉顺畅。双喜（邮喜）的独特之处表现在三个方面：一是不添加香精，就可以感受到丰富的香韵；二是香韵自然，依靠烟叶自身配方形成独特的自然香气；三是香韵悠长，值得细细品味。

邮喜传承了超过一个世纪的技术积淀，是几代双喜人经验的积累和智慧的结晶，为"香味专家"这块金字招牌增光添彩。同时，邮喜在包装和烟支上也有大胆突破。小包设计融入了人体工学设计理念，厚度比传统产品薄9毫米，高度增加2毫米，确保触感舒适。采用环保纸张和水性油墨印刷，配合低饱和配色，无反光设计，确保视觉舒适。同时，它还是全国首款86毫米中支卷烟，烟支修长优雅，引领新的消费潮流。

（《广东中烟》 2014年3月31日 舒晓康）

双喜（经典工坊）：瞄准广东200元价位市场

在2014年12月8日召开的双喜（经典工坊）上市部署会上，广东中烟总经理唐健逐一了解产品上市前的准备工作，他强调，所有工作必须在12月底前完成，确保明年1月5日经典工坊顺利上市！

双喜（经典工坊）零售价为每包20元，是双喜主攻广东一类烟市场的重要力量，它吸味绵长、柔软，口感津甜、纯净，香气层次丰富，满足感、舒适感、轻松感强。外包装采用仿古画的表现方式，表达传统古法手工卷烟的工艺历史，以环保纸张原色为主色调，配以双喜品牌特色符号和传统喜庆核心元素，彰显低调奢华。

这是一款被广东中烟人寄予厚望的双喜转型升级代表力作。近年来，广东一类卷烟市场发展迅猛，但市场也在一直呼唤双喜能有一款强势的一类烟主打产品推出，为广大消费者所喜爱。市场分析显示，2013年，广东180—230元/条的卷烟销售为44.23万箱，而200元/条产品为9.5万箱，占比约10%，存在较大发展空间，经典工坊的诞生将为双喜的一类烟市场提供强有力的支撑。

经典工坊将率先在广州、佛山、东莞、梅州、湛江、韶关、汕头上市，通过重点投入、重点培育、快速突破的方式，尽快形成具有示范效果及带动力的标杆市场。从外观上看，这款双喜拳头产品进行了大胆的创新设计，既雅致又上档次，纯手工制作香烟的组图令人遥想百年双喜的神秘配方，经过一道又一道独具匠心的纯手工制作，转化为享誉海内外的民族卷烟杰出代表，相信经典工坊的上市必将极大地提升双喜一类烟的竞争实力，再掀一股“仿古风”。

唐健强调，公司上下必须集中智慧、力量、财力和人力打赢经典工坊上市培育这场硬仗，一是要将上市方案进一步细化，尽快成立经典工坊上市工作领导小组，做到组织落实、措施落实、计划落实，在春节前集中做好7家地市公司的上市工作；二是各部门全力保障，将上市的各个时间节点视为政治节点，从政治高度全力保障；三是组织精兵强将，今后一段时间营销的重点工作就是经典工坊，四间厂要尽快组建经典工坊营销队伍，这支队伍既是营销员，也是讲解员、操作工。截至12月16日，经典工坊专项工作领导小组已经成立，四家卷烟厂的90人经典工坊省内协同营销队伍已经组建，培训及上市实战演习工作正在紧张进行。

公司领导及各部门负责人分别对经典工坊的上市献言献策：在产品的卖点上再下功夫，要设计得更加有吸引力，让消费者愿意尝试；要趁春节传统旺季广泛上架，让消费者看得见、买得到、试得到；品牌推广要充分利用二维码兑奖的优势，提高新品的知名度、美誉度。

公司巡视员廖中浩，副总经理林孟昌、区广安、袁汉辉，纪检组长王国飞，副巡视员符敏、李显万，办公室、综合计划部、生产管理部、市场营销中心、技术中心等部门负责人参加会议。

（《广东中烟》 2014年12月15日 张永峰）

双喜（花悦）：硬实力成就中式细支烟新突破

当前，我国经济发展进入新常态，模仿型排浪式消费阶段基本结束，个性化、多样化消费渐成主流。具体到卷烟产品来说，则是细支卷烟的迅速发展。在中国卷烟市场中，细支卷烟已经突破了其传统的“女士烟”定位，越来越被追求时尚、优雅、前卫的年轻卷烟消费者认可，细支卷烟市场迅速扩大。2014年，国家局发布了《关于规范和支持细支卷烟发展的通知》，进一步明确了对细支卷烟发展的政策支持和对工商企业品牌培育要求。

2015年1—5月，细支卷烟销量同比上涨173.7%，销售额突破百亿关口，同比上升161.1%，在行业经济运行工作整体略显低迷的背景下，仍保持着强劲发展势头。而在细支卷烟整体蓬勃发展的势头中，今年年初刚刚上市的双喜（花悦）、双喜（彩悦）两款细支卷烟规格，凭借良好的市场表现，已成为细支卷烟中的突出亮点。

顺势固然大有作为，但若无“硬实力”做保障，再好的机遇也很难真正把握住。卷烟细支，工作细致，纵观双喜（花悦）、双喜（彩悦）的发展，在顺势之外，更凝结了广东中烟上下细致工作的辛勤汗水。

“细”规划：差异竞争　创新之举

在中国卷烟市场中，细支卷烟并不陌生，2006年起行业品牌陆续推出细支卷烟规格，2013年后更呈现密集上市的风潮，但在2015

年之前，双喜•红双喜这个中国烟草产销规模最大的品牌却并没有“跟风”。

其中原因不难理解，多年来，双喜品牌凭借高香气、高满足感吸引了大批忠实消费者，但细支卷烟的目标消费者与传统卷烟并不相同，就经营以何种吸食口感吸引消费者值得深思。而且双喜品牌的传统市场是广东等南方市场，目前这些市场中细支卷烟基础相对薄弱，而在细支卷烟相对成熟的东北、山东等市场中，双喜品牌影响力又略显不足，因此市场因素也对广东中烟提出了新的考验。

换个角度，事情将大为不同。虽然广东中烟推出细支卷烟面临较大难度，但若能化解问题，对于双喜品牌又何尝不是良好的发展机遇。

作为百年品牌，双喜的包装、吸味等在许多成熟市场的消费者心目中已成经典，“改变”成本高昂。而在品牌市场基础并不很牢固、细支卷烟发展旺盛的市场中，品牌“自我突破”的成本相对低廉，是良好的发展机遇。

突破自己固然重要，而与其他细支卷烟规格相比，则必须求新求异，以差异化战略开拓新的市场空间。虽然当前细支卷烟市场各主要价位段均已有较成熟的细支卷烟产品，但细分各价位段可发现，15元/包和26元/包的价位段上竞争压力较小，而且这两个价位段又很符合双喜品牌整体发展战略，因此广东中烟选定了这两个价位段进行重点突破。

对此，广东中烟营销中心相关负责人表示：“与行业许多企业相比，在细支卷烟发展上双喜已不算是新行者，因此我们必须寻求差异化发展之路。我们要推出与传统双喜产品、与其他已上市细支卷烟差异明显的创新型细支卷烟产品，以相对成熟的北方市场为主，以其他市场区域为辅助，满足市场空档，实现品牌突破。”

正是出于求新求变求突破的目的，2015年新年伊始，广东中烟细支产品双喜（花悦）、双喜（彩悦）陆续上市，两款产品迅速满足了市场空档，也实现了双喜品牌的突破发展。

“细”研发：贴近市场　独具匠心

作为嗜好性消费品，卷烟产品的吸食感受直接影响消费者的吸食体验，进而决定了卷烟产品的市场表现。在细支卷烟之中，吸食感受更显重要。较常规卷烟相比，细支卷烟由于烟支圆周差异，会导致整个烟支燃烧状态的变化，进而影响产品感官品质，具体说来，便是要降低卷烟吸阻，提高吸食满足感，因此细支卷烟的烟支整体设计思路都需要进行重新调整。

“早在2013年，我们已经着手细支卷烟的研发工作。但重新调整是一个非常复杂的过程，可以说降低细支卷烟吸阻是一个行业性难题。经过近一年的努力，我们陆续调整了烟丝的切丝宽度、填充密度、嘴棒长度、烟纸透气度等参数，最终有效降低了细支卷烟吸阻，吸食满足感大幅提升。”广东中烟技术中心相关负责人表示。

但攻克共性难题，绝不意味着个性化产品的成功。双喜品牌的细支卷烟产品主要面对北方市场，在具体的产品研发过程中，广东中烟北方技术中心发挥了巨大作用。

做面对北方市场的卷烟，就要在北方研制？面对记者的疑问，广东中烟技术中心相关负责人解释说：“在细支卷烟产品中，烟支保润技术是重点、难点，而保润效果又与当地气候条件密切相关，因此我们的技术人员在北方工作站进行多次调试，最终选定了效果最好的保润模块。而且由于南北方消费者对卷烟吸食口感要求并不相同，因此我们借助北方工作站的技术手段，最终确定了叶组配方。唯有更加贴近市场，才能研制出使市场满意的卷烟产品。”

但由于广东中烟技术中心北方工作站并无生产设备，因此在确定保润模块和叶组配方的过程中，技术人员要在北方工作站确定后，回到本部进行试验，再返回北方工作站进行评定，周而复始。

无数次往返，只为一款好烟。谈到这一点，广东中烟技术中心相关负责人用“匠心”进行总结：“一款成功的产品并不是堆砌领先的技术，而是要独具匠心，细致研发，经过不懈的努力，我们最终实现双喜（花悦）、双喜（彩悦）香气饱满又不浓烈、淡雅又不失烟叶本香的独特吸食口感。”

“匠心”不只是内秀其味，更要外秀其形。两款细支卷烟产品在包装上实现了从传统双喜经典红色到多元色彩表现的新突破，结合当前盛行的简约、环保设计理念。双喜（花悦）以花开富贵、百花齐放的图案为主，突出了南国风采；双喜（彩悦）则以分型化设计为主，以孔雀翎为设计元素，天然动感呼之欲出。素雅包装配上芊芊卷烟，令消费者耳目一新。

“细”营销：准确定位　大有可为

有的放矢，才能事半功倍。虽然细支卷烟消费热潮已然兴起，但与传统卷烟相比，细支卷烟仍属“小众”，做好双喜（花悦）、双喜（彩悦）的市场推广，必须准确定位，针对目标消费群体实施精准营销。

“双喜（花悦）的目标受众是年轻有为、尊重传统、待人亲和的消费者，双喜（彩悦）则定位于年龄稍长、关注家庭、注重生活品味的消费者。这些消费者特质明显区别于传统消费者，在营销过程中也必须创新方法，迎合消费者喜好。”广东中烟营销中心相关负责人表示，“因此在相对成熟的细支卷烟市场中，我们综合目标群体生活习惯、经济收入等，打造了夜场圈、商业圈，便利店、棋牌室和交通枢纽、城市社区的‘两圈两网两型’的六个终端阵地，选定部分零售终端主推这两款产品，取得显著效果。”

而在以广东为代表的尚未形成细支卷烟消费习惯的南方卷烟市场中，广东中烟明确选取便利店作为推广对象。广东中烟营销中心工作人员向记者介绍说：“和其他终端相比，便利店更易给人以时尚、现代的感觉，吸引年轻群体在便利店中消费更多，因此我们着力通过便利店进行营销推广，有的放矢地培养细支卷烟消费习惯。在推广这两款细支卷烟的过程中，我们没有采取传统产品的推广方式，而是有针对性地选择出推介地点，效果良好。”

细支卷烟的目标受众多为年轻消费者，而年轻消费者的另一明显特征，是更多使用信息网络工具。为迎合年轻消费者偏好，广东中烟利用双喜品牌微信公众号开展品牌推广活动，开拓出创新性的线上宣传阵地，更具针对性地开展了产品个性化宣传和品吸推广，也取得了积极进展。

烟支细一点，工作细一些。在广东中烟上下的不懈努力下，2015年1—5月，双喜（花悦）、双喜（彩悦）共销售1511箱，成功实现双喜品牌细支卷烟规格上的新突破。

（《中国烟草》 2015年7月1日 杨悦）

双喜（春天）：携手深圳烟草 讲好春天故事

2016年5月30日，广东中烟和深圳烟草工商协同座谈会在深圳召开，广东中烟党组书记、总经理唐健，深圳市烟草专卖局（公司）局长、总经理张亚宾出席会议并讲话，双方就全力培育好双喜品牌达成共识。双

广东中烟与深圳烟草携手培育双喜品牌

方领导班子成员和深圳烟草工业主要负责人参加座谈。

在全国烟草行业面临较大下行压力的情况下，双喜品牌去年在深圳市场逆势增长，商业销售超过10万箱，同比增长2.5%，双喜一、二类烟的发展形势较好，一类烟同比增长25.9%，二类烟同比增长31%，双喜单箱结构同比增加近1500元，达到近26,500元。

唐健感谢深圳烟草长期以来的大力支持，表示广东中烟和深圳烟草工商两家企业的情感是密不可分的。唐健指出，深圳是改革开放的前沿阵地，是汇聚各地英才的移民城市，是烟草行业的一个窗口。双喜在深圳培育好了，这种辐射作用对于双喜在其他市场的做强做大至关重要。唐健强调，广东中烟将做好质量保障、货源保障、物流保障和物料保障，希望深圳烟草一如既往地大力支持，共同培育好双喜品牌。

张亚宾感谢广东中烟对深圳市场的高度重视，表示双喜品牌在深圳有着广泛的消费群体和扎实的市场基础，在双方一直以来沟通互动良好的基础上，深圳烟草愿意同广东中烟建立不同层面的常态化沟通机制，在新品研发上打造工商合作的经典，在市场营销上打造工商协同的典范，共同讲好春天的故事，培育好双喜品牌。据了解，深圳烟草提出与广东中烟合作研发新品“春天”，紧扣深圳地方特色和时代发展脉搏，也对培育好双喜品牌寄予了厚望。

深圳市烟草专卖局（公司）副总经理王军主持会议。广东中烟公司领导张穗强、区广安、袁汉辉、王国飞、温东奇，深圳烟草商业领导吴镇丰、李新忠、洪美宣、陈雪慧，深圳烟草工业总经理梁强参加座谈。广东中烟技术中心、市场营销中心，深圳烟草销售处和福田、宝安、龙岗、龙华区局分别发言。双方有关部门负责人参加座谈。

（双喜电视台　2016年6月6日　舒晓康）

双喜（百年红）：粤沪鄂共续同根同源“兄弟情”

2016年9月9日，一次特殊的合作签约仪式在广东广州举行。

上海烟草集团有限责任公司总经理施超、湖北中烟工业有限责任公司总经理部强、广东中烟工业有限责任公司总经理唐健共同签署双喜（百年红）项目合作框架协议和知识产权协议，携手开启双喜•红双喜品牌发展新篇章。

一个是拥有中式卷烟标志性品牌“中华”的企业，一个是在短短数年内实现异军突起、后来居上的企业，一个是为中国烟草海外拓展树立一面发展旗帜的企业，三家企业合作的过程、目的和意义无疑值得行业内外的关注。

历史与现实的考量

今年年初，上烟集团营销中心在策划品牌营销活动时发现，2016年不仅是红双喜创牌100周年，也是双喜创牌110周年，随即向集团领导进行了汇报。

110年前，南洋兄弟烟草公司创始人简氏兄弟创立双喜品牌，并先后在上海、武汉、广州建厂。追根溯源，上烟集团、湖北中烟、广东中烟三家卷烟工业企业“血脉相连”，有着共同的文化基因。

双喜•红双喜年产销规模现虽已超过400万箱，但进一步做强做大这一品牌仍然任重道远。“能否以纪念品牌创牌为契机，三方发挥各自优势，联合研发、生产、培育一款全新规格的卷烟产品？”施超萌生了这样一个设想。

上烟集团随即与广东中烟、湖北中烟进行了初步沟通。

2月23日，施超、郜强、唐健一起走进简氏兄弟在佛山的故居，共同缅怀简氏兄弟当年致力振兴民族卷烟工业的艰辛发展历程，并就合作一事进行了深入交流。

三方一拍即合，确定以“喜庆感、历史感、兄弟情”作为产品形象定位，分别指定了一名副总经理负责推进相关事宜。

近年来，随着控烟力度不断加大和民众公共健康意识不断增强，不少地区的卷烟消费观念正在发生转变，卷烟消费正在减少。在需求萎缩与供给偏大的双重因素影响下，市场供求关系从“稍紧平衡”变为“供大于求”。

在经历去年提税顺价后，粤沪鄂三家工业企业都不同程度地面临卷烟库存增加、市场价格疲软、经济效益下滑的严峻形势。在这种情况下，如何挖掘新的增长点、增强发展后劲，成为企业必须面对的课题。

从这个角度讲，上烟集团、湖北中烟、广东中烟的这次强强合作，既是同根同源的“兄弟情”，又是基于企业和品牌持续发展的现实考量。

竞争到竞合的转变

独立干一件事不易，联手干一件事更不简单。

粤沪鄂三家工业企业虽同根同源，但个性迥异，原料基地、技术理念、工艺标准等各有特色。在3月18日前，三家企业分别展开新品配方、包装研发和营销方案的设计工作。

3月18日，三家企业的副总经理、技术中心和营销中心有关负责人在上海召开联席会议，就前期完成的卷烟样品、包装和营销方案进行交流碰撞。

这次会议决定，三方联合成立包装、内质和营销策划工作小组。新品配方研发工作由广东中烟牵头，包装装潢工作由湖北中烟牵头，营销策划方案由上烟集团牵头。

至此，“单兵作战”转为“协同作战”，“1+1+1＞3”的合作效应逐步凸显。

4月7日，三方在武汉召开会议，确定新品风格定位和营销推广的初步方案；5月13日，三方在上海召开会议，确定产品内在质量、包装方案以及营销上市推广策略，并安排后期产品申报、生产等工作计划……8月1日，国家局正式批复同意粤沪鄂三家企业联合开发生产新的卷烟规格双喜（百年红）。

“三家企业在配方、原料、工艺方面各有优势。在研发过程中，三方始终坚持开放的心态，秉承精益求精的工匠精神，把多年积累的知识、最好的东西拿出来共享，这一点十分可贵。”广东中烟技术中心主任许光说。

根据“统一部署、分兵作战、守土有责、覆盖全国”的市场战略，粤沪鄂三方将发挥各自优势，分别开拓南方市场、江浙沪皖津市场和北方市场。

“我们将选择110个地市级公司同步上市新品，根据市场意见建议对产品进行持续改进，同时密切关注价格、库存等指标，做到三方及时互通信息、及时调整策略。”上烟集团营销中心总经理赵斌说。

从市场上的“短兵相接”到现在原料、技术、营销等多方面的“深度协同”，上烟集团、湖北中烟、广东中烟正从竞争走向竞合，联手搭建以品牌为纽带的创新大平台。

先例或不会成孤例

双喜（百年红）的顺利研发只是起点，真正的考验才刚刚开始。

首先是市场认知关。

对卷烟新品而言，全国卷烟市场的大门一直是开放的。根据市场真实需求，商业企业会科学引入、培育新品，置换或淘汰不适销的老产品。鉴于卷烟市场的公平性，双喜（百年红）这一新品将会与竞品“同场竞技”。消费者是否买账，既考验产品自身质量，又考验工商协同的力度和深度。可预见的是，在双喜（百年红）目标价位上，战鼓声已经擂响。

其次是同质化生产。

据介绍，新品上市初期将采用一家集中制丝、三家分别卷接包的形式。后期上量后会采取三家分别制丝、各自卷接包的形式生产。三个厨师要在三口锅里炒出同样味道的菜品，无疑需要解决一系列问题。比如原料的调拨，卷烟纸、丝束和包装材料的统一采购，生产标准的统一等。可喜的是，粤沪鄂三方对此正进行系统的思考和谋划。

再次是竞争对手的反应。

在“存量竞争”的新时期，工业企业之间的竞争日趋激烈，市场推广密集化、重复化，确实造成一定程度的资源浪费。同时，合作生产模式推进时的瓶颈问题开始显现，合作生产输出方的意愿降低。而正如唐健所言，“粤沪鄂三方这次合作，开创了工业协同、优势互补的先例，是在中国烟草整体框架内以创新的思路进行的一次大胆探索”，这次探索是否会引发其他工业企业的“合纵连横”，尚有待于进一步观察。

在合作签约的致辞中，唐健表示，这次联合开发新产品只是三方合作迈出的第一步，接下来三方还将在技术、原料、营销等方面探索全方位的互动；施超认为，此举体现了他们持续推动双喜•红双喜品牌做大做强的坚定信心，并从加强战略协同、技术协同和市场协同方面提出了建议；郜强认为，从新品诞生过程中可得到三点启示：创新带动开源，联动凝聚力量，合作走向多赢。

对于中国烟草而言，这是一个呼唤创新而且一定能够产生创新的时代，这是一个亟须联动而且一定能够凝聚力量的时代，这是一个期待合作而且一定能够实现共赢的时代。

有理由相信，这一先例不会成为孤例。

（《东方烟草报》 2016年9月14日 董茹涛）

双喜（莲香）：粤冀跨区合作探索共赢之路

2017年3月7日，双喜家族迎来一位新成员，面向河北消费者量身定造的特色双喜新品——莲香，在河北石家庄隆重发布。粤冀两地工商三方携手打造，共谋发展，广东中烟又一次在行业内开创性地走出联合发展新路，首批产品将在河北石家庄、保定、廊坊和唐山四个地级市场率先上市销售。

广东中烟党组书记、总经理唐健，河北省烟草专卖局（公司）党组书记、局长、总经理钱江，河北中烟党组书记、总经理刘依平分别代表三家企业启动发布，当象征精诚融合的金水精心浇灌到启动台中，寓意深情厚谊的莲花逐渐成长直到耀眼盛放，标志着双喜品牌全新规格的莲香正式面市。这是粤冀卷烟工业品牌文化的融合，将会实现两地三家企业跨区域的合作共赢。

打造双喜的“河北主场”

一直以来，“喜文化”在河北深入人心，广东中烟与河北烟草河北中烟保持着紧密的合作，广东中烟与河北中烟合作生产的双喜产品深受河北消费者的欢迎。然而，如何提升双喜在省外的结构，做成一个在当地适销对路的高三类产品，是双喜在省外大部分地区一个迫切且重要的课题。由于南北方口味差异，如何为北方市场度身定做一款在保润上有足够功夫的双喜“粤菜”，也是广东中烟一直在探索和努力的方向。

双喜（莲香）的问世，无疑契合了粤冀两地工商三方共同的利益，双喜（莲香）一降生，就被河北烟草当作是省产烟一样看待。钱江表示，河北和广东两地文化渊源深厚，南越王赵佗是恒山郡真定县（今河北省正定县）人士，被毛泽东誉为“南下干部第一人”，把中原先进文化带到了南越，极大地促进了汉越民族融合，并使南越得到了更好的发展。如今双喜（莲香）应运而生，不但肩负着促进三方共赢、助力行业发展的现实意义，同时还将在新时期进一步加深两地经济文化的合作交融。河北省局将会优化资源配置、提供政策支持，促进双喜（莲香）在河北稳健成长。

广东中烟副总经理温东奇介绍，双喜（莲香）以河北市场为导向，是专为河北消费者度身定制的产品，在研发过程中得到河北烟草工商两家的大力支持，广东中烟将全力以赴确保推广资源到位，推广工作到位，做好货源调拨、状态调控和市场拓展，确保产品落地成功。

河北中烟副总经理师进辉表示，三方将充分发挥各自优势，全力做好双喜（莲香）在河北的品牌培育和市场拓展，进一步推进粤冀两地三家企业共同发展，为中国烟草的发展做出更大贡献。据悉，河北烟草已要求各地市尽快落实营销方案，全力将莲香培育成双喜在河北市场的一个全新增长点。

“喜文化”的新延伸

双喜（莲香）有什么特色？从外观上看，包装设计整体简洁清雅，以莲花的清廉而不妖与红色的喜庆完美融合，整体图案诠释出“碧叶喜翻风，红英宣照日”的意境，是“喜文化”新的延伸。

广东中烟技术中心主任余其昌介绍，双喜（莲香）秉承了粤菜烹饪之灵魂，以选材严格、做工精细、调料讲究、外观精致为特点，品一口双喜（莲香），从吸味特征上用三个字概括，就是：香、甜、润。双喜（莲香）正面是莲花包裹着双喜品牌的LOGO，犹如荷池映日的阳光，所有的产品设计理念，最后汇聚成八个字：甜润莲香，粤式悠然。

双喜（莲香）的研发理念和制作工艺迅速得到了河北各地市烟草公司和零售客户的一致认可。唐山市烟草专卖局（公司）局长（总经理）王友安说："如何卖好这包烟，我想啊，回去以后要把这包烟当作我们省产烟来看待，要高看一眼，厚爱一分，倾注感情，要做好带头，我们烟草行业内广大干部职工，要带头宣传这包烟，要带头抽这包烟，带头用这包烟。"石家庄零售客户王静表示，这包烟非常有文化、非常有内涵，肯定在河北市场能火。而且这款新烟是特别受零售客户欢迎的，最关键比较有利润点，新烟的利润非常高。唐山零售客户甄杨迅速利用自己的微信朋友圈进行介绍，圈内反应极其踊跃，尤其是品吸过这包烟的人都反映顺喉，而且不干燥。

双喜品牌自2008年进入河北市场以来，借助"喜文化"的品牌理念，快速培育了一批消费者，目前年销售规模达到1万箱以上。广东中烟联合河北烟草、河北中烟，做了大量的实地调研，经过无数次的消费评测、调整、优化，历时将近一年，成功研发双喜（莲香）。在双喜进入河北市场十周年之际，双喜（莲香）的推出，有效吻合了河北省主力消费100元左右价位的卷烟市场，又贴合了精美优雅、悠然自得的河北消费者的生活方式和消费理念，双喜（莲香）上市后的表现值得我们期待。

（《广东中烟》 2017年3月15日 张永峰）

双喜（红邮喜）：全国首款中支烟全新升级

2017年3月16日，“春盛木棉红，邮喜传真情——双喜（红邮喜）新品交流会”在广州卷烟厂隆重召开，广东中烟领导和广州市烟草专卖局班子成员出席活动。作为全国首款中支烟的全新升级版，双喜（红邮喜）以优秀品质获得了与会人员的一致好评，在广州市场首发上市更充分体现了广东中烟和广州烟草精诚合作、亲如一家的深厚感情。

交流会现场布置别开生面，独具匠心的复古陈列摆设让人仿佛回到了旧时岁月，也让红邮喜承载传递的亲情、友情、爱情和乡情显得更加浓厚。广东中烟党组书记、总经理唐健和广州市烟草专卖局（公司）局长、总经理陈秉恒为双喜（红邮喜）发布揭幕，将写上祝福的明信片投入双喜邮筒中，标志着红邮喜在广州首发上市，也寓意红邮喜将把“喜文化”传遍天下。

据了解，三年前双喜（邮喜）正是在广州卷烟市场率先上市，如今全新升级产品红邮喜也得到了广州烟草一如既往的大力支持。唐健表示，双喜（红邮喜）在原有基础上根据商业单位和消费者意见进行了全面升级，进一步传递了双喜品牌源远流长的“喜文化”精髓，相信今后在双方的共同培育下，一定能够取得亮眼的市场成绩。

陈秉恒表示，双喜品牌早已跨越了年龄和身份的界限，转化为一种情感符号，红邮喜这张“邮票”，传承的不仅是文化和历史，更是与消费者之间的深厚感情。广州作为红邮喜的首发市场，充分体现了广东中烟的信任支持，广州烟草将全力支持、精心培育，力求实现产品热销。

广东中烟副总经理温东奇介绍，广东是双喜品牌的核心市场，广州更是双喜品牌的根据地所在，红邮喜以工匠精神致力传承双喜品牌“中国红”的深厚文化底蕴，相信一定能够热销，为双方工作再上水平提供有力支撑。

双方员工还表演了精彩纷呈的文艺节目，将双喜（红邮喜）承载感情、传递喜悦的产品特质展现得淋漓尽致：开场的鼓乐表演《击鼓来贺》节奏铿锵有力；舞蹈《又见木棉红》将“喜文化”与木棉花的如火如荼相结合，用优美舞姿传递喜悦；双方员工联袂表演的合奏《爱情如歌》巧妙地糅合了三种乐器，宛如天籁的曲调让人如痴如醉；男女声独唱、朗诵和电光舞等节目也都各具特色、精彩不断，让人耳目一新。

（双喜电视台　2017年3月20日　李程）

双喜（硬紫红玫王）：打造区域一类卷烟拳头产品

近日，韶关卷烟市场刮起了一阵紫旋风。

时隔10年，红玫系列再出新品双喜（硬紫红玫王），并以柔、甘、顺、清的品质在韶城掀起了“紫玫”热，紫玫所到之处，备受工商零的密切关注。

自去年12月1日上市以来，截至目前，双喜（硬紫红玫王）累销263.4箱，一季度在韶关市场一类烟销售占比21.79%。这款聚集了工商零铁三角最深情的投入，经过近一年的洗礼，终于在粤北韶关浓情绽放。

为韶关量身订造的产品

“红玫王口味什么时候也出个高端产品？”“感觉韶关就缺一款能代表当地吸食习惯的烟。”一年前，记者走访市场，零售客户呼唤新品的声音犹在耳畔。2016年韶关厂第一、二批协同营销团队的总结汇报，也无一例外提到了零售客户对新品的期待。

市场最一线的声音与广东中烟、韶关商业公司和韶关市委市政府的理念不谋而合。按照一地一策的双喜营销策略，2016年4月15日，广东中烟总经理唐健专程奔赴韶关市烟草专卖局（公司），提出要尽快推出一款适应粤北市场的双喜高结构卷烟。工商双方就新品名称、价格、吸味、包装进行了详细探讨。随后的9月、11月，每次工商会晤，双喜（硬紫红玫王）都成为座谈会上最重要的议题之一。

在这期间，韶关卷烟厂也忙碌起来。从2016年4月22日开始，双喜（硬紫红玫王）就已在韶关卷烟厂开始试制。香气还可以提升一点，满足感还不够，小包外盒包装袋久了容易偏软……每一次市场品吸的反馈结果都以最快速度传达到生产车间。“我们都是将意见实时搜集整理，并以最快速度反馈给工业。”韶关市烟草专卖局（公司）营销管理中心综合部秦莎莎告诉记者。“我参与的试制前前后后就有六次。”韶关厂工艺质量科郭素芳介绍。工商为双喜（硬紫红玫王）品质出炉费尽了心思。零售客户以最快速度将一线信息反馈给客户经理，商业以多年的市场基础整理市场反馈，工业则以多年的技术基础不断完善双喜（硬紫红玫王）的品质质量。

“可以说，我们工商零都对这包烟寄予厚望，也充满信心。”韶关市烟草专卖局（公司）局长、总经理杨伟平充满自信。韶关市委市政府也给了前所未有的热情，他们决定将双喜（硬紫红玫王）作为韶关特产主打烟，加入双喜（硬紫红玫王）的市场培育队伍中。12月1日，双喜（硬紫红玫王）如期上市。

市场意外的惊喜

“终于有一款能代表韶关特色的高端烟了。”离金鸡年春节还有一个月，在韶关工作的河南小伙小郑早早就把双喜（硬紫红玫王）买好，“就当韶关特产带回家。”像小郑这种把双喜（硬紫红玫王）当作春节走亲访友的赠礼佳品的消费者着实不少，韶关的许多零售店甚至出现一到货便缺货、高溢价的现象。“基本上配送当天或第二天就售完。”韶关南雄市辉阳烟酒行李老板告诉记者。

双喜（硬紫红玫王）作为一个地域性消费的新品推出市场，在大市场低迷环境下，确实给了商业、工业和零售户一个意外的惊喜。零售客户们表现出了一年来最大的推广热情，上市初期，韶关市烟草专卖局（公司）城区营销部主管吴贤几乎每天都要接到客户经理和零售客户的询问：“请问下一批紫玫什么时候配送？”每到一个档口，零售户们更是拿出品吸烟，“来来来，试试这款紫玫，口味很正的”。韶关厂还派出两批全员专项推广团队，深入韶关三区七县，专项调研双喜（硬紫红玫王）的市场情况。“我们走访的每一个档口，几乎都是到货就没货，有一些地方本来定价250元/条的香烟甚至提到300元/条的价位。”第三批全员专项推广团队的组长王文说道。

许多新潮年轻消费者的好奇心被勾起。鸡年春节，韶关年轻烟民们相互分享双喜（硬紫红玫王）俨然成了一种时尚。相对于年轻消费者的好奇购买，老烟民们则理性很多。“这款烟味道确实入口比较顺，口味够正。”正在零售店泰山松烟酒商行泡茶的老郑边抽边品评。“这款还是保持了红玫系列的香味，但满足感更强了。”在韶关方元商店，方老板反映：“还有顾客本来抽芙蓉王的，现在都开始改吸这个了。”

工厂的员工劲儿更足了，韶关厂党委书记、厂长何锦章多次在厂长办公会上强调双喜（硬紫红玫王）对工厂和韶关市经济发展的重要性。从双喜（硬紫红玫王）试生产至今，工艺质量科质量管理员陈少芬每次都会在生产双喜（硬紫红玫王）机台上多停留一会，从包装到烟支质量，来来回回多看上几遍。机台员工更是一刻也不敢分神。“这可是目前双喜•红玫王系列最高规格的卷烟，我们可不能砸了招牌呀。”陈少芬说道。员工们还自发当起产品的宣传员和推广员。鉴定管理员陈粤已经形成条件反射，“现在一听有哪个亲戚要买烟，就习惯性拿起紫玫推荐”。外省员工一回家，也将双喜（硬紫红玫王）带回了家。卷接包车间谢汶君过年一口气就买了22条紫玫带回老家。员工2017年1月助销的一类烟数量几乎相当于2015年全年的一类烟助销量，仅硬紫红玫王就有975条。

打造区域拳头产品

一边是元旦、春节双节期间，零售户不断催促加大投放量，一边是双喜（硬紫红玫王）的限量生产和限量投放，很多零售户和消费者纳闷，为何不趁着两节带来的良好势头，加大投放量。“由于消费者需求量大，成条出售情况较多，拆包销售的店铺少，紫玫上架率反而低了。”刚走完市场的营销团队推广员刘少梅反映。

但面对节日销售带来的市场诱惑，工商表现出了空前的一致。广东中烟党组书记、总经理唐健强调，“要先稳打稳扎，才能以点带面”。副总经理区广安率韶关厂领导班子、公司市营中心相关人员深入县区商业公司、零售商店详细调研，提出“务必要先深耕韶关本地市场”。韶关市烟草专卖局（公司）局长、总经理杨伟平提出了一样的意见，“我们一定要用足够的耐心、恒心和爱心去慢慢培育它成长壮大，千万不能操之过急”。

大家一致认为，当前产品处于导入期，且红玫口味区域性强，如果采取大跃进的产品轰炸模式，热潮一过，就容易陷入产品低迷期。为了稳定市场价格，精准营销，双喜（硬紫红玫王）每一步投放策略都走得特别稳健。按照卷烟零售档口的分类，从仅投放A1、A2档口到慢慢扩大到A5档口，从一批只有一家档口只有10条5条的投放量到慢慢增加数量。每一周，工商都会有一张销售情况跟踪表，根据每周双喜（硬紫红玫王）的社会库存情况调整下一周的投放量。泰山松烟酒商行这周只拿了15条硬紫红玫王。“上周由于市场缩量，社会库存多，我们就把之前A1档口30条又调整成15条。”吴贤解释。

“我们经过讨论，对紫玫的策略是，先将韶关市场做实做透，待产品成熟后，再向周边渗透。”广东中烟市营中心韶关办事处负责人黄湘伟分析双喜（硬紫红玫王）的营销策略。即将到来的“五一”劳动节，韶关厂又将组织厂领导班子成员到挂点县（市、区）拜访当地烟草公司及走访零售户、13个部门到各县市区走访零售客户和“五四青年节”共青团员驻点营销等三个层级的助销活动。商业公司客户经理们不是驻扎零售商店，便是在去零售商店的路上。大家齐心协力，全力助力双喜（硬紫红玫王）绽放韶城。

有节奏的渐进式营销取得了初步效果，忽上忽下的零售价格并没出现，双喜（硬紫红玫王）的价格牢牢锁在250元/条左右，一类烟占比也从6.57%提升至21.79%，双喜（硬紫红玫王）在区域拳头产品路上稳步向前。

（《广东中烟》 2017年4月15日 徐叶巧）

双喜（五叶神金尊）：传承本草香　特色更鲜明

2017年4月13日，双喜新品五叶神金尊在梅州上市发布。时隔多年，五叶神产品以一副年轻、动感的全新形象震撼登场，与消费者见面。首批将在梅州市170个卷烟零售店面率先投放，夯实市场基础后，货源投放面将进一步扩大。

在上市发布会上，梅州市烟草专卖局（公司）局长、总经理谢平华表示，培育好双喜品牌是广东中烟和梅州烟草的共同需求，下一步将创新品牌培育，以组织保障到位、品牌宣传到位、营销调控到位、销售跟踪到位、考核激励到位、专卖管理到位的“六个坚持到位”模式全力培育新品，努力使五叶神金尊成为双喜品牌稳销量、提结构的又一增长点。

梅州厂党委书记、厂长饶智华表示，五叶神金尊肩负着公司“稳规模、提结构、保税利”的特殊使命，梅州厂将严格按照公司党组“将梅州市场打造成省内市场双喜结构提升的一面旗帜”的指示精神，与商业单位和零售客户密切沟通、携手进步，全力共同做好培育工作。

创牌于1999年的五叶神品牌，以独创的本草香与烟草香的完美结合，曾经掀起了一场低害卷烟革命，上市最初3年，以年均增长300%的速度，创造了中式卷烟的“五叶神”神话。作为双喜家族的高结构产品，五叶神拥有一大批忠实的粉丝，软红五叶神和硬红五叶神长期贡献了双喜一类烟过半销量，在双喜一类烟中占据着举足轻重的位置。

“五叶神就是有一种令人印象深刻的独特香味。”这样的感觉一直伴随多年。随着消费者日益提升的消费需求，消费者对这种独特香味的要求也与日俱增，历经16年，市场迫切希望五叶神能有更为特别的香味继续开创新的神话。

“熟悉的味道依然在，而且在这基础上做了进一步的完善。”技术中心负责五叶神金尊配方研制的一位工程师介绍。为了传承五叶神原有的风格特点，技术中心引入同源中草药的靶向萃取技术，使新品富集五叶神药香特征因子，实现了本草香和烟草香的完美融合。结合烘丝工艺生香技术，进一步提升烟香，彰显五叶神特有的神农香韵，强化了双喜五叶神风格特色与品质特征的塑造，给新产品带来更丰富、更透发、更顺滑的吸食体验。

为了彰显五叶神系列产品特色，梅州卷烟厂围绕五叶神产品设计要求实施了制丝线全面改造，实现了制丝线自动化中央集中控制，对工艺参数实现了实时监控，实现了质量数据统计分析处理和评价的功能，对产品生产过程的环节控制更加精细化、自动化、智能化、个性化。通过精准控制，生产过程质量更加稳定，通过个性化工序设置，加工手段更丰富，产品风格特色更突出，具备根据五叶神原料特色进行分组加工和柔性加工工艺，更好地展现了原料的风格和特性，并最大限度地避免优质烟叶原香的损失。同时，通过烘丝工艺生香技术，使产品烟香更加透发上扬，可以说，梅州卷烟厂生产线的技改为五叶神产品的升级问世打下了坚实的硬件基础。

“可以说，这一次我们就是为了实现品牌价值的再构建。”技术中心市场研究所所长黄春晖表示，五叶神香烟在消费者印象中是一款实力不俗的一类烟产品，在并入双喜家族之后，消费者曾经对五叶神的认知产生过模糊，加之长期习惯于五叶神的吸味，对吸味的要求也日益严苛。“这一次，我们不仅要找回流失的五叶神粉丝，更要让吸食其他品牌的消费者认识新五叶神、喜欢新五叶神！”黄春晖说。

从外包装上，正面“五叶神”三个倾斜字体十分醒目，背面薪火相传的火炬彰显了五叶神一直以来“实干闯未来”的精神内核。“越是畅销的烟，外包装越是简约大气，五叶神这一次创新性地使用了玫瑰金，更显高贵，与它国内名优品牌的身份是非常相符的。”包装研究所所长方细玲对团队创作的作品十分满意。

（双喜电视台　2017年4月30日　张永峰）

双喜（国喜）：打造高端产品全新风格

国庆中秋期间，双喜（国喜细支）备受市场青睐，呈现出良好的销售势头。今年截至10月10日，双喜国喜系列累销已突破1200箱，其中，双喜（国喜细支）销量超过1100箱，双喜（大国喜）也有不俗表现。

市场上的不俗表现很大程度上源于国喜不同寻常的品质追求。作为双喜高端突破的一个子品牌，国喜可谓集广东中烟研发技术精华之大成，也凝聚着广东中烟研发团队的许许多多心血。

“做产品一定要直面市场，积极响应目标消费者的需求。”手拿一包双喜（大国喜），广东中烟技术中心市场研究所所长黄春晖介绍，“我们把国喜系列研发中投入的每一分钱，都花在了提升消费者体验上。”

作为广东中烟新上市的高端卷烟系列产品，双喜（国喜）承担着塑造品牌形象、提升品牌价值的重任，起着高端引领的重要作用。为此，广东中烟技术中心的研发人员通过大量的市场调研和对产品细节的精雕细琢，瞄准消费者体验开展精准研发，全力打造品质过硬的产品。

让好产品自己去说话

“思无界，志高一带连五洲；行无疆，笃行一路遍天下。”打开一包双喜（大国喜），映入眼帘的这句话言简意赅、内涵十足，烟盒表面的世界地图透着历史的古朴质感，配合米黄色的主色调和浮雕印刷带来的立体手感，大国喜给人的第一印象就是对细节的完美追求。

作为一款超高端卷烟产品，双喜（大国喜）是研发人员口中的“一号

品牌新品双喜（国喜）

烟”，为了确保品质过硬，从对工艺标准和包装设计的度身定制，到对技术创新和细节把控的精益求精，研发人员做了大量的探索和实践。

“国喜从消费者打开烟包的习惯动作去考虑，把烟包上的直角改为圆角，这样能够很方便地打开烟包。”说到国喜的各项细节，技术中心工艺研究所所长卢浥良如数家珍，“不干胶标签采用了中间镂空的工艺，既保证了黏合的次数，又有效避免了静电作用。”

为了应对南方的湿热气候，大国喜创造性地采用覆铝膜包装，仅摩擦系数就经过了多次调整，并通过艰苦攻关解决了密封性等难点，确保了烟支水分的稳定性；烟包的开口大小、硬度，烟支的吸阻也经过多次改进，仅涂胶区的面积大小就先后进行了3次调整；填充烟丝的重量从18.7克调整为最终确定的18.3克；为了追求工艺标准的高效合理，研发人员还与广州卷烟厂密切沟通，录制了长达12分钟的手工包装标准化视频，配合超过30张图片分解了包装全过程，包装成品率提升至接近百分之百……

“让优质的产品自己去向消费者传递价值。”这是广东中烟研发国喜秉承的一个宗旨，国喜研发的整个过程都从消费者的角度来设计考量，力求让消费者在拿起这包烟的同时，就能感受到无微不至的细节关怀。

打造双喜高端产品的全新风格

国喜天下，传递国之大喜。国喜系列作为双喜家族高端产品的全新代表，不仅在包装工艺上不断求索，在产品内质这条“看不见的战线上”，也倾注了研发人员的大量心血。

“在制丝工艺上，我们运用了保香、固香和增香的技术，最大限度发挥烟草本香。”据技术中心工艺研究所的高级工程师江威介绍，大国喜在制丝工艺技术上采用了“小锅小炒、精工细作”的加工理念，借助广州卷烟厂试验线的生产平台，实现了生产规模小型化、工艺过程精细化。

低温松散回潮、柔性烘丝、气流流冷、二级烟丝提纯、柔性风选……多项技术的针对性应用，让国喜的烟草本香得到了精准还原，而严谨、细致的加工过程，更保证了吸味的醇真。

要更好地满足消费者需求，还要精确了解消费者需求，研发人员一次又一次到市场面对目标消费者，抓住全员协同营销的机会反复沟通、认真倾听，还经常带着卷烟样品走访烟草商业单位和零售客户，最终确立了国喜系列的全新香型风格，即以“松脂香”为主要特点，着力打造细腻柔和、香气飘逸的高档质感，强调产品风格的可感知。通过多次的市场吻合度测试，不少超高端的消费群体均对产品持肯定态度，认为其特点鲜明，让人印象深刻。

“国喜系列可以说在双喜高端产品领域树立了全新风格，”黄春晖说，“从目前来看，国喜系列的高端引领作用已经得到了一定凸显。”

目前，研发人员正针对实现国喜系列的半自动化包装进行技术攻关，不少产品细节也在进一步完善改进。研发人员说，精益求精没有止境，他们一直在令消费者满意的道路上不断求索。

（《广东中烟》 2017年10月15日 李程）

双喜（龙）：粤桂携手推进新品研发培育

2018年6月6日，广东中烟党组书记、总经理唐健会见广西中烟党组书记、总经理周涛一行，双方就合作生产、品牌培育等议题进行深入交流。

唐健主持召开座谈会，欢迎周涛一行的到来，表示广西中烟是双喜品牌合作生产的重要合作伙伴，广西作为双喜品牌的第二大省外市场，对广东中烟“稳销量、提结构、增税利”有着重要意义。对新品双喜（龙）在广西的销售，唐健要求，市场营销中心要积极与广西中烟沟通交流，双方营销团队无缝对接形成合力，共同做好市场培育，携手推进双喜（龙）在广西市场更大发展。

周涛感谢广东中烟多年来的大力支持，表示两广中烟长期以来保持着良好的互动交流，有着很好的感情基础，希望双方今后在生产管理、市场营销等方面继续加强沟通、创新合作，实现共赢发展。

广西中烟副总经理覃荣、广东中烟副总经理张赤兵以及双方有关部门负责人参加座谈。

（《广东中烟》 2018年10月15日 彭仁杰）

MU+：新型烟草产品引爆老挝市场

在新型烟草制品迅猛发展的关键时点，广东中烟厚积薄发，6月底正式面向国际市场推出新型烟草产品MU+。

广东中烟推出的MU+卷烟，是一款带着“粤”式基因，集烟支设计、原料调配、工艺集成、调香技术创新于一体的加热不燃烧卷烟，让人切实感受到广东中烟在全球新型烟草制品市场中的强势崛起，首发产品包括两款加热器具：外围陶瓷管电加热、中心棒状陶瓷电加热。三种口味卷烟：陈皮细支卷烟、薄荷细支卷烟和陈皮短支卷烟。

通力合作建立协同研发平台

“新型烟草一定要走出去，加快研发步伐。”今年初，广东中烟党组书记、总经理唐健来技术中心调研时就明确提出要求。

早在2013年，技术中心就组建团队开展新型烟草制品技术研发工作，几年来不断积累技术储备。为将实验室样品快速转化为能够上市检验的销售产品，技术中心内部构建了“新型产品研发平台”，以新型产品研究所为牵头所室，工艺、调香、材料、包装、基础、科技发展等各所室通力合作，各专业所技术人员协同攻关、集成创新。在加热不燃烧产品专用原料研发、制丝工艺研究、配方设计、调香设计和材料设计等方面重点攻关，完成加热器具和配套烟支的上市开发。

“请问技术中心有几个办公室是不是忘记关灯了？”晚上11点多，厂里的保安打电话给技术中心行政管理所的负责人。原来为了精挑细选新型产品所需要的配方烟丝，技术中心几十名员工下班后一直加班进行手工挑选。为了让产品能够更快更好地推出市场，加班加点已是研发人员的工作常态。

众人拾柴火焰高，通过各所室技术人员的协同研发，创新原料配方技术、调香技术和加工工艺技术的完美组合，解决了原料来源单一的问题，提高感官质量稳定性，也完善了加热不燃烧烟草产品配套卷烟切丝、掺配、加香、卷制等流程工艺标准。

“在抽吸口味上，MU+传承了中式卷烟的口味，烟香更加丰富、醇和。”技术中心新型产品研究所所长胡静现场品吸了MU+品牌，一次短支卷烟可以抽吸15—20口。在结构设计方面，加热模块和充电器合二为一，使加热器具使用起来非常便捷，而且一次充电，持久耐用。使用时，只需要一键便能启动，免去复杂的操作和多次按键，加热器还配套独特升温程序。

技术攻关构建生产平台

梦想的实现需要现实的奋斗，成果的落地离不开各方的支持。

生产管理部、广州厂、湛江厂等单位协作解决了批量生产的问题。大家针对中心加热烟支切割及包装工作、新型烟草产品配套烟支生产设备改造事项，以及烟支生产工艺等进行多次技术交流，形成了新型烟草制品生产平台构建设想。

“这个圆周率太大了，和器具不匹配，要重新调整。”“这个烟支重量还要再调低一点。”在广州厂卷接包车间的细支烟机台前，维修工、质检工在不断忙碌试制；另一边，技术中心的技术人员正在不断评价、讨论技术解决方案。

“为了顺利生产，充分利用现有细支烟生产机台，厂里的师傅们经常在节假日和晚上连续调试，为新型产品实现工业化保驾护航。”新型研究所的李峰很是感动。

目前推出的MU+加热不燃烧卷烟，在结构设计初期即充分考虑了工业化量产的可行性，能够利用现有卷接包设备实现工业化量产。设备改造投入小，提高了生产效率和产品质量稳定性，符合国家局领导提出的“守住核心专利不侵权‘一条底线’，力争现有设备有效利用、力争新型烟草与中式卷烟口味有效对接‘两条高线’原则”。

先天优势织就营销网络

根据技术中心提供的试制样品，广东中烟国际业务部充分利用国际市场拓展的经验优势，以及广东中烟境外企业（威尼顿、澳门金叶）和境外合资公司，解决了品牌设计、销售渠道等问题，为MU+搭建了市场营销网络，快速建立自主掌控的终端渠道和营销体系。首批加热不燃烧卷烟产品MU+及配套加热器具已出口至老挝销售。

“我们产品的技术创新，不光体现在烟支结构上，还在工艺技术、承接中式风格的配方技术、调香技术创新等方面有诸多表现，同时还有爆珠技术、系列风格口味等等。”技术中心副主任赵瑞峰介绍。

国家局科技司领导对广东中烟新型烟草工作给予高度肯定，认为广东中烟在新型烟草工作上取得较大进展，具备了三大优势：一是利用广东中烟的境外产销基地（澳门金叶、威尼顿等）打造了新型烟草境外生产基地和销售体系；二是在现有设备上实现工业化量产，且没有专利侵权风险；三是快速实现了加热不燃烧烟草产品的境外试销。

MU+在老挝上市只是一个起航，广东中烟将积极响应国家局就新型烟草制品工作提出“加速打造具有国际竞争力的产品，体现中国制造和中国烟草水平”的要求，不断迭代推出系列产品，接受国际市场的真金火炼。

（《广东中烟》 2018年7月31日 彭伟瑜）

第四章

因势而谋

赢内外市场

开拓市场　深耕本土

抓住机遇做大做强广东卷烟品牌

品牌整合为粤烟竞争力助跑

产品的竞争，最终还是品牌的竞争。对规模优势和品牌优势并不突出的广东卷烟工业来说，品牌的整合无疑是一次竞争力的刷新。

随着全省卷烟工业合并重组的顺利实现，广东卷烟工业的综合竞争实力也大幅提高，粤烟品牌的竞争力也由此彰显：2004年全省卷烟工业实现销售收入135亿元，实现税利总额89亿元，增幅分别高达31%和37%。预计2005年全省卷烟工业将实现税利超100亿元，产销量和税利总额跃居全国前列。其中，双喜、五叶神等主导品牌，以持续强劲的增幅显示出粤烟组团

双喜的成长离不开一代又一代双喜人的悉心呵护

的竞争实力。

“对企业和品牌的整合，从根本上改变了我省卷烟工业规模不大，品牌竞争力不强的现状。”广东中烟工业公司总经理李根基表示，被列入国家局“百牌号”的省内五大卷烟品牌将是今后广东发展的重点，计划通过两三年的努力，将双喜培育成年产规模100万箱以上、全国单一品牌档次最高、盈利能力最强的全国名牌产品。

这意味着，一旦实现百万大箱的目标，双喜将成为全国烟草行业中同一品牌、相同档次中产销量最大的第一品牌。

粤烟雄起来自品牌结构调整

“大的吃不饱，小的饿不死，结果是哪个品牌都做不大。”省内一位烟草界人士如此表达广东卷烟品牌长期以来发展的瓶颈所在。该人士尖锐地指出，广东卷烟品牌之所以长期以来发展的空间不大，根源就在于牌号多，布局分散，“竞争力也就显得不那么突出了”。

事实上，这种状况一直持续多年，直到全省烟厂合而为一，资源得以有效整合后，才从根本上得以扭转。

散，多年来一直制约广东烟草行业发展。2003年全省卷烟工业重组前共有7家卷烟厂，卷烟年产量只有163万箱，平均每个厂家不到30万箱，规模较小，布局分散。尽管当时的广州卷烟一厂和广州卷烟二厂都跻身全国36家重点卷烟工业企业，但规模远比不上上海、昆明、长沙等地的强势烟草企业。若从单个企业角度看，品牌是集中的，但从全省角度看，生产计划被分到7家烟厂，集中度显然很不够，单一品牌的产量也不大。当时全省共生产30多个品牌的卷烟100多个规格。其中，产量30万箱以上的品牌仅有一个双喜，其余大多为10万箱左右。即使是全省规模最大的广州卷烟二厂，其产量在全国排名第16位，无论是产量还是品牌的竞争力，都是无法与全国知名卷烟品牌相比的。

由于各厂处于相互竞争状态，品牌之间博弈和市场的争夺也就成了家常便饭。业内人士认为，由此导致的品牌间的内耗和市场的恶性竞争，不仅造成投入的增大，也造成了资源的浪费。对此，中共中央政治局委员、省委书记张德江曾在一份批示中精辟地指出："广东是烟草消费大省，销大于产，而生产又很分散，形不成有效的规模和有竞争力的品牌。如果不进行改革，不加快整合，现有的烟厂将面临险境。广东有条件成为烟草工业大省，出路在于调整结构。"

在全国烟草业调整之际，广东卷烟工业掀起了重组大潮。两年多的实践证明，广东卷烟工业的联合重组不仅走出了一条做大做强之路，也闯出了一条品牌整合之路。2003年5月，广东中烟工业公司成立后，为加快品牌发展，制定了双喜、五叶神、红玫（王）、椰树、羊城五大主导品牌的发展规划。此后不久，这五大品牌被国家局列入了重点扶持发展的全国卷烟"百牌号"目录。

大重组带来一个最明显的效果：企业和品牌等资源得到了有效整合。通过优化生产计划资源和实施牌号转移生产，品牌整合的工作得到进一步深化，品牌集中度不断提高。截至2005年上半年，广东卷烟总厂生产卷烟95.5万箱，企业产量跃居全国前三甲。

据国家局统计，2005年上半年，卷烟工业经济效益综合指数高于全国平均水平的省份只有7个，而广东目前居全国第5名。难怪业内人士感叹，广东卷烟工业正在高速行进。

把有限生产资源和指标向五大品牌倾斜

"只有腾出空间，优势品牌才有发展。"李根基说，品牌的整合就是要不断优化生产资源配置，不断扩大主导品牌的产量，把有限的生产资源和计划指标向五大品牌倾斜，之外的品牌都要为此让路，并逐渐压缩直至退出市场。

李根基说，根据国家局提出的行业百牌号发展战略和广东卷烟工业实际，双喜、五叶神、羊城、椰树、红玫（王）5个品牌是广东卷烟工业发展的重点，并侧重培育双喜和五叶神，使之成为全国性强势品牌。在他的烟草“棋局”里，各项业务工作都围绕如何发展五大品牌而进行。“因为，这是粤烟赖以生存和发展的根本。”

粤烟品牌的变迁，贯穿着一个量化的演变过程。重组前，因各种资源分散配置，无法进行有效整合，难以充分利用，存在闲置浪费现象；重组后，全省卷烟工业生产计划资源、品牌资源、市场资源、设备资源、烟叶资源、技术资源等得到了进一步优化，在生产策略的杠杆下，重点品牌的发展空间也就随之扩大了。双喜、五叶神等五大品牌吃不饱的现象初步得到缓解。

随着品牌集中度的不断提高，我省卷烟工业在产卷烟牌号数量正进一步减少。

2004年全省卷烟生产共有17个品牌62个规格，比2003年减少9个牌号26个规格。2005年上半年，全省生产卷烟13个品牌44个规格，比2004年又减少4个牌号16个规格。随之而来的是，品牌平均规模进一步增加，主导产品单规格产量进一步提高。其中双喜系列的全年产量突破50万箱，五叶神的产量为13.05万箱。

据统计，通过品牌整合，我省卷烟品牌在市场上已渐成强势，2005年上半年，粤产一、二类烟占省内一、二类烟总销量的64%，比2004年上升了8个百分点。粤产卷烟五大品牌价格保持稳定，全部高于国家局制定的八省区统一价。粤产卷烟还通过资源整合，减少了中间环节，进一步让利给商业，促进了粤产卷烟的市场流通。在各生产点，通过设备调配和牌号转移生产，使设备资源合理配置，提高了设备利用率，降低了生产费用，并且为克服牌号转移生产对产品质量的影响。广东卷烟总厂统一了技术标准，逐步实现了同质化生产；通过优化烟叶资源配置，进一步提高了烟叶资源的有效利用，减少了浪费；通过对技术资源进行整合，集中了技术人才，使人才优势得到充分发挥；通过优化生产计划资源，扩大了主导品牌生产规模，为做大做强品牌创造了有利条件。

2至3年内双喜目标达到100万大箱

然而，由于我省受卷烟生产指标计划局限，主导品牌和全国先进水平相比仍有较大差距，未形成全国性大品牌。前有标兵，后有追兵，粤烟拿什么来追赶行业的领跑者？这是粤烟发展中无法回避的现实问题。

在中国烟草行业中，双喜可谓见证着整个行业的发展历程，这个诞生于100年前的地道民族品牌，与国运的衰兴紧密相连。如今，双喜已经成为粤烟的旗舰品牌。

据统计，2005年上半年双喜品牌产量虽已达到32万箱，在全国卷烟产量排名中居第10位，但与第1位白沙的72万箱相比，差距比较明显。显然，如何做强做大品牌仍是当前我省卷烟工业的首要任务。

据了解，双喜品牌经过近年的发展，一直呈量增价升的良好态势，在广东具有最稳固的市场基础，消费者品牌忠诚度最高，发展前景广阔。李根基认为，在品牌发展问题上，双喜同样具备其他品牌不具备的优势，就是双喜品牌卷烟都属于二类烟以上，档次较高，潜力巨大。此外，双喜和五叶神是我省卷烟品牌发展的重点，目标是通过两三年的努力，将双喜品牌培育成年产规模100万箱以上、全国单一品牌档次最高、盈利能力最强的全国名牌产品。五叶神作为高档低害卷烟的代表，符合国家局倡导的中式卷烟发展方向，具有极大的发展潜力。

“我们需要的是广东卷烟品牌长期、稳定的发展，只有稳住市场，稳住品牌，国家利益、消费者利益才能得到保证，企业才能生存和发展。”李根基说，将通过不断充实品牌文化内涵进一步提高品牌形象，通过新规格的开发来丰富双喜产品组合的风格、口味以拓宽双喜品牌的市场适应面。首先在华南地区形成区域强势，然后再向全国市场扩展，成为全国性的强势品牌。五叶神品牌是具有独特风格的高档卷烟产品，下一步的发展思路是，将坚持走国家局提出的“低危害中式卷烟”之路，加强减害技术研究，完善五叶神中式卷烟特色加工工艺技术，积极开拓全国的高档卷烟市场，努力培育成为全国性高档中式卷烟代表品牌之一。

品牌整合加快了双喜发展的步伐

做强品牌的力度仍须加大

据了解，菲利普•莫里斯、英美烟草巨头都是靠强势品牌一统天下，其中，万宝路等品牌的产量近千万大箱。而目前国内没有一个品牌能与之抗衡，其中的差距就在于品牌的竞争力上。

一位业内人士坦言，中国烟草的品牌不是少了，而是多了。随着市场竞争的加剧，品牌的集中度也会逐渐加强，并不断向大品牌靠拢。面对激烈的国际竞争，广东卷烟工业唯一的出路就是尽快把品牌做大做强。

目前，粤产卷烟销大于产，产品供不应求，产销存在较大的矛盾，而同样面临生产计划不足的现实。如果广东的品牌不加快整合，就难以在地产烟的市场开展竞争。因此，突围的途径就是要抓住机遇，将品牌做强做大。

李根基说，在加快品牌发展的同时，不仅要正确认识生产计划和市场需求不匹配的问题，还要正确看待品牌发展速度问题。不能谋求过热的增长速度，只有稳住市场，稳住品牌，国家利益、消费者利益才能得到保证，企业才能生存和发展。品牌倒了，那是对广东卷烟工业最大的伤害。

此外，要正确看待品牌转移。品牌转移是广东卷烟工业品牌发展的需要。品牌是全体员工的，品牌关乎企业的切身利益，要跳出狭隘的品牌情结，要从全局的观念来看待品牌，要以发展的观点来认识品牌。品牌的转移生产，是根据目前工业的生产布局，满足品牌发展的战略要求而采取的一项必要措施。各个品牌，在市场中担负不同的角色和使命，它们是一个产品线的组合，是互为补充、互不冲突的。这个组合，随着市场的变化和品牌的发展而变化，最终是为实现大品牌的格局服务的。品牌的调整与发展必须符合今后省卷烟工业总体的品牌发展战略。

另外，要正确看待拓展省外市场的问题。全国性的卷烟工业企业的联合重组，也使得卷烟品牌、经济效益、市场格局发生巨大变化。原来粤烟省外市场份额非常小，以内销为主，尽管有15万大箱的外销规模，但是市场销区分散，数量少，市场不稳定，品牌集中度不够，没有形成一个真正有规模的省外市场，广东卷烟区域性特点非常明显。从长远战略来看，广东卷烟不能仅仅局限于成为区域性强势品牌，必须“走出去”，成为全国性品牌。

（《广东中烟》 2005年8月30日 孙茂勇）

市场人员深入一线为品牌拓展铺开道路

双喜从广东走向全国

周六下午3点，出租车行驶在广州大道上。一阵轻快的旋律传来，电台一档由双喜赞助的节目开始了。“虽然我不抽烟，但也知道这个烟很火，很多朋友都在抽。”的哥热情地说。

广东市场这个大本营里，双喜一直受到消费者的支持和拥戴，销量也多年稳踞“第一把交椅”。而从2003年广东中烟成立以来的10年里，双喜不断扩展自身的版图，从偏居华南一隅迈向了全国大市场，创下了市场扩张的奇迹。

这奇迹背后，凝聚了各地烟草商业企业的鼎力支持，零售终端和消费者的厚爱，还有广东中烟市场营销人员的默默奉献。

“老广”阔步走向全国

2003年以前，双喜规模只有区区39万箱，在行业众多耀眼的明星品牌面前，它显得平凡而不起眼。而除了“大本营”广东市场外，双喜几乎只涉足周边一两个省市，全国绝大多数省市都难见双喜的身影。区域性品牌留给人们的印象如此深刻，以至于抽双喜烟就会被视作是“老广”。

省外市场的薄弱成为双喜发展的巨大掣肘，刚刚成立的广东中烟立即明确了“巩固本省市场，努力开拓省外市场”的战略，广西、湖南等周边省份作为重点目标市场最先进入广东中烟的视野。2005年全省卷烟工业营销队伍的整合，为开拓省外市场选出了精兵强将。

2006年，省外市场拓展开始取得突破性的进展。2007年，行业考核的33个省级区域中，双喜已经覆盖其中的31个。湖南、广西、江西、河南、山东等重点市场日益凸显，华北、东北等远方市场也相继取得突破。

这是一个令人激动的“跑马圈地”式发展的时期，市场营销人员的电脑里都有一张全国地图，双喜每在一个省份扎根，那里就标示为红色：江西、福建、海南……到2012年，双喜在全国省级市场实现100%覆盖，在地级市场实现99%覆盖。

随着足迹的扩大，双喜在省外市场的销量也节节攀升。2012年，在“省内省外并重”的市场策略下，双喜省外市场销售比重稳步提升到43%，销售量达到了123.7万箱；年销量达到1万箱的省级市场有25个，年销量达到20万箱的省级市场有3个。

短短十年间，双喜成功甩掉了“区域性品牌”的帽子，意气风发地走向全国市场，与那些以往只能仰视的大品牌“煮酒论英雄”。

商业公司鼎力支持双喜，“我们将举全省之力做好双喜品牌培育工作，支持广东中烟的发展”。2012年1月6日，广东烟草工商企业领导班子共商双喜发展大计，广东省烟草专卖局（公司）局长、总经理户春河表示，将致力于提高双喜一、二类烟在广东市场的占有率。不久，户春河进一步明确提出“广东市场双喜一、二类烟销售比例超过20%”的目标。

2012年12月18日，在双喜•红双喜品牌工商协同研讨会议上，户春河表示要从历史的高度看待双喜•红双喜品牌的发展，要求广东烟草商业系统承担起培育行业大品牌的重任。

就在这次会议上，户春河明确了广东市场双喜•红双喜品牌发展的三个目标：一是到2015年末，广东中烟将实现在广东市场占有率58%以上；二是2013年实现全省双喜•红双喜单箱含税销售收入同比增长1000元/箱；三是将全省20个地级市划分为四大类区分别培养。同时，广东省局还针对双喜品牌培育提出创新营销方式、奖励双喜•红双喜品牌培育先进个人等一系列措施。

这些实打实的措施激发了广东商业系统同仁培育双喜品牌的使命感和巨大热情。2012年，在全省销售规模轻微收缩的情况下，双喜品牌逆势上扬，共销售168.3万箱，一、二类烟销量更达29.6万箱，同比增长26.6%，同时市场份额显著扩大。

在距离广州600公里远的广西南宁，车水马龙的“10+1大街”上，300米内竟然有5家双喜品牌形象店，双喜在这里受到了颇为隆重的“地产烟”待遇。

“我们坚定不移地推行把双喜视同地产烟的政策，尽全力将南宁打造成双喜品牌的标杆市场。”广西烟草专卖局（公司）副巡视员、南宁市局局长覃敏良说。在“视同地产烟”的政策支持下，双喜品牌培育在南宁乃至整个广西市场取得了不俗的成绩。2003年，双喜品牌刚刚进入广西市场，全年销售约0.7万箱，占广西全区销售总量还不到1%。2012年，双喜品牌在广西市场的销售已经突破20万箱，全年销量达到20.3万箱，跃升为广西区外烟的第一品牌。

不仅仅是广东、广西，双喜在全国任何一省、一地市场的发展，都离不开当地烟草公司的鼎力相助。

零售户期盼双喜落地生根

位于广州市宝业路的永丰烟酒店已经经营了19年零3个月，店主何老板几乎见证了中国烟草总公司成立以来的大部分历史，他笑称自己是烟草编外从业人员。

“卖了二十年烟，双喜替我赚了二十年。”何老板直言，“我对双喜当然很有感情，最希望它越来越好，跟名称一样红红火火，喜庆吉祥。”

何老板对双喜的规格如数家珍，对各个品种的口味也颇有研究。“大部分抽惯烟的人都很接受硬双的口味，硬1906是中档烟里相当超值的，硬红五叶神也很好。”

说起高端双喜，何老板更犹如资深双喜品牌研究人员，提高了声调。“双喜的逸品很好，但是逢年过节，包装过于暗沉的烟总是缺少销量，连蓝芙蓉王都一样，所以包装相当重要！”何老板说着拿出一张白纸，麻利地画了一个饼图，比画着说，“20元以下的烟永远都占有75%的市场份额，双喜一定不能把这块弄丢了！”短时间交谈里，何老板流露出“护犊心切”的心态，“当然，双喜1906我一定会卖好，放心吧！”

“我们这些分散在全国的烟草零售户，就像打理卷烟品牌的园丁，双喜好打理，自然会落地生根更快些。”何老板喝了一口茶说。何老板请了三个员工，每一个都“训练有素”，对双喜各个规格价位了然于心，可以熟练地根据顾客的喜好推荐合适的规格。当班的杨小姐笑容可掬，“双喜口感好，回头客很多。像双喜1906刚出来的时候，我们推一个成一个，非常有成就感。”杨小姐说。

品牌培育人永远在路上

“市场永不停息。”这一观念背后，市场营销人员几乎分不清工作日和休息日，不管什么时候，品牌销售情况的一点点波动，都牵动着他们的心，他们是手把手呵护双喜成长的品牌培育人。

一条短信长达300多字，包含近30个销售关键数据，还有极其精炼的市场情况分析。广西区域市场通过手机短信发送的“信息日报”，既忠实记录了每天的市场状况，也让我们得以从侧面窥见市场人员工作之“一斑”。海量的数据、情况分析，众多的零售终端维护工作，永无休止的思考和行动，构成了市场人员们日复一日的平凡日子。

广西区域市场人员在零售终端层面，集中资源对全区500户核心零售客户和1500户重点零售客户重点维护；在全区打造了60条“双喜品牌宣传陈列示范街”。在消费者层面，仅2008年至2012年，就在全区开展了近3000场喜宴宣传推广活动，宣传人群超过10万次；并长期在全区共300户“楼堂馆所”等消费场所开展评吸宣传。这个业务量无疑是惊人的。也正因为有了这巨大业务量的支撑，双喜才得以在广西这样的市场站稳脚跟，继而取得令其他品牌艳羡不已的高效成长。

外派到其他省份的市场人员缺少与家人团聚的时间，身处大本营的广州市场人员是否更近水楼台？广州市场人员李文丰用行动给出了答案。2013年春节期间，为了更好地推广双喜（珍藏），树立双喜品牌高端形象，李文丰只跟家人吃过团圆饭、看过春晚，其他时间大部分都泡在零售终端。“节假日是卷烟销售的黄金时间，哪里有市场机遇，哪里就有我们的工作。”李文丰说。“太久没去，零售户也会惦念。”李文丰开玩笑说。

广东中烟有最精简的市场人员，但是短短几年内，却实现了全国市场销量近300万箱的奇迹。正是这群可爱可敬的市场人员，为双喜成为全国性品牌铺开了道路。伴随着双喜做强做大的征途，他们将永远在路上。

（《广东中烟》 2013年9月30日 郑泽敏）

奖先进 明激励 定目标 签任务 展才艺

点燃营销团队奋勇争先激情

戴大红花、兑现绩效奖、调整组织结构和人员、签目标责任书、才艺展示，这些元素融入营销大会中，将产生怎样的神奇效应？2月13日，广东中烟召开了一场别开生面的营销誓师大会，充分点燃了营销团队的创业干劲和战斗激情。

整个大会高潮迭起。

宣布组织架构和人员调整是第一个高潮。调整后，营销中心变成本部3个处、市场5个处的架构，近100名营销人员走上了新的工作岗位，其中，获得职务晋升的有近50人。“经过这次组织架构和人员的调整，打通了营销中心的一些关键环节，简化了流程，减少了一些影响效率的因素，调动了团队积极性，我相信，营销中心的市场响应速度会进一步提高。”公司总经理唐健充分肯定这次调整将带来积极效应。

重奖营销团队和人员是又一个高潮，突出贡献奖团队、突出贡献奖个人、优秀员工都披挂大红花，登上领奖台，9位公司领导为他们颁奖。“以业绩论英雄，以贡献论分配”的氛围让台下的营销人员纷纷摩拳擦掌。

唐健将大会推向了第三个高潮，他如数家珍，分享令人振奋的双喜开门红；深入浅出，强调品牌结构提升的深远影响；娓娓道来，讲授自己积累多年的“营销经”；语重心长，要求营销团队提升素质和工作水平。

唐健用“三个转变”高度肯定了去年营销工作取得的成绩，用“四个新趋势”深入分析了企业和品牌发展面临的形势，用“五个紧紧围绕”对2015年营销工作提出新要求。他强调，去年品牌发展向结构提升转变、营销模式向全员协同营销转变、市场响应向快速高效转变，奠定了双喜加快发展的基础。他通过大量的数据和典型的事例，对宏观经济环境、行业发展现状和品牌竞争态势进行深入分析，旗帜鲜明地提出双喜要积极主动抓住行业市场化取向改革新机遇，着力做大180—300元价位卷烟，推动一类烟的快速成长，用品牌结构提升推动企业效益持续增长。针对2015年工作，他指出，要紧紧围绕双喜发展新目标，不断争创营销工作新优势；紧紧围绕以提升结构为核心的总体要求，努力创造市场营销的新突破；紧紧围绕公司发展战略，不断探索市场营销新思路；紧紧围绕争先创优目标，培养市场营销队伍风正气顺劲足的新风貌；紧紧围绕省内核心市场，充分发挥全员协同营销的推动作用。

最高潮是下午的才艺展示。年轻的营销人员自编自导自演，奉献了一台精彩的节目，充分表达了热爱营销、奉献品牌的理想。唐健声情并茂地演唱了一曲《众人划桨开大船》，昭示着广东中烟众人划桨开大船，争创双喜结构提升新辉煌的宏伟事业。

广东中烟副巡视员符敏指出，去年营销工作的主要特点表现为调整了步伐、做出了贡献、取得了成效，要求今年抓好“三个要点”，做到“三个坚持”，注意“三个问题”。营销中心总经理温东奇作了营销工作报告，总结了2014年市场营销成绩，布置了2015年工作。会上，还公布了营销中心2014年绩效考核结果和2015年绩效考核方案，签订了中心各处室目标责任书，先进团队分享了成功经验，各市场处信心十足，作了保证完成目标的表态。

全体公司领导，各部门、各中心、各卷烟厂主要负责人，营销中心全体人员，各卷烟厂全员协同营销人员参加了会议。

（《广东中烟》 2015年2月15日 熊颖艳）

精耕细作夯实市场基础　苦练内功提升营销能力

迎难而上开拓双喜发展新局面

2016年3月初，当人们依旧沉浸在猴年新春的余庆之中，等不及、坐不住的广东中烟市场营销人员早已奔赴全国各地、省内各地营销一线，全力做好双喜的“春耕”工作。与此同时，公司领导班子成员奔赴省内、省外市场密集走访，了解销售情况，增进工商合作。公司各单位分赴省内全员协同营销对口单位，深入零售一线，加强沟通，争取市场支持。广东中烟人正用积极的姿态应对市场新挑战。

目前，国内经济下行仍在探底，卷烟销量下滑，卷烟库存较高，今年前两个月，行业销售卷烟948.3万箱，同比减少近100万箱，同比下降9.4%。其中，一类烟同比下降12.8%，二类烟同比下降7.5%，三类烟同比下降12.3%。行业整体结构有所下降，单箱商业销售额同比下降835元。在趋于白热化的市场竞争环境之中，是勇往直前还是绕道回避？广东中烟人坚定地选择了迎难而上！

考核到“肉”　激励到位

春节前，广东中烟召开了2016年市场营销中心工作会议，明确2016年要实现双喜销售300万箱，其中，一类烟18万箱，二类烟52万箱。实现税利总额275亿元以上，确保增长4%以上的目标。这一目标很快就被分解到了每一位市场营销中心员工身上。与之匹配的是3份绩效考核方案，每位员工都将拿出20%的效益工资，作为二次分配的基金，超额完成任务的，进行奖励，没有完成任务的，少发或不发奖金。公司党组对营销中心的奖励上不封顶。

3月1日，市场营销中心考核信息系统正式上线运行，痕迹化的管理使考核更加规范，更加到位，压力在传导，动力也在传导。市场营销中心领导一有时间就下市场，跟进销售进度和双喜市场表现等。投入市场的人员还在不断增加，据悉，3月初，营销中心从各卷烟厂选拔36名人员充实到市场一线。近期，市场营销中心还将继续完善组织机构调整，从本部抽出部分人员充实到营销一线，一大批新鲜血液将注入市场。

深入一线　做实终端

深入一线，做实终端，夯实市场基础，成为当前市场营销中心工作的重中之重。为了持续强化对一、二类烟的消费拉动，春节期间，市场营销中心在全省（含深圳）21个城市选取了约1000个核心零售户和2610个重点零售客户分别开展双喜一类烟驻点导购和选点促销，大规模的促销物料被源源不断输送到零售终端，选点助销活动将一直持续到4月。双喜积分商城也在持续不断地开展积分兑奖活动，助销活动联合双喜积分商城有效地形成了消费培育的组合拳。在粤西乡镇，墟日是传统的商业活动日，营销人员抓住这一有利时机，利用空条盒兑换活动等深挖硬经典1906的乡镇消费潜力，积极培育市场基础。在珠三角、粤东和深圳等消费结构较高的地方，则利用珍藏两包装和促销物料开展高端团购活动，刺激节前节后高端消费者对珍藏的消费欲望，提升双喜的品牌形象。

对于商业渠道、零售终端的重视和投入可谓是前所未有的。“由于每家零售客户与我们的客商关系不同，支持度不同，他们的店堂位置不同，我们对待零售终端的工作如今已经细化到了‘一店一策’‘一品一策’的阶段。”品牌管理处张勇表示。

在广东市场，为了持续提升核心规格上架覆盖率，针对全省的经典工坊、世纪经典、硬红五叶神和喜百年等核心规格，每个月选取1—2个规格进行上架率提升工作，逐月轮换规格与地市，实现四个核心规格的整体上架率的提升。省内如此，省外亦然。市场二处人员在积极走访零售户的过程中发现，与零售客户建立微信群是一条销售捷径，通过微信群可以获取第一手市场信息，又可以通过微信平台开展终端活动。在市场中选取重点地级市，开展婚庆推广活动也是一条有效的拉动消费途径，销售人员鼓励商业员工提前提报喜宴需求，免费为其提供双喜品吸烟，借助喜宴用烟推广，带动了婚庆等一系列喜宴对双喜品牌高档卷烟的需求。

让新品培育赢在起跑线

在新品的培育上，与以往不同的是，市场人员倾注了更多的耐心和细心。遵循“点多，面广，量少”的原则，和喜1月在肇庆、湛江率先上市，软经典1906则在广州率先上市，2月底，和喜上市了阳江、茂名、云浮三地，软经典1906则完成了佛山、东莞、惠州等地的合同签订，并在3月开始访销。循序渐进地推进，步伐之稳健，令商业单位、零售终端、消费者都对新品赞不绝口，对和喜和软经典1906充满了信心。截至3月13日，和喜实现上架户超过4万，软经典1906实现上架户1.1万。“在二类烟新品的培育上，我们最重要的是给予耐心和细心，使新品能够赢在起跑线上。”营销中心副总经理詹英强说，“对待新品的培育，我们并不着急当前销售了多少，将按照‘四个到位’的要求，强化终端宣传，深化消费培育，使新品能够赢在起跑线上，绝不揠苗助长、急于求成。”

截至3月10日，双喜累销降幅10.7%，较2月收窄1.6个百分点；3月单月销售增幅2.1%，一、二类烟销售及单箱结构下行的趋势已有改善，三类烟价格总体回稳。

从东南到西北，从沿海到高原，广东中烟人正以前所未有的精气神、无坚不摧的责任担当，投入市场营销三大战役当中。为解决前线人员的后顾之忧，市场营销中心本部在政治上、经济上关心的同时，更多关注营销一线人员的身心健康。“营销一线员工长期在外，远离家人和朋友，我们要做到尽管‘风筝’飘在远方，但总有一根线在一直牵挂着他们！”市场营销中心总经理方小明说。

（《广东中烟》 2016年3月15日 张永峰）

首批专项推广圆满结束 收获满满市场正能量

向零售户传递信心决心暖心

“希望您继续支持和卖好双喜烟！”“必须的，双喜好，我们大家都好！”7月14日，当第一期全员专项推广即将结束40天的任务踏上归途时，小组成员与零售客户、客户经理依依话别。尽管与零售客户、客户经理打交道的次数还不算多，但双喜人通过辛勤走访、不遗余力地推广，为市场传递了坚定的信心。

穿街走巷 风雨无阻

2016年5月25日，参加完两天全员专项推广培训的125名人员马不停蹄、兵分七路奔赴市场。对于不少人来讲，参加工作这么多年，“下市场”还是头一次，充满了新鲜和好奇，在他们看来，这就像是生命中的一次“上山下乡”。

到了市场，才发现一切并不是想象中那么简单！市场那么大，烟店那么多，要走的路不会少，还有烈日与风雨为伴，更有离乡思亲之苦。如何与客户经理、零售客户巧妙打交道，如何成功推介消费者购买双喜烟，学问非常大！125名小伙伴在天气“烧烤”模式下开始了市场推广之旅，部分人员的工作内容是市场走访，部分人员则是驻店促销。

六七月的天气，阴晴不定，常年习惯在办公室空调下办公的推广人员需要克服将近40摄氏度高温的严峻考验。身穿双喜工作服、手挽双喜环保袋、汗流浃背的双喜推广人员，成为这个夏天广州、深圳、东莞、佛山等地的一道靓丽风景。个别成员在走访开始不久后就出现中暑或腿脚疼痛的症状，在

零售客户笑逐颜开为双喜（经典工坊）点赞

同伴的帮助下，他们休息一晚，第二天继续推广。尽管公司下达给大家的任务是平均每天走访10户以上，但既然人在市场，都不忘为公司的品牌多宣传几户，往往是，直到太阳西下、筋疲力尽，他们才鸣金收兵，到走访工作结束，几乎每人都超额完成了任务。

来到一个陌生的城市，道路不熟悉、语言不通是推广的两大障碍。韶关卷烟厂的吴滔说，自己每天走路的步数绝对是朋友圈里最多的。遇上店与店相隔较远的，一天下来走二三十公里也是正常，有时候目标店就在附近，兜来转去费尽周折，才发现它就在转角处。由于部分零售店位置较为偏僻，手机信号不稳定，个别小伙伴会为了无法正常登录营销系统感到焦急不已。湛江卷烟厂的林明辉连续多次走访一家零售店都吃了闭门羹，最后才发现店主习惯在傍晚才开门做生意，他的“三顾茅庐”最终也打动了这家店主。揭阳市场推广的小伙伴们则为不易听懂的潮汕话犯了愁，但他们还是用热情的微笑和真诚的服务赢得了零售客户的支持。

繁忙的一天时间飞逝，最难熬的还是晚上，尽管小伙伴们会选择三三两两结伴散步，或是召开座谈会总结每天的战况，但回到自己的房间，思念亲人的情绪立刻漫上心头。来自梅州厂的郭琦每晚打开手机微信视频，看看她16个月大的宝宝成为睡前的必修课，而不少小伙伴则拿出党章继续抄写，坚持走市场与抄党章两不误。

成效初显　收获满满

在专项推广活动满一个月的日子，公司领导奔赴各地探望市场推广人员，了解市场推广情况。许多小伙伴在座谈会上话匣子一打开似乎就无法收住，深入的市场实战走访以及驻店促销切身体验，大家对市场的所见所闻积累为满满的所思所想，大多没有营销专业背景的他们谈起营销来头头是道。

尽管绝大多数零售客户对于双喜厂家人员来访表现出热情和友好，但也有个别零售客户还是存有几分疑虑。“双喜在我们店里卖得很好啊，你们为什么还要来走市场？”“我们的店卖的都是公司货，你到底是烟草公司的还是烟厂的？”面对零售户的疑虑，推广人员解释：“卖得好，我们更加要来，我们密切关注市场动态，及时了解市场信息，为你们输送质优价优利润丰厚的双喜产品，实现我们的共赢！”推广人员在每家零售店耐心细致地向他们介绍双喜的工艺制造水平、品牌文化、各个规格产品的特点等，如此详尽深入的介绍，不少零售客户表示经营卷烟生意以来还是第一次“享受”。再次回访这些店的时候，不少热情的店主已经是主动泡茶，主动为走访人员提供解暑饮料，反复叮嘱走访人员一定要常来，双喜厂家人员在市场一线关心呵护自己的品牌，无疑给广大零售客户卖好双喜增添了信心。

在深圳驻店促销的最初，来自技术中心的饶先艳因为连续遭受消费者的冷遇，一度流下了伤心的眼泪。经过一段时间的耐心摸索，她发现其实店主的介绍比自己的推介管用得多。于是，她更加注重向店主介绍双喜品牌，为店主提供真诚的服务和帮助，最终她的促销成绩实现了从几条到几十条再到上百条的不断跨越。由于多数消费者来到零售店都有目标产品，驻店人员经过分析发现，仍有20%左右的潜在客户是可以推介的，针对不同消费需求的消费者，驻点人员也采取了有的放矢的措施，“10个消费者当中有一个愿意听从我们的介绍购买我们的产品，就算成功了”，小伙伴们的营销经验在实战中得到提升，脸皮也从“薄”变“厚”。不少零售店主表示，双喜人在店促销对他们的销量提升有明显的作用，面对消费者的疑问，厂家人的解答肯定是最权威的。

“我们的业务车只有7个座位，还要同时堆放物料以及折叠自行车，只能委屈您挤一挤了！”走访佛山市场的第一天，一位走访人员就遭遇了尴尬。不仅如此，为了给零售客户介绍双喜厂家人员到访，客户经理不得不增加额外的工作。但双喜人的训练有素、大方得体，对推广双喜的执着、认真和投入还是打动了客户经理。每天准时准点在所在烟草局等候出发；遇上客户经理有较多物料需要派送，主动帮忙搬运；酷暑难耐，及时为客户经理递上解暑的饮品；面对个别零售客户的疑惑和质疑，与客户经理一道耐心解释，共同维护客情；工作之余，共同寻找美食，互聊家长里短。短短两个月，双喜人与各烟草专卖局的客户经理的感情迅速升温，结交下深厚的友谊，在走访市场的末期，不少客户经理主动打电话邀约共同走访市场，热情友好的双喜人已经赢得了客户经理的心。

市场一处的统计数据显示，在40天走访中，推广人员共有效走访（含驻点助销）零售客户接近3万户次，43名专项推广人员平均每天接触终端消费者15—20名，累计接触消费者超过2万人次，双喜软经典1906、和喜上架率都有不同程度的提高，双喜（金01）在揭阳顺利上市，最新上架超过1500户，上架率超过90%，第一阶段专项推广的7个地区，双喜一、二类烟均有不同程度的增长。

经过40天的推广，推广人员通过认真学习，深入掌握了双喜产品的特点；通过市场走访，掌握了双喜各规格产品的状态；通过实战营销，学习到了营销技巧，还收获了客户经理和零售客户的友谊。

情系市场　反哺工作

7月14日是结束市场专项推广活动的日子，推广人员纷纷在朋友圈表达即将离开耕耘了两个月的市场那种难说再见的心情。“一起走市场的日子”成为第一期走访人员完成任务回到单位后经常挂在嘴里的句子。在异地他乡，来自不同部门的小组成员白天奔赴在不同的大街小巷，傍晚一起共进晚餐，聊聊市场感悟，聊聊工作和生活，平时工作忙碌，彼此没有太多的交流，而全员促销推广却为大家搭建了一条友谊的小船。

“原来工艺质量稳定对于我们品牌是如此重要！”“推广固然重要，但更重要的还是我们做的‘菜’确实好吃，消费者愿意再点，有一包好的烟才是王道啊！”……在踏出市场之前，小伙伴们平时只是专注于本专业工作，品牌似乎离自己有点远，在充分体验到市场竞争的残酷之后，他们纷纷表示：只有在未来的工作中时刻做到心系市场，服务于市场，在本职工作岗位上更加奋发有为，才能实现双喜的持续健康发展，实现企业和个人的共赢。

（《广东中烟》　2016年7月31日　张永峰）

广东中烟“国喜•礼遇雅集”全国巡回演绎活动

擦亮国喜礼仪用烟典范招牌

2018年12月4日，广东中烟在广州卷烟厂正式启动“国喜•礼遇雅集”全国巡回演绎活动。

演绎会现场的布置别开生面，给人带来全方位的礼道文化体验：嘉宾进场时，以毛笔在宣纸上签名，以御玺缀印签到，此为以礼相遇；每个桌面铺设儒雅桌旗，上盖古式装帧的《国喜•礼遇雅集》鉴赏手册，为每位嘉宾配上功夫茶、点心，高贵优雅，华而不奢。活动现场还专门设有展示品鉴区，可随时在会场品吸国喜系列香烟。

一支古色古香的开场舞表演拉开了活动的序幕，广东中烟市场营销中心总经理宋伟致欢迎词，并与技术中心主任余其昌、广州市烟草专卖局（公司）营销管理中心主任何建国等人一起敲响编钟，开启“国喜•礼遇雅集”全国巡回演绎启动会。本次国喜品牌演绎宣讲系列活动以“国喜•礼遇雅集”的主题为载体，是对国喜系列的品牌文化及品牌形象的一次全新输出。国喜品牌的愿景是成为“中国礼仪用烟典范”，成为志同道合者心灵交往的纽带，成为共同奋斗者的精神粮食。

“志合者，不以天下为界”，这一国喜文化理念的进一步挖掘，将翻开国喜营销的新篇章。启动会现场还播放了《国喜•礼遇雅集》宣传片，进行了《国喜味道的非凡史诗》宣讲，通过短片演绎的形式向大家诠释了国喜的“鲜、香、醇”，对国喜品牌文化重新进行了提炼和再造。工商零售各方代表欢聚一堂，既是对志合者身份的认可，又是作为国喜贵宾的一次礼遇体验。广州市烟草专卖局（公司）天河分局副局长何艳媚表示，双喜品牌在整个广州烟草是一个核心的产品，双喜的年销售量占整个市局近50%。通过这次演绎会，亲身体验了双喜品牌的文化底蕴，回去以后一定竭尽全力，在市局领导的引领下把国喜系列品牌文化传播好，把培育国喜品牌作为己任，为国喜系列品牌插上翅膀，为国喜系列蓬勃发展贡献力量。零售户代表在采访中谈到参加此次“国喜•礼遇雅集”演绎启动会，对国喜的鲜、香和醇有进一步的了解，在以后的销售过程中能够更好地推介产品。

国喜作为广东中烟倾力打造的高端品牌，承载着重要的品牌使命。“国喜•礼遇雅集”巡回演绎活动的盛大开启，不仅标志着国喜系列产品的高端定位、品牌文化已经明晰，更透露出双喜高端产品的战略布局。启动会是国喜品牌接下来一系列高端品牌路演活动的启动仪式，该活动将在全国36个重点城市开展37场巡回路演。12月6日，“国喜•礼遇雅集”全国巡回演绎广州站活动在广州珠江城举行，现场邀请多名消费者代表共同体验国喜的礼道文化，通过宣传片和现场讲述等方式对国喜品牌理念进行全新阐述，并展示了国喜“中国礼仪用烟典范”的全新定位。除广州外，“国喜•礼遇雅集”全国巡回路演已相继在石家庄、长春、长沙、沈阳等地举办，邀请了各地市的精英代表及领袖人物参加此次烟草领域的品牌盛会。

据了解，为进一步深化广大员工对国喜、金花悦品牌形象的认知，近期将大力推进国喜、金花悦品牌内涵与产品卖点的广泛宣传，在公司本部、各卷烟厂将举行多场品牌宣讲培训会。

（《广东中烟》 2018年12月15日 林闻佳）

工商协同　全员营销

广东烟草工商企业共商品牌培育新思路

助力双喜打赢结构提升攻坚战

2014年10月30日，广东烟草工商企业协同营销座谈会在广州卷烟厂召开，共同商讨培育和发展双喜品牌新思路，谋划2015年广东卷烟市场结构提升新突破。广东烟草工商领导班子、来自各地市级烟草专卖局的主要负责人就双喜发展目标达成共识，力争完成广东省烟草专卖局下达的2015年销售省产烟192.2万箱，双喜176.4万箱，单箱销售结构提升1724元的任务。

打虎要靠亲兄弟

此次会议是广东烟草规格最高、规模最大、影响最深远的一次工商协同会议，双方第一次在10月就敲定明年计划，并进行严谨对接。广东省局提出市场资源配置“先省内，后省外”的思路，单箱销售收入同比增长1700元。这标志着，广东烟草工商协同营销进入了更高层次、更高水平的新阶段。

“打虎要靠亲兄弟。在广东中烟和双喜品牌最需要支持和帮助的时候，广东省局的兄弟们义无反顾挺身而出，伸出援手，倾注心血，提供资源，全心全意地扶持我们，帮助我们，这份感情，我们广东中烟人将永远铭记在心中。”广东中烟党组书记、总经理唐健代表广东卷烟工业诚挚感谢全省烟草商业系统长期以来对广东中烟和双喜品牌的关爱，“广东烟草各位领导和同仁的鼎力支持和真心关爱，让我们坚定了做强双喜的信念，也让我们对打赢双喜结构提升这场攻坚战充满了信心。”唐健强调，广东中烟将调动一切力量，通过深入开展全员营销，建立健全协同营销的相关机制，加强工商之间的交流与互动，积极配合商业系统的各项工作。

培育双喜义不容辞

“下一步，广东双喜要做好规模和结构的提升。而这个提升，突破口在广东，责任在工商双方，商业负有更大的责任，关键在2015年，聚焦在一类烟。”广东省烟草专卖局（公司）局长、总经理户春河指出，培育和发展双喜品牌是近年来我省烟草商业系统持续、平稳、健康发展的重要一环，是我们实现国家局提出的“保八争十超万亿”任务的重要保障。双喜作为百年历史的民族卷烟品牌，在广东卷烟市场具有广泛的市场基础，培育双喜品牌，加快双喜结构提升，是广东烟草商业系统义不容辞的责任。

广东省烟草专卖局（公司）副总经理陈焕平主持会议，他强调，双喜兴则广东烟草兴，双喜强则广东烟草强，通过这次会议，凝聚力量，达成共识，明确方向，必将有力推动双喜品牌培育工作，进一步释放发展潜力，进一步提升经济效益，对广东烟草工商未来几年发展产生重大、深远而积极的影响。

广东中烟副巡视员符敏介绍了双喜品牌的总体发展情况及2015年广东市场发展规划，提出有效措施。

会后，与会代表分组对目标任务进行了认真的研讨，对工商之间的衔接、目标的落实进行了充分的沟通和讨论，来自全省20个地市级商业公司的主要负责人纷纷表示，此次会议明确了目标和市场结构提升的方向，将尽最大的努力做好双喜的销售，把双喜结构提升放到广东市场工作的重要位置，共同提高广东卷烟市场的结构水平。

尽最大努力销好双喜

会上，广东中烟技术中心主任许光对近期双喜新产品研发规划作了专题汇报，据介绍，春节前后将推出双喜（花悦）、双喜（彩悦）等四款新烟，其中双喜（花悦）、双喜（彩悦）将于今年12月上市，抢占细支烟市场。对于双喜的新产品，各地级市商业公司主要负责人表示翘首以待，认为双喜提结构必须有新产品、新方法、新措施，大家表示，新产品的面市必将增强双喜结构提升的实力。

（《广东中烟》 2014年10月31日 郑泽敏）

广州烟草工商合力决战100天

携手协同营销创全省最佳业绩

这是发起年底总攻的冲锋号。

9月16日，在广东烟草工商召开加强双喜品牌销售工作座谈会之后一周，广州市烟草专卖局（公司）与广州卷烟厂迅速响应，召开工商座谈会，共同部署决战100天双喜品牌销售具体工作，向年初双方制定的目标发起总攻。

双核驱动逆势挑大梁

作为广东烟草的龙头，广州是双喜的“核心”战场。广州烟草稳，则广东烟草稳；广东烟草稳，则双喜品牌稳。广州卷烟厂，是广东中烟的“核心”制造基地，承担着广东中烟过半产量，广州卷烟厂是广东中烟的生产“核心”。当“核心”制造基地遇上“核心”战场，会擦出什么样的火花？

2014年10月30日，广东烟草召开首次工商协同会议，地处同一座城市的广州市烟草专卖局（公司）与广州卷烟厂结成对子。会上，工商双方高层达成共识：2015年广州市销售双喜22.34万箱，双喜单箱商业销售收入同比增加1700元以上。尽管今年面临许多不确定因素和行业发展前所未有的挑战，广州市局局长、总经理陈秉恒依然表示，保证广州市场的双喜规模和结构增幅排在全省前列。这给双喜结构提升注入了一股强心剂，广州烟草“双核”也正式开启了协同作战的模式，“双喜梦”成为广州烟草工商的共同追求。会后，工商双方共同组成了双喜品牌培育领导小组，制定相应的协同营销工作方案和品牌培育方案。

由此，一月一度的广州烟草工商联席会议，工商之间“走亲戚”成为新常态。广州卷烟厂领导分别挂点广州市局及属下十个区局对口市场，并安排9个工会分别对口挂点，以往专注生产的广州卷烟厂员工开始踏出厂门，走进商业，走入市场。厂领导及工会分会坚持每月不少于一次走访市场，了解产品销售情况、市场反馈，听取烟草商业同仁的需求和意见，及时解决相应问题。广州卷烟厂分期分批邀请商业单位和零售客户代表到广州卷烟厂参观交流，增进商业渠道对双喜品牌的认同感。仅2015年上半年，就组织了24批1000多人参观交流，一流的工艺水平、一流的生产设备、一流的联合工房，给广大烟草商业从业者留下了深刻的印象，使大家对双喜品牌充满信心。

“新形势下广州烟草的工商协同，重点是营销，这个是核心，工商之间的文化交流也很重要。”陈秉恒指出。2014年来，广州卷烟厂的“春晚”，广州市局的员工来了，工商员工第一次站在同一个舞台载歌载舞，上演了一场精彩绝伦的视听盛宴。今年6月15日，一场“广州情、双喜梦”为主题的座谈会，让广州烟草工商继续保持紧密的联系。不仅如此，工商协同的力度还在持续升级，合作的形式还在不断地丰富，广州市局营销管理中心与广东中烟广州销区建立了营销信息共享平台，各分局营销部与广州卷烟厂营销办共同开展双喜品牌营销活动，广州市局营销管理中心、物流配送中心还与广东中烟实施卷烟货源“预约到货”工作，这种从发展规划、策略制定到培育实施、货源保障等环环相扣的全方位协同营销，使双方的资源实现了有效整合，一种新型的工商零一体面向消费者的现代烟草营销体系悄然形成。

经过近9个月的共同努力，广州烟草工商协同交出了一份令人欣喜的成绩单，为双喜品牌冲击年度目标奠定了坚实的基础，也为广东省其他地市局双喜结构提升树立了榜样。截至9月27日，广州市累计销售双喜16.98万箱，同比增长3.6%，单箱销售收入26,081元，同比增长2.3%。在国内经济下行压力巨大，卷烟零售市场整体低迷，省内部分地区销量同比下降的情况下，广州烟草实现了双喜品牌的销量与结构双提升，双喜品牌的单箱结构提升幅度也远高于全省平均水平。

不遗余力培育双喜

“广州烟草工商协同绝不只是简单地走过场，各区局都必须全力以赴将每一次协同会议达成的决议落到实处，全心全意地培育双喜品牌。”在9月16日会上，陈秉恒对广州市各区局的负责人要求。

双喜品牌在广州卷烟市场占比过半。“坚定不移地培育好双喜品牌，既是我们广州烟草商业的义务，也是我们自身发展的要求。”陈秉恒强调。自工商开展协同营销以来，通过8个月的努力，双方已构建起多维度的品牌培育机制，针对广州地区卷烟消费偏好、消费水平以及经营业态等特点，双方制订了“一地一策”重点规格培育方案，将双喜经典工坊、世纪经典、硬红五叶神作为重点培育规格，之后又增加了硬经典1906，并拟定品牌培育季度目标和月度目标。

为提升双喜品牌在广州市场的影响力，广州卷烟厂也是“拼了”。8月，在生产人员严重短缺的情况下，广州卷烟厂再选派13名营销专员充实到协同营销队伍；为确保双喜产品能够及时供应市场，广州卷烟厂不惜调班调休。“我们要求全体营销人员每人每天最少走访20个零售客户。宣传双喜品牌，还必须从员工自己做起，广州卷烟厂通过工会、团委、党支部三大平台，发动全体员工利用自身资源，挖掘潜在消费者。”广州卷烟厂厂长、党委书记李斌表示。

正是工商双方毫无保留地投入，持续不断地培育，双喜品牌一、二类烟支柱规格硬经典1906、世纪经典、硬红五叶神才日益成为广州市一、二类烟卷烟消费的主流。截至9月27日，硬经典1906累计销售39,256箱，同比增长6.6%，成为广州市单规格销售冠军；世纪经典累计销售4995箱，同比增长58.2%；硬红五叶神累计销售7220箱，同比增长10.6%。而异军突起的经典工坊更是让人眼前一亮，上市9个月累计销售1510箱，跻身广州市一类烟销量前十名，成为近几年来市场表现最为抢眼的新规格。

双喜一、二类烟渐入佳境

双喜在广东省的销量占比超过50%，市场认可度极高，有着极其广泛的消费群，这是双喜品牌结构提升的机会。自工商开展协同营销以来，通过工商零行之有效的努力，双喜一、二类烟逐渐显现魅力。

“自协同营销开展以来，我们在研发和研究市场等方面深入协同，使双喜新品更加贴近市场。”广州市烟草专卖局（公司）副总经理李程坚说。由于工商协同研发，双喜新品更贴近市场。双喜一、二类烟的变化已经引起了不少细心零售客户的注意，一位海珠区的客户表示，这两年来，双喜所出的二类以上新品，无论是包装还是吸味都较以往有很大变化，作为百年老字号品牌，几款新品所走的复古路线深受消费者喜欢。地处天河繁华市区的一家金叶店里，随着中秋佳节的临近，前来购买香烟的客人络绎不绝。刚刚售出6条双喜（经典工坊）和4条硬经典1906的店员表示，天河区消费能力较强，双喜的三类烟从来都不愁卖。如今，一、二类新品的档次摆在那里，越来越多的消费者开始转变对双喜品牌的认识。“邮喜、经典工坊我们都很喜欢卖，如今又增加一款更具实力的喜百年！”将双喜（喜百年）摆在店最中央位置的店员表示。据悉，喜百年上市仅一个月，累计销售28箱，上架户数968户，目标上架率达90.64%，不少零售客户表示，喜百年吸味纯正，包装精美，产品特色鲜明，市场前景非常乐观。

随着双喜一、二类新品的不断补充，广州市各区局培育双喜一、二类新烟的意愿也在与日俱增，从化区局销售经理刘义聪表示，尽管从化区域消费能力不如其他中心城区，目前双喜在从化的主导规格主要在普一类和高三类，但双喜一直是市场占有率最高的，也是辖区第一主销品牌，这是巨大的优势，从化有信心逐步提升双喜结构，掀起双喜一、二类烟销售的热潮。

作为市场化取向改革的试点单位，广州市局正稳步推进这一改革。陈秉恒指出，今后的卷烟品牌竞争一定是强者更强、弱者难强，双喜要结合广州卷烟市场实际和商品规律，以满足广大消费者的需求为出发点，不断优化品牌内部结构。因“势”利导、顺“市”而为，随着广州烟草工商协同所营造的燎原之“势”，双喜品牌结构提升这场战役必将取得更大胜利！

（《广东中烟》 2015年9月30日 张永峰）

【链接】

广州市烟草专卖局（公司）局长、总经理陈秉恒：做强双喜一类烟是多赢的好事

目前，广东烟草已经形成做大双喜一类烟的共识。广州作为广东的核心市场，在做大双喜一类烟中走在全省前列，为广东市场作出了很好的表率作用。日前，广州市烟草专卖局（公司）局长、总经理陈秉恒在接受广东中烟报采访时，畅谈做大做强双喜一类烟。

广东中烟报：做强一类烟对广州市场有哪些意义？

陈秉恒：做强双喜对广东中烟、对我们都意义重大。目前，双喜的单箱商业销售收入与广州市场的平均水平相差3000多元，根据咬住税利增长不放松的行业要求，广州市局也有一个经济考核的任务，双喜如果卖多了，广州市局的单箱就会往下拉，税利就会受影响。反之，如果我们将双喜一、二类烟做大了，广州市场的单箱结构就上去了，这对我们完成任务大有帮助。俗话说，“做生不如做熟，卖远不如卖近”。我们跟广东中烟的关系，与省外工业企业是不一样的，这也是我们今年为什么更加关注双喜品牌，尤其关注一、二类烟的原动力，把广东中烟的品牌卖好了，把一、二类烟卖好了，也会减轻我刚提到的影响，何乐而不为呢？所以这是一个共赢，甚至是多赢的好事。

广东中烟报：您认为在广州市场做强双喜一类烟有哪些机遇？双喜一、二类烟培育要把握好哪些问题？

陈秉恒：双喜•红双喜规模居全国第一，从一个普通消费者的角度，抛开品牌情结不说，只说市场，如果买10—20元的卷烟，我第一时间想到双喜，如果是20—30元的卷烟，我可能第一时间不会想到双

喜，可能是芙蓉王、玉溪、黄鹤楼。如果是40元以上会想到硬中华，60元我可能想买软中华。对双喜来说，这是危也是机。“危”是因为产品长时间在市场存在，又长期处在较低的价格段，消费者潜意识里会有一个约等值的判断，即思维定式较难扭转。从机会来说，中央八项规定出台以后，高端消费有所下降，市场会往中端烟靠近。虽然大的经济环境有下行压力，但是退休金和居民平均收入在提升，普通百姓的消费能力还在提升。可以说，200—300元/条这个价位段最坚挺、成长最快。双喜已经站到10—20元价位了，在二类烟和高三类区域具有绝对优势，在消费者的理念中双喜至少已经不是三类烟了，是二类烟了，那往上就有基础了。从四、五类突然跳到一、二类很难，从三类跳到一类也有困难，但从二类往上走，就没那么难。现在这种情况，200多元/条从销售数据上看是成长最迅速的，这就是一个机会。双喜在广州占比53%左右，市场认可度非常高，有极其广大的消费群，这是广东中烟的机会，也是我们的机会。但是最大的问题是，现在所出的一、二类烟到底行不行，到底消费者认不认可。这需要我们冷静下来思考，因为现在受大环境影响，而且现在可能整个行业有些审美疲劳，品牌规格都差别不大。产品拿什么来吸引消费者？我们的产品怎么去捕捉目标消费者或者怎样吸引新的消费者？一句话，要想方设法提高双喜品牌在高端消费者中的影响。

关于新规格的培育，一是要把握市场的需求，在产品面市前，要做好市场调研，让它能够和市场有对接，这样成长才有基础；二是在推出的过程中，如何做到有效的投放、策划、把控，以及信息及时反馈；三是要有耐心，在夯实基础的前提下，不断去找切入点，最怕这个不行马上换下一个，当产品有一定成长的时候，不要轻易拿同类的产品去冲击。双喜有几个规格是应该坚守下来的，如世纪经典、硬经典1906，它已经成为中坚力量，我们就要做实它。

广东中烟报：*今年初，国家局在更大范围启动市场化取向改革。广州市场实施改革有哪些基础？改革将给品牌发展带来哪些变化？*

陈秉恒：对于广州市局来讲，市场化取向改革其实已经探索了多年，我们自身也做了多年的市场分析，几乎每年都委托第三方做市场调研，分析营销专卖人员的记录，包括整个市场规模的变化，一类烟、二类烟的构成变化，一类烟的品牌喜好等等，对市场的规模量和总的构成类别有一个相对理性的了解。关注每年每区每个街道商业布局的变化，这样对各个区的消费构成和品牌喜好构成有一个预判，在有类似品牌规格的时候力求让投放更加合理。同时，综合分析专卖查处案件中的信息，为什么产品会跨区、跨省流通？是不是我们对市场的研判有差距？工业企业由于近几年竞争发展的原因，推出了很多规格，我们就必须面对市场，从商业角度尽量控制规格数量。品牌规格引进之后，我们力求形成制度化，在每一个流程之间加强工商双方的对接，共同面对市场。所以对于市场化取向改革我们有一定的基础，压力不算太大。

对于双喜来说，双喜占广州市场销量超过50%，具有良好的市场基础，这是机遇。但由于双喜一类烟在市场上不强，实施市场化取向改革后，零售户很可能只提报双喜二、三类烟的需求，而少提报一类烟，这就是挑战。从10月开始，实施改革的城市必须按照国家局搭建的市场化取向改革订货平台订货，这会对原来的销售方式有很大影响，对行业卷烟品牌格局也带来很大改变，强者越强，弱者越弱。

（《广东中烟》 2015年9月30日 王亚楠）

佛山烟草用真心出实招培育双喜品牌

全力以赴助双喜香满禅城

走进佛山市烟草专卖局（公司），扑面而来的是浓郁的“风动荷香 活力佛烟”文化，还有对双喜深厚的感情：在销售处门口，张贴着双喜销售（日累积）排行表，每天每时每刻都在激励着佛山烟草人全力以赴培育双喜品牌。

2015年，面对宏观经济下行与提税顺价等多重压力，佛山市局把双喜的培育放在更加突出重要的位置上，全年共销售双喜品牌13.8万箱，占总销量的46.3%，其中一、二类卷烟销量3.4万箱，占同期双喜品牌的24.5%，单箱销售同比增加1233元。

传承了风动荷香文化精神的佛烟人，通过大力构建充满活力的佛烟，用真招实干诠释了“双喜好，则佛山烟草好；双喜兴，则佛山烟草兴；双喜稳，则佛山烟草稳”的硬道理。

双喜的事就是佛烟的事

坐落于佛山岭南新天地的简氏别墅，是双喜创始人简氏兄弟的故居。100多年来，一直在静静地讲述着爱国华侨简照南创立“广东南洋兄弟烟草公司”，制造爱国香烟双喜，抗击英美烟草的历史……据简氏别墅的解说员介绍，几乎所有佛山烟草人都到过简氏别墅。由于双喜与佛山的深厚渊源，佛山烟草及消费者对双喜有着特殊的感情，双喜在佛山也有着极为牢固的市场基础，无论是富裕人家还是寻常百姓，逢喜事必用双喜烟，日常生活中也是对双喜烟情有独钟。

位于佛山市中心的烟草零售店佳茗苑多年来一直依靠诚信经营赢得了良好的口碑，哪怕当前宏观经济下行，佳茗苑的双喜烟销售依旧火爆。“由于货真价实，价格无论是淡季还是旺季都保持不变，我从不依靠炒作追求短期利益，所以附近村的村民都愿意舍近求远到我这里买双喜烟！”尤老板说。忙碌的生意之余，他经常阅读《喜悦生活》，增加对双喜文化的认识。

在佛山，无论是消费者、零售客户，还是烟草商业同仁，对双喜都有着浓厚的情怀。

听说广东中烟来人了，佛山烟草的几位客户经理不约而同地笑称家里来亲戚了：“双喜不仅是省产烟，更是与我们佛山有深厚渊源的烟。”佛烟人对自己是双喜人的另一重特殊身份高度认同。

人均负责200户零售客户的佛山市局客户经理，几乎每两周都要把200户零售客户走一遍，而他们所走访的重点就是了解双喜品牌的销售情况和市场表现，时时呵护双喜品牌的发展。“硬经典1906在我们佛山的市场空间还是很大的。”“我们都十分乐意培育双喜，但希望双喜能有一两个一、二类烟主力规格，再给我们时间慢工出细活好好培育。”“双喜的包装还可以设计得更加吸引人一些，如果能举办一些活动让双喜粉丝参与，向他们征集心目中的双喜包装可能效果会更好。”几位客户经理你一句我一句为双喜献策。

尽管当前行业卷烟社会库存大，佛山也不例外，但是佛烟人推销双喜的步伐依旧没有放缓。“在佛山，什么销量才是双喜规模最大化，双喜在佛山究竟是否饱和了，双喜在佛山的单箱结构应该是多少才合适，我们要作为一个个课题去仔细研究。”佛山市烟草专卖局（公司）局长、总经理范波表示。在佛烟人眼里，双喜的事就是佛烟人的事。

通过连续多年精耕细作，筑牢经营管理基础，大力培育双喜品牌，佛山市局在“十二五”期间，全市卷烟销量累计完成139.8万箱，较“十一五”期间增加15.2万箱；单箱销售收入实现30,237.4元，较“十一五”末增加10,224.2元。税利方面，2010年税利总额为11.5亿元，2015年税利总额为22.9亿元，增长幅度为98.6%，平均每年增长幅度为15%，完成了2013年佛山烟草“三大思考”中所提出的“税利目标突破20亿元”的工作规划。

培育双喜是第一要务

在佛山市局，历任领导都将双喜品牌发展目标写进年度工作报告，几乎每月的局长办公会议，都会把双喜发展情况提上议事议程。今年，双喜还被写入了佛山烟草“十三五”规划营销工作主线贯穿始终，佛烟人正在举全公司之力，在人、财、物等资源方面给予双喜最大力度的保障。以2015年为例，佛山市局用于促销的专项经费，全部用于制造寓意“喜文化”的宣传物料投放到零售终端，目的就是让“喜文化”更加深入人心。

战略上高度重视，还必须有行之有效的战术才能确保收到实实在在的效果。为确保完成双喜在佛山的全年目标，佛山市局将目标层层分解到区局（分公司）、营销部、片区经理、客户经理中，增设了区局（分公司）领导班子双喜月度销售目标专项考核，并划拨专项资金对各区营销队伍年度双喜销售绩效进行专项评比。“如果哪个区局（分公司）连续两周双喜销售进度低于目标要求，我们就要求‘一把手’向市局党组说明情况。”范波说。

2013年，佛山市局的新一届领导班子成立，在继承“风动荷香”文化精神的基础上，进一步提出大力构建充满活力的佛烟，范波上任即提出建设“政治合格、能想会干、风清气正、坚强有力、群众满意的领导班子”，同时要求全体佛烟人从“知足”到“知不足”，而后“不知足”。全体干部职工讲求责任感、使命感，敢于突破，敢于创新，敢于争先，这一活力也在双喜培育上表现得淋漓尽致。

整个“十二五”期间，佛山市局查获卷烟违法案件13,095宗，破获国标网络案件23宗，5万元以上涉烟案件324宗，佛烟人通过积极推进“大专卖”理念，为双喜为首的重点卷烟品牌净化了市场，争取了空间，提供了保障。

2015年，佛山烟草按照年初与广东中烟签订的协议，尽管面临税收增长的压力，依旧不遗余力地培育双喜，双喜单箱销售同比增加1233元，位居广东21个地级以上市第八。随着高档烟消费的缩减，以及人民物质生活水平的提高，200元/条左右的卷烟销售区域成为各家中烟工业公司必争之地。佛烟人再次为广东中烟开辟了绿色通道，在协议执行上，通过调控为双喜品牌增量提结构腾出空间。

为了完成与双喜有关的各项经济运行指标，佛山市局着力从“六个有效”，尽全力完成与双喜有关的各项经济运行指标，时时关注双喜在佛山的发展状态，包括“有效的市场”“有效的货源与库存”“有效的客我融合”“有效的双喜培育措施”“有效的工商协同”“有效的考核方式”等，招招实用，时刻保持敏锐的市场嗅觉。尽管佛山也面临着许多工厂外迁，人员流失导致卷烟市场收窄的局面，但富有执行力的销售团队围绕“有效”二字开展了精准的营销。2015年，佛山卷烟经营品牌规格数控制在180个以内，销售人员将市场调查对象锁定在留在佛山的流动人口以及佛山本地人，日、周、月制订货源投放计划。2015年全年，卷烟零售客户满意率达到88%，佛山市局真正做到了关心零售客户，调动零售客户的积极性。目前，佛山烟草正加速消化双喜社会库存。“我们有信心早日实现双喜销量、结构的翻红，这个信心不仅来自佛山市局领导班子的重视、营销措施的得力、营销团队不折不扣的执行力，更来自广东中烟领导班子令人感动的双喜事业心！”佛山市烟草专卖局（公司）副总经理周开华说。

默契协同　逐浪前行

受益于广佛同城化，佛山烟草与广东中烟往来的次数可谓频繁，而工商之间的文化高速公路则更为便利。2015年，在广东中烟报十周年庆典上，在双喜电视台主持人大赛上，在春节联欢晚会上，工商双方同台献技，展示彼此的风采。新鲜出炉的一期《荷香》报刊迅速刊登了工商2016年欢度猴年新春的精彩剪影，舞台上，演员或高歌，或炫舞，或朗诵，为观众描绘了工商员工为了践行行业“两个至上”的价值观，为了提升双喜品牌结构，共同奔走于佛山市3875平方千米大街小巷，共同服务于一万多户佛山烟草零售户的壮丽画面。

工商从“决策层”到“管理层”再到“执行层”三个层次的协同已经全面贯通并形成机制。由于高层互访紧密，广东中烟党组书记、总经理唐健仅2015年就2次到佛山市局，双方就市场宏观调控、品牌发展战略、政策信息等方面已经基本做到步调一致。“广东中烟的发展意图与佛山烟草的发展意图是深度融合的！”对口佛山烟草的广东中烟思想政治工作部员工是佛山市局的常客，双喜在佛山的销售表现数据，每天都及时传送到广东中烟人手中。受益于专职群众工作的先天优势，思想政治工作部员工与佛山市局员工早已打成一片，每位员工都在佛山结交了10个以上零售客户为朋友，在他们的影响之下，零售客户向消费者如数家珍介绍双喜品牌已经成为习惯。曾在佛山工作多年的广东中烟思想政治工作部部长刘焕钊，与佛山市局许多员工有密不可分的战友情。“我们深切感受到佛山市局卖好双喜的高度责任感确实与众不同，双喜的根在佛山，而佛山这块土壤是极其适合双喜发展的！”

（《广东中烟》 2018年4月30日 张永峰）

【链接】

佛山市烟草专卖局（公司）局长、总经理范波：当好双喜培育全省排头兵

广东中烟报：佛山烟草商业一直鼎力支持双喜发展，去年以来，为培育双喜采取了哪些有力的措施？取得了哪些成效？

范波：2015年，面对经济下行与提税顺价等压力，我们更加注重双喜品牌发展，将双喜的培育放在更加突出的位置上，在货源采购、货源投放、宣传促销、激励考核、客户测评等方面进一步向双喜倾斜。

培育好双喜，既是佛山烟草“讲政治”“讲奉献”“当好全省排头兵”的责任，也是佛山烟草实现“有质量、有效益、可持续发展”的需要。

广东中烟报：*在宏观经济下行、经营压力增大的环境下，工商双方需要如何加强协作，共同发展？*

范波：围绕如何培养好双喜品牌，佛山烟草坚持既“讲政治”，又“讲市场”，着重突出“一个要务”：将培育好双喜提升到“讲政治，顾大局，讲奉献”的高度，努力完成与双喜有关的各项经济运行指标。“六个有效”：一是注重“有效的市场”，以双喜（硬世纪经典）、双喜（硬红五叶神）与双喜（经典工坊）三大一类烟主力规格为着力点，引领消费需求从双喜二类、高三类向一类烟转移。以双喜（珍藏）及双喜高端一类新品为抓手，通过工商投放调控策略，保持客户高水平盈利空间，树立高端引领形象。二是注重“有效的货源与库存”，所签订双喜品牌在量与结构方面完全符合广东中烟发展需求，双喜顺销品牌完全满足客户订货需求，在协议制定上，以“结构调高”“规模做大”为首要原则，及时调整各品类协议量，力求双喜品牌规模不断做大，结构最大化提高。在协议执行上，适度调减、调低某些一二类烟投放量与投放结构，为双喜品牌增量提结构腾出发展空间。加强货源衔接，以周为单位，以上一周双喜销售情况为预测依据，开展工业企业预约到货，在货源衔接、调运、卸货，在运作时间、增量空间上，均优先考虑双喜品牌。三是注重“有效的客我融合”，将全市划分为23个片区，在大市客户日益增多的背景下，着重突出对贡献度大、配合度高、培育双喜品牌能力强客户的重点服务，加强对其有效拜访、有效管理，争取重点客户对于双喜培育的支持。四是注重“有效的双喜培育措施”，针对零售客户经营意愿有所下降的情况，采取“不等不靠”的培育措施。在硬件上，集中资源与力量，将价值超过180万元的促销辅助物料全部用于双喜品牌培育中，在严格遵守行业宣传促销规定前提下，适时开展渠道激励、买赠促销、产品陈列等市场营销活动，提振了零售客户卖好双喜的信心；在软件上，继续发挥测评分值对零售客户订货引导的积极作用，在品牌规格选择与测评分值设置上，突出双喜重点培育规格，进一步激励零售客户订购双喜重点品牌的意愿。五是注重“有效的工商协同”，从“决策层”“管理层”“执行层”三个层次加强与广东中烟的协同力度。以周为单位，开展工商营销骨干工作例会，及时跟踪品牌发展状况，记录品牌发展历程，完善品牌培育机制。六是注重“有效的考核方式”，针对双喜重点规格，加强销售进度考核，实行月度销售目标管理与日销售进度监控，对连续两周双喜销售进度低于目标要求的区局（分公司），要求其“一把手”要向市局党组说明情况。开展营销团队劳动竞赛，激发活力，将双喜重点规格销售业绩作为单位与个人评优的重要依据，让佛山烟草培育双喜的“行家里手”，在政治上有荣誉，经济上有实惠，工作上有地位，发展上有平台。

广东中烟报：您认为当前双喜做强一类烟还须解决哪些问题？新的一年佛山烟草将如何进一步做强双喜一类烟？

范波：一是始终保持敏锐的市场嗅觉，高度关注地区支柱产业的发展，高度关注地区经济结构的调整、消费习惯的升级，高度关注工业4.0对本区外来人口流向的影响，高度关注“互联网+”与电商发展对零售行业的影响，高度关注“提税顺价”所带来的持续影响，在风云变幻的市场中捕捉发展机遇。二是始终坚定发展的信心，将培育好双喜作为提升全市经济运行水平的“火车头”，重点突出对双喜（硬红五叶神）、双喜（经典工坊）、双喜（珍藏）的培育力度，进一步创新发展活力，挖掘销售潜力。三是建议开发更多符合广东市场需求，尤其是符合佛山市场需求的双喜一、二类卷烟新品，巩固双喜销售结构，保持适度的“推新”节奏，在某一新品导入期内，不再推出同一价位新品，确保其拥有足够的成长空间、成长时间。

（《广东中烟》 2018年4月30日 黄艺）

广东烟草工商开启深度协同新境界

描绘共同发展战略蓝图

这是广东烟草工商协同关系的一个新里程碑。

2015年6月5日，广东烟草在广州卷烟厂召开工商协同会议，第一次旗帜鲜明地提出高度重视提升双喜结构是实现广东烟草工商共同发展的根本路径，第一次旗帜鲜明地提出加快培育双喜一类烟，第一次以双喜为核心全面勾勒广东烟草共同发展的战略蓝图。这标志着广东烟草工商进入深度协同的新境界。

其实，早在此之前，广东烟草已经开始谱写工商协同的篇章。

工商协同半年硕果累累

时间回溯到去年10月30日，广东烟草第一次召开工商协同会议，这是一次划时代的会议，广东烟草正式开启了工商协同的崭新模式。

会上，广东烟草工商高层领导统一思路，明确销售省产烟193.3万箱以上，其中双喜销售176.4万箱以上，双喜单箱商业销售收入同比增加1700元以上的总目标，全面部署推动双喜加快发展，明确双喜结构提升对广东烟草发展的重要意义。

与此同时，全员协同营销方式应运而生，广东中烟各部门（卷烟厂、中心）和各地市商业公司挂点结对子，加强工商协同，深化工商合作。会议期间，结对子的工商企业密切沟通，敲定了各地市2015年省产烟销售计划，明确了双喜销量目标和结构提升目标，迈出了工商协同营销的第一步。会议结束后，工商之间的沟通交流并没有结束，而是变成了常态化的“走亲戚”，请进来，走出去，走动更加频繁了，交流更加密切了，合作更加默契了。今年上半年，广东中烟总经理唐健走遍了全省所有地市商业公司，有些单位还去了不止一次，而其他公司领导也守土有责，一次又一次走访自己负责挂点的市场。

从去年12月底开始的双喜（经典工坊）上市，将广东烟草的工商协同推向了一个新的高潮。从2014年12月29日开始，到2015年1月26日，广东中烟的领导班子、中层干部到广东省内各地市烟草公司，召开经典工坊上市推介会，工业、商业、零售户代表欢聚一堂，共商经典工坊培育大计。21场地市级上市推介会，上百场县级上市推介会，统一了工商协力培育经典工坊的共识，扩大了经典工坊的影响，为这包新品的成功上市打响了第一炮。上市推介会后，是扎实的市场培育工作，确定上市策略，落实培育方案，做好品牌推广，凝心聚力打开经典工坊的销售局面。

今天，广东烟草的工商协同结出了累累硕果：截至6月29日，广东共销售双喜89.7万箱，同比增长0.8%；一类烟销售6.9万箱，同比增长27.6%；二类烟销售17.3万箱，同比增长10.5%。单箱商业销售收入2.6万元，同比增长1087元。今年1—5月，全省单箱平均批发销售收入29,018元，同比提升4.10%；省产烟为24,455元，同比提升4.39%；双喜品牌为26,023元，同比提升4.28%。这是6年来，省产卷烟和双喜品牌在单箱结构提升幅度上首次跑赢全省平均水平。

协同力度空前巨大

“我长期在工业企业工作，更能理解工业企业对品牌和市场的重视程度，更能体会到本土品牌对省内市场稳定的重大支撑作用，更容易换位思考工业是怎样期盼商业公司如何去培育市场、呵护品牌的成长。”在6月5日的广东烟草工商协同会上，广东省烟草专卖局（公司）局长、总经理郑伟的一番“将心比心”，让广东中烟人备受感动。

更让人感动的是，郑伟深入浅出，运用大量的事实和翔实的数据，系统深入地论证了“双喜强，广东市场强”的道理。他要求各地市公司高度重视双喜培育，“广东中烟将面向市场推出系列新品，作为烟草商业企业，我们必须要以高度的责任感和时不我待的紧迫感，充分发挥商业企业对品牌培育的主渠道作用，与广东中烟一起，把广东中烟精心研发的新品，在市场上推广好，培育好。特别在广东中烟发展的关键时期，我们商业要主动作为，做好市场引导和新品推介，牢牢管控好本地市场，为双喜品牌的发展和培育做我们商业的最大努力”。最后，郑伟强专门强调要努力完成双喜品牌的年度培育目标：在广东省内市场总销量193.3万箱以上，其中双喜销量176.4万箱以上，单箱商业销售收入同比增加1700元以上。

广东烟草工商分开12年来，广东烟草商业第一次明确表示，“要为双喜品牌的发展和培育做我们商业的最大努力”。最大努力的背后是对广东中烟的兄弟深情，是对双喜品牌的责任和爱护。

关键时刻显真情。在广东中烟和双喜品牌发展的最关键时期，广东烟草商业义无反顾地站在了双喜身边。广东中烟总经理唐健表示，广东中烟要用加倍努力和密切配合来回报商业同仁的支持。一是打造新品研发工程，确保研发一个，成功一个，加快步伐替换销量少、状态差的产品；二是打造一类烟培育工程，根据各地市场实际发展状态，灵活制订投放策略和培育方案，着力营造市场价格坚挺、社会库存合理、销售意愿积极的良好市场状态；三是打造终端拉动工程，营销中心要结合各地市的特点，大力做好终端工作；四是打造服务升级工程，想商业所想，举全公司之力，为商业公司、为终端、为消费者做好安全、生产质量、物流、终端宣传等全方位服务。

广东烟草工商企业主要负责人在会上真诚地表态，对双喜品牌发展的共识，无疑将广东烟草的工商协同进一步向战略层面推进，向同心同德推进。

剑指双喜一类烟发展

广东烟草工商协同的共同目的是培育好双喜，是推动双喜结构提升，最终实现工商企业的共同发展，为行业经济发展和广东经济社会作出更大的贡献。

广东烟草工商都深刻地认识到，只有加快双喜一类烟的培育，做大做强一类烟，才能实现广东市场的共同发展。唐健在广东烟草工商协同会上指出："广东市场的双喜一类烟布局必须尽快调整，早调整早主动。""广东烟草只有加快双喜一类卷烟的培育，才能在未来的品牌结构竞争中争得一席之地，才能保证在一类强势品牌挤压下实现双喜品牌发展、省内市场稳定，为广东省经济社会发展作出我们广东烟草的贡献，才能实现广东烟草商业系统持续、健康的发展。"郑伟强调。

广东中烟从去年下半年开始，加快一类烟的研发，今年初，一类烟经典工坊上市。今年中秋节前，广东中烟又将推出"喜百年""百年经典"和"沉香"这三包烟。在每一款新产品研发过程中，广东中烟都会广泛听取广东烟草商业系统各方面的意见，不断完善改进，力争做出消费者、零售户、商业单位都满意、愿意买单的新产品。

新产品做出来了，商业单位培育是重要的一环。广东烟草商业表示，特别要注重对一类双喜品牌的规划，要为一类双喜新品的发展预留充分的市场空间。

今年上半年，经典工坊、世纪经典等双喜一类烟明显上量，拉动双喜广东市场的销售结构上升，这让广东烟草工商企业都尝到了甜头，也更加坚定了以一类烟撬动双喜结构提升的信心。

国家局领导殷切希望工商合力

6月12日，国家烟草专卖局局长凌成兴到广东调研时，特别强调："哪个省工业不好，商业绝对搞不好，要同舟共济，把工业搞好，把品牌搞好。现在压力大的还是工业，上次在平谷开会的时候我就说过，大家都要支持工业、理解工业。工业不好，商业绝对不好；凡是工业好的，商业都好。广东还算好的，省产烟销量占了57%，云南、贵州也是这样，所以我们要同舟共济把工业搞好、把品牌搞好。”5月20日，国家烟草专卖局副局长段铁力到广东调研时，充分肯定了广东烟草工商协同培育双喜所取得的成绩，要求广东烟草工商企业顾全大局，统一思想，共同培育好双喜。

为什么国家局两位领导都不约而同地强调工商协同？在烟草行业发展新常态下，行业经济效益的增长来自盘活存量资源，来自结构提升。在行业大品牌中，双喜结构提升具有巨大的潜力，与此同时，双喜又有广东这样得天独厚的省内大市场。广东烟草工商协同，齐心协力推动双喜产品结构提升产生的效益是可以预见的，对行业经济发展带来的积极作用也是显而易见的。

如今，在天时地利人和的共同作用下，广东烟草的工商协同已渐入佳境，双喜的结构提升也已经启航。

（《广东中烟》　2015年6月30日　熊颖艳）

广东烟草工商一家亲　共商双喜发展大计

从营销协同走向文化合作

今天，广东烟草工商企业齐聚广州卷烟厂，将在这里举办两场盛会：工商营销大会、双喜电视台第二届主持人大赛总决赛。今年，这已经是广东烟草人第三次济济一堂共商双喜品牌发展大计，不同的是，这一次还将注入丰富的文化元素。

2017年5月，广东省烟草专卖局（公司）党组书记、局长、总经理刘依平履新后，与广东中烟党组书记、总经理唐健第一次会面，两人就达成共识，提出广东烟草开展工商协同营销，同时希望工商共同打造双喜电视台，加强文化交流和合作，为广东烟草工商合作定下了总基调。6月5日，广东烟草工商举办“大家庭、大品牌”双喜销售研讨会，拉开了工商全面协同营销的帷幕。8月8日，广东烟草召开双喜品牌新品评吸座谈会，工商开展更深层次的研发协同。今天，来自广东烟草工商企业的30名选手将同台竞技，决胜双喜电视台第二届主持人大赛，开启文化合作的新征程。

营销一直都是广东烟草工商协同的重点，而今年以来的工商协同更是洋溢着“一家亲”的浓浓深情。“大家庭、大品牌”双喜销售研讨会议召开后至今半年多时间，我们看到的是双喜品牌在广东市场发展生态的巨大变化：广东烟草工商领导高度重视、上下同心，已经形成专注培育双喜品牌的广泛共识，各地市公司纷纷因地制宜制定出台了一系列品牌培育的得力措施，开展了一系列促进品牌健康成长卓有成效的工作，取得了一系列显著的成果。截至12月10日，广东市场销售双喜170万箱，稳中有升，其中，一类烟同比增长14.7%，二类烟同比增长11.9%，广东市场在双喜结构提升、稳定老产品、培育新规格等方面发挥着更加重要的根据地作用。

在数据的背后，更难能可贵的是，广东烟草工商企业已经形成了一条心、一股劲培育双喜的强大合力。

文化是一个企业的魂，文化合作将广东烟草工商企业的合作推向更加深入：从5月开始，工商企业组成联合编辑队伍，加强双喜电视台新闻采编合作；从6月开始，双喜电视台深入省内20个地级市烟草公司采访，半年多时间，共推出了30多篇贯彻落实“大家庭、大品牌”双喜销售研讨会议专题报道，广东中烟报共刊登30多篇专题报道，出版了多期粤烟营销动态；从9月初开始，双喜电视台举办初赛、复赛、决赛，面向全省工商企业统一选拔、培养新闻播音主持人才；9月，双喜移动多媒体覆盖全省大部分地级市烟草公司；11月，双喜电视台在各地市烟草公司设立记者站，广东省局新闻进入双喜传媒App平台，工商形成一体化的新媒体宣传平台。工商企业之间的文化交流协作为双方合作开辟了一条新路，发挥了深化沟通、凝聚共识、增进感情的良好作用。

从营销协同启程，到文化搭台、品牌唱戏，再到工商文化合作，今天，广东烟草工商企业协同正迈向全新的历史新时代。

（《广东中烟》 2017年12月15日 熊颖艳）

广东烟草工商企业共商双喜发展

出真招求实效保质量提结构

2017年12月15日，广东烟草工商企业齐聚广州卷烟厂，共商明年双喜发展大计，进一步增强工商合力培育双喜的自觉性和责任感，着力提升工商全面协同营销的成效，明确明年双喜发展目标和工作重点。这是自今年6月5日“大家庭、大品牌”双喜销售研讨会召开以来，广东烟草工商企业第三次齐聚一堂共同商议、部署双喜发展，将工商全面协同营销推向更高层次。

“要讲政治、讲担当、讲责任，出真招、求实效、保质量，坚定不移地做好双喜提升结构工作，进一步提升品牌培育的自觉性。”会上，广东省烟草专卖局（公司）党组书记、局长、总经理刘依平将双喜培育的重要性提高到前所未有的高度，要求广东烟草商业单位从四个方面着力培育双喜，提高产品结构：一是要在一、二类烟中为双喜腾出市场空间，尤其是每包15—30元的规格；二是齐心协力重点培育双喜超高端卷烟，树立双喜品牌结构提升标杆；三是进一步升华工商全面协同营销工作，在货源投放、形象店建设、卷烟零售生态环境建设等方面开展深度合作；四是重点选取几个双喜一、二类卷烟规格进行考核。对广东中烟的工作，刘依平提出四个建议：大胆创新，聚集各方专业人士全力打造代表广东水平的双喜形象产品；聚焦一、二类的三五个规格，全力提高产品的市场适用性；总结提炼新的产品综合特质及形象，坚持不懈开展终端市场推广；结合广东零售户卷烟生态环境建设工作，全力提升工商共同培育品牌的工作水平。

广东中烟党组书记、总经理唐健高度评价半年多来的工商全面协同营销工作，为双喜在广东创造了有史以来最好的商业销售环境和难能可贵的发展机遇，开启了广东烟草工商双方共同推动双喜品牌做大做强的新篇章，开启了广东烟草工商双方深度协同营销、实现共同发展的新篇章。明确双喜明年发展要实现一个显著提升，着重抓好三个突破，牢牢夯实一个基础，就是显著提升双喜品牌的核心竞争力，着重突破结构升级的难题，着重突破工商双方共育品牌、共育消费“两个共育”工作的落地效果，全力配合商业，着重突破卷烟零售生态环境建设，夯实广东烟草工商企业全面深化协同营销的良好基础，广东中烟各部门、各单位在省内二十个地市为协同营销工作做好服务。唐健强调，双喜高一类的细支国喜，普一类烟的硬红五叶神、世纪经典，二类烟的硬经典1906，高三类的硬经典、金五叶神，这些主导规格是双喜发展的基础和关键，必须作为营销工作的重中之重。

6月5日“大家庭、大品牌”双喜销售研讨会召开后，广东烟草工商开启全面协同营销的新征程，各单位迅速贯彻落实这次会议精神，扎扎实实推进双喜品牌培育工作，将提升产品结构作为重中之重，经过半年多的努力，取得了显著的成绩。截至12月30日，广东市场销售双喜177万箱，一类烟同比提升14.8%，二类烟提升11.9%。

技术中心主任余其昌介绍了双喜新品研发和老品改造的具体进度，营销中心总经理方小明介绍了今年销售情况和明年工作计划。广东省局（公司）营销管理处主要负责人杨东升介绍了下一步双喜品牌省内市场培育工作安排。

（《广东中烟》 2017年12月31日 熊颖艳）

广东烟草工商企业共同谋划双喜市场升级

推动双喜主导规格发展

2018年5月7日，广东烟草工商企业齐聚广州卷烟厂，召开双喜销售分析会，深入分析当前双喜销售情况和市场状态，研究有针对性的营销策略，积极谋划双喜广东市场高质量发展，尤其是重点推动一、二类烟较快成长。

去年6月5日，广东烟草工商企业召开“大家庭、大品牌”双喜销售研讨会，标志着广东烟草工商进入全面协同营销新时代，一家人一条心共同培育双喜。经过工商企业近一年时间的精诚合作、不懈努力，双喜在广东市场的发展生态环境实现了根本改善，一、二类烟也保持着稳定增长势头。但是，广东市场双喜发展增长乏力、状态不稳等问题依然存在。

为了推动双喜一、二类烟主导规格更快发展，广东中烟在广泛征求多方意见的前提下，对主导规格一类烟软、硬双喜（红五叶神），二类烟双喜（硬经典1906）进行升级改造，这三个规格在配方、工艺、包装等方面都实现了明显的提升和优化。改造后的产品将于近期面市销售，这次会议重点安排了三个规格优化升级后的上市培育和深化营销协同等工作。

会议要求，各单位要高度重视今年双喜品牌老品升级和新品上市的发展布局，充分认识培育好优化升级规格对双喜品牌结构提升的重要意义，以此作为今年卷烟营销的重点工作抓实抓好。要广泛动员公司员工和零售客户，把双喜品牌的新形象、新特征、新配方快速、准确地传达到目标消费者。要充分利用现有的营销资源和渠道资源，充分利用直营店建设、卷烟消费环境建设、价格自律互助小组建设等契机，不遗余力地做好双喜新品的市场推广工作。

针对双喜今年的发展，广东省局明确，要按时间进度平稳推进省产卷烟销售，确保三个“不变”：全年省产卷烟193万箱的总量基数不变，省内市场份额54%不变，双喜一、二类卷烟销量目标不变，要着力调整双喜核心规格状态，加强数据分析协同、投放策略协同、市场宣传协同，稳步推进终端维护和营销促销活动，合理规划本地市场，留出双喜品牌发展的时间和空间。希望广东中烟对在销规格进行梳理，进一步确定双喜各品规的梯次结构，主销规格进一步增体量、强状态，逐步在省内市场各价位段形成主打产品。同时，确保在销产品内质不断优化，并加强产品研发。

对下一步卷烟营销工作，广东省烟草专卖局（公司）副总经理周亮要求做到四个着力：着力提升品牌培育能力，着力加强双喜品牌一、二类卷烟培育力度，着力规范卷烟经营行为，着力做好上半年补货和下半年需求预测、卷烟交易等工作。

广东中烟副总经理温东奇指出，要全力抓好具体措施落实，全局把控战略发展方向，全面提升工商协同水平，全心做好市场服务保障。

广东省烟草专卖局（公司）卷烟销售管理处主要负责人杨东升介绍了双喜销售情况，并对下一步工商全面协同营销工作进行了安排；广东中烟技术中心主任余其昌和营销中心总经理宋伟分别介绍了双喜三个主销规格提质改造情况、双喜品牌营销措施。

广东烟草工商相关部门主要负责人，各地市烟草公司分管营销负责人、营销中心主任参加会议。

（《广东中烟》 2018年5月15日 熊颖艳）

双喜“喜悦共享”系列主题推广活动在全省开展

工商合力打造双喜主题陈列终端

2017年10月，广东烟草工商双方经过紧密沟通深入研讨，共同制定了《双喜品牌省内市场全面协同营销工作方案》。广东中烟市场营销中心组织工商双方营销部门在全省范围开展双喜“喜悦共享”系列主题推广活动，并将创意陈列大赛作为其中的重要环节。通过在全省大范围甄选符合要求的零售终端，工商双方合力打造“橱窗式”“专柜式”“专属区”的双喜品牌主题陈列终端，充分发挥卷烟零售现代终端形象展示功能，提升了全省零售终端店面形象水平，使零售终端真正成为双喜品牌形象展示的窗口、消费引导的前沿。

（双喜电视台　2017年11月13日　陈文颖）

河源市兴昌烟酒茶行主题陈列作品

广东烟草高质量发展工商营销会议召开

全面推动双喜开启新征程

2018年12月20日，广东烟草高质量发展工商营销会议隆重召开，会议要求把培育好双喜品牌作为工商双方共同的历史使命，全面推动广东烟草高质量发展。

广东省烟草专卖局（公司）党组书记、局长、总经理刘依平指出，双喜是有历史、有情怀、有张力、有未来的大品牌，是中国烟草行业不可替代的宝贵财富，培育好双喜品牌是工商共同的历史使命，只有双喜品牌迈向更高质量、更高效益、更可持续发展的新阶段，广东烟草高质量发展才能够真正得以实现。刘依平强调，面对新的形势，双喜品牌培育要注意把握好“三个关系”：一是把握好“稳”和“进”的关系；二是把握好长远谋划和久久为功的关系；三是把握好新旧动能转换的关系。通过着力提升品牌价值、着力增加有效供给、着力增强渠道培育能力、着力提升营销创新能力和着力提升营销服务水平等各项措施，为全面推动广东烟草高质量发展不懈奋斗。

广东中烟党组书记、总经理唐健指出，高质量发展是广东建设烟草强省的必由之路，更是广东中烟和双喜品牌实现自我突破的迫切需要。当前，双喜表现出五年来从未有过的好势头，正是工商双方合作共赢的见证。唐健强调，当前和今后一段时期，广东中烟的工作重点就是要以高质量发展为主线，以结构提升为抓手，持续提升营销创新和技术创新能力：一要进一步明确品牌战略定位，切实坚定发展信心；二要进一步优化战术，大力提升营销创新能力；三要进一步协同协作，持续提升响应能力。通过精心服务、创新营销、用好资源、精准发力，切实为广东烟草高质量发展贡献力量。

广东中烟技术中心介绍了双喜品牌研发情况，市场营销中心介绍了今年销售情况和明年工作计划，广东省局（公司）卷烟销售管理处介绍了下一步双喜品牌省内市场培育的思路和步骤，惠州市局（公司）和湛江市局（公司）分享了双喜品牌培育的经验做法。

据悉，本次会议是广东烟草工商企业继去年召开“大家庭、大品牌”双喜销售研讨会以来，又一次在双喜品牌培育上开展深化协同。截至12月底，双喜品牌商销超过271万箱，占全国市场份额的5.8%，月末商业存销比连续7个月保持在0.50以下，一类烟占广东市场份额的14.3%，二类烟占比超过42%，表现出五年来从未有过的好势头。

（《广东中烟》　2018年12月31日　李程）

放眼四方　拓展海外

国家烟草专卖局局长凌成兴到柬埔寨威尼顿公司调研

擎起中国烟草海外拓展一面旗帜

2015年8月19日，国家烟草专卖局局长凌成兴率领中国烟草“走出去”考察团，到威尼顿（集团）有限公司调研，称赞威尼顿公司是中国烟草“走出去”发展的一面旗帜，要求威尼顿立足柬埔寨、辐射东南亚，以实施“一带一路”倡议为契机，发挥新优势，再上新台阶。

中国烟草“走出去”的一面旗帜

在威尼顿公司生产车间，凌成兴与中柬双方管理人员一一握手致意，感谢大家为中国烟草“走出去”所做的贡献。凌成兴一行仔细听取了原料保障和设备工艺情况介绍，详细询问威尼顿旗下卷烟牌号价位、销量和市场占有率等情况。今年初刚完成技改投产的威尼顿新工厂技术装备水平大大提高，单班年产由原来25亿支跃升至75亿支，开始为广西、福建以及港澳的卷烟工业企业代加工，连英美烟草也抛出了合作的橄榄枝。“看了威尼顿，我很高兴。跨国公司能找上门来寻求合作，说明这不光是中国烟草的一面旗帜，至少在柬埔寨、在跨国公司眼中，这面旗帜都在高高飘扬！”凌成兴赞赏道。

调研期间，凌成兴一行走访了当地多种卷烟零售业态，包括免税市场、华人华侨开办的中国超市、由柬埔寨人经营的零售商店，实地了解威尼顿公司卷烟品牌的市场状态，以及中国出口到当地卷烟品牌的市场表现。当得知威尼顿旗下品牌在当地市场占据优势地位，成为热销的名牌特产时，凌成兴高度肯定，认为这是品牌培育本土化的良好表现。威尼顿暹粒省市场销售主管达奇•卡纳瑞是柬埔寨人，他印证了凌成兴的判断：“我为威尼顿工作已

时任国家烟草专卖局局长凌成兴（前排右二）一行走访柬埔寨金边零售店

经11年了，我们的业绩比其他公司好得多。特别是‘利是’‘吴哥’香烟卖得特别好。在中外国游客中知名度都很高。”

盈利才是王道

在威尼顿公司新厂区的会议室，广东中烟党组书记、总经理唐健主持召开座谈会，感谢国家烟草专卖局一直以来的大力支持。唐健表示：“在国家局的正确领导和中柬双方的共同努力下，威尼顿之所以取得丰硕成果，主要得益于认真践行国家局‘走出去’发展战略，有着准确的产品定位和紧紧抓住了市场营销这个‘牛鼻子’。”唐健要求威尼顿公司紧紧围绕国家局“加快打造五个境外卷烟产销基地”的要求，开展各项工作，同时请求国家局加大支持力度，使威尼顿保持健康稳定发展。

凌成兴一行观看了威尼顿公司发展纪实片，听取了威尼顿公司总经理刘道新的工作汇报。“截至去年末，威尼顿投资总额达3402万美元，总资产7505万美元，分别是成立之初的21倍和23倍。2014年销售卷烟57.7亿支，实现利润更是成立之初的293倍！”刘道新介绍道。听到这一组组数据，凌成兴说：“这些数字我听了很高兴。中国烟草落实国家发展战略，走出去到境外办企业，必须要能盈利。”

威尼顿不仅能盈利，旗下产品在当地市场占有率已超过40%，成为柬埔寨卷烟产销规模最大的烟草企业。“凌成兴局长把柬埔寨作为首次境外考察的第一站，充分体现了中国烟草对威尼顿的重视和厚爱。”亚细安国际有限公司董事长、威尼顿公司副董事长黄华说，“我们和广东中烟合作了22年，非常愉快！大家朝着共同目标发挥各自优势，对未来我们很有信心！”今年5月，亚细安与广东中烟签署了未来20年继续合作经营的合同。

新厂房树立一座丰碑

“感到振奋，信心倍增。”凌成兴用这八个字高度评价了威尼顿的发展成效。凌成兴指出，威尼顿经过22年艰苦奋斗，为中国烟草的海外拓展“树立了一面发展旗帜，创造了三条宝贵经验”。

数字最具有说服力，凌成兴充分肯定威尼顿公司在中国烟草海外企业中，在资产总额增幅、利润总额增幅和产销总量增幅方面，都是排头兵。“李根基同志为这个项目、为这个公司的发展立下了汗马功劳，唐健同志接手以后，虽然碰到很多困难，但还是坚韧不拔。”凌成兴赞扬威尼顿人“在炮火下搞营销，在地雷上捡美金”，创造了三条宝贵经验：第一，坚忍不拔的创业精神；第二，深耕本土的理念，合作伙伴的本土化，二十多年能坚持下来非常不容易，烟叶生产和劳动力的本土化创造了可观的利润空间，营销的本土化建立了“以我为主，由我控制”的网络，本土化理念很值得借鉴和推广；第三，打造精品的生产基地，威尼顿的新厂房，在柬埔寨的营销市场上，在烟民的心目中，树立了一座丰碑。对于威尼顿下一步发展，凌成兴要求，要继续贯彻落实国务院领导同志关于立足柬埔寨、辐射东南亚的重要指示精神，以实施“一带一路”倡议为契机，在为中国烟草实施“树立三个雄心壮志，打造五个出口基地”等方面，发挥新优势，再上新台阶。

国家烟草专卖局办公室主任、外事司司长张修连，运行司司长徐维华和中烟国际总经理张本甫陪同调研。威尼顿公司董事长、广东中烟巡视员廖中浩参加调研。

（《广东中烟》 2015年8月31日 舒晓康）

澳门卷烟厂20年由生产型企业转变为经营型企业

华丽转身探索全球化新路径

1992年，金叶卷烟厂（澳门）有限公司在改革春风中应运而生，经过20年的艰苦创业，从生产主导型企业逐步转变为经营主导型企业，双喜产品足迹遍布世界五大洲11个国家和全球数十个免税口岸，探索出一条全球化发展新路径。

1月29日，2013年工作会议上，广东中烟总经理李根基充分肯定澳门卷烟厂工作成绩："澳门金叶卷烟厂销售卷烟17.2万件，免税市场开拓取得较大成效，实现从生产型企业向经营型企业转变。"这是2012年底刚刚度过20岁生日的金叶卷烟厂（澳门）有限公司（简称"澳门厂"）为广东中烟献上的最好"成人礼"。

澳门厂的脱胎换骨发生在最近几年：从几乎全部产品在港口直接交易，没有目标客户，到如今对每件产品销售方向都了如指掌，从生产主导走向市场主导，从生产一个单品到自产3个、进口5个产品，从免税市场几乎为零到五洲四海遍地开花。澳门厂实现了"华丽转身"。

十字路口探索转型新路

1992年，改革春风席卷祖国大江南北，一群广东烟草人率先踏出境外，来到这座历经400多年欧洲文明洗礼、东西文化融和共存、风貌独特的魅力城市——澳门。金叶卷烟厂（澳门）有限公司应运而生！

2008年，仅有48名职工的澳门厂全年完成卷烟生产17.5万件，全员实物劳动生产率高达729箱/人。

致力于生产的澳门厂，每年按照生产能力高效组织生产，得益于双喜品牌的良好口碑，产品一直销售良好，成为行业建立的第一批境外企业中硕果仅存的几家之一。

即便如此，澳门厂还是站在了一个十字路口：没有落地销售的运作方式不是一条可持续的发展道路，要实现公司的做强做大，为双喜品牌作出更大贡献，必须建立营销团队，通过转型升级寻找一条更加宽广的发展之路。

为了转变贸易结构，长远布局国际市场，2008年，公司党组要求，“澳门厂要争取在2—3年内将转口贸易比例缩减到一半以下”。刚刚接过接力棒的金叶卷烟厂（澳门）有限公司总经理袁炜肩负着要把澳门厂由生产主导型企业转变为市场主导型企业的艰巨使命！

袁炜：自己设的局自己破

袁炜与澳门厂有着不解之缘。20年前，初出茅庐的袁炜在广东烟草进出口公司任职，第一份工作就是协助时任澳门厂厂长的曾镜全，跑海关、跑运输、打下手，澳门厂第一批原辅料、第一批机器设备都是他经手采购……他还亲自制订了澳门厂所有的业务出口价格，一直执行到如今。一提到这个，他便笑着说：“人生有时候就是这样有意思，20年前我居然给自己设了一个‘局’，20年后我得自己去破！”在进出口公司的工作经历，为他带领澳门厂实现华丽转型积累了丰厚的资源。他回想，当年澳门厂第一批优质客户就来自在进出口公司工作时积累下的“人脉”。

近几年，随着中国国力的明显提升，国民经济进入持续快速增长的发展时期，人民生活水平显著提高，越来越多的国人或出境旅游，或移民海外。澳门厂紧紧抓住了经济形势带来的市场机遇，在巩固澳门当地市场的基础上，以海外华人市场为突破口，积极主动地融入国际竞争。

针对转口贸易、免税市场、有税市场三类客户，澳门厂逐一分析、查找困难、对症下药。在免税市场方面，以培育品牌为抓手，力图通过免税店的辐射力提升品牌的知名度、影响力、品牌形象。面对产品结构相对较低的困难，澳门厂通过积极的技术改造，既解决了产品单一的问题，又使产品种类逐步丰富、结构日益提升。面对广阔的市场和生产能力、资源有限之间的矛盾，澳门厂采取“统市场、选重点”的方式，围绕客流量较多的国家和城市重点销售。

在有税市场开拓上，面对越来越严格的控烟、加税措施，国内品牌的竞争等困难，澳门厂采取稳扎稳打的方式，每个洲都设点，根据每个洲的不同情况狠抓重点，稳步推进。“澳门厂不争蝇头小利，我们只踏踏实实做市场，慢慢延伸我们的足迹！”销售经理魏文忠表示。通过几年的耐心建设，澳门厂目标有税市场已从原来的4个国家发展到现在的11个国家或地区。

澳门厂建立了自己的送货队伍

把每一件事都做到极致

“这些年，我们花了不少功夫在有税市场和免税市场，但转型也要靠苦练内功！”袁炜表示。多年来习惯于埋头生产的澳门厂职工这些年来都有个普遍的感觉，要想的事情多了，需要做的事情也多了！不同于以往，澳门厂现在要看国际市场、看消费者的需要，每位职工都需要注入营销的思想，要做好自己的本职甚至是本职之外的工作。

生产型向经营型转变的一个显著特征是，生产更趋柔性化和灵活化，以前生产的是单一品种的双喜产品，现在则有了许多小批量、多规格的产品，对职工也提出了更高的要求。每位职工面对的不是“一个萝卜一个坑”那么简单的工作，可能要同时肩负几样工作，对于个人的综合实力来说也是一个极大的锻炼。“经过这么多的锻炼，澳门厂的职工综合能力都比较强！”袁炜说，“在澳门厂，遇到一个问题，你可能无法像内地一样有一群同事或者一个团队帮助你解决，更多的是需要你独立完成，需要处理的事情虽然不少，但我们要力争把每一件都做到极致！”倡导多做事、做实事、允许犯错，把工作失误看作是经验积累的澳门厂有一个开放和包容的交流平台。“澳门厂对于那些有志于提升自己综合实力和人生阅历的有志青年来说，是一个很大的平台。”

听到澳门厂的成功转型，已经退休的首任澳门厂厂长曾镜全甚感欣慰：“澳门厂20年来一直保持迅猛的发展势头，管理规范到位，设备更新及时，厂房仓库配置都颇具前瞻性，为发展打下了坚实的基础。相信在公司党组的正确带领下，转型升级后的澳门厂一定能迎来更加灿烂的明天！”

（《广东中烟》 2013年1月31日 张永峰）

威尼顿公司立足“本土化”苦练“快字诀”

打下柬埔寨烟草市场半壁江山

有人说：去柬埔寨旅游，只游吴哥窟，不买“吴哥”烟，等于只去了一半。

“吴哥”素有柬埔寨“国烟”的美誉，这个在柬埔寨市场响当当的卷烟品牌，其生产厂家威尼顿公司却是由来自中国的烟草企业广东中烟控股。进入柬埔寨22年，威尼顿公司不但锻造了“吴哥”“利是”等金字招牌，还牢牢掌握当地市场40%的份额，年销售收入达6296万美元，成为柬埔寨产销规模最大的烟草企业。

在完全开放的柬埔寨烟草市场，威尼顿公司是如何做到的？

为柬埔寨人做柬埔寨烟

威尼顿公司进入柬埔寨市场之初，就一直在践行“为柬埔寨人做柬埔寨烟”这一朴素而智慧的理念。

翻开威尼顿公司厚厚的牌号名册，有针对高端市场的“吴哥”，有销量最大的“金宝”，有适应大众消费的“利是”。威尼顿公司通过不同层次的产品，满足消费者对不同档次产品的需求。

作为第一批进入柬埔寨的“利是”，就像它名字寓意的“大吉大利”一样，一路伴着威尼顿公司向前发展。随着战后柬埔寨的迅猛发展，“利是”的发展也一路高歌猛进。“当年烟草宣传控制不像现在这么严格，电视广告、活动赞助我们一样也没落下，时刻向民众灌输‘利是’是专为大众百姓定制的中端烟信号。那时候，几乎大半年都在全国各地做宣传。”拓展部黎海腾告诉记者。铺天盖地的全方位宣传，“利是”硬是从低端烟逐步发展为家喻户晓的中端烟，成为威尼顿公司的利润增长点。

柬埔寨农村多，经济条件较落后，如何设计出一款适合当地农民口味又价廉的低端品牌？聪明的威尼顿人想到了“金宝”。“金宝”是柬埔寨的俚称，威尼顿人就地取名，造就了柬埔寨农民最爱的卷烟品牌之一。“金宝”卷烟大部分采用本地烟叶，一方水土养一方烟，柬埔寨水土培育出来的烟叶完全适应了当地农民的口味。“金宝”如今已成柬埔寨本土销量最大的低档烟，是威尼顿公司规模型基础品牌。

吴哥窟遗址被誉为“世界第七大奇迹”，作为柬埔寨王国的象征，吸引着世界各地的游客。威尼顿公司牢牢抓住这个营销点，很快研发出专为高端人士定制的高档卷烟——吴哥牌香烟。如今，到柬埔寨旅游，如果回国前不带条“吴哥”，就感觉少了点什么；柬埔寨政府和商界礼仪交往时，如果不用“吴哥”香烟，似乎展示的也不是当地特色。吴哥品牌在柬埔寨市场共销售2个品种，分别是定位于超高端卷烟市场的吴哥（硬经典）和定位于高端卷烟市场的吴哥（精品）。威尼顿公司成功利用了吴哥窟在柬埔寨民众中特殊的心理地位，用22年的不懈经营填补了柬埔寨高档地产烟的空白，“吴哥”也因此获得柬埔寨“国烟”的美誉。

正是这种“投其所好”的私人定制，目前威尼顿公司在销的吴哥、利是、椰树、双喜、皇冠、金宝6个品牌产品，下属系列牌号的香烟都有了自己固定的消费群体。威尼顿公司还根据不断细分的消费者群体，设计出更适合的香烟。

不留死角的“蛛网式”营销

这天，威尼顿公司柬埔寨籍员工、23岁的达尼像往常一样，从早上七点半开始，就和其他两个柬籍姑娘一起，搭着威尼顿公司销售车，开始奔赴人群密集的咖啡厅。双手合十向客户鞠躬后，达尼开始了一天的工作。

达尼属于威尼顿公司的宣传促销组，是不久前刚推出的双喜（国际）

的促销小姐，这一天，达尼已经跑了21个档口。“目前，大家已经开始接受这款新烟，销量一天比一天好。”达尼满心欢喜。

而和宣传促销组并列的还有摩托车组、货车组。“宣传促销组主要是新品推广，摩托车组主要是补货、市场维护。”销售部陆亚春介绍。每天清晨五点，威尼顿公司200多名摩托车手拉着各种香烟，开始为一间间零售店补货。不要小瞧这些摩托车手，作为市务员的他们经过专业培训，除了补货，更是发挥着市场信息搜集员的职责。他们收集信息，指导销售，开发客户，每次送货归来的同时，往往也能带回当天的市场情况。

威尼顿公司的营销还有另一秘籍，那就是代理制。代理下辖的依次是批发商、零售客户。现在代理更多扮演物流、渠道管理的角色，但在早期，他们借用其丰富的人脉等资源，使产品尽快在各地落地生根。目前，威尼顿公司在柬埔寨设有10个代理，21个办事处，划分成6个区管理。市场大区经理通过不定期地实地走访市场，了解市场信息。

因此，在柬埔寨销售管理，可以见到代理制和威尼顿公司直接管理并行的独特风景。市务员每日信息反馈，市场大区经理定期月度汇报。双管齐下的信息收集，有效构建出一个高效畅通的市场信息收集网络。“我们每天最关心的就是今天市场有何反映，有什么更快的方法解决反馈问题。”陆亚春反复强调信息搜集的重要性。

这两股营销主力构成了430人的销售团队，分布在柬埔寨24个省市，覆盖1621个乡区的36,980个网点，有70多辆市场车辆、200多辆摩托车可供调度，在柬埔寨形成了一个庞大的销售网络。而市场售点配送、终端维护是由威尼顿公司全权管理。双管齐下的双闭环营销管理模式，使营销推广活动、市场管理、市场信息反馈收集都在掌控之中，威尼顿公司销售团队实力迅速提升，销售量连年刷新高。“最近我们又通过大使馆、民族学院招聘了一批对柬埔寨文化了解的大学生，力争使销售团队管理再上新台阶。”威尼顿公司总经理刘道新说。

用速度赢得生存空间

柬埔寨烟草市场完全自由开放，境内国际烟草巨头、本土烟草企业群雄林立，竞争异常激烈。想在这样的市场中立足乃至发展，营销工作无疑要做到“快字当头”。威尼顿人正是通过苦练“快字诀”，才在丛林般的市场竞争中赢得了生存空间。

柬埔寨虽然经济比较落后，但威尼顿公司每隔一年就有新品推出，想扩大手中的蛋糕，必须有极其敏锐的市场反应。威尼顿人始终有一条准绳，坚持以市场需求为依据，对不同的产品规格时刻调整布局。对于适销规格，集中资源，努力做大做强；对于缓慢销售规格，坚决及时调整产品，创新销售策略积极推进；根据消费者需求及竞争情况，积极开发新规格，满足市场需求，抢占市场份额。

在威尼顿公司，解决市场问题的速度没有最快，只有更快。早年，“金宝”产品刚出时，威尼顿公司发现通过代理逐层营销进度慢、成效微。为此，他们迅速摒弃了以往将烟送到代理、批发商、零售客户的常规方法，而是利用摩托车手，直接将车开进农村，现场推广。在遇到特别贫困的农村，威尼顿公司还捐资挖井、助学等。结果，适应当地农民的卷烟口味、低廉的价格、有爱心的企业形象，很快就使“金宝”从村到省，从省风靡到全国。

2014年，同样是“金宝”，本土的磅针烟草公司推出专门针对“金宝”的低端烟LAPIN（兔子烟）。由于价格低、味道类似，“金宝”市场迅速被蚕食。为了应对磅针烟草公司不择手段的恶性竞争，威尼顿人迅速做出反应，设计出10支装的“蓝金宝”，与对手产品直接竞争。在保证质量的前提下，根据“兔子烟”仅用塑料薄膜包的简易包装，“蓝金宝”反其道将产品设计得环保精美。这款产品从概念到投入市场，只用了一个月的时间。半年左右，“金宝”丢失的市场份额终于重新夺回。

“类似的竞争我们每个月都在经历。市场瞬息万变，市场争夺随时上演，威尼顿人已习惯性地保持高度警觉。”威尼顿公司总经理刘道新说。

近年来，柬埔寨政府控烟力度不断加大，2014年，政府陆续召集柬埔寨几个较大的卷烟生产厂商座谈，明确要求停止卷烟市场广告促销行为。柬埔寨政府制订审议《烟草法》，烟草管控空前严格，在基础设施严重落后的情况下，抓好基层销售成为重中之重。为了快速回应市场，威尼顿公司设立了营销奖，每月销售后三位扣15美元，每年则设包括销量最快奖在内的8个单项奖励，如销量最快奖。430人的市场队伍，分早晚班轮休，保证每天都有人在市场。

随时呼应市场的产品、精细的营销网络、市场的敏锐嗅觉，威尼顿公司销售收入从2004年的1466万美元跃升至2014年的6296万美元，威尼顿公司走向了更广阔的天地。随着国内“一带一路”稳步推进，他们选择了和旅行社合作，通过旅行社推广国烟“吴哥”；借助大使馆等平台，他们大力推介“吴哥”品牌。目前，“吴哥”被指定为中国商会的接待用烟，被看成是中柬文化交流的媒介；鉴于柬埔寨还没有终端形象店，他们还计划在集市等人流量较多的地方建立形象店，加大曝光率；借力免税市场，他们开始在中国免税市场铺货，现在深圳机场免税店，一个月就能卖出几十件“吴哥”。随着工厂产能的不断提升，威尼顿公司还开始做起了周边国家的代理，实现销售渠道的互换，缅甸、老挝留下威尼顿公司的身影。威尼顿人用智慧和实干勾勒出了一张立足柬埔寨、辐射东南亚的销售蓝图。

（《广东中烟》 2015年8月31日 徐叶巧）

中国烟草境外布局得到进一步落实和完善

柬埔寨威尼顿新工厂竣工投产

2015年1月22日，广东中烟境外企业柬埔寨威尼顿公司迎来了一个崭新的发展阶段，新工厂技改项目正式竣工投产。

中华人民共和国驻柬埔寨王国大使布建国、参赞宋晓国，中国烟草国际有限公司总经理张本甫，广东中烟董事长李根基，党组书记、总经理唐健为新工厂投产验收揭幕。

广东中烟总经理唐健指出，在柬埔寨政府和中国驻柬埔寨王国大使馆

时任中国驻柬大使布建国（右三）在广东中烟总经理唐健（右二）陪同下，到威尼顿公司新工厂调研

和社会各界的关心支持下，在国家局的正确领导下，威尼顿公司奋力拼搏，锐意进取，在培育品牌、开拓市场、增创效益、企业管理等方面取得显著成效。技改后将根本改变原有生产条件，切实提升生产管理和工艺技术水平，提高企业的综合竞争力。威尼顿新工厂要切实提高生产管理和工艺技术水平，提高企业的综合竞争力和国际化水平。

中烟国际总经理张本甫充分肯定了威尼顿公司近年来的发展，认为威尼顿公司是中国烟草境外企业的一面旗帜，新工厂的建成，标志着中国烟草境外布局得到进一步落实和完善。“一带一路”倡议的推进和中柬合作的日益深化，将为中国烟草国际化发展带来新的机遇。他说：“威尼顿公司通过这次高水平技改，拥有了中国烟草境外企业中装备最好的新工厂，为今后的进一步发展奠定了非常好的基础。”

据了解，威尼顿新工厂占地面积18.5万平方米，投资2800万美元，历时近3年，单班年产能力达到75亿支，主要生产管理指标达到国际先进水平。

威尼顿公司于1993年成立，历经20余年，已成为柬埔寨境内最大的卷烟生产企业之一，拥有“吴哥”“利是”等6个卷烟品牌，其中“吴哥”被誉为柬埔寨“国烟”。公司员工近800人，95%为当地员工。在不断发展壮大的同时，也为当地经济的繁荣发展作出重要贡献。2014年威尼顿公司销量达到57.6万件，同比增长2.8%，销售收入6296.3万美元，增长18.4%。

（双喜电视台　2015年1月31日　安婧）

扎根柬埔寨热土 积累“威尼顿”经验

打造“走出去”合作样板

从成立之初聘请50名本地人艰难创业到现在拥有中柬员工750余人，从3.6万平方米到25万平方米的厂区规模，从运着“椰树”等中国品牌入柬销售到在柬埔寨就地打造国烟、畅销烟等完整的产品结构，人们不禁要问，从鲜为人知到中国烟草最成功境外烟草企业，威尼顿公司有何过人之处，可以扎根柬埔寨这片热土，并发展成柬埔寨最成功的企业之一？

外来户完美变身本地郎

在柬埔寨国家4号公路距离金边约28.5千米处，远远地就能看到富有东南亚特色的三层顶厂房。“从我们进柬埔寨的那天起，就将威尼顿当成柬埔寨企业来经营。”事实也的确如此。纵观威尼顿的整个产业链，从原料、研发、生产到销售、物流，每个环节都深深烙上了柬埔寨浓浓的地方特色。“整个威尼顿工厂共有750名员工，其中柬埔寨员工就有700名。”威尼顿公司总经理刘道新告诉记者。这些柬方员工覆盖着威尼顿生产、销售、物流产业链等关键环节。

长期以来，威尼顿公司所用原料都由国内出口。但近年来，威尼顿管理者发现，柬埔寨烟叶价格低廉，当地水土种出的烟叶更有当地口味，用好本地烟叶，成为威尼顿公司的共识。品种不行，从国内调来优秀品种，技术员直接走入田间地头，有针对性地进行辅导培育；初烤质量太差，专门抽调技术人员，专人提供技术指导；收购有困难，柬埔寨代理商全程代理。“每年一到烟叶收割季节，我们必定是要蜕几层皮的。”面对柬埔寨旱季火辣辣的太阳，原料技术部经理肖如武告诉记者。目前，威尼顿所用的原料40%来自当地烟叶，这个比例还在不断增大。

“柬埔寨人喜欢又酸又甜又辣的饮食口味，所以当地对烟的口味需求是半混合型的。当前销量支柱的‘利是’‘金宝’都属于半混合型。” 肖如武又进一步解释，“就是更关注满足感，烟够浓够香，对舒适感追求高。”为了更好地了解当地口味，中方研发人员在这里过着当地人的生活，品当地的烟。肖如武每天要品吸20根不同的烟，不时和当地烟民了解他们的抽烟喜好。

在生产、销售方面，也充分让柬埔寨当地人参与其中。威尼顿制丝车间柬方员工67人，卷包车间有柬方员工127人，中方员工却只有不足20人。在销售队伍里，在中方4名销售主管的背后，是430名柬方市场人员的强大阵容。几乎每月，威尼顿公司都会举办不同形式的培训。希望通过密集的培训，让柬方员工挑起大梁！如今，威尼顿车间机台操作工全部由柬籍员工担任，柬籍员工已经成为威尼顿的生产和销售主力。

穿梭于威尼顿公司工厂，眼前晃过的是清一色的东南亚面孔，耳边传来的是员工们用柬语熟练地交接工作，一个立体的柬埔寨本土企业形象油然而生！

“9+1”组合产生化学效应

“九成柬埔寨员工，不同的思维方式、不同的语言文化，如何管理？”威尼顿为何对如此大手笔的本土化管理如此有信心？

黄国伟，制丝车间主任助理，在威尼顿工作15年；黄长平，卷接包车间主任助理，55岁，在威尼顿工作21年；杨光兴，销售部副经理，在威尼顿工作6年……在威尼顿，这样的员工很多，他们一路伴着威尼顿，见证威尼顿的成长、壮大。他们熟练地在汉语、柬语之间切换，他们是威尼顿公司的重要骨干，担任着中柬双方的沟通桥梁。他们是柬籍华侨。

“柬埔寨员工淳朴、勤恳，但由于长期战乱，文化水平也相对较低。”面对这种情况，中方员工通过柬籍华侨窗口，将技术、知识缓缓传授给柬方员工。计划部的员工陈朝伟来这之前，在其他外资企业换了好几个工作，直到来了威尼顿才真正安顿下来，并且一做就是五年多。“外面主管不会这样手把手教你，还争取各种机会让你去培训。”陈朝伟说。一些好学的中方员工甚至还学会了柬语。“这样可以更好地融入一线员工，了解他们的想法，了解市场。”黄钰斌表示。威尼顿公司专门开了柬菜食堂，满足柬方的饮食习惯；柬籍员工有困难时，中方员工慷慨解囊，不时接济。久而久之，柬方员工甚至将威尼顿当成了自己的另一个家。

“有一次，我们在推出新烟时，提出免费品吸，柬方员工知道后，直接写信给销售部，说这样不是浪费吗？”“虽然后来解释了很久，但却更多感动，因为员工不再仅仅关心工资多少、福利多少，而开始像操心自己家一样操心威尼顿。”陆亚春说。威尼顿公司致力于让柬方员工有归属感的努力，终于得到了回报。“这些年，几乎没有员工辞职，反而是老有人找我们打听，想进来的越来越多。”卷接包主任助理黄长平说。

但随着新工厂成立，产能愈来愈大，如何更好地提升管理水平，成为威尼顿自我突破的问题。柬方华侨虽懂汉语，但由于长期在柬埔寨生活，思维方式和中方依旧略有差别。但仅靠中方员工自发性地学习柬语，也是远远不够的。经过多番考量，威尼顿公司总经理刘道新想到了聘请国内民族学院专门学柬语的中方人员。“他们精通柬语，又能及时领会中方管理意图。如果多任用并培养这类人才，势必对提升威尼顿管理水平大有帮助。”毕业于广西民族学院的彭玲，现在是威尼顿公司设备零件仓主管，“目前，可能由于本科学的就是柬语的关系，一进来就蛮适应的。”“等他们熟悉整个生产、销售等流程，就将他们派到关键的岗位，将威尼顿公司管理进一步精细化。”

这种柬埔寨土著、柬籍华侨、柬语专业毕业的中方员工和深谙管理的中方人员，产生了神奇的化学效应，威尼顿本土化成效明显。大多数柬埔寨百姓认为，威尼顿就是柬埔寨响当当的本土烟草企业，“吴哥”是柬埔寨本土国烟。

融合之路越走越宽

在威尼顿待过5年多的生产部主管林龙最近有点小惊喜：车间现场环境变得更加整洁有序了，车间员工居然不知不觉地开始关注自己的核区是否有“改善空间”，甚至还会积极主动向车间提改进建议。2013年回广州厂的时候，林龙赶上了广东中烟如火如荼地推进精益管理理念。“我们广东中烟先进的精益管理理念，包括精益现场管理、精益能耗管理、精益生产管理等，这些完全适用于威尼顿。”制定制度，精益宣传，激励机制，就地培训，“能想到的能试的都试一遍”。此次重返威尼顿的林龙摸索着让精益管理在威尼顿落地。“希望慢慢地能从无到有，从有到优，不断进步。”

生产管理如此，销售、后勤管理亦如此。“国内管理机构相对健全，在这里，就可以根据国内完整的部门职能，做适当的加减。”“例如将策划部、营销部整合成销售部，将设备、安保、动力整合成设备安保部。”拓展部负责人黎海腾介绍。

这种你中有我，我中有你的融合使威尼顿未来的路越来越宽，随着技改后产能的迅速提升，威尼顿已经由单纯生产卷烟变成覆盖生产、加工、拓展等多元业务的企业。“仅拓展部成立以来，就已经有30多家世界各地企业和我们洽谈业务。”福建中烟、广西中烟海外市场产品代加工落户威尼顿。威尼顿公司一步步在柬埔寨这片热土落地生根，开花结果，并成为中国烟草境外最成功的烟草企业，这名中国烟草“走出去”战略中的先行者，为中国烟草走出国门提供一个典范和平台，用实力继续创造奇迹。

（《广东中烟》 2015年8月31日 徐叶巧）

【记者观察】

威尼顿公司营销奇迹是如何炼成的？

市场占有率超过40%，年销售收入突破6000万美元，总资产增加22倍，利润增加292倍……采访归来，这些数字挥之不去，诉说着威尼顿公司的卓越成绩。是什么让威尼顿公司成为柬埔寨乃至东南亚烟草市场的翘楚？我试图揭开威尼顿公司营销的秘诀。

敏锐的市场嗅觉。从战火纷飞的90年代起步耕耘至今，外有英美烟草公司这类产品结构完整的烟草公司围追堵截，内有本土的磅针烟草公司疯狂打压，威尼顿公司在完全市场化的柬埔寨烟草市场里摸爬滚打了20年，形成了异常敏锐的市场嗅觉。这种竞争中形成的嗅觉，依靠的是像神经末梢一样分布在柬埔寨各个角落的营销网络。向威尼顿公司销售部的同事了解销售渠道，蜘蛛网式的销售网络让我们眩晕。除了正常的代理、大客户、零售户渠道，威尼顿公司还有几支浩浩荡荡的机动车队伍，大客车队应对大客户，摩托车队走进遍布各地的零售户，甚至大山深处。市场信息网络构建、物料处理、市场人员调配……在威尼顿公司，大家永远处于一种忙碌的状态。“如果不以最快的速度知道问题，解决问题，残酷的市场就会将弱者淘汰。”负责威尼顿公司市场管理的赵志强深有感触。久而久之，面对不时出现的恶性竞争，威尼顿人已有了一种天然的免疫力，甚至泰然处之。

强大的执行力。据了解，在国内，一款新烟从设计到落地销售，保守估计至少需要半年。但在柬埔寨，这个时间可以缩短成一个月。2014年，为了夺回被本土烟草公司恶意蚕食的市场份额，短短一个月内，威尼顿公司就研发、设计、生产出一款包装精良、口味适中的十支装“蓝金宝”，并落地销售。而当笔者向销售部提出统计这些年威尼顿公司生产的卷烟牌号时，销售部同仁告诉记者，很难做出确切的统计，因为除了固定的几大品牌，牌号是不断变化的，市场需要什么样的卷烟产品，威尼顿公司便要迅速做出市场反应，并在最短的时间生产出市场需要的产品。

深入骨髓的本土化意识。跟着翻译走访市场，我们欣喜地发现，一名柬埔寨烟民竟然觉得威尼顿公司是柬埔寨排名一二的本土烟草企业。一个外国人控股的企业成为本土国民心目中的民族企业，这是足以载入商业教材的经典案例。从威尼顿公司立足柬埔寨那一刻起，便以柬人制企的方式经营。从生产到物流到销售，除了关键岗位，威尼顿公司几乎清一色的柬人面孔。连威尼顿公司生产的六大卷烟品牌都透着一股浓浓的柬埔寨味，“吴哥”是柬埔寨人心中的骄傲，“金宝”是金边的俚语，象征吉利的“利是”几乎家喻户晓。而无论在车间还是办公室，都有着柬埔寨人供奉的地神。正如威尼顿公司总经理刘道新所说，“只有从内核入乡随俗，才能真正打入市场”。

一个人扛起一支队伍的实干精神。威尼顿公司一共有8个部门，名字听起来都很霸气，安保设备部、原料技术部、销售部……如果你以为销售部仅负责销售，那就错了，在威尼顿公司，销售部门还负责策划、物料、品牌设计等；而原料技术部也不仅仅负责原料和技术，还包括产品研发、质量控制、人员培训、烟叶管理等。“在这里，一个人就是一支队伍，不敢松懈，因为一个小小的失误，可能就会给企业带来几百甚至上千万的损失。”原料技术部肖如武感慨。长此以往，一岗多能的不断锤炼，每名员工都成了独当多面的工作能手。

回程的路上，我们不禁感慨，无怪乎上至管理者，下至普通工作人员，随机采访都能得到沉甸甸的干货。一个人实干叫有志者，一帮人实干那就叫创业。实干能兴邦，实干同样能兴企。

（《广东中烟》 2015年8月31日 徐叶巧）

广东中烟拓展海外市场 积累“威尼顿经验”

立足本土化 花开海外香

距离柬埔寨首都金边约28.5千米的国家4号公路北侧，一座拥有三层叠加式屋顶、融合柬埔寨民族建筑特色的现代化建筑极为引人注目，这便是中柬合资、广东中烟工业有限责任公司控股的威尼顿（集团）有限公司新工厂。

新厂房内，一条产能4800千克/时的制丝生产线、一条产能2000千克/时的梗丝生产线和6台（套）现代化卷接包装机组正在运转，一条白肋烟生产线和一条膨胀烟丝生产线也正在建设中。

威尼顿公司是柬埔寨卷烟产销规模最大的烟草企业之一，卷烟市场占有率超过40%。截至去年年末，威尼顿公司总资产为7507万美元，是成立之初的23倍，实现利润更是成立之初的293倍。

今年8月19日，国家烟草专卖局局长凌成兴到威尼顿公司调研时，充分肯定了威尼顿公司的工作，称其为中国烟草海外拓展“树立了一面发展旗帜”。

创业之初：踩着地雷赚美金

1993年年初，柬埔寨黄氏兄弟来到广东广州——他们刚刚申请了柬埔寨卷烟经营执照，前来寻找合作伙伴。在众多潜在的合作对象中，他们与当时的广州卷烟一厂（后并入新广州卷烟厂）谈得最为融洽。

“我们原本想购买广州卷烟一厂的卷烟机，但谈下来发现大家想法比较合拍，于是决定合作。”现为威尼顿公司副董事长、亚细安国际有限公司董事长的黄华回忆道。

其时正值柬埔寨大选前夕，政局很不稳定，经济濒临崩溃，为数不多的国外投资者也纷纷逃离柬埔寨。在这种情况下，中国烟草人以过人的胆识，踏上了柬埔寨这片完全陌生的土地。

经过深入考察和细致分析，他们认为，尽管柬埔寨政局尚不稳定，但饱尝战争之苦的人们热切渴望和平，加上联合国等国际组织的干预和调停，柬埔寨国内各派均倾向停战。同时，为挽救严重衰退的经济，柬埔寨政府正实行对外开放、吸引外资政策，鼓励和支持外商投资本国工业。此外，柬埔寨对烟草行业没有实行严格的管控制度，对进口卷烟没有实行配额限制，卷烟市场处于自由竞争状态。

政局走向和平稳定，国家推动对外开放，经济稳步发展将是必然。中国烟草人果断决定在柬埔寨合资建厂，广州卷烟一厂负责设备、投资和技术，亚细安公司负责土地、厂房和流动资金。

1993年4月，威尼顿公司成立，1994年4月正式投产。

值得一提的是，当时中国烟草创造性地提出了“先贸易创品牌，后生产拓市场”的策略——在合资厂投产前，先在柬埔寨注册合资厂卷烟品牌，然后按标准在国内生产，并通过贸易方式进入柬埔寨试销，在试销过程中根据消费者反馈进行调整和改进。如此一来，为下一步品牌在柬埔寨生产和销售扫除了进入障碍，抢占了市场先机。

黄华回忆说，战争刚结束，柬埔寨到处都是荷枪实弹的士兵，起重机运不进去，工人们就用土办法，把几吨重的设备一点点挪到位；道路不畅、交通不便，中方不计成本用飞机托运的形式及时提供水松纸、卷烟纸等生产材料。这让他深切感受到了中国烟草合作的诚意。

1997年，东南亚爆发金融危机，柬埔寨再次陷入内战。柬埔寨经济不景气，通货膨胀严重，甚至出现了称斤论两用瑞尔（柬埔寨法定货币）兑换美元的现象。威尼顿公司经营亦陷入困境。

“为了挖掘农村市场潜力，中方销售代表冒着踩地雷的危险，到尚未通公路的农村地区做品牌推广。后来形势渐渐好了起来，农民购买力提高，卷烟价格翻倍，产销量翻倍，这得益于中方的远见卓识和快人一步。”黄安说，威尼顿公司以坚韧不拔的创业精神，奋力开拓、稳扎稳打，在激烈的市场竞争中站稳了脚跟。

立业之道：一以贯之本土化

从一台包装机、两台卷烟机起家，发展到如今产销规模可与在柬埔寨的跨国烟草巨头比肩，“本土化”是威尼顿公司身上最为鲜明的烙印。

品牌本土化。成立之初，威尼顿公司根据当地的消费习惯，研发出“吴哥”“利是”“金宝”“皇冠”等具有本土特质的产品，形成了涵盖高中低档次结构的品牌体系。

吴哥窟是世界上最大的庙宇，是柬埔寨人的骄傲。结合吴哥窟在柬埔寨民众心中的特殊地位，威尼顿公司研发出“吴哥”卷烟品牌，填补了柬埔寨高档地产烟的空白；“利是”寓意大吉大利，“利是”卷烟是当地偏爱的半混合型口味，由于科学的定价和大规模的广告宣传，逐渐成为柬埔寨家喻户晓的中档烟；“金宝”是金边的俚语，“金宝”卷烟主要采用本地烟叶，口味与当地喜食酸甜辣的习惯契合，目前已成为柬埔寨本土销量最大的低档烟品牌……

营销本土化。早期，为了使产品尽快开枝散叶，威尼顿公司选择了一些资金实力强、熟悉当地情况、在当地有影响力的华人客户作为“销售代理”。同时，为了服务市场终端，他们在全国设立了21个“地区办事处”。经过22年的发展，威尼顿公司组建了一支430人的销售队伍，分布在柬埔寨24个省市，覆盖1621个乡区的36,980个网点，一个“以我为主，由我控制”的销售网络已经形成。其中，销售队伍中的宣传促销组主要负责推广新品，货车和摩托车组主要负责补货。

每天清晨5点，威尼顿公司的200多名摩托车手就会载着卷烟开始为一家家零售店补货。作为市务员的他们都经过了专业的培训，除补货外，还承担着收集市场信息、指导客户销售、发展新客户的职责。“最近，我们又通过大使馆、民族学院招聘了一批熟悉柬埔寨文化的大学生，力争使销售团队管理水平再上新台阶。”威尼顿公司总经理刘道新说。

原料本土化。内战过后，柬埔寨提高了进口原料的关税。在中方支持下，威尼顿公司于1999年成立了制丝车间，并开始在农村发展烟叶种植。但烟叶原料仍主要依靠进口。2003年，随着人民币升值和国际烟叶成本攀升，高度依赖进口烟叶的威尼顿公司面临巨大压力。如何突破困局？威尼顿公司认识到必须进一步用好本地烟叶。但柬埔寨本地烟叶虽价格低廉却不成规模，品质低下。于是，他们一方面加强本地烟叶质量控制，一方面派人远赴千里，将云南优质烟叶种子和培育技术带回了柬埔寨。很快，“云烟87”等品种顺利落地，烟叶原料在柬埔寨成功实现“本土化”。截至目前，威尼顿公司烟叶原料的本土比例已经超过了40%。

劳动力本土化。穿行于威尼顿公司的工厂，眼前晃过的几乎全是东南亚人的面孔，耳边传来的是工人们熟练地用柬语沟通工作。据刘道新介绍，整个威尼顿公司工厂共有750名员工，其中柬埔寨员工就有700名，柬籍员工已成为卷烟生产和销售的主要力量。

制丝车间主任助理黄国伟、卷接包车间主任助理黄长平都是柬籍华侨，他们在威尼顿公司工作超过了15年，能熟练地在柬语和汉语间切换。由于长期动乱，柬埔寨员工受教育时间少，文化水平相对较低。中方员工通过柬籍华侨这一桥梁，将生产技术等知识传授给柬方员工。同时，一些好学的中方员工也学会了柬语，以便更好地融入柬籍员工中。

“2013年圣诞节，金边被制衣业罢工潮冲击。我们工厂被包围时，柬方员工不但坚守岗位，还自觉联系亲属守在工厂周围，及时通报情况，与外来滋事分子斗智斗勇。”威尼顿公司副总经理陈德海说，现在，柬方员工已将威尼顿公司当成了自己的另外一个家。

拓业之图：稳步辐射东南亚

作为中国烟草“走出去”的排头兵，成长于柬埔寨的威尼顿公司有着更宽广的视野、更远大的抱负——那就是打造“中国烟草在东南亚的卷烟产品生产和销售基地”。

2012年，为扩大产能，威尼顿公司开始进行异地技改，项目占地面积18.5万平方米，总建筑面积3万多平方米。今年1月，异地技改项目正式建成并投产，威尼顿公司单班年生产能力从原来的25亿支一跃提升至75亿支，主要生产管理指标达到了国际先进水平。

“新厂让我非常自豪！”工作了7年的柬埔寨员工帕撒隆说起新厂笑逐颜开。

生产制造水平的大幅提升受到业界瞩目，敏锐的烟草企业发现这是个境外加工的理想之地。福建中烟工业有限责任公司来了，广西中烟工业有限责任公司来了，香港紫荆国际有限公司来了，澳大利亚、马来西亚、朝鲜等国的烟草企业也纷纷来到威尼顿公司寻求合作。

8月8日，威尼顿公司新工厂的生产线上，一条条“真龙”鱼贯而出。“威尼顿公司生产条件很不错，‘真龙’在这里生产让人放心，质量让人满意。”广西中烟国际业务部驻柬埔寨质量负责人曲福盛说。

“新厂不仅能够满足我们自己的品牌生产需要，还能满足国内外烟草企业的代加工需求。”威尼顿公司原料技术部经理肖如武说。

近年来，柬埔寨政府控烟力度不断加大。2014年，政府陆续召集柬埔寨几个较大的卷烟生产厂商座谈，明确要求停止卷烟市场广告促销行为。2015年，柬埔寨又颁布较为严苛的烟草法案。日趋饱和的柬埔寨卷烟市场让威尼顿公司新厂有些“吃不饱”。这种情况下，威尼顿公司决定在稳定现有市场份额的同时，实现自有品牌的向外扩张。

为做好做大卷烟代加工业务和开拓自有品牌的国际市场，威尼顿公司专门成立了国际业务拓展部。经理黎海腾深入泰国、老挝、印尼等东南亚国家，认真调研卷烟市场，已将一份份卷烟市场报告提交给公司。

“东南亚国家普遍信仰佛教，饮食、消费习惯较为接近，且华人华侨众多。这些国家与中国经济来往密切。吴哥窟不仅是柬埔寨的财富，也是亚洲的财富、世界人民的财富。‘吴哥’走向国际，有宽广的文化空间。”据刘道新介绍，“吴哥”下一步将进入泰国、印尼、越南等国的免税店，他们要将其逐步打造成东南亚区域性知名国际品牌；“利是”现已销往新西兰，下一步还将进入泰国等东南亚国家。

“借力‘一带一路’倡议，威尼顿公司今后将以更完善的功能设施、更丰富的生产管理经验和更先进的市场开拓理念，发挥优势，精耕细作，为中国烟草拓展海外市场做出新贡献。”刘道新说。

（《东方烟草报》 2015年12月21日 杨光兴 林金招 董茹涛 张永峰）

中烟国际在穗举办境外企业产品推介会

“走出去”抢占免税市场

2016年11月11日，由中国烟草国际有限公司主办、广东中烟承办的广东中烟境外企业产品推介会在广州召开，中烟国际副总经理熊斌，广东中烟总经理唐健、副总经理区广安出席会议，会议由广东中烟办公室主任、国际业务部部长苏章耀主持，中国免税品（集团）有限公司、深圳市国有免税商品（集团）有限公司、日上免税行、珠海市免税企业集团有限公司等四大免税巨头受邀参会，广东中烟的两家境外企业威尼顿集团有限公司和金叶卷烟厂（澳门）有限公司，在会上对主打产品进行了精彩的推介。

开行业推介先河

进入展厅，嘉宾们的眼球就被排在第一位的涂鸦艺术画抓住，继承了双喜传统精髓又进行了大胆创新的澳门厂作品“MU”让人眼前一亮。享有柬埔寨国烟美誉的威尼顿公司作品“吴哥”（沉香），展示了浓郁的柬埔寨历史和风情。

唐健指出，近年来，在国家“一带一路”倡议的指导下，围绕“走出去”的发展思路，广东中烟两家境外企业锐意改革，大胆创新，海外的拓展业务取得了丰硕的成果。广东中烟两家境外企业的健康发展离不开中烟国际和各家免税经营企业的关心和支持，中烟国际首次主办的推介会选择了广东中烟境外企业，这对广东中烟境外企业的发展是一个高度的肯定，广东中烟将继续做好品质、服务工作，以本次推介会为契机，进一步加强今后的合作，共同在免税市场的拓展工作中取得更好成绩。广东中烟副总经理区广安介绍了双喜作为国内为数不多的百年品牌，以年产销400多万箱的成绩成为中国最大的卷烟品牌，也是世界第二大品牌，行业地位不可动摇。这样规格高、规模大、针对性强的会议，希望以后每年都能举办，大家携手加大“走出去”力度。

作为广东中烟对外的窗口，两家企业的代表在推介会上以图文并茂的形式，充分介绍了公司的运行发展以及产品特色。威尼顿公司自1993年成立以来，从只有一台包装机、两台卷接机起家，围绕“人员本土化、物料本土化、产销本土化”的战略大做文章，发展迅速，成为柬埔寨集卷烟生产销售、烟草物资配套供应、科研等于一体的产销规模最大的烟草企业，在柬埔寨市场占有率超过45%，旗下的“吴哥”牌香烟更是被誉为柬埔寨“国烟”。结合国家局“立足柬埔寨，辐射东南亚”的战略部署，威尼顿公司积极开拓国际有税及免税市场，2015年，国家烟草专卖局局长凌成兴到柬埔寨威尼顿公司调研时，高度称赞它是中国烟草“走出去”的一面旗帜。成立于1992年的金叶卷烟厂（澳门）有限公司，借助区域优势，始终站在卷烟消费的潮头，引领消费的潮流，经过几代人的发展，无论是企业管理、产品研发都高度体现了“专业、敬业”的精神。

发挥免税市场引领消费效用

由中烟国际牵头，为某一省级工业公司举办大型推介会，这在中烟国际成立以来尚属首次，中烟国际副总经理熊斌用两个第一次高度赞誉了这次推介会：“这是行业首次为省级工业公司举办的境外企业产品推介会，同时也是第一次邀请到境内所有的免税经营企业参加，意义重大。”广东中烟作为国内烟草工业的骨干企业，紧密围绕国家“一带一路”倡议，在“走出去”方面更是走在前列，是行业的排头兵，境外的两家企业运营得好，产品研发独树一帜，品牌形象深入人心，产销规模很有分量，是中国烟草“走出去”的一面旗帜。国家局的历任领导都对广东中烟在国际市场拓展方面的成绩高度肯定，选择广东中烟作为本次推介会的牵头者，目的是起到广东中烟的示范作用，加大行业“走出去”力度，在当前行业的严峻形势下，做到“东方不亮西方亮”。

熊斌强调，免税渠道是世界各大烟草企业争相抢夺的重要战地，是特殊的“窗口”，对产品展示有很好的作用，希望本次推介会能给境内企业带来经验，借鉴推广。他说：“和以往传统的一家一家去谈相比，这次请到四家免税经营企业同时洽谈，事半功倍，效果会特别好。”

作为本次推介会的展示方，柬埔寨威尼顿集团有限公司经理刘道新表示，公司正致力于产品结构提升，免税市场对于塑造高端产品形象具有重要作用。

中国免税品（集团）有限公司副总经理赵风也对本次洽谈会寄予厚望。赵风指出，与广东中烟合作10多年来，广东中烟的新产品很多，双方相应也建立了多层的反馈机制，在销售、开发、市场研究等方面都在投入，今后将继续围绕推什么、怎么推，进行深度战略合作。深圳市国有免税商品（集团）有限公司副总经理李波表示，深圳免税市场多年来主打广东中烟双喜产品，免税市场将积极发挥品牌塑造作用，引领消费。其他免税企业负责人代表也纷纷表示，将和广东中烟一起，用好免税渠道，深挖市场潜力。

（《广东中烟》 2016年11月15日 张永峰 彭仁杰）

第五章

强化管理

筑发展根基

精益管理：构建精益价值流闭环管理模式

在行业全面推进精益管理的背景下，广东中烟工业有限责任公司系统研究，深入推进，明确“夯实基础，专注效率，满足需求，追求价值”的精益理念，走出了一条独具特色的精益之路。

打造“128”精益生产模式

广东中烟围绕“定义价值、识别价值流、价值流动、需求拉动、尽善尽美”五个原则，打造了“128”精益生产模式，即树立一个“追求卓越、精益求精、全员参与”的持续改善文化，开展自下而上发现问题的合理化建议和自上而下解决问题的持续改善两个活动，按照“6S与目视化现场管理、精益流程管理、生产作业标准化、JIT准时化生产、精益设备管理、精益质量管理、精益能源管理、精益安全管理”八个元素全力驱动精益生产。

他们完善合理化建议和持续改善两个载体，围绕“降低能耗”“降低烟叶消耗”“改善生产流程”等主题，有针对性地进行合理化建议收集和基础管理完善工作。今年年初至今，广东中烟共收集合理化建议986份，采纳555项，已实施170项。

“128”精益生产模式主要通过八个元素形成驱动，达到用最少的投入实现最大产出的目的。

6S与目视化现场管理模块打造“人人都能看得见、人人都能做出正确判断”的可视化现场；精益流程管理有效提高原有流程效率，注重用流程固化精益成果；生产作业标准化明确生产各环节的方法、标准和责任，形成员工主要培训教材；JIT准时化生产充分挖掘上工序潜力、精准服务下工序，实现按需要和节拍生产；精益设备管理不断挖掘设备潜力，显著提高设备运行效率；精益质量管理保障产品质量安全，实施“质量控制计划”，规定产品不同阶段的工艺质量要求，形成全面覆盖的产品质量控制体系；精益能源管理采用“目标精确、能效参数精准、生产工艺精湛、全体人员精通、生产过程精控和能源考核精细”的“六精”模式，广泛征集合理建议，大力推进节能降耗；精益安全管理借助安全标准化建设和安全文明建设，统一职工安全理念，提升员工安全责任意识。

在充分发挥八个元素作用的基础上，广东中烟还引入六西格玛工具，改进生产控制水平。

以湛江卷烟厂为例，该厂将六西格玛管理方法与创优重点指标结合，并推广到节能降耗、质量改进、人力资源开发和财务管理等领域。目前，该厂共开展32个六西格玛项目，其中21个项目已顺利结题，累计取得660万元收益。

推动精益理念延伸

通过重点推进精益制造，广东中烟积累了一定的经验和成果，并逐步将精益理念延伸到研发、营销、物流模块，构建完整的精益价值流闭环管理模式。

开展精益研发，打造特色精益研发管理模式。在研发模块，广东中烟梳理出一条“需求把握、技术研发、市场测试、产品跟踪”的研发内部价值流，识别出“研发成功率、研发成本、研发周期、新产品成本”关键点，通过导入精益理念，实施差异化战略，提高研发效率和资源配置效率，不断优化产品品质。

开展精益营销，打造市场需求导向的价值流管理模式。广东中烟以市场导向为抓手，着力实现精准营销。通过开展价值分析系统建设，定期更新维护市场信息数据库，确保市场信息集成性、动态性与连续性；通过深入研发前端，进行有针对性的市场策略建议和营销策略设计。按照精益理念把握顾客需求，广东中烟完善了《双喜产品中长期发展规划》，努力构建战略统一、结构清晰、特点突出、布局合理的产品组合体系。

开展精益物流，努力实现降本增效。广东中烟以建立流程化、标准化、一体化的高效物流体系为核心，努力提升物流信息化水平和专业化程度，加快物流业务和资源整合。通过精益管理，明确了物流模块在价值实现过程中的重要作用，逐步提升物流服务水平、效率和质量，降低物流运营成本。

（《东方烟草报》 2013年11月26日 吴清海）

安全管理：念好“安全经”　织牢“防护网”

行走在广东中烟工业有限责任公司广州卷烟厂整洁明亮的生产车间，处处可见醒目的安全警示标语和图形标识：“当心触电”“禁止烟火”“当心伤手”“当心磁场”“当心车辆”“禁止通行”“当心碰头”“开机扬声，注意安全”“陡角架倾斜时下面严禁站人”……

走近机台，每台机器上都贴有“安全作业指导书”，提示每个操作工人要“遵守安全操作章程”，以防出现安全生产事故。

安全无小事，安全大于天。多年以来，广东中烟牢固树立“安全至高无上”的理念，严守安全发展“红线”“底线”，将安全理念贯穿于生产经营全程，不断提高全员安全意识，切实保障了企业财产和员工生命健康安全。

对此，广东中烟党组书记、总经理唐健指出，安全生产是广大员工最关心、最直接、最现实的利益问题，不仅关系到员工健康安全，也关系到企业改革发展大局，“为此，我们要时时、处处念好‘安全经’，为企业发展加固‘防火墙’，为员工生命安全织好‘防护网’”。

安全在心中　时刻不放松

“目前有强降雨云团影响广州市区，预计未来1—2小时部分地区可能出现11级以上阵风，局地可能出现龙卷风。请广州厂做好相关防御工作，有事请及时汇报。”

今年6月8日，台风“艾云尼”登陆广东，一直密切关注天气变化的广东中烟安全管理部部长任永忠，在下班后发给广州卷烟厂安全管理科科长李德强这样一条微信，再次叮嘱他要做好防风防汛工作。

此前，根据广东中烟党组部署，一份《关于做好台风“艾云尼”安全防护工作的通知》，已通过“广东中烟办公协同系统”下发到广州卷烟厂，要求通知到每一位员工，切实做好应急防范各项工作。

检查联合工房、成品仓库、地下管沟等重点防控部位，清点防洪沙袋、雨鞋雨衣、排水泵、通信对讲机等应急物资，安排抢险救援、后勤保障、医疗救护、气象信息收报等人员严阵以待，严格实行24小时专人值班制度……

实际上，在得知台风“艾云尼”将影响广州后，广州卷烟厂党委已对防风抗灾进行了部署，并预先启动防风防汛专项应急预案，对防风防汛工作作了详细要求和具体安排。

由于事先准备充分、分工明确、应对及时，广州卷烟厂经受住了台风“艾云尼”的严峻考验，未造成人员和财产损失，有效保障了双喜卷烟正常生产和稳定供给。

对于广州卷烟厂来说，应对台风“艾云尼”只是加强安全生产管理、防范季节性安全风险的举措之一。

当前，随着广东进入主汛期，台风、暴雨、雷电等极端天气频发，广州卷烟厂已提前部署了防风、防汛、防火、防电等安全管理工作，严防各类安全事故发生。

安全在心中，时刻不放松。长期以来，广东中烟党组高度重视安全发展，始终把安全生产工作摆在首要位置，通过加强安全制度、安全标准化、安全信息化、安全文化等建设，为实现安全生产创造良好的环境和条件。

每年元旦过后，广东中烟召开的第一个全省系统会议都是安全工作会议，让安全工作在新的一年里早起步、起好步，真正将安全工作摆在了首位，为企业安全平稳运行提供了有效组织保障。

安全标准化建设是企业做好安全管理工作的重要途径，对于提升现场管理水平、改善作业环境、规范生产行为、防范事故发生意义重大。2013年，通过扎实推进安全标准化建设，广东中烟及所属各卷烟厂顺利通过评审，成为行业“安全生产标准化一级达标企业”。

安全文化建设是广东中烟安全管理工作的重点之一。作为国家局最早确定的行业安全文化建设试点单位，广东中烟发动全员积极参与，持续深化“安全就是效益、安全就是稳定、安全就是幸福、安全就是发展”共识，2013年被当时的国家安监总局授予“安全文化建设示范单位”称号。

人人讲安全　时时想安全

“请运动员一定注意安全，我们今天是‘安全第一、友谊第二、比赛第三’！”

5月13日，一场由广州卷烟厂承办，八支代表队超过千名员工参加的消防运动会拉开帷幕。赛场上，运动员们在每一项比赛中都拼尽全力；赛场下，啦啦队的喝彩声、加油声此起彼伏。

这是广东中烟第三届“双喜杯”消防运动会的竞赛场景——为弘扬“生命至上、安全第一”理念，提升全员消防安全意识，广东中烟已多次举办寓教于赛的消防运动会，通过趣味十足、喜闻乐见的消防灭火比赛，提高了广大员工灭火和抢险救援技能。

本次运动会上，为提高企业消防管理水平，广州卷烟厂还和广州市公安消防局签署消防共建协议，并邀请广州市荔湾消防大队现场开展了百米梯次进攻操等消防演练，进一步普及了消防知识，提升了员工的消防安全意识。

开展消防运动会，只是广东中烟重视安全教育培训、提升全员安全技能的一项举措。“安全是最大的民生。”在广东中烟人看来，安全生产需要全体员工的积极参与，做到“人人讲安全、想安全、会安全、能安全”。

从安全教育培训，到外出交流学习，从应急预案演练，再到层层压实安全责任……为促进全员提高安全意识、学习安全知识、掌握安全技能、养成安全习惯，广东中烟多措并举、多管齐下，安全意识正逐步融入每一个员工生产、生活的方方面面。

针对生产区域人员密集、仓储原辅料集中等情况，广州卷烟厂每年都会组织安全生产主题教育培训和应急演练，把各车间、各部门领导员工集中起来，共同参加消防疏散演练、灭火应急演练、天然气泄露抢险等应急处置，引导员工树立“安全生产、人人参与”的意识。

在广州卷烟厂，凡新进入工厂或转换岗位的员工，在正式上岗前，必须经过厂里组织的安全生产教育培训，学习和掌握好岗位安全操作技能知识，并在考核合格后方能上岗作业。“我担任厂领导后参加的第一项学习，就是安全管理培训。”广州卷烟厂党委书记、厂长王文祥说。

与此同时，广州卷烟厂也要求各车间、各班组开展日常安全教育培训，并将教育培训常态化、长效化，引导每位员工都要学习和掌握安全的工作方法，通过安全的工作，保护好自己和同事，实现从“要我安全”向“我要安全”的观念转变。

安全是每个人的责任。多年来，广东中烟一直坚持安全生产责任到人，按不同部门、不同岗位明确各自安全责任，并通过自上而下层层签订安全生产责任书，细化各级干部职工岗位安全职责，将安全生产管理工作贯穿于生产经营各环节、全过程。

为落实安全生产责任制，每年年初，广东中烟都会与所属各卷烟厂、各部门签订安全生产责任书，并在此基础上和所有员工签订各自岗位的安全生产责任书，把安全生产责任制落实到每一个岗位、每一位员工，做到责任无盲区、管理无死角。

“针对不同层级、不同岗位安全职责的不同，我们界定了内容不同的员工安全责任，逐步建立起人人有责、个个知责、时时负责、事事尽责、严肃问责的责任体系，确保了安全责任真正刻在心上、落到实处。”李德强介绍说。

绷紧“安全”弦　处处要安全

每天早上，广州卷烟厂卷包车间主任蔡小玲上班后的第一件事，就是到车间进行15分钟左右的安全检查，仔细查看现场是否存在安全隐患，操作人员有无违章行为，并通过现场交流，掌握员工真实的安全工作状态。

和蔡小玲一样，近年来，广州卷烟厂所有部门的中层管理人员，每天都要走进自己的属地责任区，与员工打成一片，认真开展好15分钟安全检查。对广州卷烟厂而言，这已经形成一项安全制度并得到长期坚持，有效夯实了安全管理基础。

在广州卷烟厂看来，管理人员对自己属地进行“每天15分钟”的安全检查，既能掌握工作现场的生产情况和安全状况，也可以和一线员工进行面对面的沟通交流，了解员工岗位达标情况，对现场生产和安全管理都起到了较好的促进作用。

在此基础上，广州卷烟厂各车间班组也组织了班前安全交流碰头会，通过班组长查个人着装、查精神状态、查个人安全用具，讲清楚安全作业标准、危险源控制等举措，让员工知道干工作的前提是要先保障安全，自觉做到敬畏安全不蛮干。

在广州卷烟厂分管安全工作的副调研员曾妙金看来，安全生产工作的主战场在现场，“各级管理人员必须扑下身子、紧盯现场，多看看现场有没有不安全的因素，多看看现场人员有没有违章行为，多想想现场可能发生的意外”。

加强现场安全检查，正是广东中烟时刻绷紧“安全弦”、处处要安全的重要一环——为构建安全生产长效机制，广东中烟已形成了综合检查、季节性检查、专项检查、日常现场检查等常态化检查模式，对安全隐患问题做到及时发现、及时上报、及时整改。

安全管理，关键在于消除隐患。今年6月，广东中烟主管安全的副总经理张赤兵亲自组织并带队对所属4家卷烟厂及重点部门进行了上半年安全大检查。通过对现场作业规范、消防设备设施、防风防汛、建筑安全、交通安全等重点部位和关键环节进行检查，排查了一批风险，整改了一批问题。

隐患少一点，安全概率就会大一点。在广州卷烟厂，每个月都会组织从事安全管理的专业人员，对车间、仓库、地下车库、排水设施、消防设备等开展专项安全检查，坚持不懈地排查整改安全隐患，预防安全生产事故发生。

针对检查出的问题隐患，安全管理科都会汇总形成安全隐患清单，要求相关部门负责人在规定期限内完成整改，整改结果会及时报给厂安委会，并由安全管理科进行复查评价。如果逾期不改，将严肃追究相关人员责任。

为实现安全生产从“全员参与”到“全员履责”，广州卷烟厂还逐步建立了“自查为主、专业监管”的二级安全检查模式，由以往的单纯依靠专业人员检查，转变为专业人员指导和监督部门、班组自行开展检查。

在李德强看来，这样做可以让各岗位人员更好地承担自己的安全工作职责，更积极主动地去发现辖区内人的不安全行为和物的不安全状态，调动各部门、班组自我发现并整改安全隐患的主动性，将隐患消灭在萌芽状态。

通过厂里组织的专项检查和部门、班组日常自查相结合，广州卷烟厂及时处理了存在的安全问题和隐患，有效预防了事故发生，规范了生产行为，保护了员工生命安全，提升了企业安全管理水平。

世间万物，生命最宝贵；企业兴旺，安全最重要。广东中烟人表示，安全生产永远在路上，在企业发展中将时刻把安全放在心上、抓在手上、扛在肩上，全力做好安全管理各项工作，确保员工人身安全、企业长治久安。

（《中国烟草》 2018年8月1日 郑旭南）

人才培育：春风化雨育精兵

在今年8月底举办的第十四届全国烟草行业职业技能竞赛暨“合和杯”第五届烟机设备修理职业技能竞赛中，广东中烟工业有限责任公司代表队两名选手分获专业第二及第四名，实现了异地参加行业竞赛奖项“零的突破”。

赛场角逐一分钟，场下苦练十年功。成绩的取得，与广东中烟近年来从基础抓起、从细节入手，多角度、多平台着力培养技能人才密不可分。

目前，广东中烟通过体系建设，逐步形成以高级技师为龙头、技师为骨干、高级工为主体、年轻员工为后备力量的技能人才梯队，持续推动品牌发展。

扎实培训促提升

今年，有268名新员工通过严格选拔进入广东中烟。他们被安排到各卷烟厂，从各类培训开始，逐步了解企业、了解品牌。

在广州卷烟厂，专用培训课室、电脑教学室等培训室是新员工接受培训的主阵地；车间内设置的实操模拟机台、钳工实操训练室，则为他们进行实操训练提供了良好条件。

梅州卷烟厂通过名师“请进来”、技能人才“送出去”，与专业培训机构合作拓展培训深度与广度，同时将选拔的41位高技能员工聘为内训师，组织开展各类新员工培训。

湛江卷烟厂通过派遣一线技术骨干学习一线主管技能培训课程，由他们将学到的内容带到所属团队，在实际工作中对新员工进行言传身教。

…………

合理的硬件设施配置、“内外兼修”的师资力量、不拘一格的培训形式，广东中烟正在逐步构建“入职培训、等级提升、继续教育、项目实践”职业生涯系列培训机制，为员工成长打造良好平台。

“培训是手段而非目的。”广东中烟人力资源部副部长冼志伟说，“我们通过将培训中涌现出的技能优秀、具有奉献精神的人才安排到合适岗位，打通技能人才成长通道，有效引导员工将自己的职业生涯规划与企业长期发展战略紧密结合。”

韶关卷烟厂员工陈丹2014年进厂。得益于厂内系统的培训，她只用了1年时间就从一名刚刚入职的新人成长为卷接包车间包装机辅助工。“从入职培训到机台实训再到上岗证考试培训，刚进厂的一年十分充实。”陈丹说，“辅助工不是我的最终目标，我会在做好本职工作的同时继续参加厂内各种培训，不断提升自己。”

像陈丹一样，广东中烟有越来越多年轻人经过系统培训后走上工作岗位，并在实践中不断提升理论素质和技术素养，为品牌持续发展添砖加瓦。

强化导向锻全才

“制丝车间采用流水线作业，关键岗位多，一个岗位缺人对生产影响很大。”

说话的是梅州卷烟厂制丝车间员工潘思良。近几年，他先后被车间安排到不同岗位上，由老师傅对其进行针对性培养。

如今，他已经能够胜任切丝切梗工、烘丝工、梗丝膨化工等多个岗位。此外，在柬埔寨威尼顿集团有限公司一年时间锻炼积累的经验，也成为他在工作中的宝贵财富。

同为梅州卷烟厂制丝车间的员工李杰则是“交换生”——原本在质检中控室工作。在中控室积累的丰富经验让他到机台工作时更加得心应手。

当前行业发展趋势及个性化、多样化市场消费需求，对工业企业生产灵活性要求越来越高。培养一专多能的复合型技能人才，是工业企业合理调配车间生产资源、适应复杂多变生产要求的有效手段。

无论是“多能工”还是“交换生”，都是广东中烟为打造复合型技能人才作出的尝试。

此外，广东中烟通过明确岗位说明，引导一线员工向操作维修一体化、操作检验一体化、卷接包装操作一体化等复合型技能人才发展。

以广州卷烟厂为例，人事部门最新修订的岗位说明书中，对生产操作类岗位工作经验、所需技能证书作出明确要求。

卷接包车间员工如想成为维修工，不仅需要具备三年半以上独立操作两种以上不同设备系列或同系列不同机型设备工作经验，同时需要持有卷烟卷接工、卷烟包装工、滤棒工和维修电工中的两个中级职业资格证书。

“详尽的岗位说明，保障了每个岗位上岗人员的专业素质，同时倒逼我们的技能人才立足岗位实践，重视技能鉴定，努力成为复合型人才。”广州卷烟厂人事科科长王晓燕说。

培养复合型技能人才，同样不能忽视技能鉴定的导向作用。广东中烟通过技能鉴定稳步提升员工技能水平，合理控制鉴定节奏，实现鉴定工作与生产经营、全员培训紧密结合。目前，共有3400多人持有技能等级证书，占在岗人员比例的65.7%，其中高级工及以上人员占一线职工总数的56.2%。

技能竞赛育尖兵

“60后”吴兆德，是第十四届全国烟草行业职业技能竞赛暨“合和杯”第五届烟机设备修理职业技能竞赛广东中烟代表队总教练，这也是他第三次作为总教练带队参加行业竞赛；“70后”吴英强，是GDX1机型第二名获得者，广州卷烟厂卷接包车间技术骨干；“80后”张福华，是ZJ17机型第四名获得者，韶关卷烟厂卷接包车间的一颗“新星”。他们在此次竞赛中为广东中烟取得了行业第四名的成绩。

自今年3月开始，由各卷烟厂选拔的备选参赛选手集中到广州卷烟厂参加封闭集训。集训教练组由各烟厂技术骨干组成，他们中很多人都参加过往届行业竞赛。

备选选手们每隔一段时间就会参加一次模拟考试，三次模拟考试综合成绩靠前者，将获得竞赛正式参赛资格，并将接受实操、理论以及体能方面的高强度训练。

在选拔和培育精英人才的同时，技能竞赛的另一条主线是传承。

2012年集训时，张福华是参赛选手沈国峰的陪练。正是那次陪练之旅，让他的技能突飞猛进。“陪练同样需要接受高标准的训练。通过陪练，我的技术水平、理论素养得到很大提升，还积累了一些竞赛技巧。”张福华回忆道。今年，已经成为参赛选手的张福华又将自己掌握的知识毫无保留地传授给陪练施小兵，将“接力棒”继续传递下去。

近年来，广东中烟通过构建行业竞赛、省级竞赛、基层技术比武相结合的竞赛体系，逐步挖掘出一批技术能手，打造了一支由老中青三代技能人才结合、多家卷烟厂技术和文化传承结合的精英队伍，筑起技能人才成长的高速公路。

竞赛对于技能人才成长的作用并不止比赛本身。

选手的成功让更多人意识到，在平凡的岗位上兢兢业业、刻苦钻研，一样能取得不凡的业绩，一样能展现自我的价值。一种学经验、练技术、赶先进、比贡献的氛围在广东中烟蔚然成风，引领技能人才不断实现突破和超越。

“我们要认真分析总结技能人才队伍现状，根据企业和品牌发展规划，打造技艺精湛、堪当重任的人才梯队，开创人人皆可成才、人人尽展其才的生动局面，为企业和品牌发展提供强有力的人才支撑！”广东中烟党组书记、总经理唐健说。

（《东方烟草报》 2016年11月21日 李扬 张永峰）

设备管理：
四厂联动探索扩大项修新效用

曾经承担多次新产品试制任务的广州卷烟厂卷接包车间47号机组，最近又成为大家关注的焦点，广东中烟扩大项修培训班正在这里如火如荼地开展。由生产管理部牵头，广州卷烟厂承办，四家卷烟厂齐参与的扩大项修培训班第一期打响了头炮，成为广东中烟在探索自主维修、降本增效和人才培养三者有机结合的一次重要尝试。

敢于尝鲜，多头联动开启扩大项修

在行业全面推进精益管理的大背景下，国家局提出了“设备修理是关键，成本控制是重要环节，人才队伍是保障”的指导思路。如何贯彻落实行业设备管理精细化的要求，从而提升设备运行效率，提高经济效益，搭建平台进一步提升维修人员的技能，怎样去找到一个能够同时符合三个方面的切合点，大家把目光瞄准了“扩大项修”。

从成立由各部门主要领导组成的领导小组，到拿出方案制订公司级的培训计划和内容，从各卷烟厂抽调精兵强将，再到广州卷烟厂各部门联动起来，成立了相应的领导小组和指导团队，前期的用心筹备，就是期望以练促修，通过对设备的深度剖析，以点带面来提升各卷烟厂维修人员的维修技能，从而实现对设备的“自主维修”，大幅减低设备委外维修，节约维修成本，促进“降本增效”目标的实现，也能为TnPM设备管理体系的落地运行添砖加瓦，一把扩大项修利剑，目标直击维修、降本和培训。

在扩大项修开班仪式上，生产管理部部长王文祥对参加培训的学员提出了殷切期望："希望大家珍惜这次宝贵的学习机会，学有所成，为公司的自主维修做出新的贡献。"两个多月的培训时间，就是期待通过对第一期培训的探索，"摸着石头过河"，为以后自主维修形成常态化开好头、起好步。

勇于担当，广州卷烟厂又一次扛起大旗

承载着"自主维修、降本增效、人才培养"的扩大项修培训班，其作用可想而知，作为承办第一期培训班的广州卷烟厂来说，这又是一次公司给广州卷烟厂的"考试"，就像广州卷烟厂党委书记、厂长李斌说的那样："公司把扩大项修的第一期培训班选在广州卷烟厂举行，是对广州卷烟厂工作的一个肯定，我们将克服困难，全力配合公司保障培训班的顺利开展。"这里说到的困难，指的是培训班的举办时间是年底，恰逢生产最为紧张的时候，这边是扩大项修需要抽调维修队伍的精兵强将，那边是工厂需要维修团队来保障生产机台的平稳运行。在维修人员"捉襟见肘"的时候，广州卷烟厂对于人员的抽调一点都"不打折扣"，细数教练队伍，有很多大家熟知的面孔，包装机的吴兆德和林汉奇，卷烟机的吴玉波和李迪愉，电气部分的黎逊等等。强大的教练团队，给培训班注入了一剂"强心针"。

为了保障相关工作的顺利开展，广州卷烟厂成立了由厂长李斌任组长的实施领导小组，制订了实施方案，从前期的准备工作到组织人员参加烟机企业的培训，再到卷接包车间选取机台、制订培训计划和课件，人力资源科保障其他三家卷烟厂的参培人员的吃住行，从每天的实操培训，到基建设备科保障维修零配件的及时供应，广州卷烟厂的相关部门都动起来了，全方位地保障培训班的顺利开展。各专业组还制订了每周的工作计划和培训课件，每天一早会，总结昨天培训出现的问题和布置新一天的培训内容。那一份份精心编写的课件，凝聚了维修人员在实际操作过程中不断修改、不

断改进的心血，逐步形成一份份能够经得起实操考验的课件，为以后的自主维修增添了许多经验和素材。

在47号机组现场，被拆解的设备整齐地摆放在现场，为了保证各小组的人员能够更好地对相应的设备进行深入研究，教练组还编制了主机部位定置图，拆解下来的部件严格按照定置图进行摆放。每个专业组还根据设备的功能分为若干个小组，每个小组固定人员，广州卷烟厂卷接包车间的何承乐正在导师李迪愉的指导下对VE部位的液压杆进行调试，原来他这一期的培训重点集中在卷烟机的VE部位，对一个部位研究透，才能让他有更好的思路去研究下一个部件。正是这样庖丁解牛式的“大手笔”投入，敢于对设备“动真格”，让参培人员能够置身于设备独立的部位当中，按照规程的同时能够放开手脚，在自己的维修思路中多了一份设备的“解剖图”，让自主维修的开展能够更加游刃有余。

成果共享，四家厂联合培训“一家亲”

在培训班里，来自韶关、梅州和湛江卷烟厂的技术人员，与广州卷烟厂的维修人员一起，共同收获着友谊的累积和技能的提升。虽然说以前在一些集训和比赛过程中经常相遇，大家彼此之间都不陌生，但那时大家都相对分散练习，这次的培训班把大家召集在一起，全力瞄准设备维修的“牛鼻子”，一起学习，共同进步。

内行看门道，这次通过分机型和分类别的方式，对卷接、包装和电气进行了分类教学，每家厂都派出了对应的维修人员，大家把平时所思、所想、所做“和盘托出”，共同分享，一有难题，一群人立马围在一起进行讨论，往往一研究就是一整天。为了方便大家进行学习，有学员还用粉笔在设备上对有关参数用统一的符号进行标记，方便各个厂的参培人员能够尽快熟知。来自梅州卷烟厂的黄优东正在对拆解下来的电气设备进行测试，“很珍惜这一次的学习机会，不仅让自己能够对平时接触到的设备有进一步的了解，而且在跟兄弟厂的同事交流的时候学到了一些知识和经验，受益匪浅”。这次培训积累下来的一些资料将在四家卷烟厂进行分享，为自主开展“扩大项修”提供了坚实的保障。

谈到这次培训班，包装机培训班总指挥吴兆德放下了手中的工具，意味深长地说道：“像我们这些老技术人员，就是希望有这样的机会，在拆解后的设备面前给年轻的机修讲解我们的一些经验，让这些经过长时间酝酿的经验传承下去。”下一步，广州卷烟厂将按照计划不断深入烟机设备扩大项修工作，不断总结经验，逐步向卷接包设备的其他机型，以及制丝关键设备推广。

（《广东中烟》 2016年11月30日 黄宏）

降本增效：走出烟叶成本管控新路

烟叶是行业发展的基础，是生产卷烟的主要原料。多年来，卷烟工业企业在着力做大做强品牌的前提下，在烟叶使用环节严控成本费用，积极推行精益生产理念，杜绝生产线上的浪费。从2003年到2012年，每万支卷烟烟叶消耗量从7.4千克下降到6.82千克，取得明显效果。

面对“降低烟叶原料使用、控制成本费用”这一行业命题，广东中烟不但着力降低原料使用量，还结合自身品牌发展实际，通过“减、控、降”，走出了一条压缩原料成本的新路，实现了“粤”来“粤”省，取得了令全行业为之侧目的成绩。

用好“上部叶”减成本

随着“532”“461”品牌发展目标的逐步推进，行业各卷烟品牌对优质原料趋之若鹜。但对于优质上部烟叶，行业不少单位却是“爱恨交加”，“爱”的是优质上部烟叶香气量足、满足感强这一优势，而“恨”的则是上部烟叶杂气较重，大量使用难免会影响卷烟产品整体的吸食口感。正是由于上部烟叶这优缺点同样明显的特性，优质上部叶价格明显低于其他优质烟叶。

虽然一些企业把优质上部烟叶看作是“食之无味，弃之可惜”的“鸡肋”，但是在广东中烟，它却成了“香饽饽”。究其原因在于，广东中烟双喜品牌以香韵丰富、满足感强、香气基调高等鲜明的品牌吸味，得到了市场与消费者的认可。而这一鲜明的品牌吸味，与上部叶自身的特性不谋而合。

对此，广东中烟技术中心副主任李旭华解释说：“从原料内在成分来说，上部叶总糖含量较高，相应的糖碱比含量也很高，这就造成了上部叶优缺点同样明显的特性。但烟叶原料终归是要为品牌发展服务的，双喜品牌香韵丰富等吸味特征恰恰需要上部叶的支持。目前，在双喜品牌一、二类卷烟中，上部叶使用占比达到30%，而在三类烟上部叶的使用比重更是达到了48%。”

“与之相应的，是广东中烟原料储备中上部叶也达到了40%，不但完全可以支撑双喜品牌现在的发展，也为品牌今后的成长奠定了坚实基础。而且由于大量使用优质上部叶，所以广东中烟原料成本相应下降，从根本上降低了我们的原料成本。”广东中烟原料供应中心副总经理王剑辉补充说。

虽然上部叶的优点很好地契合了双喜的吸味特征，但其明显的劣势却也尖锐地摆在了广东中烟面前。

择其善者而从之，其不善者而改之。为了更好地发挥其优势，减少其不利影响，广东中烟对上部叶的使用量身定制了系统的改进措施。“上部叶杂气较重、烟气不够细腻的缺点，归根到底是上部叶中游离烟碱较多所致，所以我们的改进也以攻克这一技术难题为切入点进行。”李旭华说。

攻克这一难题，首先要从卷烟配方入手。在双喜品牌风格既定的前提下，广东中烟坚持多地区、多等级、多部位、多香型、多元化的叶组配方理念，尽可能拓宽原料使用范围，同时明确自身对上部叶的需求。

明确需求后，便要在烟叶生产各环节采取有针对性的措施。从烟叶生产的角度来说，游离烟碱较多的直接原因，在于上部叶成熟度不足。为了改进这一弊端，广东中烟技术中心发挥项目带动优势，从2008年至今成立的数个农业科研项目，均以解决上部叶成熟度问题为核心，从烟叶种植、烘烤及品种选育等多角度共同提升上部叶成熟度。

以即将开题的、提升环秦岭烟区上部叶成熟度项目为例，广东中烟技术中心努力把品牌风格、质量理念等“工业需求”转化为“农业语言”，还在品种研究、壮苗选育、成熟度检测、密集烘烤等八个农业生产的关键环节对产区公司提出明确的要求。对此，李旭华表示：“通过项目带动，我们不但和产区公司在上部叶成熟度上统一了认识，而且培育了大批基层技术人员，在生产的关键环节明确了措施。在今后的烟叶生产中，这对于提升上部叶成熟度大有裨益。”

在打叶复烤环节，广东中烟同样注重降低上部叶游离烟碱较多这一问题，共成立十个配方打叶工作站，着力复烤打叶环节过程控制，以期促使上部叶中过多的游离烟碱转化为烟酸和氧化烟碱，实现降低杂气、突出香气的目的，提升上部叶的使用价值。

进入配方环节后，广东中烟利用HDT在线干燥烟丝技术，进一步降低上部叶中的游离烟碱，同时在配方中有选择地加入二氧化碳膨胀烟丝、功能型薄片，在满足双喜品牌香气量足、香韵丰富的前提下，使得烟气更加细腻。

广东中烟着力提升上部叶使用价值的努力，可以从双喜（珍藏）的强势爆发中窥见一斑。2011年年底，作为双喜品牌的高端旗舰产品，双喜（珍藏）一经上市便在市场上掀起了消费热潮，备受消费者追捧。而其最大的特点便是不添加任何香精，完全突出烟草本香。“无添加烟草制品更加突出原料品质和卷烟配方的精益，2014年一季度其销量突破742箱，是市场、消费者对双喜原料使用和产品配方的认可，而这与我们多年来着力提升上部叶成熟度有着直接关系。”

多措并举控成本

虽然着力提升上部叶的使用价值，有效降低了广东中烟的原料成本，但广东中烟人并未满足，而是多措并举，着力继续降低原料成本。

2013年年底召开的行业企业管理现场会上，广东中烟的精益制造“128”模式给与会代表留下了深刻印象，而广东中烟韶关卷烟厂通过预防控制降低烟叶消耗，更是其中的点睛之作。韶关卷烟厂为实现降低生产过程中的烟叶原料损耗，开展了“精益降叶耗”项目，确定27个重点工序，对各工序和质量缺陷进行潜在差错模式分析，实现了烟叶消耗数据事后分析控制向过程分析、过程控制的有效提升。项目开展一年来，共节约烟叶326吨，折合节约成本1256.93万元，经济效益可观。

而除了着力过程控制，减少生产过程中不必要的损耗外，广东中烟也在调整烟支结构、低焦油卷烟研制等方面进行了探索。

过滤嘴卷烟产品的“主流配置”是烟支长度84毫米，过滤嘴长度20毫米，烟支圆周24.5毫米。在这一数值固定的前提下，卷烟产品原料消耗量也相对固定。而通过加长过滤嘴长度、缩短烟支长度、降低烟支圆周等手段，可以有效降低产品的原料消耗。从市场反映来看，这些创新性卷烟制品也得到了消费者的喜爱与认可。

“从双喜品牌发展的角度来说，消费者对于传统烟支非常认可，在这种情况下，我们不会盲目调整成熟产品的物理指标。”李旭华表示，“但为了丰富、完善双喜产品结构，满足市场需求，我们在新产品的开发上也进行了相应的调整，这在一定程度上也达到了降低原料成本的目的。”

例如广东中烟即将上市的新品卷烟双喜（邮喜），便给烟支“长个、瘦身”，在不影响烟支整体吸食口感的前提下，相应加长了烟支整体长度和过滤嘴长度，并降低烟支圆周，使得烟支整体看起来“亭亭玉立”，较双喜品牌以往产品表现出全新的风貌。“虽然这款新品尚未上市，但在前期的市场调研中，消费者对这种改变非常认可。而这种烟支的改变，也一定程度上减少了原料损耗，对我们降低原料成本起到了一定的作用。”

随着消费者健康意识的逐步提升，低焦油卷烟日益成为市场新宠。但为了降低卷烟焦油量，低焦油卷烟配方中会按照一定比例加入烟草薄片。但问题随之而来，烟草薄片虽然可以有效降低产品的焦油量，但由于其吸食口味偏淡，使用后难免影响卷烟产品整体的吸食口感。

“可以说，这又是我们的一项优势，由于双喜品牌较多地使用上部叶，产品香气量足、层次丰富，这在一定程度上弥补了烟草薄片的‘寡淡’，两相配合下我们实现了既不影响卷烟产品整体吸食口味，又降低产品焦油量这一目的。”王剑辉说，“随着低焦油产品的热销，广东中烟薄片使用量也逐步提升，今年3月，双喜品牌中薄片平均使用量已达到4.4%。考虑到薄片较烟叶原料有着非常明显的价格优势，因此薄片使用量的提升也有助于我们降低原料成本。”

多措并举下，从2008年到2013年，广东中烟平均烟叶消耗量共下降1.8%，每万支卷烟原料成本年均上升6%，考虑到近年来烟叶收购价格不断提升的影响，取得这样的成绩已殊为不易。

“节源开流”降成本

虽然通过大量利用上部叶及精益生产、调整烟支结构等多种手段，广东中烟有效降低了原料使用成本，但庞大的库存压力仍很现实地摆在面前。“我们预计，截至今年6月底，广东中烟原料库存将达到660万担。”谈到原料库存，王剑辉坦言，“虽然我们目前的库存结构相对合理、仓储环境良好，但庞大的库存也占据了大量的管护资金，而且不容否认的是，烟叶原料也有‘保质期’，如果不加以利用，将造成巨大的浪费。”

而谈及解决原因，王剑辉言简意赅地表示，坚守4700万担“红线”：“在国家局的坚强领导和行业工商企业的共同努力下，行业烟叶工作连续16年稳定发展，但目前仍面临着高位库存和总量控制的双重压力。全行业正在从源头抓起，严控‘红线’，努力使行业的原料库存恢复到合理区间。站在广东中烟实际出发，我们要在同产区公司协商的基础上，尽可能提升原料质量，同时继续将精益生产理念贯穿到卷烟生产的全过程，杜绝‘车间’中的浪费，着力提升原料的使用价值，使每一片宝贵的原料都能物尽其用。”

而除去“节源”，广东中烟在“开流”上的做法同样值得称道。作为行业较早开展“走出去”的企业，广东中烟充分发挥地缘优势，不但成功实现了以双喜品牌为载体的“中国味道、全球共享”的产品销售，还借助威尼顿公司实现在柬埔寨的落地生产。

为了满足威尼顿公司的正常生产，广东中烟每年会为其提供相应的原料。不同于国内消费者偏好‘香气饱满、细腻’的吸食口味，柬埔寨消费者更喜欢香气浓郁、刺激性强的卷烟产品，而且由于经济发展水平相对较低，当地烟草企业选择原料时更看重性价比。正因为这样，广东中烟向威尼顿公司提供的原料以适用的杂色上部叶为主，这一定程度上缓解了广东中烟的库存压力，优化了库存整体结构。但受限于境外企业的生产规模和激烈的市场竞争，威尼顿公司年生产能力有限，广东中烟提供的原料也只有3万多担。

“虽然数量不多，但对于我们来说也是一种很好的尝试。当然也可以通过出口烟叶来降低库存压力，但由于国际市场对国产烟叶需求量有限，而且国产烟叶在国际市场上没有明显的价格优势，因此我们仍在探索中前行。”王剑辉表示，“而国内工业企业之间的烟叶资源调剂，在没有明确的政策导向下，也存在一定的难度。”

虽然有一定压力，但王剑辉仍对广东中烟今后的烟叶降耗表示乐观：“多年来，我们在降低烟叶成本及消耗上进行了艰苦卓绝的努力，积累了宝贵的经验，也取得了一定成绩，较好支持了双喜品牌的发展。面对库存压力较大等问题，我们必须严格按照国家局要求，着力突破这一发展瓶颈，继续在降低烟叶成本及消耗上下功夫，为发展奠定更为坚实的基础。”

（《中国烟草》　2014年5月1日　杨悦）

物流管理：
引入新技术变身“高大上”

“以往卷烟成品运输需要人工配车，不仅费时费力、效率不高，还容易出错，现在系统智能调度会自动配车，速度快，准确度高，作业效率大幅提升。”

“一个月要开票结算好多次，确实很辛苦，系统增加了台账汇总功能，结算效率就比以前高多了。”

“货物到了哪里，手机上就可以看，一目了然；流程审批、状态查询，都能在手机上操作，高端、大气、上档次。”

广东中烟拥有先进的物流硬件，为物流管理系统打下良好基础

上线运行几个月来，广东中烟物流管理系统以智能调度、物联网、移动互联网等“高精尖”技术赢得普遍欢迎。从中受益的物流中心管理人员、系统操作人员，乃至第三方物流公司的工作人员纷纷赞不绝口。

打造行业物流信息化标杆

近年来，随着双喜品牌规模不断发展，广东中烟物流管理工作压力日渐增大，亟须转型升级。公司结合“现代物流建设规划”和“十二五信息化规划”，制定了物流管理系统的实施目标。该系统是对ERP体系现有系统功能和业务流程的重要补充，将对广东中烟供应链中从原辅材料供应、卷烟生产到卷烟销售等关键物流业务环节提供精细化和可视化的管控手段，高效地支撑全供应链中上下游业务的衔接，即“流程规范化、管理精细化、作业可视化”。

广东中烟立志将这一系统打造成行业物流信息化的标杆，并制定了咨询优化先行、成品运输实施，再向其他运输拓展的“三步走”战略。2012年7月，物流运输管理系统项目启动建设，项目建设的总体目标是以运输业务为核心，搭建一套满足跨地区、多点生产运营模式要求的物流管理系统，系统涵盖运输计划、运输调度、运输作业、费用管理、服务考评、资源管理、报表管理等功能。

2013年5月，系统一期成品运输管理功能正式上线，下半年完成了系统二期原料、辅料、半成品、香精香料、广告物料运输业务的扩展实施并于12月开始试运行。系统通过运用物联网技术，突出了物流运输计划和执行的协同管理，有效支撑公司各类运输业务的智能化调度，关键节点的精细化管理，运输在途的可视化监控，以及运输费用的高效化结算，有效支撑“统一管理，分散作业”的物流管理思想落地。

系统采用原型迭代实施的方法，按业务线进行需求研讨分析和系统功能开发，实现了系统二期功能，即原辅料等业务10余个运输流程的规范化管理和精细化跟踪，12月开始整体试运行，目前系统已涵盖20余家承运商，近900辆运输车辆。

通过账单汇总功能与OA系统费用报销单流程集成，结合结算状态反馈和催办功能，支撑了结算业务高效准确的运行。物流管理系统与ERP、一号工程、工商在途、承运商GPS等多个系统实施了近30个数据同步和单据交互接口，有效实现业务一体化运作。另外，系统投产了近60张涵盖运营、作业、服务、费用四大主要领域的综合报表，满足了不同层次的运输业务统计分析需要。

为向业务人员提供随时随地查询的便利，技术人员还积极探索移动互联应用，开发了集流程审批、自助查询、异常提醒功能于一体的移动App，目前已经开始对安卓版本进行试用。

全面实现三大业务优化

广东中烟物流管理系统通过对调度、排车、结算三大业务功能进行优化，全面提升了物流管理工作的运行效率。

在调度功能优化方面，通过自动配车规则的持续改进，支持不同业务类型单据混装，完善多点装货支持，提高车辆装载率。系统的高级调度功能允许同城不同服务产品类型的运输业务多点装车，以满足实际业务需求。通过配载区快速查询功能，为第三方车辆调度人员根据工作习惯设定过滤和排序条件，快速生成调度单并完成批量配车，便于用户操作。一系列个性化功能的开发，以用户需求为本，有效提高了日常工作效率；在满足物流中心业务规范的同时，兼顾了不同用户操作的灵活性。

排车功能的应用和优化对提高第三方物流公司到库的及时性有积极的推动作用。系统可根据单据的优先级、仓库的吞吐量、承运商预约到库时间等条件自动计算该车的实际要求到库时间。承运商和仓库人员可实时查询车辆到库情况，使运输和仓库的业务衔接更加畅顺，第三方物流公司的考核也有据可依。

结算功能优化方面，通过对回单和发票上传功能、台账汇总功能的推广使用，优化用户操作体验，结算人员可批量对多个台账明细快速生成应付账单。以往，第三方物流公司结算人员通过手工台账周期性开票，对于某些业务量大，需要在一个月内多次结算的承运商，结算业务效率不高。增加台账汇总功能后，方便第三方物流公司生成账单合并支付；应付账单功能和OA系统报销流程紧密集成，提高了承运商结算的效率，改善了结算的及时性。

全供应链管理呼之欲出

从广东中烟供应链管理精益化的目标出发，为打造关键节点可控、运作协同、质量可溯的大物流体系，目前研发人员正紧锣密鼓地推进物流信息化系统的进一步拓展建设。下一步，将重点在综合管控、仓储管理等课题上进行深入业务模型研究和信息化应用拓展，为物流业务提供更加全面的业务基础和技术支撑。

在综合管控方面，将立足全供应链管理的思想，着力于物流指标体系的完善，建立采购、生产、销售物流的协同运作模型，最终实现广东中烟端到端一体化、智能化、协同化的供应链管控平台。

在仓储管理方面，将在梳理库内作业规则模型，明确基层管理规范和操作人员岗位的基础上，充分运用信息化手段，与仓储设施实现底层作业的深度融合，支撑成品、烟叶、物资、零配件等不同板块仓储业务的集约化管理，推进物流业务的横向集成、流程纵深细化，实现仓储业务的高效率、低成本运作。

（《广东中烟》 2014年2月28日 陈之华 郭贤正）

信息化：迈进第一方阵的先行之力

南粤大地，珠江之畔，广东中烟工业有限责任公司正在这片改革开放的热土上镌刻着成长与腾飞的印记。

回顾往昔，广东卷烟工业在中国烟草版图上并不起眼，2003年伴随行业改革发展步伐，广东卷烟工业的“舵手们”以披荆斩棘和背水一战的拼搏精神，率先实现全省卷烟工业企业联合重组，进而实现省级工业公司跨省联合，开创“广东模式”，完成从“后来者”到“超越者”的华丽转身。如今的广东中烟，百年双喜成长为国内第一大卷烟品牌，坐拥华南地区最大、具有国际先进水平的现代化卷烟生产基地，管理理念和管理手段居于行业领先地位，企业发展蒸蒸日上。

品牌规模和体量日益庞大的广东中烟为何能大踏步地跨越？如果撇开诸如政策、改革、战略等宏观因素，仅从微观视角观察，广东中烟持续开展的信息化与工业化深度融合的探索实践，起到了推进企业科学发展的重要作用。

融合是手段、平台、路径，信息技术广泛应用到企业的各个环节，由此催生的工作方式、资源利用、生产模式等全面深刻的变化，成为支撑广东中烟“做中国最具竞争力的烟草企业”、迈进行业第一方阵的先行之力。

工作方式的“智变”

“两化”融合浪潮澎湃，深刻而广泛地改变着工业领域的老做法、老传统，广东中烟就是其中的佼佼者。

信息技术在企业各个领域加以应用，意味着什么？在负责把双喜运往全国各地的广东中烟物流中心，主任科员陈树敏深有感触：意味着打印纸质订单、人工安排车辆的历史结束，订单处理实效提高了，车辆调动能力增强了，整个运输流程全程可控、可管理，信息化使物流运输在规范的基础上实现了更高的工作效率。

在“物流管理系统”全面运行之前，物流中心在企业资源系统（ERP）接收营销中心下达的订单，物流中心运输调度员将下载的订单转化为发运单，通过电子邮件发送给多家承运公司安排运输车辆，运输公司配车后再返回给运输调度员审核，形成最终的排车单。由于必须收集齐订单才能安排车辆发货，所以平均每天的排车时间长达6个小时，不仅效率低而且传输过程容易出错，运输调度员经常要忙到晚上七八点钟才能下班。

“现在不一样了，‘物流管理系统’接收营销中心在ERP下达的订单后自动分配车辆，经过物流中心审核调整后形成排车单，运输公司按排车顺序执行装货任务，业务流程大大优化。”陈树敏介绍，目前每天分上午和下午两个时段安排车辆，今后将进一步细分到6个时段，实现订单实时处理，从业务层面提高工作效率。而从整个物流层面上，“物流管理系统”通过有效对接原来分散运行的在途信息、打码等系统，实现了物流管理的统一调度、直观可视，调度员什么时间处理了订单，运输公司的运力如何，车辆抵达仓库装货时间及在途情况，电脑上一目了然。

“物流管理系统”的作用不止作业时间可监控。在平时工作中，物流中心主任任永忠总是面对一个棘手的情况：物流运输的执行情况掌握不及时，分析统计存在困难，对薄弱环节进行针对性改进很难。“‘物流管理系统’将业务流程固化在信息系统中，每个环节规范可控，其运行使综合分析的功能得以发挥。”目前，“物流管理系统”正处于完善与优化阶段，待全面上线后，任永忠可以在系统里很便捷地提取订单结构、各岗位人员和第三方运输公司考核、送货及时率、运输费用执行等情况，形成分析报表辅助决策管理，过去粗放的物流管理正逐渐变得精细、科学。

“两化”融合带来的便利不仅体现在物流运输上，财务业务一体化、财务管理关口前移的变化，同样具有典型性。

全面预算是广东中烟管理的一大特色，对财务部门而言，企业的每个部门都是一个成本中心，都是预算控制的节点，加之上百个财务指标，执行的难度可想而知。就拿物流费用来说，以前每到月底结账之时，一大堆费用报销单就会汇集到财务部门，财务人员需要审核通过进行资金拨付，不仅工作量很大，而且对资金是否与业务关联、费用是否在预算之内等监管存在缺失，财务结果与具体业务脱节。如今，办公协同系统嵌入了费用管理模块，在系统中固化了指标体系及一系列预算管理流程，业务动作实时产生相应的财务记录，每一笔业务费用首先由系统检验是否在预算之内，实现了资金管理的业务前移控制，从而避免了业务部门和领导签字报销后财务部门只能“买单”的现象。

“财务管理和会计核算的要求通过信息化实现，在简化账务处理，促进财务数据传递更快捷、及时、准确的同时，也让财务、业务得以一体化，这对于广东中烟这样一个跨地域、大范围生产运作的企业来说非常重要。”财务管理部副部长宋伟表示，财务部门现在一年要编辑20多万张会计凭证，平均每个月2万张，如果仍然延续手工对账的传统模式，无法应对日益庞大的工作量，在信息化支撑下，财务管理的效率和精度发生了质的变化。

与物流、财务工作一样，管理信息化、决策信息化、产品信息化、过程信息化、市场需求和生产供给信息化等工作方式“智变”同样发生在企业的各个角落，得益于此，成长壮大的广东中烟没有显得体态臃肿，而是持续大踏步行进在发展的道路上。

制造升级为“智造”

卷烟制造既是广东中烟的核心业务，也与信息化有着天然的“亲和力”，“两化”融合的实践在这里有着生动的体现。

驱车至位于广州市荔湾区芳村东沙经济开发区的双喜研发和制造核心基地——广州卷烟厂，占地1000余亩的厂区远远就呈现出宏伟气势；走进制丝车间，四只巨大的橘黄色机器手臂正在解包烟叶，这是机器人全自动解包系统运行场景；在生产车间，工作人员在机组呼叫终端界面上点击机台要料，穿梭机就会自动把生产所需物料从仓库及时准确地送到机台……

与以前一样的卷烟制造过程，不一样的是“如何制造”。聚焦广州卷烟厂双喜制造，清晰可见信息化带动工业化、工业化促进信息化的先进“智造”之路。

生产过程的高度集成已经成型。广州卷烟厂拥有世界先进生产水平的卷烟制造设备，这些基础的自动化生产系统通过生产执行系统（MES）串接，在生产层面上实现生产过程的高度集成，整个工厂不再是仓库、生产、制丝、电气、自动化各自为战，而是集成为模块化整体进行联合作战，极大地提高工厂生产管理效率。每天，广州卷烟厂有100多个生产工单生成执行，以往，生产管理部以电子文档的形式接收企业生产计划后，调度员安排每天的生产计划，然后通过纸张、电话通知到对应的机台、仓库；现在，MES从ERP接收生产计划和标准，自动形成生产工单对应到机台、仓库、生产工段进行生产，并实时收集生产和消耗数据，监控整个生产过程。

以信息科技助力生产管理，精益生产、智能制造得以落地。比如，机台辅料的消耗，以前月底生产结束盘点才能了解，现在系统自动收集卷烟生产各个环节关联的产量、物料消耗、工艺参数、产品质量等数据，可以了解到每天、每一班、每一个机台的用料情况，对于控制物料消耗很有帮助。再比如，卷烟质量检测，以往工作人员很大精力用于采集水分、烟支圆周数据，现在数据由系统自动生成，工作人员只须在烟支综合测试台上动动手指，就会生成分析单据，工作人员的精力更多地放在质量分析和维护质量稳定上。生产管理科生产调度员陈军强认为：“卷烟制造‘零缺陷’始终是我们追求的目标，但以往缺少很多辅助信息，生产执行系统的开发应用，使卷烟生产管理的统筹能力大大提高，管理的细腻程度与以前有天壤之别。”

从卷烟制造的整体看，MES犹如一个承上启下的纽带，连接底层数采、物流自动化系统和上层ERP，共同组成信息化平台的“三级结构”，构建起广东中烟生产管理与运作的数字化平台，实现生产管理全过程的数字化和可视化，提升了制造中心的生产指挥与协调能力、资源调度能力，同时提供实时准确的数据为核算和决策分析提供了强有力的支撑。

“两化”融合带给广东中烟卷烟制造的不仅仅是技术上的改变，更是生产中的高度透明化、自动化带来的管理和思路上的改变，这些变化使卷烟生产变得数字化、智能化。

持续融合迈向“智能”

过去几年里，广东中烟通过一系列内联外合，不断整合优化资源，企业规模不断扩大，生产点从单一走向多元，管理层级增多，如何克服由此而来的内部资源深度整合、多点协调运作、管理上下贯通、部门职责清晰等方面的诸多问题，广东中烟在“两化”深度融合中找到了释疑解惑的“钥匙”。

“信息化建设必须支撑企业的发展战略、服务品牌发展的需要，广东中烟的信息化建设始终有规划、有步骤地实施，坚持顶层设计、重点切入，信息化已成为支撑企业改革发展，提升企业核心竞争力不可或缺的一环。”广东中烟信息中心主任王文祥认为，信息化建设是大势所趋，广东中烟“两化”融合探索伴随企业发展经历了从无到有，从局部到全局，从低水平到高水平发展的过程，目前已搭建起了较为完善的信息化体系，实现了对人财物、产供销资源的优化配置，支撑企业改革发展的积极作用十分明显。

信息技术如何全面支撑广东中烟业务运营与发展，不妨列举几例。

ERP系统创立了整个集团管控模式，统一了公司的企业资源管理平台，实现了采购、生产、营销、技术研发、物流、财务等环节的一体化运作。

MES系统开创了异地多点生产管控模式，有效解决了重组后的统一管控、产品均质化等问题。

产品研发系统将经验转化为知识进行管理，切实提高了研发能力。

办公协同系统实现了办公自动化，有效解决了地域性分散的沟通障碍，构建了高效的数字化综合管理平台。

…………

“信息技术并不是越先进就越好，而是要量体裁衣，为业务线量身定做的信息系统让企业内部资源得以有效整合，全面支撑了各项业务的运行和发展，但随着双喜品牌500万箱发展战略目标的提出，双喜必然在更大范围内更大规模地进行生产，使决策变量增多，研发速度要求加快，原材料供应的链条加长，生产组织的难度加大，物流范围扩大，信息化建设整体水平需要进一步提升。”王文祥介绍，为实现大决策支持、大品牌运作、大生产执行、大物流运营和大协同管理，广东中烟信息化建设将在现有基础上进一步深入，决策支持系统、IT运维管理系统、综合管理平台等一系列更为先进的信息系统开发将引领管理模式和新技术应用的再一次革新，推动企业“两化”融合进入成熟阶段，最终实现“智能化工厂，信息化企业”。

“两化”深度融合到底改变了广东中烟什么？采访结束之际，记者得出了这样的答案：表面上，企业生产经营管理被信息技术重新构造，很多以往由人工处理的环节通过“电脑”代劳，带来了便利和效率，但改变最大的却是人们的思维和行为方式——每天，人们上班后在宽敞明亮的办公室或控制室里坐下，第一个动作便是打开电脑浏览信息或者办公，这已经成为一种习惯，而这个习惯正在悄悄地改变着企业的现在，也将开创企业管理的未来……

（《中国烟草》 2013年7月1日 宁志）

广州卷烟厂
打造跟踪世界先进水平核心基地

2011年12月23日，300万箱双喜在刚建成投产的广州卷烟厂正式下线。这个占地1000余亩的卷烟厂，气势恢宏，总投资超过100亿元，是目前国内规模最大、具有国际先进水平的卷烟制造和研发中心，也是国家烟草专卖局确定的跟踪世界先进水平的示范基地。

据介绍，广州卷烟厂专为双喜大品牌生产量身打造，一期设计产能150万箱，是双喜研发和制造的核心基地，同时承担着双喜品牌技术、标准和文化输出核心的使命。

就在300万箱双喜顺利下线的当天，广东双喜与上海红双喜携手签订品牌发展合作框架协议。业内分析，随着广州卷烟厂的建成投产和双喜的大品牌整合，双喜进一步做大做强有了强大支撑，作为国内第一大卷烟品牌，双喜进军国际市场，问鼎全球第一品牌指日可待。

具有世界先进水平的双喜核心基地

作为双喜研发和制造核心基地，广州卷烟厂按照工艺一流、技术一流、装备一流、环境一流的标准，目前已建成行业乃至世界一流的现代化大型卷烟制造中心、研发中心和物流中心。

广东中烟一位员工不无自豪地告诉记者，经过四年多的建设，广州卷烟厂如今可谓代表了广东中烟最高的制造工艺水平。

在这里，自动化水平大大提高。走进制丝车间，可以看见四只巨大的橘黄色机器手臂正在解包烟叶，这是广州卷烟厂的机器人全自动解包系统。据介绍，其中有三套用于烟叶解包，一套用于梗条解包，梗条解包系统是国内第一套梗条全自动解包系统。走进仓库，密密麻麻的货架“森林”里储存着各种物料，操作人员坐在宽敞明亮的中控室里，轻轻点一下鼠标，堆垛机和穿梭机就忙碌起来，把生产所需物料及时准确地送到生产车间……

可以说，广州卷烟厂基本解放了车间工人。在广东中烟技改办主任邵卫国看来，广州卷烟厂异地技改项目，核心任务就在“技改”二字。“我们在关键动力设备、工艺设备的选型上，把‘跟踪世界先进水平’落到实处。值得一提的是，很多工艺设备，我们要求厂商根据双喜的特点和要求进行设计，可以说为双喜‘量身定做’。投产后，厂商也认为，这些设备的性能得到了提升，从这个角度讲，广州卷烟厂不但‘跟踪世界先进水平’，某种意义上，还带动了烟草行业的技术进步。”

记者了解到，广州卷烟厂的制丝生产线、卷接包生产线、自动化物流系统、土建和公用工程都紧紧围绕双喜的品牌特色和个性化需求专门订造。很多设备都是由广东中烟和设备供应商根据双喜品牌的独特工艺和发展需要共同开发，专供广州生产基地使用。

资源优化配置促品牌结构提升

事实上，广州卷烟厂的建成投产，与广东中烟一直以来以资源整合和优化配置做大做强双喜品牌的战略休戚相关。

2008年，时任广东省委书记汪洋提出“腾笼换鸟”，广东产业转型升级热潮涌动，优化资源配置、培育一批具有品牌经营意识和经营战略的国际性品牌成为广东探索区域新增长极的重要战略。

立足于广东这一片沃土，在产业转型升级和本土经济的双重推动下，双喜的跨区域整合赋予了“腾笼换鸟”新的含义。“粤沪双喜整合不仅是单纯的品牌发展要求，也是区域经济转型升级和整个产业结构性升级的要求。”一位业内人士表示。

广州卷烟厂的投入使用，是广东卷烟工业“腾笼换鸟”、加快转型升级的良好示范

而这一切，早在2003年广东中烟成立之时，就已在酝酿之中。

2003年11月18日，针对当时广东省7家烟厂布局分散，竞争力较弱的现状，广东中烟首次启动粤烟工业史上大重组，将广州卷烟二厂、广州卷烟一厂、南海卷烟厂重组为新的广州卷烟二厂。

2005年1月，广东中烟再次将省内4家烟厂合并，广州卷烟二厂、韶关卷烟厂、梅州卷烟厂、湛江卷烟厂正式合并为一个法人企业即广东卷烟总厂，原有的4家卷烟厂不再具有法人资格，成为广东卷烟总厂的生产点。至此，广东中烟率先在全国烟草行业实现全省卷烟工业联合重组，从全省属下的7家烟厂到第一次重组后的4家企业，再到一个卷烟总厂，广东烟草品牌通过整合，计划资源实现新的调配，逐步让规模小的品牌从市场退出，做大成长性好的品牌，形成资源的优化。

如今，广州卷烟厂的正式启动为做大做强双喜品牌注入了更为强大的支撑。原来分布在三地的广州卷烟二厂生产一部、生产二部、南海生产部现已全部搬进新建成的厂区，组成广州卷烟厂。业内分析认为，广州卷烟厂的成立，意味着三个生产部实现了真正意义的融合，在2003年三厂联合重组的基础上，在生产、技术、管理、人力资源等方面进一步融合，形成优势合力。今后，每年将有150万箱双喜从这里流向全国市场。

广东创造推动产业升级

“广州卷烟厂的投入使用，可以说是广东卷烟工业腾笼换鸟、加快转型升级的一个良好示范。”熟悉广东中烟的一位业内人士表示，新基地不但将原广东卷烟二厂三个生产部全部整合到一起，实现了腾笼换鸟，还通过引进先进的设备和研发更精良的工艺，助力双喜品牌结构提升，促进广东卷烟工业再上新台阶。

“目前，一条专为双喜高端产品生产而设计、建造的双喜•逸品专用生产线正在研究论证中，不久后将在广州卷烟厂建设。”可以看到，广东中烟早就为双喜高端产品生产的远期规划预留了空间。广东中烟工作人员称，在广州卷烟厂建设之初，“精品线”一词就常在广东中烟人的耳边响起。在工厂一期项目建设的同时，广东中烟已组织对这条高端双喜生产专线进行调研、论证、设计等工作。

除了二期将部署一条双喜•逸品专用生产线，工作人员告诉记者，广东中烟的国家级技术中心也即将进驻广州卷烟厂，作为产品创新的源泉，将使广东卷烟由“制造”变“创造”，为双喜品牌“高端突破”提供强力支撑。

另据了解，广州卷烟厂还预留有较大的成长空间，现期150万箱的产能，未来也将根据双喜品牌增长规模得以扩充。而在技术上，“不断追踪国际先进水平”将始终是一条不变的原则。

（《南方日报》 2011年12月27日 刘熠 吴伟洪）

广州卷烟厂
创新生产管理全力保障新品生产

随着“卷烟上水平”的全面推进，“结构提升”成了烟草行业的高频词。广州卷烟厂作为双喜品牌最大的核心生产基地，承担着协助技术中心完成新品试制、按时完成新品生产的重任。办大事讲究“天时、地利、人和”，广州厂从生产管理、设备改造、员工队伍三个方面采取系列措施，全力保障新品生产，在助力双喜品牌结构提升方面做出积极贡献。

用创新提高生产效率

作为亚洲地区最大的单体式卷烟生产厂房——广州卷烟厂联合工房是双喜品牌新品生产的主要承担者。近年来，这里陆续承担了双喜（沉香）、双喜（国喜）、双喜（经典工坊）等10多个新品的试制投产工作。

新产品种类多、规格多，在转入正式生产成品前需要经过一个小批量生产产品的过程。针对烟支卷制规格多、烟用材料种类多、包装工艺要求多、设备改造量大、涉及部门数量多、质量信息沟通量大的现状，广州厂联合技术中心在“小批量生产产品”这一环节想办法，一改以往由生产车间、设备科进行设备改造调试的模式，运用扁平化组织结构，形成由技术中心、生产车间、设备科、工艺质量科共同参与沟通协调、制定措施、验证措施的小批量生产环节，加快攻克新产品研发试制转化为生产过程的难题，大大提高了设备调校的效率。基于以上做法形成的管理成果——《构建设计与生产同步实现的持续改善模式》还获得了广东中烟管理创新成果一等奖。

高效的组织架构同样可以为生产增添动力。通过创新生产一线架构，广州厂优化重组制丝车间、卷接包车间人员配置，优化车间现有人力资源配置，助力生产效率的提升。“之前车间维修工是按照支援组、技术组来划分的，现在维修工分为班组级、区域级、车间级三个层次，一方面打破了班组边界，明确各自职责，形成轮动机制，另一方面为复合型人才培养提供了平台。”卷接包车间维修班组组长林汉奇说。卷接包车间在今年实施了车间机电维修人员架构调整后，在提高车间的设备维保质量、保障设备正常运行、保证车间维修人员后备力量培训、发挥现有高技能人才作用方面起到了积极作用，从7月实施新架构以来，卷接包车间三季度设备有效作业率取得了明显提升。制丝车间则是通过将按工段横切式划分的班组架构调整为以流水线纵向划分班组架构，从而连接上下游生产工艺管理，提高制丝车间质量管控能力，使制定工艺管理流程更为顺畅、效率更高。

把匠心注入设备改造

随着广东中烟陆续推出一系列创新产品，卷烟生产对卷烟设备的个性化需求也日益增多，广州卷烟厂原有设备已经不能满足生产需求。现有设备不适用、产能不足等难题，摆在了广州厂面前。想要生产更多高素质产品，首先需要优化生产设备。而改造设备如同手机系统更新版本，除了投入大量的精力，还需要用匠心对设备精心雕琢。

“红邮喜是行业内首款双十支装的中支烟，产品规格与常规的不同，相应的生产设备也要送回厂家进行一系列改造。为了保证设备能尽快投入使用，我们提前介入，派专人前往上海烟机厂，对设备改造进行现场跟踪，全过程协助安装调试，这样能够更加高效地连接改造与投产。”基建设备科科长赵建明说。“从12月初到1月末，前后两个月我们扎根在厂家，天天跟着技术人员，原设备哪些地方有变化我们都一清二楚，这也为设备回厂后的组装调试以及在生产阶段加快提高维修人员对设备的维护能力打下基础。”卷接包车间维修工郭广善说，他因为待在上海而错过了女儿生日，但他非常理解这样的安排。

“条盒是用竖包的方式进行包装的，为了保证产品质量，我们需要在包装机加装一套适合于竖包方式的缺包检测装置保证检测的准确性。”负责红邮喜设备改造的基建设备科副科长丁樯说起了红邮喜生产卷接机组中缺包检测装置的变化。“安装这个检测设备时间不算长，装好之后的验证调试才是一个漫长的过程。为了调试这个设备，停产时间也不能出远门了。”看着朋友圈里利用停产时间出去旅游的同事，参与本次改造的维修工梁建东和技术员廖英奇不免羡慕，“厂领导也多次来到生产机台，了解设备的调试情况。经过我们34天的努力，设备完成升级改造后，采用负压检测缺包的方式，既降低了操作人员的劳动强度，又保证了检测的准确性，这样一来大大提高了生产效率，牺牲一点休息时间还是值得的。”

用责任凝聚员工力量

再完善的机制，再先进的设备，如果不能调动起人的积极性，就很难生产出一流的产品。除了在机制、设备等硬性条件方面努力，广州厂十分注重激发员工的主人翁精神，通过树立“为品牌发展贡献力量”的意识，创造出无穷的力量，完成“看似不能完成”的任务。

“广州厂是双喜品牌核心生产基地，必须在保障市场供应方面承担更大责任。”广州厂副厂长黄禹豪不止一次在生产例会上强调。不仅厂领导，广州厂2000多名员工都有这样强烈的责任意识和品牌意识。

卷烟辅料降焦是降低焦油含量的重要手段，而沟槽嘴棒的广泛运用正是广东中烟在这方面做出的努力之一。广州厂作为广东中烟唯一具备能力生产沟槽嘴棒的卷烟厂，不仅要满足莲香、升级版传奇等产品的需求，还要满足外调去澳门金叶卷烟厂的需求。为了确保完成生产任务，广州厂卷接包车间成型工区部分机台加开深夜班，以提高沟槽嘴棒的产能。“这是广州厂嘴棒工区首次三班制生产，由于大家认识统一，这项工作得到了广大员工的支持，所以我们三班制生产取得了超出预期的效果。2台机3班理论日产180万支，开3班后2台机台生产效率提高，日产可达到195万支。”卷接包车间党总支书记许立学说。除了卷接包车间，各部门积极做好配合工作，共同保障生产：制丝车间、储运科保障材料供应；动力车间提供相关保障；办公室做好深夜班通勤保障……在生产现场，管理人员到机台跟踪员工状态，维修工、电工跟踪设备状态，调度员也靠前指挥及时协调……大家各司其职，在保证质量和安全的前提下，力争提高产能确保完成任务。

除了在生产班次上想办法，广州厂还从人员调配方面引入新思路，全面发挥党员干部示范引领作用。开展“两学一做”学习教育重在将理论转化到实际工作，“困难在哪里，党员就在哪里”，卷接包车间倡议党员利用业余时间参加精品工区产品生产，9天时间446人次共完成500万支的手包烟任务。

在双喜品牌结构提升的攻坚战中，广州厂在快速响应生产组织方面逐渐形成了自己的节奏和做法，描绘出助力品牌和自我跨越的路线，一步步向着“世界一流卷烟工厂”的目标迈进。

（《广东中烟》 2017年10月31日 胡恺晖 胡茹）

韶关卷烟厂
苦练“好字诀”打造优秀卷烟厂

“开拓进取，勇于担当”，韶关卷烟厂办公楼上擦得发亮的标语仿若老者，见证着企业一路走过的风风雨雨。近年来，生产计划调整频繁，十年来最大规模的技改逐步攻关，全员协同营销难度增大，加之人员交替节奏加快，如何练出一身“好功夫”攻克一个个难关，将“全国模范之家”“广东省先进集体”等多项荣誉收入囊中？伴随着广东中烟和双喜品牌做大做强的征途，精耕细作66年的韶关卷烟厂用专业、务实、肯干回答了这一问题。

市场为王 为生产质量上好“双保险”

“将生产计划由35,800箱调整为39,800箱。”10月中旬，生产管理科将生产计划调整下发到各部门，这已是韶关卷烟厂今年以来收到的第14次生产调整。自广东中烟以市场为导向，提出“按订单生产”，生产牌号频繁调整已成为工厂生产的新常态。

“我们早已做好准备，在上月底，就根据可能出现的变化情况，提出全月单休，为月底留足时间，如果计划有变则及时生产，计划没变则安排员工培训或者设备检修等。”生产管理科负责人告诉记者。柔性生产管理模式的创新运用，让各项工作有条不紊地开展。

2015年以来，在该模式的引领下，韶关卷烟厂已成功应对30多次生产调整，每月生产任务均保质保量完成。当然，这也意味着员工们要随时做好进入满负荷生产状态的准备。“但越是这样我们越要关注质量。”今年以来，卷接包车间主任梁祖龙从清晨上班到傍晚下班，几乎很少坐在办公椅上。韶关卷烟厂上至领导班子，下至各环节主要管理人员，全部下沉车间。“质量无小事，无论如何要保证我们质量这条生命线，才能保证我们的市场。”在厂长办公会上，党委副书记、副厂长何锦章一再强调。

为此，韶关卷烟厂还提出了问题不过夜理念，第一时间响应市场需求。子夜一过，制丝车间中班刚刚结束，车间3个维修师傅便已到厂，对全线设备进行点检维护，尤其对上班期间员工反映的制叶丝线出现的隧道式增温增湿机隐患进行进一步排查、处理。“无论多晚，第一要务就是不能影响明天的生产。”老班长阙志清对此早已习惯。

按照一地一策的理念，双喜（硬紫红玫王）应需求出炉并落地韶关卷烟厂试制。晚上10点，韶关市烟草专卖局（公司）营销中心主任张志业依旧打电话给韶关卷烟厂协同营销办。“市场反映说滤嘴口感不够质感。”“好，我们马上向技术中心反馈。”不久后，滤嘴改良版便在韶关卷烟厂试制。工商直线沟通，问题及时反馈成为工作常态。为了让消费者抽到满意的双喜烟，韶关卷烟厂不厌其烦地对新品进行一轮又一轮试制。“记得有一次，我们试制完后，回家一看，已经凌晨两点多了。”韶关卷烟厂工艺科郭素芳回忆。

这种问题不过夜的工作方式，换来的是设备唱起了欢快的劳动歌，设备有效作业率一度走进行业前三；是双喜（硬紫红玫王）脱下了试制的衣裳，正式被列入排产计划；是生产的每一包香烟经受住了市场的考验，质量控制水平常年稳定。

技术先行　助力企业腾笼换鸟

宜未雨而绸缪，毋临渴而掘井。

技术快速升级，毋庸置疑是韶关卷烟厂提升结构的突破口。在前瞻性地提出厂区片烟仓库、制丝线及配套工程技术改造项目并获得国家局及公司批复后，2014年8月，韶关卷烟厂抽调了15名各模块的业务骨干，组成技改项目办，分成工艺组、动力组、土建组、安全组、综合组，对这两个合计投入达6.7亿元的“大块头”进行逐一攻关。项目一旦完成，意味着韶关卷烟厂拥有了生产高结构卷烟的“武器”。

员工们信心满满，技改项目俨然成为大家的另一个孩子。项目办负责人谭继兴从项目办成立起，便养成了上班前在技改工地现场先巡查一圈的习惯。“现在两年多过去了，谭科这个习惯还是没改，经常下班后也要走上一轮。”项目办刘昶回忆。面对这两个大块头更是“硬骨头”的技改项目，韶关卷烟厂上下可谓操碎了心。韶关喀斯特地貌带来的“溶洞”地质难题，季节性极端天气带来的连续特大暴雨，边生产边技改带来的安全隐患，使项目推进每一步都走得异常艰难，“但一想到我们完工后，将达到第三代工艺技术平台，大家的干劲儿又都上来了。”刘昶说道。

如今，硬骨头终于被啃下来。今年3月，韶关卷烟厂区片烟仓库正式投入使用，作为韶关地区最大的单体仓储建筑，已开始发挥仓储及物流等环节的关键作用，极大地缓解了公司仓储压力。随着广东中烟投资25亿元的仓储物流基地在韶关乐村坪落地，为了使仓储管理更上新台阶，公司提出将在韶关卷烟厂试点上海烟草清洁仓间管理模式，一旦试点成功，又将使仓储管理再翻新篇。制丝线及配套工程技术改造项目也进入最后冲刺阶段，地面施工快速进行，土建部分已完成二层楼板施工，预计明年1月主体建设完成。作为韶关卷烟厂建厂以来投资额最大的技改项目，项目实现后，这个双喜第三代工艺技术平台将闪亮登场。

平台升级，设备自然不能落后。新建的技改项目引进设备慎之又慎，精益求精。谭继兴介绍：“我们鼓励每个组多去先进的兄弟厂调研，也用好各专业技术交流平台，力争新工房里设备更环保、更先进。”针对现有车间，设备升级亦步步为营，有序推进。2015年，韶关卷烟厂总投资1亿元，先后购进两套高速卷接包机组，每套新增卷接机组产能为10,000支/分、包装机组为550包/分，远远超出已有卷接机组7000支/分、包装机组400包/分的产能配置。目前这两套高速设备已形成产能，为韶关卷烟厂产能挖掘赢得了宝贵的发展先机。

借巡视整改东风　内部管理脱胎换骨

7次党委会和党委扩大会议、31项整改问题、86项整改任务……简单的数字，是韶关卷烟厂内部管理的一次次脱胎换骨。自国家局和公司提出《专项巡视整改实施方案》后，韶关卷烟厂便对企业基础管理动起了手术，仅前三季度就对中层干部、部分科室、车间管理岗位进行人员岗位交流和增补就达44人。巡视整改如一把烈火，点燃了企业升级的热情。面对青黄不接的员工队伍，韶关卷烟厂让技术比武、技能鉴定和技能竞赛这三大平台成为员工提升的重要舞台，并从中选拔出有潜力、有冲劲的技术人才，在人才培养上取得了重大突破：特有工种高级技师增至4人；首次选派高善国等选手参加“广东省机电一体化职业技能竞赛”斩获一等奖；青年员工张福华获得第十四届全国烟机设备维修大赛ZJ17组第四名。面对韶关地区卷烟消费能力相对较低的现状，依托韶关“大旅游、大厂矿”的资源，韶关卷烟厂领导班子带领员工，蹲点景区，制订多套协同营销方案，与13个部门划分区域，精心耕种营销“责任田”，并先后派出20名员工组成专项营销推广团队分批扎进一线，倾听一线声音。“消费者满意，我们这么努力才更有意义。”韶关卷烟厂第一批专项营销推广团队队长梁玮森总结。

自全员协同营销工作开展以来，韶关卷烟厂员工已助销双喜一类烟近7000条。曾经的目标成为今天的起点，过去的成就化作前行的动力。年关将近，韶关卷烟厂全体人员扎根一线，苦练内功，生产、技改、管理、营销四线并行，全厂上下誓师奋战“只争朝夕”。这支特别能战斗的集体，正不疾不徐、一步一个脚印地奔往一流卷烟工厂的路上。

（《广东中烟》　2016年11月30日　徐叶巧）

韶关卷烟厂
深度挖潜搭建特色降本增效模式

“细化每一个环节，一点一滴降成本，一点一滴求改善，一点一滴提成效。”自公司开展“降本增效”工作以来，韶关卷烟厂积极响应，迅速成立自上而下的降本增效组织机构，对降本增效工作进行总体规划，搭建起颇具韶烟特色的降本增效模式，“降本增效”这股风吹遍了韶关卷烟厂的每个角落。

对症下药模块化攻关

“要坚持以提高效率、消除浪费的精益思维为指导。”厂长办公会议上再三强调，“持续推动经济发展方式转变，做好降本增效各项工作。”为贯彻落实公司党组制定的“十三五”规划，韶关卷烟厂制定了《2016年度“降本增效”工作方案》，充分挖掘企业降本增效的潜力，确保降本工作的持续、有序运行。

根据公司制定的《降本增效工作指导意见》，结合厂内实际情况，韶关卷烟厂提出了1275万元的预计总节约目标，并通过“技术改造、工艺增效、生产降耗、物资保障、设备管理、消（安）防设备管理、信息化管理、企管费用、存量资金增收、产品结构提升”十大模块，从不同维度分解目标，深度挖掘全厂降本增效的潜力。“生产降耗、技术改造和设备管理模块是降本之重，承担了此次降本增效目标任务的90%。”财务科科长骆家驹介绍，“但同时，也要妥善处理质量把控和成本管控的关系，在保质的前提下，降低成本费用。”为响应厂内降本增效的工作目标，卷接包车间绞尽脑汁地从设备技术上着手，车间技术骨干聚在一起展开头脑风暴，为降本出谋划策。设备管理员梁建刚首先发问：“包装材料是生产运行中一大成本，何不从这方面着手，找一下浪费源头呢？”“平时开机过程中，我就发现小盒、条盒透明纸浪费不少。”维修工黄卓凡提出。“那如果在不影响包装质量的前提下，透明纸搭口可以缩短一点，一年下来几千条烟就可以节约不少。”说做就做，卷接包车间副主任邓小堂雷厉风行，立马组织技术骨干研讨条盒、小盒透明纸送纸机构装置，调节送纸扇形辊的起始位置。经过多次调节，在保证条盒透明纸包装质量的前提下，成功将条盒透明纸搭口缩短1.5厘米，在材料降耗上又完成了一举。

挑战极限“牙缝”里降本

对于工业企业而言，生产消耗占据产品成本中的大头，生产消耗节约就顺理成章成了厂内降本增效工作的重头戏。“我们以公司下达的目标定额为底线，在底线目标的基础上设立挑战目标，全年度全过程实施精益生产管理，争取攻克生产消耗这一堡垒。”生产管理科科长孟健谈到，“在生产降耗方面，设立的挑战目标是节约846万元，面对成本单价不断上涨的情况，我们厂的生产降耗可谓极限挑战，在牙缝中降本啊。”

那如何在生产降耗上下功夫？

如何将节约落到实处？韶关卷烟厂生产管理科使出了看家本领，能源管理员巫廷友眉飞色舞地介绍道，“精益生产管理是把亮剑，总能给我们带来惊喜”。他娓娓道来，“要把精益理念贯穿于降本增效的全过程，全面挖潜降耗，不断发现短板，改善短板，而设备OEE、台时产量、能源管理就是我们生产降耗必不可少的精益法宝”。以精益管理为抓手，积极消除生产过程中的浪费，科学合理地控制生产能耗，为厂内降本增效再助上一臂之力。

关注生产消耗节约的同时，也不能忽视生产源头采购节约的问题。基建设备科在降低专项维修项目采购成本方面，使出了浑身解数。

截至今年10月，各项维修改造项目共节约采购成本238.35万元。“我们通过优化项目实施技术方案，严格审核项目实施工程量，合理设置项目最高限价等措施，节约专项维修项目的采购成本。”科长王文介绍，“此外，强化项目验收标准，延长质保年限，是另一降本的大招，这就相当于间接地节约了后续的设备维修费用。”技术改造是保持生产活力的源泉，2016年是韶关卷烟厂建厂以来技改工作规模最大的一年，同时技改投资项目在降本增效工作中也占据着重要地位。“除了生产降耗这一首要任务以外，技改办承担了此次降本增效目标的第二大任务。为了统筹技改各项投资项目，做到既降成本又出效果，我们想了不少法子。”技改办主任谭继兴说道，“针对降本目标所做的第一项工作，就是合理设定拦标价，通过与审计、造价等多方沟通研讨，细化并优化投资方案，力求制定科学合理的拦标价。”不仅从源头上控制成本，而且还定期通报技改投资工作进度，及时反馈实施中存在的问题，确保项目保质保量按时实施，减少后续不必要的成本，增加工作效率，提高投资效益。

管理创新实践中增效

“管理工具的有效结合和运用，无疑为此次降本增效工作上了双保险。”骆家驹满心欢喜地盯着各部门上报的成果。降本工作一开始，韶关卷烟厂就从成本预算和定额体系上设立降本目标；工作过程中，实时对标分析数据，以采购管理为抓手，将目标管理、预算管理、定额管理等管理工具拧成一股绳，合力为降本增效工作提供了全方位的支持。

“针对此次降本增效工作，各部门积极响应，从这份2016年管理创新项目一览表就可以看出来了啊。”办公室企管员李亚坤盯着表格数据，不禁感慨起来，“信息科的‘减少信息系统运维成本’项目，基建设备科的‘三全模式实现设备管理成本降低’项目，都是支持降本增效工作的好苗子啊。”面对数量多、资金量大、工作复杂等情况，基建设备科引入“全员、全程、全面”理念，通过三全模式确保管理的全方位、多角度，从而实现成本降低与效率提升的目标。“我们做的不仅仅是编写管理创新课题，还会将这个成果进行推广和应用，提高我们厂开源节流的竞争力。”基建设备科陈朗自豪地介绍道。

“为了支持降本增效工作，我们以互联网报价为制定采购拦标价的参考，从采购源头上实现降本。”通用机械管理员毛海镰一边进行互联网询价，一边说道。基建设备科全年下来，有各种大大小小的零配件采购项目，仅仅通过比质比价及科学合理设定拦标价等手段，就能节约可观的采购成本。“虽然有些项目采购金额小，但小数怕长计，积跬步才能至千里嘛。”小毛兴致勃勃地说，“京东、淘宝这些平台的报价都列入参考范围，在保质的基础上，我们会争取多调研、多走访、多比货，物美价廉地采购物品。”

多措并举降本增实效

经初步测算，累计至今年10月，韶关卷烟厂降本增效已实现1406.61万元的节约金额，顺利完成年初设定目标。其中，生产降耗模块控制成本的成绩斐然，在软硬不平衡、牌号转换频繁的新常态下，将生产消耗指标控制在年初设定的挑战目标以下，已完成节约1108.72万元。同时，设备管理模块及消防、信息模块多措并举，累计实现节约287.89万元。后勤管理亦不甘落后，积极动员，从点滴抓起，细微处下功夫，节约办公企管类费用共10万元。

韶关卷烟厂在“增”上的想法也层出不穷。抓好预算管控工作，科学统筹资金量，与用款部门做好用款保障的沟通。2016年每月资金预算执行率皆在98%以上，保障了资金科学高效的使用；认真做好应收账款催收工作，确保账龄不超过90天，提高货币资金使用效益；在不影响企业正常收支结算的同时，增加存量待用资金的利息收入。持续推进降本增效工作，确保年度目标完成，是韶关卷烟厂各部门的重任。面对新一轮的挑战，韶关卷烟厂将继续以“降本增效”的思路指导生产及管理工作，进一步巩固成效，创新精益管理驱动力，在降本增效的路上越行越远。

（《广东中烟》 2016年11月30日 潘云）

梅州卷烟厂剑指梅州首个百亿企业

2016年12月20日，经过两年精心打造的双喜（五叶神）专用生产线正式投产，年产可达到40万箱的生产线全面提升了梅州卷烟厂工艺制造水平和核心制造能力，伴随着新品双喜（五叶神）金尊和红尊的崭新亮相，脱胎换骨的梅州卷烟厂剑指梅州市首个年产值百亿的企业。

广东中烟党组书记、总经理唐健，梅州市委书记谭君铁以及广东省、深圳市、梅州市烟草专卖局（公司）等单位代表，共同出席见证了盛况。

双喜（五叶神）迎来新发展

“今天是个双喜临门的好日子！”唐健指出，项目从动工到完成，从蓝图变现实，历时23个月，投资12亿元，其中，矛盾最多、困难最大的脱壳搬迁任务仅用时1个月就全面完成，同时，节省投资超过1亿元，创造了卷烟厂技改项目的奇迹。双喜（五叶神）专用生产线的正式投产以及系列新产品的正式发布，为广东中烟全面提升产品结构，做强双喜品牌发挥重要作用，也将为广东烟草行业的改革发展、地方经济建设作出更大的贡献！

双喜（五叶神）新品金尊和红尊的亮相是另一大亮点。梅州卷烟厂是双喜五叶神的发源地，五叶神卷烟自1999年诞生以来，以其独特的烟草香与草药香有机融合的风格，开创了中式卷烟“本草香”的先河，17年间，双喜（软红五叶神）、双喜（硬红五叶神）和双喜（硬金五叶神）三种规格一直是消费者争相追捧的口味，在市场上创造了“五叶神”的辉煌，消费者也在翘首以盼双喜五叶神家族能拥有更多优质的新品，技术中心主任余其昌介绍。双喜（五叶神）金尊和红尊将在保持原有风格特色的基础上，以焕然一新的产品面貌、精益求精的优良品质，带给消费者全新的舒适享受，它们在市场上的表现也非常值得期待！

工艺提升制造升级

为打造具备双喜品牌同质化生产能力的先进工艺平台，双喜（五叶神）专用生产线建设项目于2015年1月9日正式动工，按照年产卷烟40万箱的规模进行设计，项目总投资约12.7亿元，除了联合工房主体工程建设外，先后对服役超过25年的制丝生产线及配套设施进行了“脱胎换骨”的升级改造，同时新购置了3台（套）中高速卷接包机组，全面提升了梅州卷烟厂的工艺水平和核心制造能力。

“双喜（五叶神）专用生产线技改项目是镌刻梅州卷烟厂77年发展历史又一重大里程碑，对梅州卷烟厂和双喜（五叶神）卷烟品牌承前启后、继往开来发展有着非常重要的意义。”梅州卷烟厂党委书记、厂长饶智华对技改倾注了满腔的热情。“27天完成联合工房桩基施工”“一年完成联合工房土建施工”“7个月完成20多个配套工程项目建设”“29天完成利旧设备脱壳搬迁、调试”……不到两年的时间，一座现代化的联合工房拔地而起。

谭君铁表示，梅州将以双喜（五叶神）专用生产线投产为新的起点，继续大力支持新型工业发展，特别是工业转型升级步伐。据了解，梅州卷烟厂2016年预计可以实现工业产值约73亿元，上缴税金约43亿元。“经过技改升级后，梅州卷烟厂具备实现年产值100亿元和税收60亿元的能力。”梅州卷烟厂副厂长黄俊晖表示，梅州卷烟厂也有望成为梅州首个百亿企业、百亿产业。

（《广东中烟》 2016年12月31日 张永峰 叶婷）

梅州卷烟厂
获颁“全国工人先锋号”

走入广东中烟梅州卷烟厂制丝车间，映入眼帘的是具有现代工业气息的新厂房和顺畅有序的全新生产线，工人们正“撸起袖子加油干”，今年4月27日，该车间被中华全国总工会授予“全国工人先锋号”荣誉称号。

实际上，近几年来，制丝车间先后荣获广东省“青年文明号”、广东省“工人先锋号”、梅州市“安全生产先进班组”、广东中烟“优秀基层党支部”等殊荣。一路风雨一路歌，制丝车间获得的每一个成果、每一份荣誉，都充分彰显着全体176位员工敢于担当、乐于奉献的“工匠精神”。

筑堡垒，诠释先锋精神

“请注意，开机！”扬声器里一句嘹亮声音响彻联合工房。此时，正是凌晨2点30分，一般人还在甜蜜的梦乡，而制丝车间的党员骨干们仍然奋战在设备电控系统调试的现场。

哪里最困难，哪里最艰苦，哪里就有共产党员。制丝车间以“重集体，敢争先”的六字方针，组建了一支以共产党员为主的技术团队，吹响了“一名党员就是一面旗帜”的冲锋号角。

“由于时间紧任务重，白天要进行设备现场、机械方面的安装调整，电控方面的调试只能安排在晚上。”制丝车间青年党员邓达介绍，技改工程中制丝电控系统项目是重头戏，由于项目中标的施工单位是首次接触烟草行业，对制丝生产工艺熟悉程度不够，项目一开始进度缓慢。

于是，在车间党支部的号召下，一批电工党员主动担当，组成一支年轻的骨干团队，他们密切配合施工单位技术人员，全身心投入项目施工当中，在程序控制方面融入了很多创新性的做法，还自主研发形成“料液防差错报警系统”，提前完成了电控项目施工任务。

“从二氧化碳线设备进场开始，我就已经没有上下班的时间概念了。什么时候需要就什么时候上班，什么时候做完就什么时候下班。”二氧化碳膨胀线是梅州厂引进的全新生产线，之前从未有人涉猎，梅州厂仅仅用了8个月的时间，实现了从无到有的突破。作为最先参与设备安装调试的技术骨干，彭呈华也从一个专研技术的电工技师，成长为能够独当一面的膨胀线班长。

拼技改，打造“梅州速度”

2015年1月9日，梅州厂联合工房及配套工程技术改造项目正式动工，这项企业总投资约12.6亿元的技改，从动工到正式投产，历时711天。

对于制丝车间技术骨干来说，他们的工作日程表远大于这个数字，早在项目立项阶段，他们就已经提早介入论证，为项目落地出谋划策，比如利用旧设备松散回潮筒翻新搬迁项目，车间技术人员早在施工前1年就已全方位介入并制订了细化到“日”的工作推进计划。从项目设计论证、基建施工，到设备安装调试、带料调试、项目验收，每个环节、每个阶段，都可以看到他们忙碌的身影。

“技改项目虽然由技改办牵头，但我们出动了车间的所有技术骨干全程参与，毕竟自己的孩子只有自己最清楚。”说起技改建设，担任技改办公室副主任的制丝车间党支部书记、副主任丘钢鸣感慨不已，就地技改、利旧搬迁，还要保证正常的生产调度、物流组织、安全管理和产品质量，这无疑给制丝车间带来了严峻挑战。

711个日日夜夜，技改任务从一个个计划变成现实，一台台设备重新焕发活力，一个个牌号圆满完成中试，制丝车间不打折扣地向厂部交出了一份满意的答卷。从不可能到可能，从不完善到完备，车间全体员工全心投入、倾情付出，高效完成了一个个看似不可能完成的任务，其中矛盾最多、困难最大的脱壳搬迁任务仅用时1个月就全面完成，创造了行业技改项目管理的奇迹。

传帮带，搭建人才梯队

制丝车间机修班共29人，平均年龄44岁，58岁的熊顺安在班组里算是“老前辈”。但一谈起工作，年近花甲的他嗓门依然洪亮：“本来我这个年纪是该退下来了，但是车间领导鼓励我，经常为我安排一些培训，还给我机会带带年轻员工，‘活到老，学到老’，跟年轻人一起交流学习，我感觉自己越来越年轻了。”

作为厂里年纪最大的维修工，身体健朗的熊顺安是车间一宝，不仅干起维修工作来得心应手，丰富的设备维修经验也时常让年轻员工们钦佩不已，成为年轻技术人员学习的榜样和目标。

为了确保设备运行稳定，维修班强调以“十大工匠”为榜样，以“精心、细心、用心，追求设备零故障”为口号，开设了“维修现场流动课堂”，组织班组员工共同“会诊”技术“顽疾”，开展设备故障分析，有效提升班组员工的维修技能和现场应对能力。他们创建的“12580”设备柔性维保模式，使制丝设备故障停机率由2014年的0.42%降低至2016年的0.33%。

“一枝独秀不是春，百花齐放春满园。”为加强高技能人才的培育，制丝车间结合实际，探索形成了《“3×4”车间员工高效成长轨道》《基于“三三制”的员工技能培训方法》等人才培养模式的创新课题，通过立标杆树榜样，营造了“比、学、赶、超”的浓厚氛围。据统计，制丝车间目前拥有高级技师2人，技师17人，高级工71人；中级技术职称12人，初级技术职称27人，高技能人才占比高达51.1%。

增效益，激发内生动力

参观制丝车间时，废烟支回收机两级分离器上的特殊装置总会引起大家的注意。

“这是辅助加热干燥装置，能够在保障回收烟丝工艺水平的前提下，提高烟支解拆率。”为响应降本增效的号召，首席高级机械技师钟宴雄历时两年，带领技术骨干对提升烟支解拆率进行攻关，团队先后进行了两次改造，先是在两级分离器上设计安装铰刀钉齿辅助解拆装置，但2.5%的提升率远远没有达到他们的目标。第二年，钟宴雄继续带领团队攻关，成立“提高S200+回收烟支解拆率”课题小组，自主研发出辅助加热干燥装置，将烟支解拆率提升了5%，每年为梅州厂节省原料费用近百万元。该技术成果还获得国家实用型专利证书，并在行业内得到了推广应用。

随着精益管理的推进，制丝车间摸索和积累了一整套管理精细、操作规范的生产机制，“价值流程图”“拉动式生产”等精益方法和工具得到广泛应用。近年来，制丝车间累计申报科技创新奖项3项，获得国家实用新型专利10个，仅2016年就完成精益改善项目42项，提出合理化建议82条，累计实现经济效益427万元。

“成绩属于过去，未来更须奋进。新形势下，车间技术革新、管理提升的任务愈加艰巨，我们将用自己的实际行动诠释新时代工人的风采，努力为培育双喜品牌和推动企业持续发展做出更大贡献！”展望未来，车间主任曾繁俊信心十足。

（《中国烟草》 2017年7月1日 管拔）

湛江卷烟厂
蝉联行业综合能耗对标冠军

2013年，湛江厂以1.40千克标煤/万支蝉联行业万支卷烟全部综合能耗的标杆，并刷新了2012年由他们自己创造的1.49千克标煤/万支纪录。在实施能源管理过程中，湛江厂通过巧用“数字排产”“精益工具”“节能文化”三大法宝，始终坚持节能降耗这一宗旨，从办公与生产两个环节入手，着力定额节能、排产节能、换批节能、技改节能和创新节能，形成了独具特色的“125”精益能源管理模式，坚实地走出了一条打造绿色低碳工厂之路。

数字排产促进效率提升

“马上就要换批了，等烟过完切片机，机长要马上对切刀前面的输送带进行换批清洁，叉车工做好下批烟的上烟准备……整个换批时间争取不超过23分钟。”这是发生在制丝车间切片回潮工段的一幕，生产一班副班长孙汉球正在给各工序员工们布置换批工作。

自从制丝车间开展换批时间考核后，这种争分夺秒的情景在各工段随处可见。车间换批时间考核从2012年开始，经过了现状调查、试运行、调整运行、常规考核四个阶段，现已形成了每个工段换批工作“三责任”运行机制——对工段换批时间考核责任到人、到具体时间、到实际效果。为了进一步缩短换批时间，员工们在实践中不断查找管理、技术、操作短板，不但使实际换批时间控制在考核标准之内，还屡次刷新纪录。现在各工段换批时间比开展考核前平均下降了10分钟，按照制丝一天生产6批次烟丝计算，一天就能节约生产时间50分钟，明显提升了生产效率。

“以前中班都是晚上10点左右才结束生产，现在往往8点多就搞定了。”员工们对换批时间考核这项工作取得的实效都竖起了大拇指。但提前结束生产又给生产管理提出了新的问题，因为从精益的角度看，在生产结束到正常下班这段时间，如果没有合理安排，其他工作就造成了一种等待浪费。如何消除这种浪费呢？

“能不能在烟丝满足卷接包车间生产时，制丝车间适当停开一个班次？”湛江厂生产管理科科长陈统铸提出了这一独特的见解，并且经过实践证明是可行的。通过在制丝车间排产上实施这个措施，湛江厂慢慢摸索出切合自身生产实际，以“三开一停”和“765”为主要内容的数字化排产模式，“三开一停”即制丝车间中班满负荷生产三天，然后安排停开一天中班；“765”即以三天为一个周期，制丝车间分别安排生产7批次、6批次、5批次的任务。2013年，制丝车间全年共减少生产班次50.5个，还为设备维修保养和举行OJT（职场内培训）和TWI（一线员工督导培训）培训赢得了宝贵时间。

“制丝车间马上要生产了，请供10磅蒸汽。”动力车间锅炉控制室通过与制丝车间及时沟通按需供汽。生产管理科联合动力车间、制丝车间制定了详细的数字化蒸汽耗用管控，规定了各个生产时间节点的蒸汽压力，保证生产的同时又起到节约能源的作用。

湛江厂将数字化融入生产各个环节，通过数字化生产排产、数字化生产考核、数字化蒸汽耗用管理、数字化机台生产安排、数字化保养时间安排等过程，实现数字化管控模式。在这种数字化生产管控的带动下，明确计量、科学分析、精准定性，明显提升了生产各个环节的效率，各种生产能源消耗也随之下降。

精益工具攻克节能难题

“有了价值流图，我们更容易判别和确定出浪费所在及其原因，为我们消除浪费提供了目标。”湛江厂VSM项目组成员莫培跃说道。2013年，借着公司全面开展精益生产管理的东风，湛江厂构建了“精益生产1286模式”，引入了VSM价值流图分析方法，为节能降耗工作提供了新的思路和工具。

0.01%——这是湛江厂通过VSM价值流图计算得出的双喜（硬红玫王）生产过程的增值百分比。“怎么会这么低呢？”“这么低会不会影响到能源消耗呢？”带着这些问题，湛江厂VSM项目组成员以价值流图为切入点，对照湛江厂价值流现状图和远景图，对数据箱中的增值时间和非增值时间进行具体分析。原来生产过程中的等待是隐形的，正是这种隐形的等待影响了增值百分比，同时因为设备的空转等待，能耗也会受到一定影响。“有没有解决的办法呢？”湛江厂通过对价值流图的观察分析，发现存在四个改善点，并针对这四个改善点开展了“编制湛烟厂生产计划信息传递与管理要求”“辅料安全库存的设置与管理”“11号机综合效率提升”四项改善项目，减少隐形等待时间，降低能源消耗。

精益工具可以打破定性思维，帮助挖掘节能潜力，也可以开拓创新思维，引导实施整改措施。湛江厂非常注重精益工具在节能降耗过程中的运用。2011年导入精益六西格玛，通过运用先进的六西格玛方法和minitab统计软件来分析数据，发现存在问题，挖掘节能潜力，实施整改措施，从而攻克节能降耗过程中遇到的重难点问题。至2013年，一共开展了32个精益六西格玛项目，其中与节能降耗相关的项目高达22个，占了68.75%。其中，获得全国优秀六西格玛项目奖的“降低万支卷烟燃料消耗”，就是通过对关键流程识别和潜在原因分析，针对燃烧器风气比不协调、开式冷凝水回收系统无二次蒸汽热量回收和员工操作技能存在差异3个显著因素，分别实施建立锅炉热效率分析模型、设计软水喷淋冷凝水二次蒸汽的回收装置、建立燃料消耗管理制度及考核指标等改进措施，万支卷烟耗燃料由原来1.09千克标煤下降到0.87千克标煤，年度节约能源成本超过100万元。

节能文化带动点滴节约

“四楼天面那块草坪如果用自来水喷淋会造成浪费，应该直接使用我厂中水池的中水进行喷淋。”公司副巡视员、厂长、党委书记符敏说道。作为湛江厂节能降耗工作的带头人，符敏在各种大大小小的场合都强调要节约，而他不仅强调在生产上要节约，他更强调在公共办公上也要节约。

“每天中午下班之前我都会检查一遍办公室的电子设备是否关闭。”尽管进入科室实习还不到两个月，2013年入职的大学生员工杨妍已经养成了“拒绝待机”的好习惯。湛江厂员工从点滴做起，各种节能小建议、小点子层出不穷。公共办公区域“一开三不开”——在办公环境允许的情况下，公共办公区域只开窗户，不开灯、不开风扇、不开空调，节省用电；告别待机状态——人离开办公桌后关闭所有的电子设备并拔掉电源线；巧用会议室——湛江厂充分利用文化亭这个室外会议室，将早会等部分会议由室内转移到室外，在阳光和自然风中开会，既改善会议环境，又节省室内会议带来的耗电；资源回收再利用——冷凝水回收后用于锅炉用水和洗梗用水，污水回收后主要作为绿化用水、公共办公区域清洁用水、洗手间冲洗用水等。

当节能成为一种文化时，它便有了自我完善的持续能力。从1.49千克标煤/万支到1.40千克标煤/万支，湛江厂已经连续两年获得行业万支卷烟全部综合能耗的标杆称号。标杆，是一种激励，更是一种鞭策，未来，湛江厂有信心在能源管理的道路上越走越精益，坚定地朝着绿色低碳工厂的方向迈进。

（《广东中烟》　2014年7月31日　揭秋明　胡茹）

湛江卷烟厂
苦练内功助力精益生产上水平

“湛江市‘大国工匠’主题宣传片之湛江卷烟厂莫小林专题将于1月15日19：30在湛江电视台新闻频道播出，敬请各位职工留意收看。”新年伊始，湛江卷烟厂全体员工都收到了这样的短信。2016年，制丝车间李密、动力车间莫小林和卷接包车间李继波3名员工荣获“湛江工匠”称号，一时间，工匠精神再次成为湛江卷烟厂员工们热议的话题。2016年，湛江卷烟厂深入践行“工匠精神”，牢牢把握“精益管理降本增效是内功”的基本定位，精心筹划精益生产工作，从一点一滴做起，从身边做起，从细微着手，努力去“做好一支烟”“卖好一包烟”，精益生产继续保持活力，呈现良好发展态势。

十个专业组形成攻坚合力

2016年8月10日上午，财务科组织相关人员召开成本费用专题讨论会。这是湛江卷烟厂落实《增强全员“降本增效”意识主题教育活动方案》的一项重要工作。会上对降本增效、成本费用和招投标管理等相关流程优化事项进行了深入研讨。

将降本增效与精益管理深度融合，提高员工自觉增强降本增效的责任意识，强化对生产过程的消耗和能源指标跟踪监控，实现了烟叶消耗、天然气单耗等指标的降耗突破，2016年降本增效工作累计完成616.68万元。这只是精益生产其中一个专业组交出的“答卷”。《孙子兵法》曰：谋定而后动，知止而有得。湛江卷烟厂通过实施精益生产2016—2018三年规划和年度实施方案，重构精益屋，形成“123”精益生产体系，从生产、质量、安全等十个专业维度挖掘精益生产潜力。

在2016年年初的现场管理星级挂牌仪式上，人力资源科和动力车间获得第一批“五星级现场管理”部门。星级评价，再次激发了现场管理的热情。走进三个车间，集合班组自检、部门周检情况的现场管理看板得到了更多员工的关注。现场管理是精益生产的基础，重视现场管理是精益生产成功之关键。湛江卷烟厂首先抓的工作就是现场管理。针对现场管理出现疲态、管理制度脱离实际情况、部门管辖范围界限模糊、现场标识破损脱落等突出问题，现场管理组以“现场管理星级评价”作为切入点，打出了“厂外星级评价、厂内星级评价、十大环境整治项目和日常运行控制”四套组合拳，使发现问题自行改善成为新常态，构建起高效顺畅的全员现场改善机制。在理顺现场管理的基础上，湛江卷烟厂全力推进生产、设备和质量管理，着力打造匠心品质。在生产计划变更次数增多、每月生产类型增多、备货生产占比增多的情况下，生产管理组利用价值流图工具，建立起规范的生产计划信息传递，有效强化了柔性化生产能力。设备管理组从“零备件费用归集、设备一机一档和车间在存零备件入库”三项工作入手，构建“周、月、季度”三个时间维度的闭环管理系统，提升设备管理的及时性和有效性。质量管理组以深化质量防差错机制为抓手，通过完善工艺质量配套制度、质量问题排查和改进机制、关键项目和关键工序重点管控等有力举措，确保了工艺质量目标的达成。

在十个专业组合力努力下，2016年，湛江厂有3个指标排名行业前十名，其中万支卷烟全部综合能耗1.30千克标煤/万支，卷接机组设备有效作业率累计平均为104.51%，制造过程能力指数水平达到4.49西格玛。

TWI 为班组建设注入活力

2016年12月初，司机老唐走向熟悉的别克商务车。只见他先进入驾驶室做检查，而后打开发动机仓仔细查看，一旁的小梁认真地拍摄。这不是一次简单的新闻拍摄，而是车队正在开展“出车前一般检查”TWI改善案例的素材采集。

忽如一夜春风来，千树万树梨花开。全厂包括车队在内的17个班组积极行动起来，致力于一场基于TWI卓越班组建设的变革，班组工作由此焕发了新的活力。

俗话说，三军未动，粮草先行。项目组首先抓的工作就是培训，提高班组长的认知。自此，厂内先前培养出来的两名TTT（内训师）肖勇才和许鸿飞，相继举办了JI和JM两个班次的培训，各个班组长开始走进课堂，学习起JI的“降龙十八掌”和JM的四阶段工作法。

紧接着，项目组在卷接包车间生产二班等3个班组进行试点，在试点班组取得成效后进行全厂推广。卷接包车间副班长冼树国深有感触，TWI工作步骤严谨，对班组长来说，是个打破思维定式，改善工作方法的好工具。

湛江厂员工正在车间作业

2017年2月17日，卷接包车间副主任刘宝森正带领车间人员将手工包烟的设备搬上1号会议室，停产休息期间的手工包烟工作将在这里继续进行。在这些设备中，有一块醒目的管理看板，看板上张贴了“双喜（邮喜）手工包烟工序与工作标准的指引”，12个工序图文并茂，既有示范图，也有要点的提醒，这些正是TWI-JI工具的应用成果。2016年9月接到手工包烟任务开始，在筹划各项准备工作中，人员培训成为第一要务。为此，湛江卷烟厂制定出作业标准和《手工包烟训练预定计划表》，运用TWI-JI科学的教导方法使得人员尽快进入相应角色，出色地完成了各阶段手工包烟的制作。通过TWI的带动，班组长队伍掌握了一套正确教导的技能，摸索出了问题的更好解决机制和改善提炼通道。据统计，培训班组成员达332人次，21名员工成为JI的现场教学老师，12名员工成为JM的现场教学老师，形成全员学习TWI的浓厚氛围。培训共形成一点课15份、标准作业分解表20份和合理化建议39篇，对55个岗位进行了标准作业操作规程的编制。

工匠精神完美诠释改善

湛江卷烟厂实施制丝车间技术改造后，新引进的切丝机“水土不服”，切出来的烟丝无法稳定满足工艺要求。面对这台重达10吨的庞然大物，制丝车间维修班长李密挺身而出，通过花几十元更换几条胶带，几天就让这台机器再“上岗”。大家都不敢相信，这台机器居然运转得十分稳定，切割的烟丝精细标准，厂领导不禁拍手称赞：“这就是工匠精神的最好体现！”

这组来自湛江电视台《李密：望闻问切捧出‘维修法典’》的宣传片，让员工们对工匠精神的讨论再次升温。事实上，在大国工匠的背后，有更多的能工巧匠在自己的岗位上挥洒着汗水，发挥着光和热。他们充分利用“三现主义”，主动在现场发现问题，积极思考对策，自主进行改善，这种现场改善的力量犹如涓涓细流汇聚成全员改善活动的强大动力。

2016年3月初，在卷接包车间电工房内，维修班副班长李继波正在进行一个胶水液位异常报警系统的测试。这是和“GDX2商标纸胶水液位异常报警系统的研制”QC活动课题有关的一项工作。类似的改善在卷接包车间层出不穷，也产生了不少专利。湛江卷烟厂共有5项专利获得国家授权，其中一项专利获得公司一等奖。湛江卷烟厂通过强化目标引领，狠抓过程管理，推动管理创新，在生产、营销、仓储、服务等各个环节精打细算，搭建起技术创新、管理创新、A3改善、QC活动、合理化建议五位一体的企业创新改善平台，最大限度降低各项成本费用支出，最大限度提高要素资源配置使用效率。2016年共收集合理化建议2285项，人均3.73条，日均6.24条；形成管理创新成果22项、QC活动成果20个、A3报告119个、一点课132个。“烘丝机后室风管残留烟丝回收装置的研制”课题，先后荣获第十四届“海洋王杯”全国QC小组成果发表赛优胜奖、公司第十届优秀QC成果发布会一等奖和“2016年全国优秀质量管理小组”称号。

（《广东中烟》　2017年2月28日　林欣　许宁）

第六章

凝心化人

传企业文化

风清气正 党建之魂

国家烟草专卖局局长张建民到广东调研要求

坚定不移推进全面从严治党在行业高质量发展中走在前列

2019年2月20日至21日，国家烟草专卖局局长张建民到广东烟草调研，充分肯定各方面工作成绩，要求坚定不移地推进全面从严治党，一手抓高质量发展，一手抓高素质队伍建设，保持打假打私高压态势，确保经济运行平稳，全力推动高质量发展。

20日上午，张建民一行首先来到广东中烟技术中心，详细了解烟气分析、包装设计、配方技术和新型烟草研究等方面工作情况，向科研人员详细了解工作进展，充分肯定技术中心研发水平较高在行业内名列前茅，为中国烟草科技创新作出了重要贡献，要求继续奋发图强，朝着国际先进水平不断迈进。张建民表示："希望技术中心的同志们，包括技术人员、职工，继续向国际最高水平看齐，继续奋发图强，做出最好的产品。我对大家非常有信心。"

在广州卷烟厂联合工房，张建民一行到生产一线深入调研，在卷接包车间和制丝车间各类设备旁不时驻足，认真听取设备原理、产能和自主项修情况介绍，要求不断提升设备运行效率，保障生产水平稳步提升，鼓励大家立足岗位多做贡献，为行业高质量发展不断努力。张建民表示："希望同志们继续努力，进一步提升效益，为经济发展和财政收入作出新的贡献。"

21日上午，张建民一行到位于白云区的广州市烟草专卖局罚没仓库调研，认真查看非法烟机设备和罚没卷烟，听取广州市局（公司）局长、总经理陈秉恒关于队伍建设和规范管理工作的情况介绍。张建民指出，烟草行业为经济发展和财政收入作出了巨大贡献，专卖工作起到了重要的保障作用，广东烟草打假打私打非成果丰硕，今后要继续保持高压态势，为行业高质量发展保驾护航。他还要求发扬光荣传统，扩大打假打私打非的成果，为地方及国家的经济发展再作新贡献。

调研期间，张建民还走访了广州市部分卷烟零售店面。在位于长兴路的惠顺商行内，张建民听取了广东烟草客户经理和广东中烟驻点营销人员的情况介绍，并就卷烟销售、品牌培育和自律互助小组建设等方面工作，与零售客户进行交流。在位于林和东路的广东20支直营店内，张建民听取了卷烟陈列、云货架和20空间建设等方面情况介绍，详细询问企业经营和人才队伍建设工作进展。张建民指出，实现商业模式现代化十分重要，广东20支的发展是烟草产业链的延伸，是对现代卷烟零售终端建设的积极探索，今后要以市场为导向，保持稳中有进，扎实走出一条商业模式转型升级的新路。

当天下午，张建民听取了广东及深圳烟草主要负责人工作情况汇报，广东省烟草专卖局（公司）党组书记、局长、总经理刘依平，广东中烟党组书记、总经理唐健，深圳市烟草专卖局（公司）局长、总经理张亚宾，深圳烟草工业有限责任公司党委书记、总经理梁强分别汇报了去年主要工作情况，以及今年的工作部署。张建民对广东烟草和深圳烟草的工作给予充分肯定：一是党建工作抓得紧、抓得实；二是为广东经济发展做出了重要贡献；三是“大品牌、大市场、大企业”的战略扎实推进；四是卷烟打假打私成效显著；五是企业管理规范高效。张建民要求重点抓好五项工作：一要坚定不移推进全面从严治党，认真落实主体责任和监督责任，坚持抓好班子、带好队伍，自觉筑牢拒腐防变的防线；二要全力推动高质量发展，同步推进高层次改革创新，努力走出一条新路子，在高质量发展上给行业提供可复制、可借鉴的经验；三要始终保持打假打私的高压态势，坚持打建并举、综合施策，实现打假打私形势根本好转；四要把文明吸烟环境建设作为统筹控烟履约和行业发展的有效抓手，坚定不移地抓紧抓好、抓出成效；五要密切关注电子烟等新型烟草制品的发展动向，在监管和研发方面走在全国前列。

国家烟草专卖局专卖司、发展计划司和烟草经济研究所主要负责人参加调研，广东烟草工商班子成员以及各单位负责人参加座谈。

（双喜电视台　2019年2月25日　李程）

走群众路线让钱花少了，作风实了，干劲更高了

改作风改到群众心坎上

根据中央和国家局的统一部署，自2013年7月以来，公司作为行业第一批单位，开展了为期7个月的党的群众路线教育。本次教育以“为民务实清廉”为主要内容，公司机关39个党支部，531名党员围绕“照镜子、正衣冠、洗洗澡、治治病”的总要求，高标准、严要求地完成了第一批教育实践。

目前，公司第一批教育实践已圆满结束，但收尾不是收场，许多后续工作仍须落实，“两方案一计划”专项整治及整改落实还须保持和推荐。今年2月底，各卷烟厂陆续召开动员大会，公司第二批党的群众路线教育实践全面展开，影响范围更广。公司将本着“主题不变，镜头不换”的原则，继续高标准、严要求地开展实践，力求解决实际问题，惠及广大群众。

公司教育实践开展以来，各部门、各单位按照中央和国家局统一部署，以贯彻落实中央“八项规定”为切入点，聚焦解决“四风”问题，坚持边学边改、边查边改、立行立改，取得实实在在的成效。

文风在变　会风在变

“现在的会议开得简短，能并会的都并在一起开，节省了我们基层单位的往返时间。”说起教育实践开展以来的直观感受，湛江厂厂长符敏首先感慨“会议明显高效了”。

在湛江厂办公室一位负责人的印象里，以前因为工作需要，“文件多、会议多”的现象一直较为突出，一定程度上存在着形式主义。“我们经常打开电脑就看见很多文件传过来，讲老实话，很多文件和自己的工作关系不大，也没有认真地看，点点鼠标就过去了。”“有时候星期一到公司开了会，赶最晚的飞机深夜才回到湛江，星期三又接到通知来开另一个会。”符敏回忆说，以往参加形形色色的会议是他的一项主要“工作”，“多数会议要求主要负责人必须参加，会议开的时间也长，消耗了大量时间和精力，也浪费了不少财力物力。”

随着公司教育实践深入开展，新的变化正迅速产生，文件能不发的不发，简报能不报的不报；会议能合并的合并，能精简的精简，能开电视电话会的开电视电话会，能不开的不开。

“实践开展后，我们进一步精简了各类文件简报，可发可不发的文件一律不发；严格实行会议计划管理，按照国家局的要求严格控制人员规模及费用标准，原则上会议都在公司本部或广州地区召开，各类表彰会、研讨会等一律不开。”公司办公室主任苏章耀介绍道。

变化得到了广大基层干部职工的一致欢迎。现在到韶关、梅州、湛江三个厂去调研，基层干部都高兴地说：“少开会减少了我们往返参会的次数，节省下的时间和精力投入本职工作中，既为基层减了负，又推动了工作开展。”

大幅下降的不仅是会议数量，会务也有了很多简化。“现在开会比以前简单多了。许多会议就在公司大楼开，没有了会务聚餐，全部安排工作餐；会议现场也不摆放花草、不制作背景板。”苏章耀说。

伴随着这些明显的变化，不少干部职工感叹，现在会风文风明显变了，带来的却是工作效率的提高。据统计，通过严控文件和会议数量、精简会议议程、缩短会议时间、简化会务安排等举措，2013年，公司本部制发的各类文件简报、召开的各类会议及费用支出同比有了明显减少。仅会议费用支出一项，同比即下降了67%。

接待少了　热情不减

“以前隔三岔五就有参观人员来，每次人数还不少。虽然说作为主人要有热情大方的待客之道，但是参观的人数过多，有时一天就有几个单位的人来，我们几个人轮流转，跑上跑下把我们累得人仰马翻。”广州厂办公室的同志说起接待表示很纠结。

基层厂的难处并不是毫无道理。自广州卷烟厂正式投产后，作为广东卷烟工业的一面旗帜，来参观的人络绎不绝，许多大型活动也在广州厂召开。这表明了行业内外对双喜品牌的认可和肯定，但接待频繁也给日常工作带来了一些影响。

“八项规定出台以后，来广州卷烟厂参观的人数逐渐少了，我们对陪同参观人数进行了控制，对接待流程也进行了精简。大家参观完之后，都是按照相关规定，到饭堂吃个工作餐，虽然简单但也不失热情啊。”办公室一位工作人员笑着说。

接待的“标准”和“形式”也在变。“以前公务接待时，我们总是担心不够热情，唯恐怠慢了客人，多数选在外就餐。”办公室同志对比介绍道。“现在不同了，在公务接待中严格按照标准接待，全部在职工食堂吃工作餐，工作简便多了。”

公务招待的减少和简化，最直观地反映在公务招待费用的大幅下降。2013年，广东中烟全年业务招待费同比下降54%。不仅如此，简化后的公务接待，也让很多人感到轻松不少。对此，办公室负责接待工作的陈晓聪深有同感：“以前迎来送往比较多，经常要到机场接送客人，有时候一天要去几次，有同事和我开玩笑说‘你干脆住机场算了’。现在接待任务少多了，自己也有了更多精力投入办公室工作，思考和学习的时间也多了。”

整改落实　严格规范

围绕教育实践开展的23个整改项目，内容涉及加强班子建设、强化为基层一线服务、严格制度规范、提高管理实效等方面。这些整改措施，桩桩件件都与当前品牌发展需要相结合，从机制方法上提倡解放思想、勇于创新、统筹规划、完善机制、实干巧干、艰苦朴素。

据实践领导小组办公室郑树平部长介绍，实践开展以来，公司开展了精简会议文件、厉行节约反对浪费、清理整顿办公用房、公务用车、规范公积金发放等7个方面的行动，积极开展“群众满意二三事”整改活动，收到了良好成效。

“据统计，公司去年的公务接待费同比下降54%，公务车购置及运行费用同比下降22%，涉外费同比下降33%。对于不符合国家局要求的超标公务车辆，全部按要求进行了封存，有序开展了超标办公用房清理工作，共计清理办公用房3500平方米。”“按照国家局有关规定，我们规定各卷烟厂、公司处级干部不设相对固定用车，严格控制公车使用，杜绝违规购置和公车私用。”苏章耀说。

一位车队司机告诉记者：“以前跑省内长途的情况比较普遍，现在各部门省内出差都尽量坐火车和会务大巴车，十分规范，公务车的运行成本也下降了。”

在办公用房清理上，广东中烟全面清理了公司机关办公用房，按规定面积标准对领导办公室进行了分隔改造，其他面积超标人员则一律合并办公。

“中心领导都是自己开车上下班。办公室搬出来后，领导和我们一起在大办公室里办公，聊工作更方便了。”原料供应中心一位工作人员说起，“我觉得这也是教育实践开展后更贴近群众一个细微体现。”

作风在变 工作更实

“这次教育实践的聚焦点和着力点是集中解决形式主义、官僚主义、享乐主义和奢靡之风等‘四风’问题，树立良好的作风。”作风的改变体现在每一个细微之处。

到基层调研检查，陪同人员减少了，基层接待简化了，调研效果提高了……去年以来，公司领导到基层开展专题调研13次，领导干部进机台、进班组、进烟田，不搞统一安排，不打招呼，访烟农、蹲市场、下基层，掌握了很多基层情况，带来了很多新思考。

去年9月底，一场听取意见活动在技术中心展开，总经理李根基认真听取着技术中心关于如何进一步理顺技术人员发展通道，如何进一步提高技术人员的整体积极性问题的汇报，与科研人员座谈，听基层群众的想法。很快，一份数据翔实、分析客观的调研报告出炉。10月，在人力资源部的协助下，一场专业技术人员选拔工作在技术中心展开，技术中心50多名科技人员走上竞聘台。“搭建这样一个平台，拓宽了专业技术的通道，让我们科研人员立足岗位走专业技术路线的劲头更足了。”

“实践开展以来，公司广大党员干部职工工作作风有了较大转变，进一步加深了对群众路线的认识，激发了推动企业科学持续健康发展的干劲和力量。”李根基表示，今后将继续巩固实践取得的成果，“作风建设永远在路上，未来要锲而不舍、不断改进，让好的成效变成长效，让好的作风保持下去。”

（《广东中烟》 2014年3月31日 赵琛子）

强化“五位一体”监督

探索“两融入一延伸”党建模式

2016年10月，全国国有企业党的建设工作会议闭幕不久，广东省委常委、纪委书记黄先耀来到广东中烟工业有限责任公司调研，高度肯定其党建工作，“你们在党的建设方面的一些经验，做得很好，值得学习和推广”。

2016年12月30日，广东省纪委办公厅《粤纪办通报》专题刊发广东中烟“层层压实全面从严治党主体责任，突出重点部位和关键环节，强化‘五位一体’监督”的做法，下发全省各单位进行经验推广，并上报中央纪委。

2017年1月，国家烟草专卖局党组书记、局长，中国烟草总公司总经理凌成兴专门在《粤纪办通报》上批示，要求国家局廉政办转发行业各单位党组（党委）参阅。

坚持党的领导、加强党的建设是国有企业的“根”和“魂”。作为众多国有企业的一员，广东中烟究竟有何与众不同之处，为何会吸引关注的目光？记者专赴广东采访，近距离感受其党建工作的魅力。

走进拥有全球最大单体卷烟生产工房的广东中烟广州卷烟厂，办公区门口红底黄字的“抓实党建　促进发展”条幅醒目耀眼，悬挂在路灯柱上的“党建也是生产力　抓好党建添活力”宣传语不时可见……浓厚的党建氛围里，无论是日常生产还是加班加点，无论是设备自主维护还是疑难杂症攻关，条条战线上都有党支部和党员带动普通员工共同奋进。

梅州，广东唯一一个全境纳入原中央苏区的地级市，广东中烟梅州卷烟厂一座近万平方米的联合工房拔地而起，“27天完成桩基施工”“一年完成土建”“7个月完成20多个配套工程项目建设”……以党员为中流砥柱的梅州卷烟厂技改办，经过650多个日日夜夜的忘我工作，拿下了这个建厂77年以来史无前例的大型技改项目，20多人的临时部门涌现出4位优秀共产党员。

在广东中烟，许多生产经营工作和急难任务的背后，都渗透着党建的力量。一个形象的比喻是：黄沙、石子、水泥、钢筋，没有水，黏合不到一起，只有用水才能把它们变成混凝土，打造坚固的堡垒，而党建在企业里就像水，能够增强凝聚力，党建就是生产力。

以加强党建为统领，以解决问题为突破口，广东中烟始终坚持把加强党的领导作为推动企业改革发展稳定的重要举措来抓，致力于为企业培“根”铸“魂”，把党建工作成效转化为企业发展优势。

“广东中烟要在激烈的市场竞争中确保国有资产的保值增值，不断提高竞争力、影响力和抗风险能力，实现企业经营效益最大化，就必须突出国有企业的政治属性，必须充分发挥党组党委在国有企业中的政治核心作用，必须着力营造更加浓厚的从严治党氛围。”广东中烟党组书记、总经理唐健如是强调。

融入——服务生产经营，党建与发展深度融合

新形势下，加强国有企业党的建设势在必行，问题是如何加强，从何处入手？

目标导向很重要。广东中烟思想政治工作部部长刘焕钊认为，企业毕竟是生产经营实体，如果只是泛泛地谈思想，宏观地讲措施，难免流于就党建而党建、为加强而加强的形式，看似热闹却乏善可陈，“善弈者谋势，党建工作和生产经营互为因果关系，强党建兴事业、干事业显党建，一旦整个环境和态势形成，企业就能克服很多困难茁壮成长，反过来也能检验从严治党的成效”。

从一开始，广东中烟就十分明确：加强党的建设要坚持服务生产经营不偏离，把提高企业效益、增强企业竞争实力、实现国有资产保值增值作为国有企业党组织工作的出发点和落脚点。在生产规模、产品结构、市场状态、经济效益面临严峻挑战的关键时刻，广东中烟着力把党建工作融入生产经营各个环节，形成党对企业生产经营领导的澎湃动力，努力推动企业创新发展。

党建工作和生产经营是一体而非“两张皮”，说易也易，说难也难，广东中烟并不谋求一飞冲天，而是从优化完善基层党组织的基础做起，循序渐进加强党的核心领导作用。根据企业实际，对机关部门“支部建在部门”，对一线车间班组则按“小组建到机台”，建立起“党组”“党委”“党总支”“党支部”“党小组”的梯形党组织架构模式，做到组织严密，架构清晰，全面覆盖无死角。

“我们要求满足3名党员必须成立党小组，6人以上设立支部委员会，确保每一名党员都有组织，组织生活不乱不弃，树立起规范意识。”刘焕钊介绍，健全各级党组织是党建不可或缺的基础，但党建不是“同一面孔”，也不应是党委干部的“独角戏”，因此广东中烟注重党建工作方法创新，打造“一个支部一个特色”，树立“一个党员一面旗帜”，把党建融入中心工作，让基层党组织和党员成为促进生产经营工作的“主心骨”。

为畅通党建融入中心工作的途径，广东中烟推行党务和行政负责人“双向进入，交叉任职”，对车间、中心、各个驻外市场负责人不担任党支部书记的，全部换届选举，让“一把手”担任党支部书记，对其考核生产经营业绩的同时，也对党建工作成效进行考核，明确主体责任，强化党建“主业”意识。

与此同时，财务部的“服务支撑”型党总支，市场营销中心的“开荒牛”型党总支，技术中心的“高效务实，和谐创新”型党总支，生产车间的“红旗机台”和“共青团员”突击队……一批有内容、有特色的基层党建品牌在广东中烟如火如荼创建，各级党组织带领广大员工大力开展节支降耗、降本增效、劳动竞赛等活动，全力谋划创新驱动，党员干部在挑重担、克难关中当标兵、做模范，“责任、担当、奉献”效应的影响拓展至整个企业。

广东中烟财务部部长位坤有自己的体会，“不同支部有不同业务，不同业务有不同形式，党建与发展深度融合，党员与党组织深度融合，以生产经营中遇到的难题为切入点，因地制宜地发挥党组织的战斗堡垒作用和党员的先锋模范作用，可以实现党建工作落地”。

融入，打通了广东中烟健康肌体的主动脉，让党组的思想意图、工作部署及时准确、不打折扣地传达到每一个角落，各方面工作时刻有党员撑着，为推动企业发展提供了强劲推动力。

延伸——企业发展到哪里，党建就跟进到哪里

与众多国有企业不同，本部、三大中心和四个卷烟厂构成广东中烟的主体，但又并非全部，作为行业最早拓展境外业务的企业，广东中烟在港澳地区、柬埔寨设有卷烟出口基地。在内地顺理成章加强的党建，在异域他乡的境外企业如何同步跟上？

“企业发展到哪里，党建就跟进到哪里。”广东中烟党建工作一以贯之地延伸到境外企业，不留死角，全面覆盖。

从组织架构上，广东中烟境外企业党支部属于国际业务部党总支，各党支部下辖若干党小组，按照每个季度召开一次支部党员大会，一个月召开一次支部委员会议和党小组会议的频率，有组织地开展学习、座谈等活动。每个月，党支部书记要报告党建工作情况，便于本部及时了解驻外党员思想动态和组织生活情况。

“事实上，境外党员开展组织活动虽然条件有限，比如只能下班后在宿舍开生活会，但党员在异乡更有认同感、安全感，更能感受到团结、踏实、拼搏的组织温暖，促进党员履行义务、自我管理。”广东中烟思想政治工作部主任科员赵琛子感觉到，随着党的建设不断延伸、覆盖，整个企业党建的氛围正变得越来越浓。

境外企业自然有特殊之处，而像营销中心业务人员遍布全国，原料部门人员在外地驻点，生产车间即使是同一班组，也有白班和中班之别，面对分散的党员，时间、空间的限制，又怎么保证党小组、党支部的活动正常开展？

广东中烟党建的延伸、覆盖，不仅仅意味着党组织健全，而是更加深入地指向动真求实。从2016年开始，广东中烟思想政治工作部年初要汇总列出全年党建工作计划和要点，细化到党总支、党支部、党小组干什么，党员大会学什么，进行台账式管理，完成一个销号一个，并实行月报制，辅以不定期检查。有计划、有落实、有考核的动真碰硬，避免了党建工作开展永远停留在一纸计划或空有形式没有成效的情况发生。

党组织的主题活动，也不再局限于传统的大家聚在一起读文件、念体会，而是灵活多样。比如，建立党员微信群开展“指尖上的党建”，一方面把党的方针政策和重要精神及时传达给分散在各处的党员，一方面党员在群里分享交流学习心得。再比如，通过“网上微课堂”、党员“手抄党章”、读书交流会、卡通漫画等丰富多样的载体进行党建宣传教育，让严肃的党建变得生动有趣、平易近人。

目前，广东中烟思想政治工作部在谋求与东莞党校合作，建设网上党建图书馆，利用专业党校的丰富课件资源，通过专属账号，方便党员自行学习，随时随地开展党建教育。以细微促落实，广东中烟党建向深处、实处延伸，抓细抓小抓实，真正做到组织、人员、活动全覆盖，为坚决杜绝“弱化、淡化、虚化和边缘化”的问题提供了有力保障。

从严——监督“五位一体”，构建从严治企新常态

国有企业党组织发挥领导核心和政治核心作用，归结到一点，就是把方向、管大局、保落实。对于广东中烟而言，企业每年的工程建设和物资采购资金量大且密集，容易滋生腐败和矛盾，推进党风廉政建设，加强纪律监督自然成为党建工作的重点。

为有效防止国有资产流失，保证国有资产安全，广东中烟大胆尝试转

变监管方式，创新具有行业特色的“五位一体”监督方法，筑牢反腐防线，保持企业持续平稳健康运行。

——突出对领导干部的监督。在坚持以制度规范权力运行的前提下，明确要求“一把手”不直接分管财务、人事、工程建设和物资采购工作，研究上述工作坚持末位表态等；制定《处级干部交流管理办法》，明确需要交流的情况，出台《员工任职回避管理实施细则》，明确需要回避的情形，建立员工亲属关系管理台账。

——创新信息化管理监督。充分运用信息化科技手段“硬约束”的优势，综合运用网络电子平台，在资金监管上重点抓住账户管理、资金预算管理、资金支付环节，用信息化手段提高监管的有效性，固化制度执行的刚性。在“工程投资、物资采购、宣传促销”工作中，建立过程管理和监控并重的信息系统，实现了采购项目全过程、全方位、全类别的阳光运作。

——加强民主监督。成立预算、投资、薪酬、招标、年金、医保等管理委员会，健全工会组织和职代会制度，通过多种形式落实职工群众的知情权、参与权、监督权和决策权。对于涉及“三重一大”的管理决策，首先发挥专业委员会的作用，保证决策科学性。各委员会对决策执行过程及其结果进行有效监督，保证决策执行的正确性和有效性。

——完善纪检监察的再监督。组成巡视组，落实强化对各中心各卷烟厂的监督。坚持各级纪检监察部门直接参与企业生产经营，在参与中实施全程监督。强化责任追究，实行公司内部终身责任追究制。建立权力监督和制约机制，制定《廉洁风险防控管理办法》《不相容岗位相分离实施细则》，加强对重点领域、重点岗位、重点人员的权力制约和监督。

——结合财务审计监督。以强化财务管理为核心，加大审计监督力度，逐步构建起了事前、事中、事后和同级、上级、社会审计相结合的立体审计监督体系。

广东中烟监察部副部长刘家雄表示，相比以往，“五位一体”

监督更具刚性，比如《处级干部交流管理办法》规定同一部门满6年有计划交流，满10年跨部门交流，涉及人、财、物的干部必须交流，财务管理上要求金额1000元以上的报销必须附刷卡小票等；也更加有效，因为实际工作中往往纪检人员不懂财务，会更加关注有没有利益关联，而财务人员对审计不是很了解，本能地从是否合规、流程是否缺失考虑问题，这样共同监督时从各自的角度互为补充，可以发现更多问题。

事实上，种种监督并非全是新事物，在广东中烟发展进程中或多或少已然存在，但传统的监督是分割和事后的，纪检归纪检，财务归财务，现在则成为一体形成监管合力，各部门各司其职，同向发力，能有效破解上级监督太远、同级监督太弱、下级监督太难的瓶颈，构建起从严治企的新常态。

融入、延伸、从严，广东中烟以坚定的态度、有力的举措推动党的建设从根本上加强，虽然眼下正在路上，落实全面从严治党要求还有很多探索需要深入，还有许多目标等待实现，但由此积聚形成的正能量，将使企业在竞争的浪潮中无惧风雨、行稳致远。

（《中国烟草》 2017年5月15日 宁志）

广东中烟党组积极探索具有特色的党建模式

“融”到深处　“延”至心间

近年来，广东中烟工业有限责任公司党组结合企业发展实际，坚持不懈加强党的建设，探索出一套具有自身特色的党建模式。

“我们在党建工作中以‘融入’和‘延伸’两个关键词为抓手，坚持服务生产经营不偏离，形成党对企业生产经营领导的澎湃动力。”广东中烟党组书记、总经理唐健说。

基层党建有特色

“上周我们支部‘供给侧结构性改革’主题党课已经共享到群里，感兴趣的同志可以学习一下。”

2017年5月9日，广东中烟市场营销中心党总支微信群内，一名党员分享了一段党课视频。

自该微信群建立以来，这样的事例已经屡见不鲜。

党员众多且分布较散是这个党总支的一大特点，也是其将“指尖上的党建”作为开展主题活动载体的依据。

通过微信交流群，市场营销中心党总支可以及时把党的方针政策和重要会议精神传达给分散在一线的党支部和党员，党员们也可以把自己的学习心得发到群里进行分享和交流。

“将党建融入生产经营当中，就是要根据工作实际，建立、健全各具特色的党组织。”广东中烟思想政治工作部部长刘焕钊说，“市场营销中心党组织就是一个很好的例子。”

如他所说，广东中烟对机关部门按照“支部建在部门”原则建立党组织，而在生产车间、驻外市场，则按照“党小组建到班组”原则让每一个班组都有党小组覆盖，逐步建立起“党组—党委—党总支—党支部—党小组”的“金字塔”状党组织架构。

依托完备的组织架构，一批有内容、有特色的基层党建品牌涌现出来。

完善齐备的基层党组织，成为推动工作的主要阵地和活的灵魂。

每一名党员与相应组织的深度融合，每一个支部与各项生产经营活动的深度融合，打通了企业健康肌体的主动脉，让党组的思想意图、工作部署及时准确、不打折扣地传达到企业每一个角落。

一个党员一面旗

他，是第十四届全国烟草行业职业技能竞赛暨“合和杯”第五届烟机设备修理职业技能竞赛广东中烟代表队总教练。

在带队备战行业竞赛期间，年过五旬的他很少回家，与选手拼搏奋斗在一起，只为一句“尽力而为”。

通过严格的指导和训练，该代表队中两名选手分获专业第二及第四名，实现了广东中烟异地参加行业竞赛奖项“零的突破”。

他，就是广州卷烟厂卷接包车间高级技师吴兆德。作为一名老党员，他用自己的无私奉献带出了几十名徒弟，堪称“桃李满园”。

在广东中烟，像吴兆德一样默默奉献、努力发挥先锋模范作用的党员还有很多，这与“让优秀党员融入广大干部职工之中，‘一个党员一面旗’”的党建工作思路是分不开的。

广东中烟通过严格选拔、调整优秀党员干部到工厂、市场等基层单位任职，通过一岗双责考核，使优秀党员成为队伍的“领头羊”，充分发挥先锋模范作用，真正做到关键岗位有党员领着、关键工序有党员盯着、关键环节有党员把着、关键时刻有党员撑着。

以技术中心产品研发组为例。

在这个由21人组成的队伍中，党员有15人，覆盖率达到71%。也正是这个富有生机、敢于啃硬骨头的年轻团队，在过去的一年完成了多种牌号20种新产品的研发任务。

“产品研发是一个艰苦的过程，记不清开了多少次工作会、加了多少班。但我们的团队在党员的带领下咬牙坚持，从不退缩。”技术中心副主任、党总支副书记黄菲说。

在优秀党员的感召下，越来越多的员工以甘于奉献与勇于担当的精神，为广东中烟的发展添砖加瓦。

党建触角再延伸

“党的建设不仅要充分融入生产经营当中，还要不断延伸。”唐健说，“企业发展到哪儿，党组织就要覆盖到哪儿。”

作为行业较早拓展境外业务的企业之一，广东中烟一直高度重视国际市场，而将基层党组织管理向海外延伸，则是广东中烟党建工作走出去的基础。

结合境外企业分布特点，广东中烟将党建工作延伸到柬埔寨等地。只要有党员的地方，都成立了党支部、党小组，对驻外党员进行管理，严格规范党内政治生活，及时了解员工思想动态。

而不定期的座谈会、学习会，则让身在异乡的每一名党员感受到大家庭的温暖，也为加强党员自我管理、自我约束提供了保障。

党组织向海外延伸，是党建触角的有形延伸。与此同时，广东中烟也在潜移默化间让党建工作延伸到每一名党员心中，实现更为深刻的无形延伸。

在广东中烟本部楼宇电视上播放的“党建小课堂”，用一系列生动形象的故事让党建工作不再枯燥乏味。

含有大量自编课件，并支持移动设备的双喜网络课堂，则成为党员们学习党课的新颖媒介。

如“党建也是生产力　抓好党建添活力”一般，在广州卷烟厂内随处可见的党建标语，让党员们一刻也不敢懈怠。

…………

“公司一方面通过宣传，让我们更为深入了解党建的作用，改变以往重业务、轻党建的习惯。”财务部部长、党支部书记位坤说，“另一方面也鼓励我们基层党组织将‘三会一课’搞得更加有声有色，不再是走走过场，既解决实际问题，也让我们的党员真正有所收获。”

作为尝试，位坤最近主讲了一堂“新常态”主题党课。细心准备了近一周的他一开讲就激发起参会党员的兴趣。大家畅所欲言，结合工作讲述了自己的观点，整堂课气氛十分热烈。

位坤介绍，下一步，该支部每名党员都将担当主讲人，用更接地气的形式讲述属于他们自己的主题党课。

同样的故事，在广东中烟本部及各基层单位交汇。

“支部党课不仅形式、内容灵活，在时间安排上也更加人性化，向我们一线党员倾斜，让我们的学习由被动变为主动。”韶关卷烟厂年轻党员张福华的话代表了不少党员的心声。

在广东中烟，党建不再严肃刻板，已经逐步融入党员们的工作中，延伸到他们心间。

如今，依托党支部战斗堡垒作用和党员先锋模范作用形成的党建正能量，正推动广东中烟改革发展稳步向前。

（《东方烟草报》 2017年6月8日 李扬 张永峰）

广州卷烟厂找准党建着力点　筑牢反腐新防线

积极探索基层党建新模式

“今天在广州卷烟厂的所见所闻，让我感受到你们党的组织健全，党员活动规范，廉政文化丰富，企业的学习氛围浓厚，党建工作落到了实处。”2016年10月18日，广东省委常委、纪委书记黄先耀来广东中烟调研，在座谈会上对广州卷烟厂党建工作给予了充分肯定。

近年来，广州卷烟厂坚定不移加强党的领导，不断夯实党建工作基础，毫不动摇筑牢反腐倡廉防线，通过开展“三严三实”“两学一做”专题教育、严格落实党风廉政建设责任制、贯彻“八项规定”等有力措施，规范权力运行，在激烈的市场竞争中确保国有资产的保值增值。

创新方式，积极探索党建新模式

广州卷烟厂不断探索党建工作与中心工作融合的新模式，提高党建工作牵引力，增强党的生机和活力。抓牢组织保障，一手抓班子，抓顶层设计，全局把控；一手抓基层，抓分类指导，因地制宜地推进。以党组织润物无声的战斗堡垒作用来凝神铸魂、把准方向，增强党组织的凝聚力和战斗力。

抓班子，力促领导责任到位。广州卷烟厂成立党的建设领导小组，配齐党建领导班子，将党建工作与生产经营同部署、同落实、同检查，充分发挥党组织在企业发展中的领导核心作用。在党委专批评拉近彼此距离，班子之间更加凝聚团结和亲密无间。

“对于不执行党的纪律，特别是在经济运行中违反财经纪律，或者工作中不作为，影响生产、服务保障的人员，我们将依规问责和严肃处理。”在第三季度中心组学习会上，广州卷烟厂党委书记、厂长李斌的一番话掷地有声、理直气壮。“能够参加党委中心组的学习会，是对我的肯定，但同时感觉肩上的担子更重了。”这是信息科的主任工程师何延涛第一次参加中心组的学习会议。广州厂党委每个季度都会组织中层以上管理人员召开中心组学习会议，带领大家一起传达学习上级的会议精神、方针政策和工作部署，参会人员已经扩大到主任工程师范围，这一举措加强了对基层干部的培养和锻炼。

抓基层，提升支部战斗力。“我从咱们车间学习栏里可以看出，车间党支部的活动状态非常好。”黄先耀在生产车间参观调研时，对广州卷烟厂党支部建设非常满意。广州卷烟厂坚持每月召开党支部书记会议，听取各党支部在党务工作和员工思想动态等方面的意见和建议，及时解决党支部管理建设中存在的困难。并建立党建工作考核制度，将考核结果与党支部书记的年度绩效挂钩，促进党建工作规范化水平不断提升。

储运科党支部下辖9个仓库，党员分散，且年纪大的老党员多，如何开展党员集中学习成了储运科党支部心头大石。除了下发的书籍外，还有大量的讲话文件材料需要在网上下载学习，但是仓库的老党员很多都不懂如何使用网络，党委办公室决定开展“送学式”教育，根据“两学一做”教育的学习目录编制了《学习材料摘编》电子版，方便老党员自行打印，随时随地开展“两学一做”。“以前纪律教育学习月时观看反腐教育片还要跑回东沙厂区看，现在党支部书记给我们刻了碟，在仓库装个小型投影就能看警示大片了。”距离厂区近60千米远的富力仓党小组组长谢敏说。

夯实基础，上下联动注入新活力

广州卷烟厂在党员发展和党员管理中始终坚持“把优秀员工发展成党员，要求党员必须成为优秀员工”的理念，重视党员的发展培养，发挥先锋模范作用，以榜样力量带动全体员工共同努力，为工厂生产和管理增添激情和活力。

一方面，以点带面，发挥一线党员的传帮带作用。广州卷烟厂党员比例较高，一线员工中每四名员工里就有一名党员，如何发挥党员的先锋模范作用尤为重要。车间生产突发情况多，广州卷烟厂着力在技术攻关、设备抢修、生产加班等任务方面给党员多压担子，党员同志在急、难、险、重的任务面前也能一马当先，扛起攻坚克难的大旗，吃苦耐劳，甘做无私奉献的“老黄牛”，在一线员工中树立起党员的先锋模范形象，带动普通员工共同奋进，激发全体员工的每一个肌体细胞能量，为工厂建设和品牌发展做贡献。

另一方面，搭建平台，激活青年党员创造力。广州卷烟厂30岁以下党员占全体党员的45%，每年新进员工中的党员比例也高。厂党委针对青年党员学历高、思维活跃、学习能力强，但吃苦耐劳精神不足的特点，有意识地锤炼青年党员的党性修养，充分发掘青年党员潜力，通过搭建“一对一”“师带徒”“维修培训班”“双喜先锋队”等多种平台，培养一岗多能的复合型人才，进一步提升他们的工作技能，努力把他们培养为优秀员工，发挥榜样力量，营造起见贤思齐的良好氛围。

与此同时，广州卷烟厂建立了线上网络传播与线下实体宣传相结合的立体宣传模式，树立先进典型形象，营造争做合格党员的良好氛围，进一步弘扬主旋律。广州厂在传统板报、报纸等平面媒体的基础上升级宣传形式，将员工青年推崇的企业微信公众号、双喜卡通形象漫画、视频新闻等新媒体具象化宣传方式纳入纪律教育学习月宣传中。说起卡通人物“大喜”“小双”，它们可是广州厂的大红人，不仅在规章制度解说、廉洁教育、“三严三实”专题教育等漫画宣传中可以见到它们的身影，还在广东中烟报上成了让人期待的小惊喜。“用漫画形式宣传纪律教育，让庄严的党纪法规不再高高在上，而是生动有趣平易近人，让人耳目一新。”2016年新进厂的员工陈锦超说。

防范风险，构建从严治企新常态

作为生产企业，广州卷烟厂在日常业务中资金流量大，涉及的招标商多，2015年采购合同金额高达3.11亿元。因此，抓好党风廉政建设，突出两级班子的主体责任和纪委的监督责任，牢固树立“抓党风廉政建设是本职，不抓党风廉政建设就是失职，抓不好党风廉政建设就是渎职”的理念就显得尤为重要。

广州卷烟厂提纲挈领地从工厂管理的顶层设计上防范廉政风险，起到了纲举目张的效果。建立健全“三重一大”的议事规则，制订了党委会、厂长办公会议事规则等配套制度。认真落实民主集中制要求，对全局性工作部署等坚持班子集体讨论决定。同时，有的放矢地从采购业务这个风险点上对症下药，着力未雨绸缪，防患于未然。不断完善《采购管理细则》《招标代理机构管理办法》等规范监督管理相关制度，切实做到权力制约监督有力，运作规范透明。

同时，厂纪委参与重大决策，发挥好经济上的保障监督作用，确保企业发展航线不偏向。强化对关键岗位、重要人员特别是“一把手”的监督管理，确保航行“舵手”方向盘抓得稳。一方面，门前扫雪，等群众送料。通过健全来信、来电、来访、网络“四位一体”的举报体系，畅通举报渠道，拓宽线索源，让广大员工和社会人士更便捷更全方位地监督领导干部。另一方面，主动出击，向群众拿料。在面上的全面监督检查基础上，突出点对点的提醒谈话，并通过专项督导、明察暗访等方式，多途径对苗头性、倾向性问题做到早发现、早纠正、早查处，避免小错酿成大祸。

在规范管理过程中，各党支部也充分发挥教育基地的作用，通过“三会一课”等党支部活动，加强宗旨教育、党性教育，把党员干部和关键岗位员工的日常教育管理时刻抓在手上，让思想政治工作成为生产经营的“引擎师”、监督工作的“排头兵”、矛盾纠纷的“消化者”，将党组织建设为凝聚人心、教育引导、监督管理的坚强堡垒。

接下来，广州卷烟厂将进一步加强党建延伸，固好企业的“根”和

“魂”，并把党性党风党纪教育作为坚定理想信念的有效途径，使党员干部始终不忘初心，永葆共产党人的政治本色，持续推动广州卷烟厂稳步健康发展，力争为双喜品牌和地方经济发展做出更大贡献。

（《广东中烟》 2016年11月15日 刘米雷蕾）

韶关卷烟厂发挥先锋模范带头作用

打造特别能战斗的党员队伍

“韶关卷烟厂的员工队伍是一支特别能战斗的队伍！”曾任中国烟草专卖局副局长李克明在韶关卷烟厂调研时称赞，而这支特别能战斗的队伍正是在韶关卷烟厂党委的正确带领下成长起来的，党组织在这支队伍中发挥了坚固的战斗堡垒作用，而广大党员在这支队伍中则充分发挥了先锋模范带头作用，带领着广大职工努力工作，创造佳绩。

在全体干部职工的共同努力下，韶关卷烟厂2015年完成卷烟产量43万箱，实现产值65.3亿元，税金38.49亿元，取得了有史以来最好的成绩。其先后获得“全国先进基层党组织”“全国模范职工之家”“省纳税百强企业”“省诚信守法示范企业”“省安全文化建设示范企业”“省先进集体”等光荣称号。这些成绩的取得，离不开广大职工的努力耕耘，当然更离不开每一位党员的辛勤付出。

坚持战斗在第一线

一直以来，为了跟上行业和公司的改革发展步伐，韶关卷烟厂积极谋划，经历了多次大型的技术改造，对制丝车间CO2膨胀烟丝线进行技术改造，购进了多台（套）先进的卷接包设备，建设了新的动力中心和上联冲烟叶仓。近两年，为了达到双喜第三代工艺技术水平，韶关卷烟厂又启动了制丝线及配套工程技术改造项目和厂内片烟仓的建设等项目。在技术改造过程中，广大党员不怕苦不怕累，始终努力奋战在第一线。韶关卷烟厂原基建设备科老党员郑兆红在技改的过程中不辞辛劳，不顾病痛长期在技改现场工作，一直坚持到退休，多次被评为广东省“劳动模范”和“韶关市优秀党员”等光荣称号。现任的技改项目办负责人谭继兴也继承了老一辈的光荣传统，如老黄牛一般踏踏实实在技改一线默默耕耘，多次被评为公司和厂的优秀党员。

近几年，公司不断加大品牌整合的力度，扩大双喜品牌的生产和品牌转移、联合生产的任务给厂带来很大的压力。面对生产装备能力及劳动力不足、节能降耗指标严峻、生产任务繁重的局面，韶关卷烟厂原生产管理科科长陶锦才对生产管理模式进行大胆改革创新，实行“柔性化”生产模式，使韶关卷烟厂高效、优质、低耗地完成了公司下达的生产任务。2014年，陶锦才虽身患重病，但他没有跟组织汇报，而是忍受着强烈的病痛战斗在生产管理的第一线，直至生命的最后一刻。他用实际行动践行了一名党员“为党的事业奋斗终身”的诺言，他这种“春蚕到死丝方尽，蜡炬成灰泪始干”的精神感动了广大的党员和职工，真真正正做到了不忘初心。

像郑兆洪、谭继兴、陶锦才这样的党员在韶关卷烟厂还有很多很多，他们如一颗颗“螺丝钉”，在企业的每一个岗位默默奉献，正是因为他们的存在，韶关卷烟厂的员工队伍一直保持着强大的战斗力。

热心社会公益事业

除了在企业生产管理各条战线、各个岗位中发光发热，发挥强大的战斗力外，韶关卷烟厂广大党员还心系社会，热心各类公益事业，积极参与扶贫助困、助学、抗灾、献血等公益活动，用行动践行“全心全意为人民服务”。

2009年至2016年，韶关卷烟厂党委响应省委、市委的号召，积极开展“扶贫双到”工作。在公司的支持下，共向粤北地区捐赠了1000多万元扶贫资金，捐赠了5吨大米、200张棉被和15台（套）电脑等物资，帮助南雄市南亩镇岭下村和古市镇小坑村脱离贫穷。小坑村村支书罗清平曾说：“感谢广东中烟韶关卷烟厂，你们3年的对口帮扶，帮助我们小坑村实现了改革开放30年来的脱贫梦”。各党支部也积极开展支部活动，组织广大党员给贫困户拉电线、打水井、买理发工具、买劳动用具，用真情帮助贫困户脱贫。年轻党员戴冕大学毕业一年不到就被选派到贫困村驻村开展扶贫“双到”工作，他按厂党委的安排，扎根贫困村，翻山越岭，顶酷暑寒冬，默默为贫困村落实道路硬化、林场改造、自来水安装、路灯安装等一个又一个项目，为贫困户送去棉被、大米、食用油、鸡苗、肥料等生活、生产物资。六年来，虽然经历了许多困难，但是他从没有一句怨言，用青春的岁月践行党性观念。

党员队伍茁壮成长

韶关卷烟厂的党员队伍之所以特别能战斗，是因为厂党委对党员队伍的建设非常重视。厂党委一直都坚持理论学习制度，结合“科学发展观”“党的群众路线”“三严三实”“两学一做”等专题教育学习活动，组织广大党员进行理论学习，重点学习了党章、党史、党内“两项法规”和习近平总书记系列重要讲话等精神食粮，厂党委成员带头学习，发挥表率作用，还多次为广大党员上党课，不断提升广大党员的党性修养、政治素质和理论水平，使广大党员不缺“钙”。

近年来，厂党委还不断创新党员的学习教育方式，组织广大党员到革命圣地井冈山、韶山等地进行党性锻炼，锤炼全体党员的党性修养，进一步坚定党员对党的忠诚信仰，让大家对中国革命的艰难历程有了更全面的了解，对新时期继续学习革命精神的重要性和必要性有了更深刻的认识，从而也使广大党员明确了自己肩负的责任和今后的努力方向，促使大家立足岗位，努力为企业工作。

在加强广大党员理论学习和党性锻炼的同时，厂党委还非常注重广大党员的技能培训，组织他们参加质量管理体系、职业健康安全管理体系、精益管理体系、预算管理体系的业务学习，并结合工作岗位安排他们参加各类技能鉴定和技能竞赛活动，不断提升广大党员的业务技术水平，使广大党员在各自的岗位上发挥先锋模范带头作用。年轻党员高善国通过努力拼搏，在“广东省机电一体化职业技能竞赛”中荣获第一名。年轻党员张福华在第五届全国烟草行业烟机设备修理竞赛中与全国的高手过招，最后脱颖而出，取得全国第四名的优异成绩。通过党性锻炼和技能培养，韶关卷烟厂年轻党员继承了老党员吃苦耐劳、乐于奉献的优良传统，并在技能方面不断成长和成熟，逐渐成为企业改革发展的中坚力量，为这支特别能战斗的队伍注入了源源不断的动力。

（《广东中烟》 2016年12月15日 刘贵兴）

梅州卷烟厂打造独具梅烟特色的党建品牌

红色引擎驱动“梅州智造”

近万平方米的联合工房二楼的卷接包车间，各项搬迁如火如荼。大家将利旧设备小心翼翼搬进宽敞明亮的新厂房，庄重地将机器上一个个印有鲜红党旗的党员示范岗、党员责任区标志擦亮……这是梅州厂全体干部职工马不停蹄、历经650多个技改的日日夜夜走到的关键一步。

“党建工作可谓是企业发展的红色引擎！”梅州卷烟厂党委书记、厂长饶智华回首这一路，感慨万分。如何推动党建工作与生产经营相结合，把“无形”的党建工作成效转化为“有形”的企业发展优势？梅州厂开启了自己的探索之路。

为打好“企业党建+生产经营”这一组合拳，梅州厂坚持“围绕经济抓党建，抓好党建促发展”的指导思想，以红色引擎驱动绿色发展，推动党的建设与生产经营深度融合、同频共振，打造出独具梅烟特色的党建品牌。

绿色工房　遍插红色党旗

这是一个以绿色和银色为主色调的生产车间，蓝绿相间的环氧树脂地坪，一台台设备整齐规整。伴随着机器发出的轰鸣，工人们正在如火如荼地投入机器调试工作，周密紧凑地部署工作，严谨高效地讨论……但是，这高度机械化的车间并不沉闷，一个个印有鲜红党旗的先进基层党支部、党员示范岗标志，犹如一个个跳动的红色精灵，顿时让这个智能车间澎湃起来。

“一枝独秀不是春，万紫千红春满园。”回想技改开展之初，只有几名党员参与前期技改项目论证工作。而今，技改项目建设几乎可以说是全员参与，星星之火已成燎原之势。是什么让梅州卷烟厂始终葆有“全员激情创业”的氛围？早在项目建设之初，梅州厂党委就提出了“规范、廉洁、安全、优质、高效”的十字方针，党委书记、厂长饶智华在多次会议上要求全体干部职工充分发扬“参与、担当和拼搏”三种精神，用实际行动汇聚推动企业改革发展的正能量。

如何拿下这个建厂77年以来史无前例的大型技改项目，确保“生产保障、安全质量、工程进度、廉洁规范”，饶智华深感责任重大。“五加二、白加黑”是他的工作常态，技改部署协调会议，施工现场安全巡查、设备安装调试，都能看得到他的身影。“这是几代梅烟人翘首以盼的项目，事关企业未来发展，必须完成这个历史使命！”正是凭借着直面困难不回避的魄力和勇气，饶智华同志以身作则，带领着梅州厂领导班子和全体干部职工充分发扬“实干闯未来”的企业精神，抢抓时机，主动担当，有效保障了整体技改项目安全高效推进。

现在，联合工房技改项目建设已顺利渡过了脱壳搬迁攻坚阶段，离12月既定正式投产目标仅是一步之遥。这一切，得益于公司党组、梅州厂党委的正确领导，也离不开在技改项目施工建设一线默默挥洒着汗水与激情的技改人。

肖良，梅州厂2013—2016年度优秀共产党员。身为技改办安全环保组组长的他，在同事眼中可谓“能文能武”，不仅是绿色节能环保理念的传导者，更是企业技改现场的“安全卫士”，共组织消除施工安全隐患600多项。冯远柳，广东中烟2015年优秀共产党员，技改办综合组组长，担负着联合工房技改项目二十几个标段的采购，项目管理制度、总体计划编制以及项目预算控制等统筹工作。正是凭借着敢于担当、勇于拼搏的“亮剑精神”，他们以厂为家，忘我工作，始终恪守着当初在党旗下的誓言。

特色党建　打造坚固堡垒

“水之积也不厚，则其负大舟也无力。”一个支部就是一个堡垒，作为基层党组织，党支部与职工群众联系最直接、接触最紧密、交流最广泛，梅州厂通过抓组织，健全工作架构，抓党员，打造先锋队伍，抓载体，丰富组织生活，切实将党支部打造成为团结职工的核心、教育党员的学校、攻坚克难的堡垒。

窗外机器隆隆作响，塔吊林立，窗内党员专精覃思，全神贯注。制丝车间支部副书记丘钢鸣同志掷地有声：“我们开展‘两学一做’学习教育，要认真贯彻落实习近平总书记的重要指示精神，‘学’要踏石留印，带着问题真学，‘做’要抓铁有痕，针对问题真做！”

夜深人静了，设备动力党支部的微信交流群上却十分热闹。为更好地调动党员干部的学习积极性，设备动力支部在开展“三会一课”、民主评议党员等党的组织生活之外，积极探索“微型党课”形式，双喜网络学习平台和微信交流群这样的“网上组织生活”，使党员坐得住、学得进、有效果。

在生产一线，广大党员主动“亮身份、做表率”，充分发挥“一名党员一面旗帜”的先锋模范作用，有效保障了生产组织高效运行和产品质量稳定；在营销一线，全力支持和服从全员专项推广工作安排，只吹冲锋号，不打退堂鼓，持续落实“人人营销、事事营销、时时营销、处处营销”的大局意识和责任意识；在技改一线，干部职工充分发扬“参与、担当和拼搏”三种精神，不负企业重托，主动担当，奋力攻坚，有效保障了整体技改项目安全高效推进。

对他们以及其他梅州厂默默耕耘在平凡岗位上的优秀党员而言，胸前的这枚党徽，既像是一个高清摄像头，时刻照着自己的一言一行，不断提醒自己的形象自觉；又像是一个扩音器，响亮地喊出“我是党员，向我看齐”的集结号，鞭策自己以更高的标准作更多的贡献。卷接包车间支部副书记余恩强形象地打了个比方：“黄沙、石子、水泥、钢筋，没有水，黏合不到一起，只有用水才能把它们变成混凝土，打造坚固的堡垒。党建在企业里就像水，能够增强凝聚力，党建就是生产力！”

不忘初心　梦想照进现实

梅州，广东省唯一一个全境纳入原中央苏区的地级市，而梅州卷烟厂一直屹立于梅州市纳税百强榜首，对于地方经济社会发展，对于双喜再创辉煌，都有着义不容辞的责任和担当。面对产值税收持续增长的压力、技改脱壳搬迁调试投产任务的繁重、人力资源结构性矛盾的突出等诸多挑战，梅州厂党委带领全体梅烟人喊出一个响亮的口号——发扬“三种精神”，落实“五大保障”，打赢推进企业持续发展的攻坚战！正式吹响了“十三五”转型升级的新号角。

如何让梦想照进现实？唯有不忘初心，方能砥砺前行。梅州厂党委着力于建制度、强班子，抓党建、铸品牌，立规范、促廉洁，着力打造“三大工程”：一是规范权力运行，建立健全“三重一大”决策机制，抓好领导班子这个“关键少数”，坚决防止决策一言堂、财务一支笔、用人一句话，不断校准思想之标，上紧监督发条，打造“班子工程”。二是发挥党委的政治核心作用，大力开展党建示范点建设。通过抓组织，健全工作架构；抓载体，丰富组织生活；抓党员，培树先进典型，打造示范工程。三是严格落实党风廉政建设一岗双责，以实施“书记项目”为抓手，切实加强技改项目建设的规范管理监督，深化廉政风险防控，打造“阳光工程”。

党建文化的熏陶也让梅州厂更加勇于承担社会责任，在新时期精准扶贫精准脱贫工作中，梅州厂以党建担当之精神，将“脱贫攻坚”进行到底，带领全体中层以上管理人员对口帮扶，并选派优秀驻村干部任扶贫村第一书记，引导广大党员干部做脱贫攻坚的“智士”、引领扶贫的“谋士”，为推进脱贫攻坚送秘方、献锦囊。通过创新精准扶贫模式，创造精准脱贫“秘方”，梅州厂切实把党建担当和脱贫攻坚拧成一股绳、铸成“一块钢”，既引领和保障了贫困村精准脱贫，又使精准脱贫与党建工作相得益彰，企业先后荣获了“广东省先进集体”“广东省文明单位”“广东省扶贫开发‘双到’工作优秀单位”“全省先进基层党组织”等荣誉称号。

习近平总书记强调，坚持党的领导、加强党的建设，是我国国有企业的光荣传统，是国有企业的“根”和“魂”。党建工作做实了就是生产力，做强了就是竞争力，做细了就是凝聚力。梅州卷烟厂将以党建工作为企业发展的红色引擎，以“实干”为根，以“党性”为魂，不断开拓思路、创新举措，开创企业党建新局面。

（《广东中烟》 2016年11月15日 叶婷 黄若韵）

湛江卷烟厂激情点燃青春　绽放别样精彩

为百年双喜注入青春活力

“平凡的每一天，是未来成功的基础。”最近，湛江卷烟厂青年团员拍摄的微电影《最好的自己在未来》展播，电影里人物角色心灵成长的历程勾起了青年员工巨大的感触。“每天，重复着同样的工作，我的青春就该这样吗？”“当然不！我的青春应该绽放更多精彩！”今年以来，湛江卷烟厂青年团员用他们的激情点燃青春，活跃在各个领域，绽放出别样精彩。

搭建青年之“家”

组织健全、机制完整是一个团体发挥作用的关键因素，湛江卷烟厂向党建看齐抓团建，在青年团员工作方面配足了人马，团建工作蒸蒸日上。今年上半年，在厂团委的统一部署下，科室团支部、卷接包车间团支部和制丝、动力车间团支部等进行支委改选，挖掘任用厂内优秀的团员干部。11月，组织召开了全厂第五次团员大会并选举产生了第五届厂团委。新当选的团委委员由各车间和科室的代表组成，实行团干区域联系制度，每一名团干联系一个班组或一个办公区域的团员，征求团员青年的意见，扩充团情收集渠道，及时了解青年员工的实际需求和思想动态，按期进行通报、决策和整改。通过团委和团支部的换届选举，为团建工作补充了新鲜血液，为青年团员建了一个“家”。

同时，为提高团干队伍的业务水平，结合厂内的专业性培训，厂团委组织部分青年到江西井冈山和湖南韶山等红色教育基地进行实践教育，安排团干参加湛江市直团工委组织的延安团干专题培训班，力求将培训学习的成果落实到日常的青年工作中。家的力量不可小觑，在全体团员的共同努力下，湛江卷烟厂团委各项工作获得了上级团委的肯定，荣获湛江市直“十佳优秀基层团组织”称号。

随着近年来新招聘员工的逐年累加，青年员工的人数越来越多，并渐渐成长为工厂的生力军。如何调动青年员工的工作激情，让他们充分发挥生力军作用是厂党委工作部署的重点。为了更了解青年员工的现状及诉求，3月开始，湛江卷烟厂团委牵头，协同工会办公室、人力资源科和生产车间组成工作小组，在全厂范围内开展了青年员工职业发展现状调研。通过问卷调查、座谈交流和一对一谈心等形式，了解青年员工在思想与价值观、企业认同感、职业发展与规划、工作满意度、生活学习满意度、共青团和青年工作等方面的情况和意见，在综合分析的基础上形成了《湛江卷烟厂青年职业发展现状调研报告》，提供给厂党委作为决策参考，相关工作得到了厂党委的高度重视，并在厂上半年工作会议上就青年工作的具体问题进行了讨论研究。同时，这份翔实的调查问卷对青年员工的兴趣爱好方面也做了普查，为接下来厂团委组织各种兴趣小组提供了依据，体现了企业对青年员工的关怀，让企业管理者听到青年员工的心声，为他们打造更好的发展平台。针对新入职员工如何融入企业的问题，厂团委在厂内组织了青年座谈会，邀请在公司技能竞赛中获奖的青年员工及中层管理人员代表，与新员工一起进行有针对性的交流座谈，介绍工作经历，分享成长感悟，指导青年员工树立岗位成才的目标，科学进行职业生涯规划，激励大家共同为工厂发展贡献力量。

展现“家人”风采

今年5月，厂食堂门口一张别样的海报吸引了职工的注意。“第一期青年公开课：互联网与大众生活，欢迎您的到来！”新颖的宣传方式，就好像大学校园里的学生社团活动一样，让人眼前一亮。课堂上，由许宁和金家欣演绎的情景剧《互联网在生活中的运用》以其幽默、活泼的表演赢得了阵阵掌声，学员们在轻松愉悦的氛围中既得到了精神的放松，又掌握了如何使用手机App方便日常生活的技能。

一年来，厂团委充分利用年轻人新潮、时尚、创新的群体特点，先后开讲了《互联网与大众生活》《你我身边的法律问题》《旅游安全与攻略》和《如何用镜头记录青春》等四期课程，受到了厂内职工的广泛欢迎和好评。特别是抓住公司举办“青春飞扬，喜悦我show”微视频创作大赛的机遇，厂团委组织青年职工利用业余时间，用镜头寻找、发掘、记录青年员工和广东中烟共同成长的精彩故事，以不同视角反映湛烟青年奋发向上、锐意进取的青春风貌。作品《人生如烟》和《最好的自己在未来》一时间成为大家争相下载的微电影，并分别获得了广东中烟“青春飞扬，喜悦我show”微视频创作大赛一等奖和三等奖，让年轻的员工“火”了一把，主演都成为厂里面的“偶像人物”。

凝聚“家人”力量

为了提升青年员工的归属感和凝聚力，厂团委利用节假日组织形式多样的活动，特别是对外地青年员工给予了组织的关怀，让青年员工既感受到大“家”的温暖，又沐浴在小“家”的幸福中。厂团委组织青年员工到海军陆战旅和海军井冈山舰等军民共建单位进行参观交流；科室团支部组织户外CS拓展训练；卷接包车间团支部开展绿色脚印骑行等活动；制丝动力团支部组织“美丽青春，幸福湛烟”湖光岩主题户外实践活动……而青年志愿者团队也初见雏形，他们利用周末的时间参与厂内员工之间的互帮互助，服务困难职工及康乐路宿舍区的离退休职工；参与“3•5志愿者服务日”等志愿服务活动；与其他企事业单位共同参与扶贫志愿活动……通过一项项活动的开展，青年团员们在沟通交流中增进了感情，凝聚了力量。

千锤成铁，百炼成钢。湛江卷烟厂的青年员工们经过几年时间实际工作的磨炼，逐渐在各自的岗位上崭露头角。他们中有中层管理人员，有主任助理，有班组长，更有一线的技师、高级工、培训导师，他们快速成长，他们作为青年团员的一分子，用激情点燃青春、奉献岗位，助力工厂发展。“十二五”期间，由青年员工参与的QC项目有138项，管理创新项目281项，六西格玛项目53项，取得了较好的经济效益，并有一大批项目获得了国家、行业和公司的荣誉，其中如QC成果“GDX2硬盒包装机小包侧翼开胶检测装置的研制”就先后获得公司一等奖、行业二等奖。

今年年初，厂团委建立了“青春湛烟”微信公众号，定期推送团员活动、青年志愿者活动、青年公开课、党内法规、精准扶贫等内容，结合厂党委的要求，及时发布贯彻学习党的十八届六中全会精神等内容，宣传企业文化，倡导文明新风，支持厂各项工作开展。针对今年卷烟营销的严峻形势，青年团员利用网络平台、朋友圈和对外活动交流等载体，通过喜闻乐见的活动形式，依法合规地宣传双喜品牌文化，服务全员营销工作。为拓宽双喜品牌销售市场，青年员工们主动投入专项推广工作中，其中有十名专项推广人员长期驻点外地，为双喜品牌发展奉献青春激情，他们都是青年团员中的楷模。在厂党委组织的湛江市区双喜品牌驻店促销和“双百双千”活动中，青年员工们更是主动挑起重担，利用停产假期和周末走进市场，成为深化全员协同营销工作中的主力，让团员青年主动服务品牌发展的激情展现在湛江的大街小巷。

“青春，是充满活力、勇往直前的代名词；青春，在日复一日的重复中也可以创造精彩；青春，无论我身在何处，你依旧可以看到我的激情！”在“湛烟青年”公众号的青春合影里，一张张笑脸记录着他们一路走来的幸福，他们为梦想永不放弃，共同努力，在广东中烟这个大家庭里创造更精彩的未来。

（《广东中烟》 2016年12月30日 曾惠 施坚斌）

弘扬公益　回报社会

广东扶贫济困日暨乡村振兴“万企帮万村”

广东中烟连续九年捐赠1000万元

2018年6月30日上午，2018年广东扶贫济困日暨乡村振兴“万企帮万村”活动在广州举行，广东中烟向广东扶贫济困日活动捐赠1000万元，用实际行动响应省委、省政府号召。

活动开始前，广东省委书记李希会见爱心企业、爱心人士代表，代表省委、省政府向全省爱心企业、爱心人士表示衷心感谢，希望社会各界积极参与扶贫济困事业，共同努力打赢扶贫攻坚战，推动广东区域城乡协调发展。省长马兴瑞、省人大常委会主任李玉妹、省政协主席王荣参加会见。

李希指出，习近平总书记最牵挂的是困难群众，明确要求，全面建成小康社会，一个都不能少，一户都不能落下。我们要深入学习贯彻习近平新时代中国特色社会主义思想，立足决胜全面建成小康社会、实现中华民族伟大复兴中国梦的大背景来认识和办好扶贫济困日活动，发挥社会主义制度优势，弘扬中华民族扶贫济困、守望相助的优秀传统，赋予新的时代内涵，助推脱贫攻坚战，为实施乡村振兴战略贡献力量。

李希指出，我省城乡发展不平衡，农村发展滞后，还有40多万相对贫困人口没有达到省定脱贫标准。省委十二届四次全会全面贯彻落实习近平总书记参加十三届全国人大一次会议广东代表团审议时的重要讲话精神，围绕实现“四个走在全国前列”目标，对打赢脱贫攻坚战、实施乡村振兴战略作出全面部署，提出到2020年高质量完成脱贫攻坚任务，确保乡村振兴3年取得重大进展、5年见到显著成效、10年实现根本改变。实现这些目标需要全社会共同努力。一是希望广大企业、爱心人士积极响应号召，履行社会责任，投身乡村振兴和扶贫济困事业，带着对父老乡亲的深厚感情参与“万企帮万村”行动，省市县有关部门要做好牵线搭桥和对接服务工作。二是要严格捐赠资金的使用管理，实现精准有效投放，及时如实公开使用情况，把好事办好办实，让广大企业、爱心人士和社会各界放心，对胆敢向捐赠资金伸“黑手”的人严惩不贷。三是要培育和践行社会主义核心价值观，大力宣传扶贫济困典型人物先进事迹，大力弘扬中华民族扶贫济困、守望相助的传统美德，营造良好社会氛围，形成强大社会合力。

活动仪式上，马兴瑞等省领导见证爱心企业、爱心人士捐款，副省长叶贞琴主持仪式。

广东中烟副总经理区广安出席捐赠仪式，代表公司向广东扶贫济困日活动捐赠1000万元，用实际行动响应省委、省政府号召，履行了企业社会责任，省委农办主任陈祖煌上台接受捐赠。

据了解，这是自2010年广东扶贫济困日活动创立以来，广东中烟连续九年认捐，累计捐款总额达到9000万元，并连续八次获得广东扶贫济困日红棉杯金杯荣誉。多年来，广东中烟积极响应省委、省政府号召，深入落实扶贫济困工作，年均活动捐款超过1000万元，用于省内精准扶贫等相关活动。

（《广东中烟》　2018年6月30日　陈嘉照）

广东中烟与韶关市始兴县沈北村结对开展对口帮扶

“喜风”吹到沈北村

今年66岁的邓大祥家住广东省韶关市始兴县沈北村，他有一门手艺——修补水桶。由于生活贫困，农闲时的邓大祥每天都要走村串户找生意。对家乡的路，邓大祥感受颇深：“以前，村里的路坑坑洼洼，下雨时大家出门非常不方便。去年，村里的路修平整了，桥也铺上了，我出门干活方便多了。”谈到变化的原因，邓大祥说，多亏了广东中烟工业有限责任公司。

“喜结良缘”

2011年4月21日，记者来到沈北村。安静，是沈北村给记者的第一印象。

“村民们有的在地里忙活，有的出去打工了。现在，我们村的人都鼓足了劳动致富的劲头。”村支书李立全对记者说。

沈北村属于革命老区，全村有422户村民，其中76户为贫困户；人均耕地仅有0.7亩，农业生产方式落后；村集体年经济收入仅1万余元，农民收入增长十分缓慢。2009年，全村人均年收入仅有5024元，其中贫困户人均年收入更是低至1621元。2009年，广东省在全省范围内开展扶贫开发“规划到户、责任到人”工作。在广东省委、省政府的“撮合”下，广东中烟与沈北村“喜结良缘”，开始对口帮扶。

“广东中烟作为一个负责任的企业，多年来一直致力于关注弱势群体、关注贫困人员。我们帮扶沈北村，也与双喜品牌一贯主张的‘喜传天下　人人欢喜’价值理念非常吻合。”广东中烟纪检组组长刘依平说。

结对之后，广东中烟迅速成立了以刘依平为组长的领导小组，并选派政治素质高、业务能力和责任心强的骨干人员进驻沈北村开展帮扶工作。通过入户调查，核准村、户基本情况，找准集体经济发展缓慢和贫困户贫困的原因，广东中烟对沈北村制定了三年帮扶规划和年度帮扶计划。

2010年8月，广东中烟总经理李根基到沈北村调研，提出了“大力发展集体经济、强化造血功能”的扶贫指导思想。针对沈北村贫困户多、集体经济规模小、基础设施薄弱的状况，广东中烟与沈北村领导班子共同协商，进一步细化了帮扶措施。

在实际工作中，广东中烟实行责任分工，将扶贫任务分配到所有党组成员和干部身上，做到每一个贫困户都有干部帮扶，并与帮扶贫困户签订了扶贫工作目标责任书。

为更好地帮扶贫困户，广东中烟驻村人员制作了帮扶手册，里面详细记录了贫困户的基本情况、贫困原因、帮扶措施以及帮扶干部的责任落实情况。在贫困户邓文锋的帮扶手册上，记者看到帮扶干部是陈燕波，并留有详细的联系方式。手册上记载，2010年陈燕波先后4次到沈北村与邓文锋交流，向其赠送了农用物资，还带领技术人员入户指导邓文锋进行水稻种植。2010年底，邓文锋家人均纯收入增长到了3040元。

喜变新颜

清澈的自来水解决了村民的吃水难问题，纵横交错的水渠使庄稼再也不会感到“饥渴”……一年多来，在广东中烟的帮扶下，沈北村发生了巨大变化。

2010年，在广东中烟的帮扶下，沈北村完成水渠三面硬化工程超过4千米，解决了600多亩良田的浇灌和排涝问题，农田水利设施日趋完善。村里种植花生、辣椒等经济作物的农户逐渐多了起来。

此外，广东中烟还投入40万元帮助沈北村完成了7千米村道水泥硬化工程，并建造了一座便民桥，方便物资运输和村民出行；投入50万元，铺设10千米水管，让422户村民用上了安全卫生的自来水；投入60万元进行村容村貌改造，建造了19个标准垃圾池，整治了6条排水渠，大大改善了村民的生活环境……一系列基础设施建设使沈北村的生产生活条件大为改善。“过去我们想做却没有能力做的事，广东中烟都替我们做了。”李立全说，“现在村里的基础设施逐步完善，村集体经济规模不断扩大，贫困户脱贫致富的步伐越走越快。”

基础设施的改善，使越来越多的贫困户坚定了生活的信心，充满了致富的希望，开始甩开膀子发展种植业和养殖业。2010年，水渠修到了贫困户王云亮家的地头，解决了土地的灌溉和排涝问题。于是，王云亮大胆地种植了20多亩西瓜，这是以前他连想都不敢想的事情。贫困户邓德林2011年与人合伙承包了28亩土地，建起了一片蓖麻种植基地。贫困户冯学保过去在别人的鱼塘里打工，成为广东中烟的扶贫帮扶对象后，他在2011年承包了40亩鱼塘，成了村里的养鱼专业户。

2010年11月，邓德林一家四口从住了几十年的破旧祖屋搬进了村东头宽敞明亮的新居。“如果没有广东中烟的帮扶，我根本不可能住进这么好的房子。”邓德林说，扶贫不仅解决了他生活上的燃眉之急，也给他带来了致富的机会，生活变得越来越美好。

2010年，沈北村共有5户贫困户在广东中烟帮扶下完成了危房改造，搬进了新房。2011年，沈北村还将完成另外5户贫困户的危房改造。

喜迎明天

记者在沈北村采访时，一个养殖规模可达800头的生猪养殖基地正在建设当中。在基地旁边，一口鱼塘也已经完成开挖，正准备蓄水。广东中烟驻沈北村扶贫干部李玮说：“这两个项目是今年广东中烟开展的重点扶贫项目。其中生猪养殖基地每年可为村集体增收2.4万元。在养鱼方面，广东中烟协助沈北村成立了胜立养鱼合作社，带动贫困户参与养殖。”

为增加村集体收入，广东中烟2010年还投入了40万元帮助沈北村入股始兴县樟树湾扶贫电站。这一项目每年可为村集体增收3.2万元，帮助村集体实现经济脱贫的目标。

在开展经济扶贫的同时，广东中烟还注重开展智力扶贫，增强贫困户的致富积极性。

李立全介绍，过去由于思想观念落后，贫困户对扶贫普遍抱有“等、靠、要”的想法。针对这种情况，广东中烟在扶贫工作中加强政策宣传，强化对产业技能和种养技术的培训，促使贫困户逐渐转变思想观念，提高他们通过劳动创业脱贫致富的能力。

贫困户李求安过去对劳动致富没有信心，干活儿也不积极，家庭经济状况很差。

在广东中烟的帮扶教育下，他参加了村里组织的技能培训，如今在始兴县城一家企业从事安保工作，家庭经济条件逐渐好转。

2010年，沈北村贫困户中有27人参加培训后到本地或外地企业务工，通过辛勤劳动增加了家庭收入。同时，广东中烟还在沈北村举办了2期种植技术培训班，对121名村民开展了培训，促使他们的种养技术不断提高。

对脱贫致富的殷切期盼，激起了沈北村村民强烈的求知欲。广东中烟去年投资建立的“农家书屋”受到越来越多村民的欢迎。据负责管理书屋的村民郭云川介绍，村民们经常过来看书，从书籍里了解农业科技信息，学习致富技术。“种花生时，用地膜覆盖就不会生草，还能保肥、保水。”郭云川指着一排排整齐的农业科技图书告诉记者，“这些知识都是我从书里学到的。”

一个个带有“造血”功能的致富项目与村民们逐渐提高的劳动技能、积极向上的思想观念有机结合了起来，为沈北村美好明天的到来打下了坚实基础。

（《东方烟草报》 2011年5月26日 吴清海 邱雷）

双喜电视台介绍广东中烟精准扶贫举措

帮扶南雄邓坊村　点燃希望之光

“精准扶贫”的重要思想是习近平总书记到湖南湘西考察时首次提出的，要求扶贫工作针对不同贫困区域环境、不同贫困农户状况，运用科学有效程序对扶贫对象实施精确识别、精确帮扶、精确管理的治贫方式。习近平总书记反复提及这样的承诺：只要还有一家一户乃至一个人没有解决基本生活问题，我们就不能安之若素。让贫困人口和贫困地区同全国一道进入小康社会是我们党的庄严承诺，为了兑现这个承诺，精准扶贫、精准脱贫成为我国贫困攻坚的基本方略。

近几年广东中烟坚持扶贫扶到点子上，自2016年开始进入南雄市邓坊村开展精准扶贫以来，已筹集资金1000多万元，并将爱心送到每家每户，解决贫困户燃眉之急，确保精准扶贫到户到人，全面建成小康社会一个不能少，共同富裕路上一个不能掉队。

双喜电视台《喜悦相约》之《广东中烟对口帮扶南雄邓坊村纪实——点燃希望之光》阐述了广东中烟在邓坊村精准扶贫的思路和举措，描述广东中烟对邓坊村实施精准扶贫后贫困户生活的改善。

主持人：范夏芸

特邀嘉宾：南雄市政协副主席　罗战勇

广东中烟原料供应中心副总经理、广东中烟驻邓坊村扶贫工作组组长、村党支部第一书记　罗岩峰

广东中烟韶关卷烟厂科员、广东中烟驻邓坊村扶贫工作组组员　戴冕

南雄市邓坊镇邓坊村党支部书记、村委会主任　叶龙

小康路上一个都不能少

主持人：罗主席，您在工作期间一定对我们南雄市的基本情况很了解，可不可以介绍一下南雄现在的基本扶贫情况？

罗战勇：南雄是我们韶关的一个县级市，共2362平方公里，有17个镇，1个街道办事处，208个行政村。2009年开始扶贫的时候，有45个村作为省的重点贫困村；从2013年到2016年，则有59个贫困村。这次精准扶贫从2016年开始，有68个省定的贫困村，邓坊村就在精准扶贫之列。

主持人：说起邓坊村，我想没有人比叶书记更加清楚这里的情况了。请问叶书记，现在邓坊村一共有多少贫困户？

叶龙：我区可分为四个大的自然区，即邓坊村、老街、前坊和新街。一共2612人，756户；有61户为贫困户，共206人。

贫困户和贫困村是这样界定的，年人均收入低于4000元的家庭，就可以被列为贫困户。而贫困村则有两个界定方式：一是该村贫困人口占村总人口数的5%以上；二是农民的人均年收入低于8000元。省级重点贫困村，指的是主要是由一个省制单位或者是中央企业驻村帮扶，包括广东中烟。

主持人：广东中烟在驻邓坊村以前也做了许多的扶贫工作，罗总可否介绍一下？

罗岩峰：广东中烟成立以来就一直没有停止过扶贫救灾工作，原料中心每年都有七八百万元捐赠到烟叶产区，每年还向云南投入30万元捐资助学。2010年，广东中烟派专人到始兴（县）的沈北村进行三年扶贫，挂村支部副村长，当时是李伟同志去的，三年里建了一个养猪场，还有一个是灌溉农田，效果非常好。2013年广东中烟派了原料中心的李超同志到南雄的马战村进行新农村建设，还有路面硬化工程、路灯维修工程。2016年公司派我和小戴到南雄的邓坊村进行扶贫。

从扶贫到精准扶贫，可以说是一个质的飞跃。这一次广东中烟驻村精准扶贫也是成立了相应的工作小组，并到各家各户了解情况。

主持人： 目前我们这里有61户贫困户，他们是因为什么原因而致贫的呢？

叶龙： 这是有很多原因的，有的家庭是因残致贫，有的是因病致贫，还有一部分是家庭经济没搞好。

“精准扶贫”一个都不能少，全面建成小康社会，一个不能少；共同富裕路上，一个不能掉队……贫困户徐尔寿一家三口先天残疾，失去劳动能力，家里土地荒芜，房舍破败，广东中烟帮扶队伍帮助他家盖起了新房，置办了家私，送米送油、捐钱捐被，多管齐下的帮扶很快见效。

主持人： 昨天我和小戴到一个贫困户钟履云的家里，看到他家正在盖房子，现在房子从一层盖到了两层。他家现在是什么情况呢？

戴冕： 他们家在帮扶前的房子很简陋，只有一房一厅，光线也暗。他们一家五口挤在这个房子里，有两个孩子正在读书，还有一个孩子才一岁多，负担很重。

根据他的家庭情况，我们用以奖代补政策，对他的产业进行帮扶。他家去年才种了3亩田，尝到了以奖代补的甜头后，今年就发展到种12亩田了。现在一亩田是奖补400元，种水稻、花生都是奖补400元，再加上广东中烟再补助400元，相当于每种一亩田能补助800元。现在钟履云家里情况大大地好转，后顾之忧应该不会很大了。

另外还有一户叫江从来，他们家是因残致贫，两夫妻都是二级重残，没有劳动能力，家里还有一个正在读小学五年级的女儿。像这种情况，我们只能走政策兜底的路线，将他们纳入低保，以改善他们的家庭环境。

主持人： 小戴已经参加过三次扶贫工作了，广东中烟的精准扶贫有着什么样的工作思路？

戴冕： 首先，接到帮扶邓坊村的帮扶任务后，公司领导层面就成立了一个精准扶贫领导小组，由我们公司一把手唐总亲自挂帅。他多次到村了解村情民情，把握大的方向。

紧接着就在我们全体职工干部里面精挑细选，挑出我们驻村的第一书记和驻村干部，成立驻村的工作小组，到村之后通过走村入户，了解每一户贫困户的家庭情况，了解他们的致贫原因，再“对症下药”，制定帮扶措施，逐步落实。

主持人：罗主席，您觉得邓坊村在广东中烟精准扶贫前后，有什么变化？村民们的生活得到了哪些改善？

罗战勇：广东中烟党组特别是党组书记唐总，政治站位非常高，对“精准”这两个字理解得非常透。比如人居环境的改善，是唐总去年提出来的，当时省委、省政府还没提出环境改善，唐总就讲了。他说贫困户家庭条件太差，即使脱了贫，家里面还是那几件破东西，所以首先改善贫困户的家庭环境，这种想法在我们全省是第一家。

危房改造一直是贫困户一个很大的问题所在，也是一个很重要的指标。广东中烟的工作组提出一个方案，就是每户给6000元改善家庭环境，比如粉刷墙壁，买电视、沙发等。唐总进村看了以后，在车上叫我们的分管领导，还有几个宣传工作部的部长，提出把墙壁粉刷一下，电线整理一下，有些地板用水泥铺一下，加上买电视、沙发等家具，大概补贴1万元吧。当时就是这样临时开了一个人数不齐的党组会议或者说办公会，就把这个扶贫政策定下来了。所以危旧房改造的贫困户，除了享受这2万元，还有一个1万元添置家具，改善生活环境。这样的帮扶眼看得见，手摸得着，村干部也感觉到广东中烟用情帮扶，用钱帮扶，是实实在在地真扶贫，扶真贫，所以我们村里面的工作就很好做了。

现在村里有60多户贫困户，其中20户以前住的房子都是危房，广东中烟在这里扶贫之后，有20多户都住上了新房，还把每家每户的家具都配齐了，这是扶贫工作使他们得到的实惠。因为以前危房改造，至少需要6万元，而省的政策性补助只有43,500元，贫困户还要借钱来建房子，建好新房又欠了新债，走不出这个循环。广东中烟党组唐总决定，建新房子再补2万元，加上政策性补助，贫困户基本上不用再去外面借钱来建房子了，广东中烟精准扶贫就精准在这里。

叶龙：我们村以前的老房子，通过三清三拆的工作，这些老百姓已经住上了新房。这几年党和政府以及广东中烟公司在我村扶贫，有63户贫困户已经脱贫了，都过上了好日子。在此，我代表邓坊村和邓坊村的63户贫困户感谢党和政府以及广东中烟公司。

贫困户一句由衷的感谢是对广东中烟最大的认可，也是我们长期坚持下去的不懈动力，真抓实干、真帮实扶，在广东中烟精准扶贫的爱心照耀下，产业有了，路子宽了，设备修了，生活好了，邓坊村村民们的生活正在发生着翻天覆地的变化。在未来的路上，我们将一如既往用心用情真扶贫，为淳朴的百姓们点亮希望之光，点亮对未来生活的向往和喜悦！

精准扶贫变“输血”为“造血”

这里是南雄市邓坊村，青瓦蓝墙，一池碧水，绿色田野一望无际。这是一个没有省道国道过境，缺乏区位优势和政策性帮扶的山村，多年来一直处在改革开放的边缘，而今在精准扶贫的爱心照耀下焕发出勃勃生机。广东中烟自2016年驻村扶贫邓坊村以来，改“输血”为“造血”，带领邓坊村自力更生，改变贫困现状，力争将邓坊村打造成新时期社会主义新农村的亮点，为邓坊村点燃脱贫致富的希望之光。

主持人：为了打造长效机制，让村民能够从被动“输血”到自己“造血”，广东中烟精准扶贫做了很多的工作，罗总能否介绍一下这些项目的情况？

罗岩峰：现在主要有三大项，一是已经建好的烤烟房群；二是收购了60亩三华李果园；三是漂流项目，也是采用投资入股的形式，已经在运作了。

我们整合了200万元资金，包括省级资金70万元，还有广东中烟自筹资金130万元，以投资的形式入股泉水谷漂流项目，并签订了20年的合同。

分红是前十年每年返利10%，即200万每年返利20万元；后十年每年返利15%。每年的分红是无偿的，平均分给贫困户的；到第20年以后，这200万元按照资产评估，再去估值，这个钱还是归他们。经历这样一个过程，说明扶贫资金是比较注重安全性的。现在来看，漂流项目经营得很好。

三华李项目，即组建了三华李合作社，由社员自愿加入，实现信息交流、物资、销售方面的抱团。我们还建好了烤烟房群，过去都是每家一户烤房，很落后，费用又高；建立烤坊区，我们收500元，贫困户免费，这样给贫困户创造一个有利的条件。其他村的也可以过来烤，收到的租金我们无偿分给贫困户。以前一家一户来做这个，没有交流，现在有了烤房群，技术好的带动技术差的，可以把烟烤得更好。三华李项目也是这样，合作社之间可以形成一种沟通交流。

现在我们对种黄烟的贫困户也有相应的奖补政策，如果是中上等级的烟，每千克交到烟站，南雄市政府奖励4元，每担烟叶奖励200元。现在广东中烟工作组通过自有奖金，再奖200元，也就是说每担烟多了400元，比其他不是贫困户的，或者是其他村的贫困户奖励多了400元。

邓坊村集群烤烟房是邓坊村产业项目的一大亮点，广东中烟帮扶以来，把原作为村集体收入的烤烟房全年租金无偿用于贫困户分红，以户为单位，通过划账方式，平均分发每户贫困户银行账户上，每年每户可增收410元。

主持人：现在贫困户基本上已经脱贫了吧？

罗战勇：大家都不清楚，现在这一轮扶贫里面，还有个动态扶贫，也就是说估计会新增贫困户。什么叫新增贫困户呢？就是我们原来已经确定了这些贫困户，但有可能还会有一些突发性的贫困户。以后广东中烟可能要到其他地方去扶贫，扶贫工作结束之后就会收回一些资金，这些资金是由我们村的村民监督委会员负责监管的，这些贫困户脱贫以后，这些资金还是要给其他比较困难的贫困户的，这个长效机制做得比较好。

广东中烟采取“当地种植大户+村专业合作社+贫困户”的合作方式，计划在邓坊村打造100亩以上的沃橙产业园，让贫困户加入村专业合作村，种植大户负责沃橙种植产前、产中、产后技术服务及外销，村合作社所得分红按贫困户现有人口进行分配到户。

主持人：“授人以鱼，不如授人以渔。”这句话出自《淮南子》，说的是给人传授知识，不如传授获得知识的方法。脱贫是给人以希望，而不能单纯地给人以钱财，这就是广东中烟在这场精准扶贫攻坚战中取得的优异成绩和心得体会——为贫困户点燃希望之灯。

（双喜电视台　《喜悦相约》栏目　2018年6月25日）

广东中烟对口扶贫变“输血”为“造血”

暖心帮扶富山村

青瓦白墙，一池碧水。硬化道路两旁，铺满了金黄的稻谷；排排整齐的楼房间，绿树成荫。从田里归来的村民，三五成群，在文化广场上聊着家常，脸上带着笑容。

这是广东省韶关市邓坊镇马战村日常生活的一个缩影。谁能想到，就在五年前，马战村还是一个典型的贫困村：基础设施薄弱，环境卫生恶劣，教育条件落后，很多村民被迫离开家乡外出务工。

2013年，广东中烟工业有限责任公司走进马战村，将其作为定点扶贫对象，短短3年时间就帮助村民建起了道路、办起了学校、美化了环境、找准了路子。

截至2015年，马战村全村年人均纯收入由5600元变为11,811元，村集体年收入由原来的1.3万元变为8万元，广东中烟扶贫的暖风“吹”过，曾经的“穷山坳”彻底变了！

对于广东中烟而言，马战村并非个例。连续八年，广东中烟始终坚守这份社会责任。正如广东中烟党组书记、总经理唐健所说：“扶贫攻坚是企业义不容辞的社会责任。我们不仅要帮助贫困村实现当下的脱贫，更要细水长流，建立起长效机制，让被帮扶区域真正脱贫不返贫。”

着力点在哪里？工作如何落地？
——统一思想、凝聚共识，形成上下贯通的执行力

“扶贫济困是广东省委、省政府多年来倡导的一项利民、爱民的民心工程，更是我们企业履行社会责任、坚持回报社会、树立企业形象的重要举措。”6月9日，在广东中烟和邓坊镇“助力精准扶贫，点亮希望之灯”爱心捐赠仪式上，广东中烟纪检组组长王国飞这样说道。

在不算宽敞的会议室里，有广东中烟、南雄市委的领导，有邓坊镇的领导，还有驻村干部、青年志愿者和27名贫困户学生代表。

“老师告诉我，就是在这些叔叔阿姨的帮助下，我才能够继续完成学业。我不知道该怎样感谢他们，只有好好学习，将来为社会多做贡献！”仪式结束后，邓坊小学的孙明辉在笔记中记下了自己的感激之情。

同广东中烟一行一起到来的，还有305万元帮扶资金和全体干部职工捐赠的一系列物资。从27万余元捐款到1636件衣物，从34台电视机到283本书和一大批文具，饱含了广东中烟人对当地早日脱贫致富的殷切期盼。

“这份捐赠很厚重、很暖心。”邓坊镇邓坊村村支书叶龙紧紧握住王国飞的手。

其实，早在今年5月，广东中烟党组就曾先后多次到邓坊村进行深入调研，与当地村委会、村民面对面、心贴心交流，切实掌握扶贫村与贫困户的真实诉求。

真抓实干、真帮实扶，这样的帮扶理念由来已久。

扶贫工作之初，广东中烟党组就坚持“尽最大可能、用最短时间、建长效机制”，助力扶贫攻坚落到实处、落在点上。

2016年，广东中烟又借助精准扶贫契机，将扶贫工作推向更为精益、更为务实的方向。

在广东中烟看来，有了“顶层设计”，就有了努力的方向。统一思想，凝聚共识，才能真正形成上下贯通的执行力。

“扶贫不只是工作任务，更是社会责任，是一场必须胜利的攻坚战。”在新一轮精准扶贫工作开展时，唐健的要求掷地有声。

第一时间，广东中烟精准扶贫工作领导小组成立，实地了解贫困区真实状况，参与对口贫困户的选择和建档工作；

第一时间，对全体干部职工层层选拔、精挑细选，最终确立了两名年轻有担当、奋进有活力的工作人员担任驻村第一书记和扶贫干部；

第一时间，《广东中烟精准扶贫工作计划》被制定出来，整体扶贫项目和进程层层分解，整线推进有了明确的标准和方向；

…………

"上""下"求索，精益自来。"扶贫工作，看似简单，其实是一项综合性的复杂工程，任何一个环节都不能出现问题。现在既有'上'的支持，又有'下'的协作，思想贯通，沟通顺畅，从根本上保证了'攻坚战'的顺利进行。"广东中烟群团工作部部长刘焕钊如是说。

先解决贫困户的问题还是先聚焦贫困村的改造?

——"一户一法"结合"一村一策"，个人脱贫与整村建设"一个都不能少"

近日，在邓坊村村口，记者见到了广东中烟派驻的扶贫工作人员戴冕。他一边步履匆匆地前往邓坊村便民服务大厅，一边略带歉意地说："最近实在太忙了，我们刚走访完几户贫困户，正在整理他们这个月各方面的情况。"戴冕此前曾两次参与广东中烟的扶贫工作，在他看来，这次扶贫力度更大、对接更准、任务更重。

"就拿我们的扶贫信息采集来说，现在不仅每一笔资金的使用情况要有明确记录，每一位受益贫困人员的'台账'也比往年精细得多。"戴冕说，全年的扶贫任务被分解到每一周，他们详细记录了贫困户的变化和具体的帮扶措施。

谈话间，记者来到了便民服务大厅。广东中烟派驻邓坊村的第一书记罗岩峰正在与村支书叶龙商议一些具体的扶贫项目，桌子上

邓坊村烤房群前的道路焕然一新，烟农们再也不用像过去一样背着烟叶走在泥路上

有一张全年资金使用情况表格。

当问及这两年来邓坊村的变化时，叶龙忍不住竖起了大拇指：“烟草扶贫干部踏实、厚道，真真正正将扶贫工作当成事业来干。”

这位村支书对驻村干部的评价，代表着邓坊村2678人的心声。

戴冕家住南雄，离邓坊村仅1个小时的车程。然而，自2016年驻村以来，戴冕有时候一两个月回不了一次家。

罗岩峰也是甫一上任，就全身心扎在脱贫攻坚事业上。不到半年时间，他几乎走遍了村里的每个角落，走访了69户217名贫困户，各家情况，他都清楚。

罗岩峰说，既然组织把这项工作交给他，他就不能漏掉任何一户需要帮扶的村民、任何一项需要解决的问题。

白天调查摸底，方案只能夜里加班做。很快，针对每一位贫困户的具体帮扶办法被整理出来，广东中烟根据每位贫困户的具体情况，采取不同的侧重点进行针对性帮扶。

在罗岩峰看来，“一户一法”必须结合“一村一策”，个人脱贫与整村建设“一个都不能少”。

要脱贫，先修路。1年多的时间里，邓坊村1队、2队、5队以及8队的多条村道得以硬化，烤房群前的道路焕然一新，烟农们再也不用像过去一样背着烟叶走在泥路上。

路修好后，驻村干部做了多少事，乡亲们心里最清楚。基础设施上，他们帮助完善村级公共服务设施，对邓坊村新建便民服务中心进行升级，并解决危房改造资金筹集难题；产业帮扶上，在南雄“以奖代补”政策基础上，给予发展产业种植的贫困户“二次奖补贴”，收回原村集体60亩三华李果场，让贫困户参与经营并获得分红；政策教育上，驻村干部抓好政策宣传和落实，让邓坊村符合条件的贫困户全部享受教育、医疗等政策保障……

一年多的时间，邓坊村34户79人实现脱贫。

效果如何凸显？效能怎样持久？
——既要“输血”更要“造血”，以长效产业带动持续提升

在刘焕钊看来，扶贫攻坚的关键点有二：一靠贫困户思想的转变；二靠长效产业的支撑。

对此，贫困户钟履云最有发言权。他说，正是在广东中烟的帮扶下，他们一家人才能过上现在的生活。

钟履云，今年46岁，大女儿和小女儿都在上学。曾经，一家5口人住在破旧的土房里，仅靠3亩多田地的收入勉强支撑生活。很多次，女儿表示想辍学回家帮忙。

2016年，在广东中烟的帮助下，钟履云一家搬进了70多平方米的新房中。罗岩峰还帮助他们申请了教育补助，对钟履云一家而言，这无疑是雪中送炭。

“我们这代人是吃了没有文化的亏，如果条件允许，一定让孩子完成学业！”钟履云说。

同样受益的还有贫困户陈川文。

陈川文的妻子患病，无法从事体力劳动，所有重担都在他一人身上。而为了给妻子治病，他们先后花光了10多万元原本打算用于建房子的积蓄。

如今，陈川文夫妇不仅住上了新房，而且装修完成，电视、沙

发、风扇、洗衣机等全新的家具家电一应俱全。

生活条件的改变让陈川文高兴，但更令他欣喜的是产业项目的扶持。

陈川文给记者算了一笔账：种植水稻一亩补贴300元，黄烟500元，家里十几亩田地按一年两季水稻计算可以拿到6000元以上的补助，收入还是相当可观的。

一旁同为贫困户的罗家利说，就在8月底，他把驻村干部帮扶他养殖的120只鸭子都卖了，并且一次性得到了3.8万元的补贴款。

其实，如何做到扶贫与扶志、扶智相结合，拓宽贫困户的脱贫路子，是广东中烟与驻村人员一直以来思考、实践的一项重要命题。

比如，在对马战村的帮扶过程中，当年的驻村干部李超不仅坚持对贫困户进行农业技能培训和非劳动技能培训，发展五黑鸡、三黄鸡养殖和优质稻种植等特色产业，还通过村集体，投资南雄市城市建设投资有限责任公司、入股浈江电业有限责任公司，增加了村集体收入。

而在对邓坊村的帮扶过程中，在多方座谈探讨和深入调研后，驻村干部确定了具体可操作的产业规划。

“邓坊镇是一个老镇区，属于典型的半山区丘陵地带。邓坊村村民以种植业为主要收入来源，缺乏特色产业支撑。”罗岩峰说。

为此，一方面，驻村干部与村委会收回原村集体60亩三华李果场，成立邓坊村大岭果树专业合作社，将63户贫困户皆纳入其中并参与分红，并计划再投入70万元继续收购100亩三华李生态果场，利用场内鱼塘等发展鱼苗、肉猪养殖，形成生态产业链；另一方面，发展光伏发电项目，按照6:2:2的分配（60%用于贫困户分红，20%用于村集体经济收入，20%用于村公共设施建设维护），打造邓坊村长效造血工程。

产业有了，路子宽了；设施修了，生活好了。在广东中烟的精准帮扶下，邓坊村村民的生活正发生着巨大变化。

“明年，我打算把外出务工的儿子叫回来，也加入合作社，为建设新农村出一份力。”陈川文笑着告诉记者，眼中透出对未来生活的向往和喜悦。

（《东方烟草报》 2017年12月18日 杜星霖）

广东中烟携手羊城晚报"关爱留守儿童"公益行动

给孩子们带来艺术、爱与梦想

"爸爸妈妈因为工作忙，不能经常陪着我，想念他们的时候我就画画，把一家人都画在一起。"

"平时，我是奶奶的孩子，只有看到父母的时候，我才是爸爸妈妈的孩子。"

…………

在粤北偏远山区，有许多留守的孩子，一年到头见不到父母几面，父母对他们的陪伴更是微乎其微。

城市的发展大潮，让许多农村劳动力涌向城市。太多的家庭，父母为了生计远离家乡，孩子们只能跟着年迈的爷爷奶奶一起生活，留守儿童成了一个无法回避的社会问题。

关爱粤北留守儿童，今年是广东中烟在行动的第5个年头，他们用公益与艺术温暖了上万个孩子的心灵，用艺术与公益播撒了爱与梦想的种子，为孩子们极力创造更多的可能。

公益与艺术的相遇

多数情况下，社会上对于留守儿童的关注，停留在物质层面的帮助。诚然，物质帮助不可或缺，但是，留守儿童的内心世界，更需要精神慰藉。"我们不仅希望从物质上资助留守儿童的生活，更愿意尝试从精神层面关爱他们，给予他们心灵的关怀。"广东中烟副总经理区广安说道。在他看来，对于留守儿童这一特殊群体，相比“扶贫”，他们更需要的是“抚心”。

在粤北山区，由于父母常年外出务工，成千上万个留守儿童多由爷爷奶奶来照顾。虽然他们的物质生活能得到基本满足，但是成长的过程中缺少精神的关爱。

谈到为何以艺术作为关爱粤北留守儿童公益行动的出发点，广东中烟给出这样的答案：“留守儿童很难具备城市孩子那样好的条件，山区农村学校硬件设施有限，师资力量不足，艺术启蒙教育距离他们还很遥远。”

为善最乐，闻风而动。广东中烟携手羊城晚报报业集团再出发，将公益力量与艺术资源碰撞融合，为留守儿童打开了一道通往艺术殿堂的大门。

时间回溯到2014年的仲夏，以“分享喜悦•传播艺术”为主题的关爱粤北留守儿童美术启蒙文化公益行动，在韶关市翁源县龙仙镇中心小学正式启动。

在广东中烟和羊城晚报报业集团的共同组织下，书画领域的艺术名家涂志伟、刘国玉、罗渊等人及志愿者团队远赴韶关，为当地留守儿童带去一堂又一堂有趣的艺术课，分享书法、国画、春联等传统文化之美。

“在条件简陋的教室里，孩子们第一次接触到多彩的课程，从他们脸上我们能看出，有新奇、有兴奋、有喜悦。”广东中烟办公室副主任科员蔡光军告诉记者，课堂上，孩子们用稚嫩的画笔，描绘心中对艺术的初体验，他们开心地笑着，快乐地与小伙伴分享着自己的作品。

同时，20多位书画家与韶关留守儿童结成对子，保持通信，鼓励他们努力学习、热爱生活。充满墨香的书信，成为留守儿童与艺术家沟通的桥梁：它让羞涩内向的孩子们敢于敞开心扉，让马不停蹄的艺术家们忙里偷闲给孩子们回信。

有问必答、有求必应。那些平日让人感觉有些距离的艺术家，竟然如此平易近人。在书画领域造诣颇深的区广安，也在繁忙的工作之余，挤出时间与孩子们“鸿雁传书”。龙仙镇中心小学的黄桂梅上了艺术课后，萌生了当艺术家的梦想，但又充满了迷茫：“不知道这个梦想能不能实现。”

志存高远，是对逐梦者最好的回应。“我特为你书写一幅‘志存高远’，作为我们共同的座右铭。”区广安在信中以近代大画家齐白石和唐代书法家怀素为例子，叙述他们童年时克服重重困难，坚持梦想终成大家的故事。

鼓励，是一剂良药。著名画家许钦松得知关秀娜同学为学习传统文化而努力时，回信中表达了殷切期望："学习艺术需要毅力，你很坚强、很勇敢，希望通过不懈努力，到达成功的彼岸……"

虽然留守儿童的生活条件较为艰苦，但是他们依然保有对美好生活的憧憬和向往，物质上的贫乏并不能够阻碍艺术种子的萌发。区广安说："其实在每个孩子的内心，都有一颗未发芽的种子，等待着外界去给他们雨露和营养，给他们启发和指导。"

艺术，恰好就是这个支点。广东中烟联合发起的公益行动，让孩子们心中的梦想悄然升腾。"自2014年8月实施以来，该活动以其创新性、前瞻性、贴近性、延续性和有效性，产生了良好的社会影响。"羊城晚报艺术研究院执行院长张演钦说。

书画与心灵的对话

艺术，能致广大，亦能尽精微。艺术，能放大生活中的细节，亦能缩小时空的限制，逾越地理意义上的阻隔。2016年，广东中烟"艺术关爱粤北留守儿童"行动的足迹，延伸到清远市阳山县。

当得知第二站活动启动的消息时，著名画家郭莽园毫不犹豫地参与其中。他对记者说："由广东中烟和羊城晚报共同发起的这项公益行动，非常有意义，我们对留守儿童的关注和帮扶，转移到更加精微的心灵关怀，值得社会各界贡献自己的心力。"

年过七旬的郭老联想到自己幼年时"半留守"的生活境遇，他不由得感同身受。"父亲常年在外工作，自小与母亲生活，正是得益于父亲一位朋友的指引，才让我受到了艺术启蒙教育。"

当一棵树摇动一棵树，当一朵云通过一朵云，当一个灵魂唤醒一个灵魂，这便是教育的本质。回忆起给阳山扶村小学留守儿童上的一堂艺术体验课，郭老认为，这是一种接力传承，"当时已是盛夏，广东的天气非常炎热，但是我在为孩子们作画示范时，他们都听得非常认真，眼神专注而又纯真”。

清远市阳山县，距离广州市区大概有200公里的车程，由于当地山区经济发展水平较低，父母双双外出务工而形成的留守儿童问题日益凸显。据不完全统计，阳山县近4万名中小学生中，留守儿童就有1.7万余人，占中小学生总人数的40%之多。

来到阳山县第一小学，这里是阳山最大的一所小学，也是留守儿童最多的一所小学。该校4000余名学生中，父母双方都不在身边的留守儿童有700多名。

走廊里传来朗朗的读书声，美术室里学生们正在老师的指导下写写画画，教室的后墙上贴满了孩子们的作品，陈列柜里展示着形状各异、惟妙惟肖的石头画。

“虽然孩子们平时也有书画课程的学习，但一般都是本校老师在教，而学生们有机会通过公益行动，近距离接触这些省级甚至是国家级的书画大师、艺术名家，这在以前，是难以想象的。”阳山县第一小学副校长谢端鹏说。

一年来，艺术家和志愿者团队，多次走进阳山一小，给留守儿童带来珍贵的艺术启蒙教育。山区里石头随处可见，他们便就地取材，让孩子们丰富的想象力借由石头尽情地描绘；二十四节气神奇变幻，水彩体验课上，孩子们笔下五彩斑斓的画作融入春夏秋冬的交替。

在广东中烟、羊城晚报艺术研究院的支持下，享受着大师授课福利的同时，孩子们精心创作的成果，也被带到广州办起了艺术展。读五年级的梁嘉敏，今年初就带着自己的作品《立春》参加了“四季的跫音”主题展。在书画展上，她既见到了艺术导师，也结识了许多新朋友，还见到了分别已久的父母。

除了绘画，书法也慢慢成为她的爱好，小姑娘笑着对记者说：“我的字写得比以前漂亮了许多，时常得到老师的表扬。现在想念爸爸妈妈的时候，我就静下心来练字，这样他们回家后就可以看到我的作品了。”

艺术，能让孩子保持自信和希望，亦能让父母看到专注与恬静。艺术之于留守儿童的陪伴，就如阳光，温暖孩子们的心田，帮助他们驱走生活中的阴霾，孤单时排遣孤独，忧愁时纾解烦闷。

2017年12月，羊城晚报报业集团全省首个“留守儿童画院”落户阳山县第一小学，为艺术关爱留守儿童常规化、机制化迈出了重要一步，也让留守儿童日常中就能接触到笔墨纸砚，接触到传统文化的精髓。

善举与大爱的远行

一滴水汇不成大海，一朵花集不成花坛，一棵树组不成绿云。

为了动员更多的社会爱心力量，“艺术关爱粤北留守儿童”系列行动不断推进，在羊城晚报艺术研究院的主导下，发起了“一万名留守儿童，一万本书，一万句暖心话，一万块石头”行动，发动艺术家及社会人士，向阳山县1.7万名留守儿童捐出好书，同时在书的扉页写下勉励之语。

许多艺术家，纷纷参与到活动中来。中国雕塑泰斗潘鹤及儿子潘放、孙子潘泓彰一家三代，精心准备了三本不同类型的好书，并为留守儿童题词加油。“能受天磨真好汉，不遭人妒是庸才”“苟日新，日日新”“学而时习”……声声话语，饱含了艺术家们对留守儿童的爱与鼓劲。

此外，活动也得到了社会各界爱心人士的热烈响应和积极支持。不愿具名的爱心人士发动身边力量，为阳山县第一小学的留守儿童，精挑细选出700多本适合少儿阅读的书送到孩子们手中。某文化机构为来到艺术展现场的留守儿童，每人准备了一套速写本和水彩画颜料。

或许一个人、一位艺术家、一个团体的力量微不足道，但是能够主动地去关注、去参与，就会给社会传递示范的作用。“我们发起公益行动，希望动员社会更多的爱心力量融入进来，共同关心粤北留守儿童的成长。”蔡光军说。

聚沙成塔，聚水成涓。4年来，广东中烟携手羊城晚报报业集团将艺术关爱留守儿童的公益行动越做越大，从韶关翁源到清远阳山，走进越来越多留守儿童的内心世界。

4年来，数十位艺术名家不辞辛劳，对留守儿童进行艺术启蒙，以毛笔书法与孩子们保持书信交流，传统书法再现的艺术之美，为孩子们种下梦想的种子。

4年来，上百名志愿者深入山村走访调研，了解留守儿童的实际困难；数百名艺术名家和社会人士，向留守儿童捐赠好书、提供帮助。

4年来，这些种子在孩子们的内心慢慢生根、发芽、开花、结果，成千上万的留守儿童，拿起画笔，随类赋彩；捡起石头，自由创作。留守的孩子们用艺术的视角，支配着自己找寻更多生活中的美，艺术展上一幅幅生动的作品，打动着所有关心他们的人。

…………

“艺术关爱粤北留守儿童”公益行动从未就此止步，张演钦在提及团队接下来的方向时表示：“将引入‘互联网+’的理念，打造‘艺术+公益’020平台，尝试与政府、企业和社会公众对接，当然还包括艺术家，以增强公益活动的即时性、互动性和创新性，从可推广、可复制的角度帮助更多的留守儿童。”

公益之路任重道远，广东中烟一直用实际行动彰显责任烟草的光辉。自2012年起，广东中烟就携手羊城晚报为上千名优秀乡村教师赠送全年的《羊城晚报》，关爱乡村教师，关心乡村文化振兴；5年来，一直扎根韶关南雄邓坊村，谱写了一曲精准扶贫的壮歌，让“穷山坳”旧貌换新颜……

广东省慈善总会常务副会长蒋南评价道：“近10年来，广东中烟始终热心社会公益事业，在承担企业基本责任的同时，一直主动承担社会责任，积极参与教育、环保等公益事业，累计捐款逾1.7亿元。”

未来，广东中烟将一如既往、不遗余力地坚持公益行动，继续关怀留守儿童、乡村教师等特殊群体，让艺术、爱与梦想溢满心间，让善举与大爱传到更远的地方。

（《中国烟草》 2018年6月15日 赵男 安婧）

宣传搭台　品牌唱戏

新十年 新思路 新航程

广东中烟报举行十周年颁奖典礼

2015年5月28日是广东中烟成立12周年，也是广东中烟报创刊10周年的日子，广东中烟宣传队伍，全体处级以上干部，以及来自广州、佛山和中山的烟草商业公司代表，举行了“新十年 新思路 新航程”的颁奖典礼，隆重表彰十年来为企业宣传工作做出突出贡献的集体和个人。来自公司本部和各卷烟厂的通讯员，用自编自导自演的一台精彩纷呈的视听盛宴，表达对宣传工作的热情、对广东中烟的热爱和对双喜品牌的信心。

广东中烟党组书记、总经理唐健为广东中烟报编辑部颁发“突出成就奖”；南方日报社视觉新闻部主任张翼飞、南方日报资深美编谭爱东获得“特别贡献奖”；通讯员刘爱华、黄若韵、胡箫、华元果、张钰祥、刘寿月、赵琛子、徐叶巧、彭伟瑜和安婧十人获颁十年十佳通讯员。

（《广东中烟》 2015年6月15日 舒晓康）

广东中烟报编辑部代表共同切生日蛋糕

锻造一支更具战斗力的宣传队伍

广东中烟精心打造双喜电视台首届主持人大赛

2015年12月25日，双喜电视台首届主持人大赛总决赛在广州卷烟厂精彩上演，来自广东中烟、广州烟草、佛山烟草、中山烟草的20位选手同台竞技、巅峰对决，经过紧张激烈角逐，广东中烟市场营销中心林霖摘得“梦想星主播”决赛桂冠，技术中心范夏芸喜斩获亚军，原料供应中心谭思思获得季军。比赛还评出了最佳上镜奖等五个单项奖、十佳主持人和优秀主持人等奖项，广州卷烟厂、广州烟草和梅州卷烟厂获得最佳组织奖。

这是广东中烟精心打造的又一出文化搭台、工商唱戏的大手笔之作。广东中烟领导班子全体成员，处级以上干部和广州、佛山、中山三家商业单位的领导班子成员出席了活动。公司党组书记、总经理唐健高度肯定本次大赛，认为赛事精心筹备，体现了专业水平，展示了烟草员工良好的精神风貌，增强了工商企业之间的文化和情感交流，并为企业文化建设培养和储备了强大的后备力量，他寄语选手们要“感恩过去，畅想未来”，为企业文化建设再立新功。

总决赛分为五个篇章，共设置三个竞赛环节：“喜说天下”主要考察参赛选手的播音主持专业素质，选手们通过电视短片展示自身形象，并现场播读新闻稿件、模拟主持各类节目，以独特的创意，优秀的语言能力和良好的形象气质，充分展示了自身专业素质。在“喜闻乐见”环节，选手们赛前抽签分成4组，根据随机抽取的模拟主持趣味运动会、“二胎政策”访谈节目、晚会意外救场和天气连线播报等题目即兴搭档主持，大家团结协作、紧密配合，展示了出色的搭档主持和随机应变能力，现场不时响起热烈掌声。“欢天喜地”是选手的才艺表演环节，大家纷纷拿出看家绝活，优美动人的舞蹈、悠扬动听的演唱，乐器弹奏表演醉人心弦，还有选手秀起了魔术，与观众互动。现场精彩纷呈，气氛热烈，欢声笑语不断。

比赛中，各单位还上演了精彩节目，广州卷烟厂的《快乐恰恰恰》节奏欢快鲜明，兄弟单位也倾情相助，广州烟草表演的舞蹈节目《希望》优美向上，佛山烟草带来了大型舞蹈《百花争妍》，中山烟草献上了古筝伴舞《塔里木河》，热烈欢腾的表演与双喜品牌“喜悦传天下”的文化理念珠联璧合，在现场不断掀起高潮。

总决赛评分采用百分制，分别由5名专业评委和20名大众评委根据选手表现进行打分。来自高校专家、广东电视台资深播音主持人和双喜电视台负责人组成的专家评委团还对选手的表现进行了切中肯綮的点评，来自广东新闻频道的全国十佳主播温勃为现场的精彩表现所打动，欣然上台与两位选手共舞，更是引来观众的一片欢笑。

广东中烟举办双喜电视台主持人大赛，旨在挖掘和培养专业人才、加强企业文化建设，并通过邀请参赛的方式密切与各商业单位的沟通、交流和互动。据悉，历时5个多月的双喜电视台首届主持人大赛共吸引了来自4家单位的120余名选手参赛，经过层层选拔进入决赛的20名选手，都是来自基层一线的普通员工。自8月活动启动以来，共系统组织了初赛、复赛、决赛和2次专业培训。在广东电视台专业播音主持人和各高校专家学者的悉心指导下，初步培养出了一批播音素质高、综合能力强、能够展现双喜品牌精神的“梦想星主播”。下一阶段，双喜电视台将本着“服务品牌、服务市场”的理念，努力锻造一支更具战斗力的宣传队伍。

（双喜电视台　2015年12月31日　李程　黄若韵）

逐梦舞台展现粤烟人风采

广东烟草工商企业联手举办双喜电视台第二届主持人大赛

2017年12月15日，“梦想星主播”双喜电视台第二届主持人大赛总决赛在广州卷烟厂精彩上演，来自广东烟草工商企业的30位选手倾情展现青春风采，为观众带来了一场精彩的视听盛宴。

比赛在开场歌舞《加油GO GO GO》中拉开序幕，30位选手依次亮相，精心排练的歌舞让人眼前一亮，彰显了广东烟草人的青春活力。第二届主持人大赛自9月启动以来，就吸引了广东中烟、广东省局及20个地市烟草专卖局（公司）员工的踊跃参加。经过初赛、复赛的层层选拔，两场封闭式培训，30位选手进入决赛。

决赛分为模拟主持、才艺展示和话题阐述三个环节展开。在模拟主持环节，大家通过不同类型不同风格的节目主持展示良好的专业素质；在才艺展示环节，选手们纷纷拿出看家绝活表演了精彩节目。在前两个环节进入前十名的选手还进行了话题阐述，通过对当前热点话题的即兴解读，展示了出色的知识储备和随机应变能力，现场精彩纷呈，气氛热烈。

最终，来自梅州卷烟厂的张冰斩获主持人大赛总冠军，来自广州烟草专卖局（公司）的方乐婷荣获亚军，来自韶关卷烟厂的李志鹏荣获季军。在五个单项奖中，来自广州卷烟厂的刁炜芯荣获最佳上镜奖，来自梅州烟草的林岁轩荣获最佳台风奖，来自佛山烟草的陈赛亚荣获最佳口才奖，来自韶关烟草的谢娜荣获最佳才艺奖，来自惠州烟草的黄瑶荣获最具潜力奖。广州卷烟厂、韶关卷烟厂、韶关烟草、佛山烟草和广州烟草获得最佳组织奖。总决赛还评出了十佳主持人和优秀主持人奖项。

广东省烟草专卖局（公司）党组书记、局长、总经理刘依平高度肯定本次大赛，认为赛事精心筹备，体现了专业水平，展示了广东烟草人良好的精神风貌，增强了工商企业之间的文化和情感交流。

现场还举行了双喜电视台记者站授牌启动仪式，广东省烟草专卖局（公司）纪检组长、工会主席周伟兵和广东中烟副总经理张穗强为记者站揭幕，标志着双喜电视台设置在省内各地市局（公司）、各卷烟厂和广东中烟境外企业的26个记者站正式投入使用。

随着双喜电视台主持人、通讯员的选拔和培养，广东烟草的宣传队伍也不断扩大，今后将进一步加强宣传报道力度，促进全省烟草工商企业的文化交流，深化协同营销，做好品牌培育。

（《广东中烟》 2017年12月31日 李程）

广东中烟充分发挥企业媒体引领作用

开创企业宣传工作新局面

“梅州卷烟厂的许金龙今天来了吗？请站起来让大家认识一下，你是一位很勤奋的作者，我在广东中烟报和双喜电视台上经常看到你的作品。”5月24日，广东中烟召开2018年宣传工作会议，公司副总经理区广安在讲话时充分肯定了许金龙的工作成绩。许金龙是梅州卷烟厂的宣传事务管理员，突然被叫到名字，他神情有些腼腆，又充满了自豪。本次会议上，梅州卷烟厂凭着稿件数量和组稿质量脱颖而出，一举获得组稿工作第一名。

随着主持人一一宣布，获得年度好稿件、好新闻奖项的作者，以及组稿工作优秀单位的员工代表纷纷上台领奖，部分先进个人还进行了发言。一年以来，广东中烟在宣传工作上全力服务市场、服务品牌、服务工商协同，在企业发展的重要时间节点上从不缺席，打了不少团队协作的“漂亮仗”，作为其中的骨干分子，他们有理由迎接热烈的掌声。

工商合力营造良好舆论生态

“我在名单上还看到了广州市烟草专卖局林晓怡的名字，我要感谢你在打造广东烟草工商企业宣传合力方面的付出。”继许金龙之后，区广安继续“点名”。林晓怡是广州市局（公司）的通讯员，一直以来积极为广东中烟报和双喜电视台提供新闻线索、撰写新闻稿件。一同来参会的郭倩莹也是广州市局的通讯员，她惊喜地发现自己的作品《广州烟草稽烟犬“卖得了萌破得了案”》获得年度电视新闻二等奖，高兴地拿起奖状拍照留念。

如果说前年的宣传工作还在谋划工商宣传合作，那么去年以来，广东烟草工商企业的宣传合作已经全面开花，特别是在去年6月5日“大家庭、大品牌”会议后，广东省局（公司）党组书记、局长、总经理刘依平提出了工商共同打造双喜电视台的设想以来，工商双方从机制、人才、硬件、网络等方面深度介入、全面合作，积极建立固定、顺畅的宣传沟通渠道，协同宣传的生态已经初步形成，省内双喜培育和广东烟草商业单位大事要事报道的力度、深度和广度都得到了不断加强。

去年年底举办的第二届“梦想星主播”主持人大赛，正是工商联动中浓墨重彩的一笔，省内各商业单位积极选派优秀选手参赛，为期四个多月的赛事空前热烈，选拔出的优秀主持人现在正活跃在双喜电视台的各个节目中，成为“工商和谐大家庭”文化深度融合的新桥梁和新纽带。

目前，双喜电视台已经在省内20个地级市设立记者站，成立联合编辑室，并配备了摄像器材，在8个地市配置了移动多媒体终端。据统计，去年全年广东中烟报刊出了近50篇有关广东烟草工商全面协同的专题报道，双喜电视台也组织采写、播出了36条相关报道，《喜悦相约》栏目推出“大家庭、大品牌”之《不忘初心共创发展》，从理论和实践两方面探求广东烟草工商企业持续发展的新路径，为双喜品牌的发展提供新思路，为工商双方以“一家人”的态度紧密合作提供了思想阵地、情感纽带和信息支持。

全员参与“群雄”并起

与往年相比，今年宣传工作会议的获奖名单上悄然出现了不少变化。除了梅州卷烟厂强势揽得组稿工作第一名的殊荣外，技术中心和信息中心异军突起，与各卷烟厂这些传统的“强势单位”共同分享了“组稿工作优秀单位”荣誉称号。

“企业自办媒体要成为人才选拔、展示、锻炼的标志性平台，锻造一支高素质的宣传人才队伍。”广东中烟办公室主任孙茂勇在工作报告中表示。广东中烟的宣传队伍继续采取专职编辑、组稿员和兼职通讯员相结合的工作方式，充分发挥各卷烟厂、各中心、各部门和各地商业单位的人才力量，有效调动了广大烟草人的参与激情。不少员工表示，看到自己的文章被印成铅字出版，看到自己的名字打在电视新闻上，感到特别有成就感，甚至可以说是满足了从学生时代以来的美好愿望。

徐叶巧、叶婷、许安婍、许秋艳、林海丰、华元果……这些大家熟悉的名字依旧是高产作者，作品的技巧也愈见老辣，黄宏、张玉新、许金龙、梁小斌，各卷烟厂的宣传事务管理员也一直兢兢业业，在沟通协调、组稿报题方面贡献着不可或缺的力量。更值得欣喜的是，不少新的名字也出现在获奖名单上，其中不乏近年入职的年轻员工。惠州市局（公司）刘德良、温立自报道的“广东烟草商业系统召开物流工作现场会”获得了电视好新闻三等奖，标志着商业单位已经融入了企业自办媒体的日常工作，广东中烟的境外企业——威尼顿（集团）有限公司，也凭借“利是（硬红）在马来西亚上市”的报道，昂首登上了领奖台。

一花独放不是春，百花齐放春满园。“企业搭台、员工唱戏”的模式给员工提供了开放的发展平台，全员参与的结果必然是宣传工作的繁荣发展。给我一个舞台，还你一片精彩，在明年的宣传工作会议上，我们一定能够看到更多的亮点。

奏响企业发展主旋律

广东中烟报、双喜电视台等企业自办媒体作为公司党组的重要喉舌，既是上传下达的必要桥梁，又必须成为员工喜闻乐见的园地。只有大家爱看、想看，媒体才能最大程度地发挥价值，不断扩大自身的影响力。

去年以来，随着新闻渠道的广泛拓展和队伍素质的不断提升，广东中烟报和双喜电视台各项报道的策划性得到了加强，触角不断延伸，宣传角度进一步向商业单位、基层一线、零售户和消费者倾斜，持续聚焦商业单位生产经营工作的成绩亮点和基层一线的先进事迹，每个时间节点，都有一批形式新颖、题材丰富、手法鲜活的宣传报道“新鲜出炉”，在市场、品牌方面的系统性、延续性、深度性报道也越来越多。

变“等稿”为“约稿”，变“等米下锅”为“选米下锅”，彰显的是宣传思路的创新发展。这一份来之不易的从容，背后是宣传人员的匠心和汗水。从辑烟犬到辨烟能手，从荣膺“工人先锋号”的基层党组织“梅州卷烟厂制丝车间”到“最美物流人”，从双喜工匠到一线零售户的生意经，广东中烟在宣传上讲好了双喜故事，服务了品牌发展，奏响了企业发展的主旋律。

广东中烟党组书记、总经理唐健在对宣传工作的要求中指出：“宣传工作要充分发挥企业媒体统一思想、凝心聚力的引领作用，进一步推进全省烟草工商企业深度合作，打造广东烟草宣传合力，为‘建设广东烟草强省’营造干事创业、积极向上的舆论氛围。”随着工商合作、共育品牌、文化交流重要平台的日益成熟，今后宣传工作必将进一步拓展新的渠道、激发新的活力、取得新的成绩。

（《广东中烟》 2018年5月31日 李程）

附录

企业发展纪略

- 2003年5月28日，广东中烟工业公司正式成立。
- 2003年10月9日，时任中共中央政治局委员、广东省委书记张德江同志批示，要求广东卷烟工业加快改革，调整结构。
- 2003年11月18日，广州卷烟二厂、广州卷烟一厂联合兼并南海卷烟厂。
- 2004年12月9日，时任国家烟草专卖局局长姜成康到广东中烟调研，肯定广东卷烟工业企业在行业的联合重组中走在全国前列，保持了稳定，促进了发展。
- 2005年1月1日，广州卷烟二厂、韶关卷烟厂、梅州卷烟厂、湛江卷烟厂合并为广东卷烟总厂。
- 2005年9月，双喜被国家质检总局授予“中国名牌产品”称号。
- 2005年12月16日，广东中烟捐资1300万元，与团中央共同设立“为了明天——喜愿基金”。
- 2006年1月6日，广东中烟技术中心被国家烟草专卖局认定为行业级企业技术中心。
- 2006年7月，国家人事部和广东省人事厅批准广东中烟设立博士后工作站。
- 2007年1月1日，广东卷烟总厂并入广东中烟工业公司，广东卷烟工业成为一个法人实体。
- 2007年11月9日，广东中烟工业公司更名改制为广东中烟工业有限责任公司，成为行业首家成立董事会的省级工业公司。
- 2007年12月18日，广东中烟广州生产基地奠基，时任广东省省长黄华华、时任国家烟草专卖局局长姜成康等多位领导出席。
- 2007年12月19日，时任国家烟草专卖局局长姜成康、副局长李克明到广东中烟调研。姜成康肯定广东中烟在企业重组和转型方面走在行业的前面，要求双喜立足广东，面向全国，努力成为国际性品牌。
- 2008年3月26日，广东中烟党组确立企业“做中国最具竞争力的烟草企业”的战略目标。

- 2008年5月16日，广东中烟工业有限责任公司和广西中烟工业公司在广州签订跨省联合协议。
- 2008年10月，广东中烟技术中心被国家发改委等五部委认定为国家级企业技术中心。
- 2010年5月30日，时任国家烟草专卖局局长姜成康、副局长何泽华到广东中烟调研，充分肯定广东中烟的改革发展成就，要求广东中烟为实现双喜“551”目标而努力奋斗。
- 2010年10月，双喜•红玫王和双喜•五叶神整合后正式上市。
- 2010年11月13日，双喜和“好日子”实施品牌整合，成为“双喜•好日子”。
- 2011年11月，广州卷烟二厂三个生产部全部搬入广州卷烟厂，实现“三位一体”大融合。
- 2011年12月23日，双喜与上海红双喜实现合作发展。双方确定以“发展目标、发展规划、统计口径、文化、沟通交流平台”五个统一方式发展。
- 2011年12月23日，广东中烟举行双喜“300万箱”下线仪式。
- 2011年底，超高端卷烟双喜（珍藏）上市，开创行业无外香卷烟先河。
- 2011年，双喜产销规模突破300万箱。
- 2013年9月12日，时任国家烟草专卖局局长凌成兴到广东中烟调研，要求将双喜打造成全国最大的卷烟品牌，将广东市场打造成行业最大市场，将广东中烟打造成行业最大卷烟出口企业。
- 2014年3月，时任广东省省长朱小丹在广东中烟2013年工作情况报告上作出批示，祝贺广东中烟去年取得良好成绩，肯定广东中烟为广东省稳增长所作的贡献。
- 2014年4月，行业首款中支烟双喜（邮喜）上市。
- 2014年4月，时任国家烟草专卖局局长凌成兴到梅州卷烟厂调研，要求广东烟草做到“一个带头，三个支持”。
- 2014年8月，唐健同志任广东中烟党组书记、总经理。

● 2014年9月，时任国家烟草专卖局局长凌成兴在广东中烟报告上批示：既肯定了辉煌业绩，又分析了发展潜力，思路新、目标明、举措实。祝愿广东中烟铸就双喜结构提升的新辉煌！

● 2015年1月，双喜（经典工坊）上市。

● 2015年1月，柬埔寨威尼顿公司新工厂技改项目正式竣工投产。

● 2015年5月，广东中烟与柬埔寨亚细安国际有限公司续签合作经营合同，续写柬埔寨威尼顿（集团）有限公司发展新篇章。

● 2015年8月，时任国家烟草专卖局局长凌成兴到威尼顿（集团）有限公司调研，称赞威尼顿公司是中国烟草“走出去”发展的一面旗帜，要求威尼顿立足柬埔寨、辐射东南亚，以实施“一带一路”为契机，发挥新优势，再上新台阶。

● 2016年1月，时任广东省省长朱小丹在广东中烟工作情况报告上批示：广东中烟狠抓高效营销、技术创新、精益管理、生产保障和队伍建设，有力化解下行压力，取得了“三增长、两平稳”的良好成绩，为全省稳增长、调结构作出新贡献。希望在“十三五”开局之年再接再厉，以改革创新为动力，拓展市场，擦亮品牌，再创佳绩。

● 2016年6月，双喜（国喜细支）上市。

● 2016年10月，时任广东省委常委、纪委书记黄先耀来到广东中烟调研党建工作和生产经营情况，高度肯定广东中烟党建工作“三个同步”和“两融入一延伸”具有启发性，“五位一体”监督体系完善，要求进一步坚持党的领导、加强党的建设、落实全面从严治党，为地方经济社会发展做出新的更大贡献。

● 2016年10月，超高端卷烟产品双喜（大国喜）上市。

● 2016年12月，中共广东省纪委《粤纪办通报》专题刊发广东中烟党组落实全面从严治党举措。

● 2017年1月，时任国家烟草专卖局局长凌成兴对中共广东省纪委《粤纪办通报》专题刊发广东中烟党组落实全面从严治党举措作出批示，要求廉政办转发全行业党组党委参阅。

● 2017年1月，广东省省长马兴瑞作出批示，充分肯定广东中烟2016年所取得的工作成绩。

● 2017年6月，广东烟草工商双方召开“大家庭、大品牌”销售研讨会，推动广东烟草进入全面协同营销新时代。

● 2018年2月，广东省省长马兴瑞对广东中烟作出批示，充分肯定公司2017年在提升利税总额和卷烟结构等方面取得的成效，要求坚持以习近平新时代中国特色社会主义思想统领全面工作，着力做好稳销量、调结构、强管理、增利税各项工作，为服务广东经济发展做出更大贡献。

● 2018年2月，广东省副省长陈良贤对广东中烟工作作出批示：广东中烟落实全面从严治党，加强队伍建设，特别注重创新，实施品牌提升，积极履行社会责任，为广东经济社会健康发展作出了贡献！点赞！希再接再厉，再立新功！

● 2018年6月，广东中烟连续九年向广东扶贫济困日活动捐赠1000万元。

● 2018年7月，广东中烟金叶卷烟厂（澳门）有限公司首批加热不燃烧产品MU+在老挝上市。

● 2018年8月，广东中烟学习传达贯彻行业各直属单位主要负责同志座谈会议精神，确定了“奋力开启高质量发展新征程”的新目标。

● 2018年11月，广东中烟召开第四季度党组中心组学习会议，提出构建“五大体系”全面推动企业高质量发展。

● 2018年12月，广东中烟启动“国喜·礼遇雅集”全国巡回演绎活动。

● 2018年12月，广东烟草工商召开高质量发展营销会议，形成“把培育好双喜作为工商共同历史使命”的共识。

● 2019年1月，广东省委书记李希对广东中烟作出批示，指出2018年广东中烟公司超额完成年度目标任务，成绩优异。新的一年，希望进一步抓好企业生产经营，切实履行社会责任，更好助力精准脱贫，为广东经济社会发展作出积极贡献。

● 2019年1月，广东省省长马兴瑞对广东中烟作出批示，肯定2018年广东中烟成绩，希望2019年以“六个新作为”推动企业实现高质量发展，为服务广东经济社会发展做出更大贡献！

● 2019年1月，广东省副省长陈良贤作出批示，要求扎实抓好今年的“六个新作为”，推动高质量发展再上新台阶，做新贡献。

● 2019年1月，广东省委常委、常务副省长林少春作出批示，要求牢固树立新发展理念，聚焦主业、创新发展，以高质量的党建工作推动企业高质量发展，为广东经济建设作出新的更大贡献。

● 2019年2月，国家烟草专卖局局长张建民到广东烟草调研，要求坚定不移推进全面从严治党，一手抓高质量发展，一手抓高素质队伍建设，保持打假打私高压态势，确保经济运行平稳，希望广东烟草、深圳烟草在高质量发展中走在前列，为行业提供可复制、可借鉴的经验。